De brand van Istanbul

JASON GOODWIN BIJ DE BEZIGE BIJ

De slangensteen
De kaart van Bellini

Jason Goodwin

De brand van Istanbul

Vertaling Nina van Rossem

2009
DE BEZIGE BIJ
AMSTERDAM

De vertaler ontving voor deze vertaling een werkbeurs van
de Stichting Fonds voor de Letteren

Cargo is een imprint van uitgeverij De Bezige Bij, Amsterdam

Copyright © 2006 Jason Goodwin
Copyright Nederlandse vertaling © 2006 Nina van Rossem
Eerste druk 2006
Derde druk 2009
Oorspronkelijke titel *The Janissary Tree*
Oorspronkelijke uitgever Farrar, Straus and Giroux
Omslagontwerp Alex Kirby
Omslagillustratie Marco Ventura
Omslagbelettering Studio Jan de Boer
Foto auteur Jerry Bauer
Vormgeving binnenwerk CeevanWee, Amsterdam
Druk Wöhrmann, Zutphen
ISBN 978 90 234 3691 1
NUR 305

www.uitgeverijcargo.nl

1

Yashim tikte een stofje van zijn manchet.

'Nog één ding, markiezin,' mompelde hij.

Ze keek hem strak aan.

'De papieren.'

Madame de Merteuil lachte.

'*Flûte!* Monsieur Yashim, verdorvenheid is geen erkend begrip in de Académie.' Ze speelde met haar waaier; daarachter zei ze bijna sissend: 'Het is een geestesgesteldheid.'

Yashim voelde aankomen dat zijn droom uiteen zou spatten.

De markiezin had een papiertje uit haar decolleté gevist en tikte daarmee op de tafel als met een hamertje. Hij keek beter. Het wás een hamertje.

Tik-tik-tik.

Hij deed zijn ogen open en keek om zich heen. Het château de Merteuil loste op in het kaarslicht. Schaduwen loerden van onder de boekenplanken, en uit de hoeken van de kamer – anderhalve kamer, zou je kunnen zeggen, waar Yashim in zijn eentje woonde in een huurkazerne in Istanbul. De in leer gebonden uitgave van *Les liaisons dangereuses* was op zijn schoot gegleden.

Tik-tik-tik.

'*Evet, evet,*' bromde hij. 'Ik kom eraan.' Hij sloeg een cape om zijn schouders, schoot een paar gele slippers aan en slofte naar de deur. 'Wie is daar?'

'Loopjongen.'

Niet echt een jongen, dacht Yashim, terwijl hij de spichtige oude man binnenliet in de donkere kamer. De enige kaars sputterde in de plotselinge tochtvlaag. Het kaarslicht wierp de schaduwen van de mannen op de muren om hen heen. Ze boksten met elkaar, totdat de schaduw van de knecht die van Yashim met een flikkerende dolk een stoot toebracht. Yashim nam de perkamentrol in ontvangst en wierp een blik op het zegel. Gele zegellak.

Hij wreef zijn ogen uit. Nog maar een paar uur geleden had hij een donkere horizon afgespeurd en door de motregen heen getuurd naar lichtjes en een glimp van het vasteland. Het flakkerende kaarslicht deed hem denken aan een andere lamp die heen en weer had gezwaaid in een hut ver weg op zee, terwijl ze door de winterstormen voeren. De kapitein was een rondborstige Griek met een blind oog en het air van een zeerover, en de Zwarte Zee was verraderlijk in deze tijd van het jaar. Maar hij had geboft dat hij een schip had gevonden. Zelfs op de meest vreselijke momenten van zijn reis, toen de wind in het tuig gierde, de golven op het voordek sloegen en Yashim heen en weer slingerde en braakte in zijn krappe kooi, had hij tegen zichzelf gezegd dat alles beter was dan de rest van de winter te moeten slijten in dat verwoeste paleis in de Krim, omringd door de geesten van onverschrokken ruiters, en te verkommeren in koude en duisternis. Hij moest echt naar huis.

Met een snelle duimbeweging verbrak hij het zegel.

Terwijl hij de geur van de zee in zijn neusgaten had en de vloer nog steeds voelde deinen onder zijn voeten, probeerde Yashim zich te concentreren op het sierlijke handschrift.

Hij zuchtte, en legde het perkament weg. Er was een lamp aan de muur vastgeschroefd en hij stak hem aan met de kaars. De blauwe vlammetjes lekten langzaam om de verschroeide pit. Yashim liet het lampenglas zakken en knipte de kous af totdat het flakkerende licht geel en stabiel werd. Geleidelijk aan vulde het lamplicht de kamer.

Hij nam de perkamentrol die de page hem had gegeven en streek hem glad.

Begroeting enzovoort. Onderaan las hij de handtekening van de seraskier, de stedelijke bevelhebber van de Nieuwe Garde, het keizerlijke Ottomaanse leger. *Heilwensen* enzovoort. Hij keek snel omhoog de hele tekst door. Uit ervaring kon hij een brief als deze in een paar seconden ontleden. Daar stond het dan, ingebed in de beleefdheden: een onmiddellijke oproep.

'En?'

De oude man stond in de houding. 'Ik heb orders u onmiddellijk mee terug te nemen naar de kazerne.' Hij wierp een weifelende blik op de cape van Yashim. Yashim glimlachte, pakte een reep stof en wond die snel om zijn hoofd. 'Ik ben gekleed om uit te gaan,' zei hij. 'Kom mee.'

Yashim wist dat het er nauwelijks toe deed wat hij aanhad. Hij was een lange, goedgebouwde man van achter in de dertig, met een dikke bos zwarte krullen, een paar grijze haren, geen baard, maar een gekrulde zwarte snor. Hij had de hoge jukbeenderen van een Turk en de schuine grijze ogen van een volk dat duizenden jaren op de grote steppen van Eurazië had geleefd. In een Europese broek zou hij misschien opvallen, maar in een bruine cape... nee. Niemand lette erg op hem. Dat was zijn bijzondere gave, als het al een gave was. Het was eerder een geestesgesteldheid, zoals de markiezin had gezegd. Een lichaamsgesteldheid.

Yashim had veel mee: aangeboren charme, een talent voor

talen en het vermogen die grijze ogen plotseling wijd open te sperren. Zowel mannen als vrouwen hadden ontdekt dat ze op een vreemde manier werden gehypnotiseerd door zijn stem, zelfs nog voor ze hadden gezien wie er sprak. Maar hij had geen ballen.

Niet in de platte zin van het woord: Yashim was tamelijk dapper.

Maar hij was een zeldzaam wezen, zelfs in het negentiende-eeuwse Istanbul.

Yashim was een eunuch.

2

In het Verblijf der Gelukzaligheid, in het diepst verborgen, meest verboden deel van het Topkapi-paleis, lag de sultan op zijn kussens en plukte geïrriteerd aan de satijnen sprei, terwijl hij iets probeerde te verzinnen wat hem de komende uren zou kunnen vermaken. Een lied, dacht hij, een lied dan maar. Een van die zoete, onstuimige Tsjerkessische melodieën: hoe droeviger het lied, des te vrolijker de melodie.

Hij had zich afgevraagd of hij gewoon kon doen alsof hij sliep. Waarom niet? Heerser over de Zwarte en de Witte Zee, heerser van Roemelië en Mingrelië, heer van Anatolië en Ionië, Roemenië en Macedonië, beschermheer der heilige steden, staalharde ruiter in het Verblijf der Gelukzaligheid, sultan en sjah, hij moest weleens slapen, nietwaar? Zeker als hij ooit de heerschappij over Griekenland wilde terugwinnen.

Maar hij wist wat er zou gebeuren als hij probeerde te doen

alsof. Hij had het weleens eerder gedaan, en alle hoop en ambitie van de mooie *gözde* de bodem ingeslagen, het meisje dat was uitverkoren die nacht het bed met hem te delen. Dat zou betekenen dat hij naar haar zuchten moest luisteren, gevolgd door verlegen gekrabbel aan zijn dijen of zijn borst, en uiteindelijk tranen; de hele harem zou hem een maand lang verwijtende blikken toewerpen.

Ze zou nu gauw komen. Hij moest een plan bedenken. De haan berijden was waarschijnlijk het veiligst: eerlijk gezegd was hij erg dik, en hij wilde niemand pijn doen. Kon hij in plaats daarvan maar bij Hadice in bed liggen, die bijna net zo mollig was als hijzelf, en zijn voeten laten masseren!

Zijn voeten! In een reflexbeweging trok hij zijn knieën een beetje op onder de sprei. Voorouderlijke tradities waren heel mooi, maar sultan Mahmut II was niet van plan een geparfumeerd Tsjerkessisch meisje zijn sprei te laten oplichten om vanaf het voeteneind van zijn bed naar hem toe te kruipen.

Hij hoorde enig geroezemoes in de gang buiten de zaal. Uit plichtsgevoel verhief hij zich op een elleboog, terwijl hij zijn gelaatstrekken in een uitnodigende glimlach plooide. Hij hoorde gefluister. Zenuwen op het laatste moment, misschien? Het dolgelukkige slavinnetje verzette zich plotseling? Nou, dat was niet waarschijnlijk. Ze was tot hier gekomen: bijna bij het moment waarvoor ze was opgeleid, ze had haar leven gegeven om dit mee te maken. Waarschijnlijk was het een jaloerse kibbelpartij: *Dat zijn mijn parels!*

De deur ging open. Maar er kwam geen met juwelen behangen slavin binnen met wiegende heupen en grote borsten. Het was een oude man met rouge op zijn wangen en een dikke buik. Hij boog en schreed blootsvoets de kamer binnen. Toen hij zijn meester zag, liet hij zich op zijn knieën zakken en kroop naar de rand van het bed, waar hij languit op de vloer ging liggen. Hij lag daar zwijgend en bibberend, als een enorme drilpudding.

9

'Ja?' Sultan Mahmut fronste zijn voorhoofd.

Uit het enorme lichaam kwam na lange tijd het geluid van een hoge piepstem. 'Uwe hoogheid, mijn heer, mijn meefter,' lispelde de slaaf eindelijk. De sultan ging onbehaaglijk verliggen.

'Het heeft God behaagd de mantel def doodf te werpen over het lichaam van een dochter der gelukfaligheid wier dromen op het punt ftonden te worden vervuld door uwe hoogheid, mijn meefter.'

De sultan fronste zijn voorhoofd.

'Is ze dood?' Zijn stem klonk ongelovig. Hij was ook van zijn stuk gebracht: was hij zo angstaanjagend?

'Fire, ik weet niet wat ik moet feggen. Maar God heeft iemand anderf het werktuig gemaakt van haar verfcheiden.'

De eunuch zweeg, en zocht naar de juiste woorden. Dat was verschrikkelijk moeilijk.

'Mijn meefter,' zei hij ten slotte. 'Fe is gewurgd.'

De sultan plofte achterover op zijn kussens. Zie je wel, zei hij tegen zichzelf, ik had gelijk. Helemaal geen zenuwen. Gewoon jaloezie.

Alles was zoals het moest zijn.

'Laat Yashim komen,' zei de sultan vermoeid. 'Ik wil slapen.'

3

De sultan van het Ottomaanse Rijk was aanvoerder der gelovigen en hoofd van de legermacht, zelfs in zijn slaap. Maar het was lang geleden dat hij het vaandel van de Profeet had uitgerold en zichzelf aan het hoofd van zijn troepen had gesteld, teneinde zijn troon veilig te stellen door een afzonderlijke moedige daad. Zijn vloot werd aangevoerd door de kapudan pasja, en zijn leger werd geleid door de seraskier. De seraskier stond niet op voor Yashim, maar wenkte hem slechts met wapperende vingers naar een hoek van de bank. Yashim glipte uit zijn schoenen en ging met gekruiste benen zitten, zodat zijn cape om hem heen viel als een plompenblad. Hij boog zijn hoofd en mompelde een beleefde groet.

De seraskier was gladgeschoren, volgens de laatste mode, en had vermoeide bruine ogen in een gezicht met een kleur van oude lappen. Hij lag onhandig op zijn zij, gekleed in een uniform, alsof hij gewond was geraakt. Zijn staalgrijze haar was kortgeknipt, en door de rode fez op zijn achterhoofd vielen zijn dikke wangen meer op. Yashim dacht dat hij toonbaar zou zijn met een tulband, maar in plaats daarvan dicteerde de Frankische mode een dichtgeknoopte tuniek, een blauwe, met rood afgebiesde broek, en een hele hoop tressen en epauletten: een modern uniform voor een moderne oorlog. Vanuit diezelfde gedachte was hij uitgerust met een stevige notenhouten tafel en acht ongemakkelijk uitziende gestoffeerde stoelen, die in het midden van de kamer stonden en werden verlicht door kroonluchters, die aan het cassetteplafond hingen.

De seraskier ging rechtop zitten en kruiste zijn benen, zodat zijn broeknaden bijna knapten. 'Misschien wilt u liever dat we aan tafel gaan zitten,' stelde hij geërgerd voor.

'Zoals u wilt.'

Maar de seraskier gaf duidelijk de voorkeur aan de vernedering met een broek aan te moeten zitten op de bank dan dat hij onplezierig onbeschermd midden in de kamer aan tafel moest zitten. Net als Yashim zelf voelde hij zich slecht op zijn gemak als hij met zijn rug naar de kamer op een stoel zat. In plaats daarvan slaakte hij een diepe zucht, terwijl hij zijn korte dikke vingers in elkaar strengelde en weer losmaakte.

'Ze zeiden dat u in de Krim was.'

Yashim knipperde met zijn ogen. 'Ik heb een schip gevonden. Er was niets wat mij daar nog vasthield.'

De seraskier trok een wenkbrauw op. 'Dus het is u daar niet gelukt?'

Yashim boog zich voorover. 'Het is ons daar vele jaren geleden niet gelukt, efendi. We kunnen daar weinig doen.' Hij hield de blik van de seraskier vast. 'Dat weinige heb ik gedaan. Ik heb snel gehandeld. Toen ben ik teruggekomen.'

Hier viel niets aan toe te voegen. De Tartaarse khans van de Krim heersten niet langer over de zuidelijke steppen, als kleine broertjes van het Ottomaanse Rijk. Yashim was geschokt geweest door de aanblik van Russische kozakken die gewapend door de dorpen in de Krim reden. De ontwapende en verslagen Tartaren dronken en zaten lusteloos bij de deur van hun hut naar de kozakken te staren, terwijl hun vrouwen het land bewerkten. De khan kwijnde weg in ballingschap, gekweld door de gedachte aan een verloren goudschat. Hij had allerlei mensen op pad gestuurd om die schat terug te vinden, voordat hij verhalen over Yashim had gehoord – Yashim de beschermheer, de *lala*. Ondanks de inspanningen van Yashim bleef het goud van de khan een droom. Misschien was er geen goud.

De seraskier bromde iets. 'De Tartaren waren goede krijgslieden,' zei hij, 'in hun tijd. Maar voor ruiters zonder enige discipline is geen plaats op het moderne slagveld. Vandaag de dag hebben we een gedisciplineerde infanterie nodig, met musketten en bajonetten. En een artillerie. Hebt u de Russen gezien?'

'Ik heb de Russen gezien, efendi. Kozakken.'

'Dat soort krijgslieden staat tegenover ons. Daarom hebben we soldaten nodig als de soldaten van de Nieuwe Garde.'

De seraskier stond op. Hij was een beer van een vent, ruim

één meter tachtig. Hij stond met zijn rug naar Yashim, starend naar een rij boeken, terwijl Yashim onwillekeurig naar het gordijn keek waardoor hij was binnengekomen. De bediende die hem had binnengelaten was nergens te zien. Volgens alle wetten van de gastvrijheid had de seraskier hem eerst een waterpijp en een kop koffie moeten aanbieden; Yashim vroeg zich af of deze onbeschoftheid opzettelijk was. Een belangrijk man als de seraskier had zowel bedienden om hem iets te drinken aan te bieden als een pijpdrager die zijn tabak uitkoos en zorgde dat zijn waterpijpen schoon en gebruiksklaar waren. De pijpdrager diende zijn meester te vergezellen op uitjes, met de waterpijp in een doek gewikkeld en de tabakszak in zijn bloes, en ervoor te zorgen dat de pijp juist werd aangestoken en goed trok. Rijke mensen die elkaar de loef afstaken in hun pogingen hun gasten de beste tabaksbladeren en de elegantste pijpen voor te zetten – amber voor het mondstuk, Perzisch kersenhout voor de steel – zouden het niet in hun hoofd halen om te functioneren zonder pijpdrager, evenmin als een Engelse lord het zou kunnen stellen zonder de diensten van een lijfknecht. Maar de kamer was leeg.

'Over iets minder dan twee weken houdt de sultan een troepeninspectie. Marcheren, exerceren, demonstraties van het geschut. De sultan zal niet de enige zijn die kijkt. Het zal...' De seraskier zweeg, en richtte zijn hoofd met een ruk op. Yashim vroeg zich af wat hij had willen zeggen. Dat de troepeninspectie het belangrijkste moment zou zijn uit zijn carrière, wellicht. 'We zijn een jong leger, zoals u weet. De Nieuwe Garde bestaat pas tien jaar. Wij zijn schrikachtig, zoals een jong veulen. We hebben nog niet, eh... alle aandacht en training gehad die we zouden wensen.'

'En niet zoveel succes gehad als ons was voorgespiegeld.'

Yashim zag de seraskier verstijven. In hun modieuze Europese jasjes en broeken hadden de soldaten van de Nieuwe Garde hun verrichtingen laten zien aan een reeks buitenlandse instructeurs: *ferenghi* uit Europa die hen hadden geleerd te exerceren, te marcheren, het geweer te presenteren. Wat kon je ervan zeggen? Ondanks al deze inspanningen hadden de Egyptenaren – de Egyptenaren! – de Nieuwe Garde verpletterende nederlagen toegebracht in Palestina en Syrië. De Russen waren Istanbul dichter genaderd dan op enig ander moment sinds mensenheugenis. Misschien waren hun overwinningen te verwachten, want ze waren gevaarlijke tegenstanders met hun hedendaagse uitrusting en moderne legers; maar dan was er ook nog de nederlaag in Griekenland. De Grieken waren niets meer dan boeren in pofbroeken, aangevoerd door twistzieke leeghoofden, maar zelfs zij hadden de Nieuwe Garde verslagen.

Er bleef de Nieuwe Garde maar één bloeddorstige zege over, niet behaald op het slagveld maar hier, in de straten van Istanbul; niet tegen buitenlandse legers maar tegen hun eigen militaire voorgangers, het gevaarlijke, arrogante korps der janitsaren. De janitsaren waren het keurkorps van het Ottomaanse Rijk in de zestiende eeuw, maar ze waren lang geleden gedegenereerd – of hadden zich ontwikkeld, als je het zo wilde zien – tot een gewapende maffia; ze terroriseerden de sultans en maakten de straten van Istanbul onveilig, ongestraft plunderend, brandstichtend, stelend en afpersend.

De Nieuwe Garde had hier eindelijk mee afgerekend. Tien jaar geleden, in de nacht van 16 juni 1826, hadden de schutters van de Nieuwe Garde de janitsaren aan flarden geschoten in hun kazerne, waarmee ze een gerechtvaardigd eind maakten aan vier eeuwen terreur en triomfen.

'De militaire parade wordt een succes,' gromde de seraskier. 'De mensen krijgen de ruggengraat van dit keizerrijk te zien, onbreekbaar en onwankelbaar.' Hij draaide zich met een ruk om en doorkliefde de lucht met zijn vlakke hand. 'Welgemikte schoten. Stipt uitgevoerde exercities. Gehoorzaamheid. Onze vijanden zullen hun conclusies trekken, evenals onze vrienden. Begrijpt u?'

Yashim haalde even zijn schouders op. De seraskier stak zijn kin omhoog en snoof door zijn neus. 'Maar we hebben een probleem,' zei hij. Yashim bleef hem aankijken: het was lang geleden dat hij in het holst van de nacht was wakker gemaakt met het bevel naar het paleis te komen. Of naar de kazerne. Hij wierp een blik uit het raam: het was nog donker, de hemel was koud en bewolkt. Alles begint in duisternis. Nu, het was zijn taak om licht te laten schijnen.

'En waar bestaat uw probleem precies uit?'

'Yashim efendi. Ze noemen u de lala, nietwaar? Yashim lala, de beschermheer.'

Yashim boog zijn hoofd. Lala was een eretitel, een respectvolle titel die werd verleend aan bepaalde vertrouwde eunuchen in dienst van rijke, machtige families. Ze chaperonneerden hun vrouwen, hielden toezicht op hun kinderen, bestierden het huishouden. Een lala was iets tussen een butler, een huishoudster, een kindermeisje en een hoofd van de beveiliging in: een beschermheer. Yashim vond dat de titel bij hem paste.

'Maar voorzover ik heb begrepen,' zei de seraskier langzaam, 'bent u niet in vaste dienst. Ja, u hebt banden met het paleis. En met de straat. Dus vannacht wil ik u uitnodigen lid te worden van onze familie, de familie van de Nieuwe Garde. Voor tien dagen, op z'n hoogst.'

'De familie, bedoelt u, waarvan u het hoofd bent?'

'Bij wijze van spreken. Denkt u echter niet dat ik mijzelf opwerp als vader van deze familie. Ik zou liever willen dat u mij ziet als een soort... een soort...' De seraskier leek van zijn stuk gebracht: hij kreeg het woord niet gemakkelijk over zijn lippen. Ottomaanse mannen hadden een afkeer van eunuchen, die even diepgeworteld was als hun wantrouwen tegenover tafels en stoelen, wist Yashim. 'Beschouwt u mij – als een oudere broer. Ik bescherm u. U neemt mij in vertrouwen.' Hij zweeg en veegde zijn voorhoofd af. 'Hebt u, eh, zelf familie?'

Yashim was hieraan gewend: afkeer, getemperd door nieuwsgierigheid. Hij maakte een vage beweging met zijn hand: hij hoefde die man niet in te lichten, het was zijn zaak niet.

'De Nieuwe Garde moet het vertrouwen winnen van het volk, en ook van de sultan,' ging de seraskier verder. 'Dat is het doel van de troepeninspectie. Maar er is iets gebeurd wat dit hele proces zou kunnen ruïneren.'

Nu werd Yashim op zijn beurt nieuwsgierig; hij voelde het als een rilling die omhoogkroop in zijn nek.

'Vanmorgen,' verklaarde de seraskier, 'kreeg ik bericht dat vier officieren hadden verzuimd zich te melden voor de ochtendexercitie.' Hij zweeg, fronste zijn voorhoofd. 'U moet begrijpen dat de Nieuwe Garde in niets lijkt op de vroegere legers die het rijk heeft gekend. Discipline. Hard werken, behoorlijke soldij en gehoorzaamheid aan de hogere officieren. Wij verschijnen bij de exercitie. Ik weet wat u denkt, maar deze officieren waren buitengewoon voorname jonge heren. Zij waren zowel de bloem van onze Garde als de beste artillerieofficieren. Ze spraken Frans,' voegde hij eraan toe, alsof dat de deur dichtdeed. Misschien was dat ook zo.

'Dus ze hadden de Technische Universiteit doorlopen?'

'Ze waren geslaagd met de hoogste cijfers. Ze waren de besten.'

'Waren?'

'Alstublieft, een seconde.' De seraskier bracht een hand naar zijn voorhoofd. 'In eerste instantie dacht ik, ondanks alles, hetzelfde als u. Ik veronderstelde dat ze een avontuurtje hadden beleefd en later zouden verschijnen, vol schaamte en spijt. Ik stond natuurlijk klaar om ze in mootjes te hakken: de hele

Garde kijkt op tegen die jongelieden, ziet u? Zij zetten de toon, zoals de Fransen zeggen.'

'Spreekt u Frans?'

'O, maar een klein beetje. Genoeg.'

De meeste buitenlandse instructeurs van de Nieuwe Garde waren Fransen, wist Yashim, of anderen – Italianen, Polen – die waren meegesleurd in de enorme legers die keizer Napoleon op de been had gebracht om zijn droom van een wereldwijde verovering te verwezenlijken. Tien jaar geleden, toen de napoleontische oorlogen eindelijk voorbij waren, hadden sommige berooide overlevenden van de Grande Armée hun weg gezocht naar Istanbul, om dienst te nemen onder het sterretje van de sultan. Maar je moest jong zijn om Frans te leren, en de seraskier liep al tegen de vijftig.

'Ga door.'

'Gisteravond zijn vier goede soldaten uit hun barakken verdwenen. Toen ze vanochtend niet verschenen, ondervroeg ik een van de *banjee*, de schoonmakers, en ontdekte dat ze niet in hun slaapzaal hadden geslapen.'

'En u mist ze nog steeds?'

'Nee. Zo zou ik het niet willen noemen.'

'Hoe bedoelt u, zo zou ik het niet willen noemen?'

'Een van hen is vanavond gevonden. Ongeveer vier uur geleden.'

'Dat is mooi.'

'Hij werd dood aangetroffen in een ijzeren pot.'

'Een ijzeren pot?'

'Ja, inderdaad. Een ketel.'

Yashim knipperde met zijn ogen. 'Begrijp ik goed,' zei hij langzaam, 'dat de soldaat op het vuur stond?'

De ogen van de seraskier puilden bijna uit zijn hoofd. 'Op het vuur?' herhaalde hij zwakjes. Dit was een uitwerking die hij nog niet had overwogen. 'Ik denk,' zei hij, 'dat u even mee moet komen om te kijken.'

4

Twee uur later had Yashim alles gezien wat hij op een ochtend kon verdragen. Wat hij op een groot aantal ochtenden kon verdragen.

De seraskier wenkte een lantaarndrager en leidde Yashim in oostelijke richting door de lege straten. Ze volgden de ruggengraat van de stad naar de keizerlijke stallen. Buiten de Beyazit-moskee flakkerden de toortsen in het donker: ze liepen langs de Verbrande Zuil dichtbij de ingang van de Grote Bazaar, die nu afgesloten en stil was, en zijn adem inhield terwijl hij zijn schatten bewaarde tot het einde van de nacht. Verderop, in de buurt van de Prinsenmoskee, boven het Romeinse aquaduct, liepen ze de nachtwacht tegen het lijf, die hen liet gaan toen hij zag wie ze waren. Ten slotte bereikten ze de stallen. De stallen waren nieuw, net als de Nieuwe Garde. Ze waren gebouwd vlak onder de heuvelrug, aan de zuidkant, op een stuk grond dat braak had gelegen sinds de janitsaren tien jaar geleden waren onderdrukt, toen hun enorme, uitgestrekte kazerne was ingestort als gevolg van een bombardement en een grote brand.

Ze troffen de ijzeren ketel aan zoals de seraskier had beschreven. Hij stond in een hoek van een van de nieuwe stallen in het stro, verlicht door grote bolvormige olielampen die aan zware kettingen van de dakbalk hingen. De paarden waren weggebracht, legde de seraskier uit.

'De onrust onder de paarden heeft de zaak aan het licht gebracht,' voegde hij eraan toe. 'Ze houden niet van lijkenlucht.'

Toen de seraskier de ketel beschreef, had Yashim zich niet gerealiseerd dat hij zo enorm groot was. Hij stond op drie korte poten en had twee metalen beugels aan elke kant bij wijze van handvatten. Toch kon Yashim nauwelijks over de rand kijken. De seraskier bracht hem een kruk die gebruikt werd om een paard te bestijgen, en Yashim klom erop om in de ketel te kijken.

De dode soldaat had zijn uniform nog aan. Hij lag gekromd in foetushouding onder in de ketel en bedekte de hele bodem: zijn armen, geboeid bij de polsen, waren omhooggetrokken boven zijn hoofd, zodat je zijn gezicht niet kon zien. Yashim klom van de kruk en veegde werktuiglijk zijn handen af, hoewel de rand van de ketel brandschoon was.

'Weet u wie dat is?'

De seraskier knikte. 'Osman Berek. Ik heb zijn zakboekje gepakt. Ziet u...'

Hij aarzelde.

'Nou?'

'Het spijt me te moeten zeggen: het lichaam heeft geen gezicht.'

Yashim voelde een rilling van afschuw. 'Geen gezicht?'

'Ik... Ik ben erin geklommen. Ik heb hem een beetje omgedraaid. Ik dacht dat ik hem zou herkennen, maar... nu ja. Zijn gezicht is eraf gehakt. Van onder de kin tot boven de wenkbrauwen. Ik geloof dat ze het in één houw hebben gedaan.'

Yashim vroeg zich af hoeveel kracht je moest hebben om het gezicht van een man in één houw van zijn lichaam te scheiden. Hij draaide zich om. 'Staat die ketel hier altijd? Het lijkt me een vreemde plaats voor een ketel.'

'Nee, nee, de ketel kwam tegelijk met het lichaam.'

Yashim staarde hem aan. 'Neemt u me niet kwalijk, efendi. Te veel verrassingen. Of hebt u er nog meer?'

De seraskier dacht even na. 'De ketel is gewoon midden in de nacht verschenen.'

'En niemand heeft iets gezien of gehoord?'

'De stalknechten hebben niets gehoord. Ze lagen te slapen op de zolders.'

'Zijn de deuren vergrendeld?'

'Meestal niet. Voor het geval er brand uitbreekt...'

'Juist.' Volgens een oud gezegde leed Istanbul onder drie plagen: pest, brand en Griekse tolken. Er stonden een heleboel houten gebouwen in de stad, veel te dicht op elkaar gepakt; er was maar één achteloze vonk nodig om hele stadsdelen in de as te leggen. De door niemand beweende janitsaren waren ook de brandweerlieden van de stad geweest: het was kenmerkend voor hun verwording dat zij hun taak als brandweerlieden hadden gecombineerd met de lucratievere bezigheid van brandstichting, zodat ze steekpenningen konden vragen om de branden te blussen die ze zelf hadden aangestoken. Yashim herinnerde zich vaag dat de janitsaren een belangrijke brand-weertoren hadden bemand aan de rand van hun oude kazer-neterrein, die ironisch genoeg was ingestort tijdens de grote brand van 1826. Later had de sultan bevolen een speciale nieu-we vuurtoren te bouwen bij Beyazit, een stenen pilaar van tachtig meter hoog, bekroond met een overhangende zuilen-galerij voor de brandwachten. Veel mensen vonden de Beya-zit-toren het lelijkste gebouw van Istanbul. Het was absoluut het hoogste, aangezien het op de derde heuvel van de stad stond. Hoe dan ook, het was opmerkelijk dat er tegenwoordig veel minder vaak brandalarm was in de stad.

'En wie heeft het lichaam dan gevonden?'

'Ik. Nee, dat is niet zo vreemd. Ik werd geroepen vanwege die ketel, en omdat de stalknechten zich zorgen maakten over de staat waarin de paarden verkeerden. Ik was de eerste die er-in keek. Ik ben een militair, ik heb eerder dode mannen gezien. En...' – hij aarzelde – 'Ik begon al te vermoeden wat ik zou zien.'

Yashim zweeg.

'Ik heb niets laten merken. Ik heb bevel gegeven de paarden weg te leiden en ik heb de deuren laten vergrendelen. Dat is al-les.'

Yashim tikte met zijn vinger tegen de ketel. Het maakte een blikkerig geluid. Hij tikte nogmaals tegen de ketel.

De seraskier en hij keken elkaar aan.

'De ketel is erg licht,' merkte Yashim op. Ze zwegen een tijdje. 'Wat denkt u?'

'Ik denk,' zei de seraskier, 'dat we niet veel tijd hebben. Vandaag is het donderdag.'

'En de troepeninspectie?'

'Over tien dagen. Om erachter te komen wat er met mijn soldaten gebeurt.'

5

Het was een zware ochtend geweest. Yashim ging naar de baden, werd ingezeept en met vuisten bewerkt, en lag lange tijd in het stoombad, voordat hij in zijn schone kleren naar huis liep. Uiteindelijk, nadat hij de kwestie van alle mogelijke kanten had bekeken – in een poging een aanknopingspunt te vinden – richtte hij zich op iets wat hij altijd beschouwde als de op één na beste oplossing.

Hoe vind je drie mannen in een vervallen, in mistbanken gehulde middeleeuwse stad met twee miljoen inwoners?

Je probeert het niet eens.

Je kookt.

Hij stond op en liep langzaam naar de andere kant van de kamer, die in duisternis was gehuld. Hij streek een lucifer af en stak de lamp aan, de lampenkous afknippend tot het licht gelijkmatig en helder brandde. Het licht viel op een keurige opstelling: een fornuis, een hoge tafel en een rij zeer scherp uit-ziende messen, die aan een houten lat hingen.

Er stond een mand in de hoek en Yashim koos daaruit een paar kleine, stevige uien. Hij pelde ze en sneed ze op het hakblok, eerst in de lengte en toen in de breedte. Hij zette een kookpot op het vuur en goot er voldoende olijfolie in om de uien te bakken. Toen ze begonnen te verkleuren, gooide hij er een paar handen vol rijst bij uit een aardewerken pot.

Lang geleden had hij ontdekt wat koken was. Het was ongeveer in dezelfde periode waarin hij een afkeer had gekregen van zijn eigen pogingen om een grovere zinnelijke bevrediging te vinden, en zich had neergelegd bij het feit dat hij van verfijnde dingen moest leren genieten. Niet dat hij koken tot dat moment als vrouwenwerk had beschouwd: in het keizerrijk waren zowel mannelijke als vrouwelijke koks. Maar hij had het misschien altijd beschouwd als werk voor de armen.

De rijst was doorzichtig geworden, dus gooide hij er een handvol krenten bij en een handvol pijnboompitten, een klontje suiker en een grote snuif zout. Hij pakte een glazen pot van de plank en schepte er een lepel olieachtige tomatenpuree uit, die hij vermengde met een theeglas water. Hij goot het glas leeg bij de rijst, waardoor die begon te sissen en een wolk stoom afgaf. Hij voegde er een snuifje gedroogde munt aan toe, maalde wat peper in de kookpot, roerde de rijst, deed een deksel op de kookpot en verplaatste deze naar de achterkant van het fornuis.

Hij had de mosselen schoongemaakt en wel gekocht, de grote mosselen van acht centimeter uit Therapia, aan de Bosporus. Hij maakte ze een voor een open met een draai van een plat mes en liet ze in een kom water vallen. De rijst was halfgaar. Hij hakte dille heel fijn en roerde die door het mengsel; toen goot hij het uit op een schaal om af te koelen. Hij goot de mosselen af, vulde ze met een lepel en drukte de schelpen dicht, waarna hij ze van kop tot kont in laagjes boven op elkaar in een pan legde. Hij hield ze op hun plaats met een bord, voegde er wat heet water uit de ketel aan toe, deed er een deksel op en liet de pan op de kolen glijden.

Hij nam een kip, sneed die in stukken, plette walnoten met de platte kant van zijn hakmes, en bereidde *acen yahnisi* met granaatappelsap.

Toen alles klaar was, pakte hij een lampetkan met een zwanenhals en waste zeer zorgvuldig eerst zijn handen, toen zijn mond, zijn gezicht, zijn hals, en ten slotte zijn edele delen.

Hij rolde zijn mat uit en bad. Toen hij klaar was, rolde hij de mat weer op en legde hem weg in een nis.

Weldra zou hij bezoek krijgen, wist hij.

6

Stanislav Palevski was ongeveer vijfenvijftig jaar oud, met een krans van dikke grijze krullen om zijn kalende hoofd en waterige blauwe ogen met een uitdrukking van smekende droefheid, die teniet werd gedaan door zijn krachtige kin, zijn grote Romeinse neus en zijn koppige, vastberaden mond, die op dit moment opeen was geperst tot een smal streepje door de regen en de wind uit de richting van de kust van Marmara.

Hij liep, zoals hij elke donderdagavond deed, over de weg van de Nieuwe Moskee naar de Gouden Hoorn – een opvallende figuur met een hoge hoed en een geklede jas. Zowel de jas als de hoed had betere tijden gekend; vroeger waren ze zwart; door slijtage en de vochtige lucht van Istanbul waren ze verkleurd tot een soort zeegroen; de fluwelen vleug van zijn hoed was op vele plaatsen glad gesleten, vooral bovenop en aan de rand. Toen hij een paar in sluiers gewikkelde dames naderde, vergezeld door hun begeleider, stapte hij beleefd van de stoep en tikte werktuiglijk tegen de rand van zijn hoed bij wijze van groet. De dames beantwoordden zijn begroeting niet rechtstreeks, maar ze maakten een piepklein buiginkje en Palevski hoorde een onderdrukt gefluister en gegiechel. Hij glimlachte en stapte de stoep weer op om zijn weg te vervolgen.

Terwijl hij dat deed rinkelde er iets in zijn tas; hij bleef staan om te kijken. Er was niets wat een geaccrediteerde ambassadeur van een vreemde mogendheid verbood door de stad te lopen met twee flessen bizongraswodka van tweeënvijftig procent alcohol in zijn tas, maar Palevski had weinig zin om de proef op de som te nemen. Ten eerste wist hij niet helemaal zeker of er niet ooit in de lange, roerige geschiedenis van de stad een edict was uitgevaardigd dat verbood om sterkedrank te vervoeren, op straffe van zweepslagen. Ten tweede bood zijn diplomatieke onschendbaarheid op zijn hoogst een zwakke bescherming. Als de boel in het honderd liep had hij geen boten met kanonnen tot zijn beschikking die de Bosporus konden opvaren om de sultan te bombarderen tot hij voor rede vatbaar was, zoals admiraal Duckworth in 1807 had gedaan voor de Engelsen. Hij had geen enkel middel om de regering onder druk te zetten, zoals de Russen in 1712 hadden gedaan, toen hun ambassadeur achter tralies was gezet in de oude Zeven-Torensvesting. Veertig jaar geleden waren de heersers van Rusland, Pruisen en Oostenrijk met hun legers Polen binnengevallen om het land van de kaart te vegen. Palevski had eigenlijk helemaal geen regering.

De Poolse keizerlijke ambassadeur van de Hoge Poort legde de vochtige doek die zijn flessen beschermde goed, trok de koordjes van zijn tas weer dicht, en liep verder door steeds kleiner wordende straatjes en steegjes tot hij bij een koetspoortje kwam in een van de achterafsteegjes van de oude stad, beneden aan het water bij de Gouden Hoorn. De koetspoort was klein omdat hij half verzonken was: boven het niveau van de modderige straat was slechts het bovenste twee derde deel te zien. Een troep kleine jongens vloog langs hem heen, wat de achterkant van zijn oude jas nog een tikje meer deed glimmen. Een knijpbelletje dat tussen de vingers werd geklepperd kondigde de komst van een man in een ezelkarretje aan. Hij baande zich met wonderbaarlijke trefzekerheid een weg door de nauwe tussenruimten van de smalle middeleeuwse straatjes. Haastig klopte Palevski op de deur. Die werd geopend door een oude vrouw met een blauwe sluier, die zwijgend een stap achteruit deed om hem binnen te laten. Palevski bukte zich en stapte naar binnen, net toen het karretje voorbijreed met een gekletter van kleine hoeven en een kreet van de man aan de teugels.

Buiten viel de schemering, binnen was het zo te zien nooit licht geweest. Palevski vroeg zich even af of er in de afgelopen vijftienhonderd jaar ooit zonlicht tot deze plek was doorgedrongen: de verzonken deuromlijsting stamde uit de vroeg-Byzantijnse tijd, vermoedde hij al heel lang. Hij zou niet weten waarom de donkere houten leuning, die hij stevig vasthield terwijl hij met veerkrachtige tred op de tast naar boven liep, niet Byzantijns was, net als de bouwstenen van het huis, de lateien van de vensters en de Romeinse gewelven boven zijn hoofd.

Boven aan de trap bleef hij staan om op adem te komen en de eigenaardige mengeling van geuren te analyseren die door de verlichte spleet onder de deur doordrongen.

De vriendschap tussen Yashim de eunuch en ambassadeur Palevski lag niet voor de hand, maar was zeer hecht. 'Wij zijn twee helften die samen één geheel vormen, jij en ik,' had Palevski een keer verklaard, nadat hij meer wodka had gedronken dan goed voor hem was – ware het niet dat het bittere kruid in de wodka hem in leven hield en maakte dat hij niet gek werd, zoals hij stellig beweerde. 'Ik ben een ambassadeur zonder land en jij... een man zonder ballen.' Yashim had over deze bewering nagedacht, waarna hij opmerkte dat Palevski in geval van nood zijn land kon terugkrijgen, maar de Poolse ambassadeur was luidkeels in snikken uitgebarsten en had deze woorden weggewuifd. 'Even waarschijnlijk als dat er bij jou weer ballen aangroeien, ben ik bang. Nooit. Nooit. De klootzakken!' Vlak daarna was hij in slaap gevallen. Yashim had een kruier laten komen om hem op zijn rug naar huis te dragen.

De verarmde diplomaat snoof de geuren op en zijn gezicht kreeg een uitdrukking van sluwe beminnelijkheid waar alleen hijzelf van genoot. De eerste geur die hij kon onderscheiden was ui, en ook kip. Hij herkende de zware geur van kaneel, maar er was nog iets wat hij moeilijk kon thuisbrengen, scherp en fruitachtig. Hij snoof nog eens, terwijl hij zijn ogen stijf dichtkneep.

Zonder verder te aarzelen of de vormen in acht te nemen rukte hij de deur open en sprong de kamer binnen: 'Yashim! Yashim! Je wekt onze zielen tot leven voor de poorten van de hel! Acem yahnisi, als ik me niet vergis – dat lijkt heel veel op de Perzische *fesinjan*. Kip, walnoten en het sap van de granaatappel!' verklaarde hij.

Yashim, die hem niet naar boven had horen komen, draaide zich verbaasd om. Palevski zag dat zijn gezicht betrok.

'Kom, kom, jongeman. Ik at dit gerecht al voor jij werd gespeend. Laten we het vanavond in alle oprechtheid een nieuwe, passende naam geven: De ambassadeur was in een slechte bui, maar nu springt zijn hart op! Wat vind je daarvan?'

Hij gaf de flessen aan zijn gastheer. 'Ze zijn nog koud, voel je dat? Fantastisch! Op een dag pak ik een lamp en daal ik af in die kelder om erachter te komen waar dat ijskoude water vandaan komt. Misschien is het een Romeins waterreservoir. Het zou me niets verbazen. Wat een vondst!'

Hij wreef in zijn handen terwijl Yashim hem glimlachend een glas wodka aanreikte. Ze keken elkaar even aan, gooiden toen tegelijk hun hoofd achterover en dronken. Palevski viel aan op de mosselen.

Het zou een lange avond worden. Het wás een lange avond. Toen het uur voor het ochtendgebed aanbrak, besefte Yashim dat hij nog maar negen dagen over had.

7

De straat van de tinsmeden liep iets hoger en ten westen van de Rustem Pasja-moskee die half verscholen lag tussen de steegjes en bochtige achterafstraatjes rondom de zuidelijke ingangen van de Grote Bazaar. Zoals in de meeste buurten voor ambachtslieden, bestond de straat uit een nauwe koker met open werkplaatsen, elk niet veel groter dan een flinke kast, waar de smeden met hun smidsvuur, blaasbalg en hamers werkten aan de gebruikelijke artikelen van hun ambacht: tinnen potjes, keteltjes, kisten met zwakke scharnieren of eenvoudige deksels in alle soorten en maten, van de kleine ronde blikjes voor kohl en tijgerbalsem tot de met ijzer beslagen hutkoffers voor zeelieden en textielhandelaren. Ze maakten messen en vorken, ordetekenen en insignes, brilmonturen en metalen doppen voor wandelstokken. Ieder van hen had zijn

eigen specialiteit; men week zelden of nooit af van de meedogenloze productie van bijvoorbeeld medaillons voor een papiertje met de negenennegentig namen van God tot de onafgebroken vervaardiging van speldendoosjes. Dat waren de
regels van het gilde, die honderden jaren geleden waren vast-
gelegd door de marktrechters en de sultan zelf, en ze werden
alleen overtreden onder zeer bijzondere omstandigheden.

Zou de vervaardiging van een enorme kookpot een bijzondere omstandigheid zijn? vroeg Yashim zich af.

De tinmarkt werd niet geteisterd door mensenmassa's, zoals
de andere ambachtelijke hoofdstraten van Istanbul: de voed-
selmarkten, de specerijenbazaars of de straten van de schoen-
makers. Zelfs de straat van de goudsmeden was drukker. Yashim liep ongehinderd midden op straat en trok weinig
belangstellende blikken. Toen de tinsmeden eenmaal hadden
vastgesteld dat hij een vreemdeling was, dachten ze niet langer
over hem na; ze deden nauwelijks moeite om te ontdekken of
hij rijk, arm, dik of mager was. Geen levende ziel kon hun
meer opleveren dan de bescheiden winst die ze volgens de regels van hun gilde genoten. Niemand zou halt houden bij hun
werkplaats en iets trachten te kopen – tegen een buitensporige
prijs – van hun alledaagse handwerk. De regels van het gilde
lagen vast: er was een kwaliteit en een prijs, niet meer en niet
minder.

Yashim wist dat allemaal. Op dit moment beperkte hij zich
tot kijken. De meeste smeden werkten in de open deur van
hun winkel, zo dicht mogelijk bij het licht en de frisse lucht en
zo ver mogelijk van de rokerige smeltoven die fel brandde op
de achtergrond. Van hieruit produceerden ze, onophoudelijk
kloppend met hun hamers, gestaag een reeks kleine voorwerpen. Hij keek omhoog: de gebruikelijke verzameling hoog
aangebrachte getraliede ramen gaf aan waar de ambachtslieden woonden met hun vrouw en kinderen. De gezellen slie-

pen waarschijnlijk in de werkplaats, dacht Yashim.

Hij sloeg de hoek om naar een binnenplaats en keek naar de achterkant van de huizen. Boven een steeg vol vuilnis kon je de bovenverdiepingen bereiken via gammele trappen die zonder uitzondering naar een smalle deuropening leidden waarin een verschoten stuk tapijt of een in repen geknipte deken hing tegen de vliegen. De platte daken waren de enige plaats waar de vrouwen overdag onbespied naar buiten konden gaan om een luchtje te scheppen. En wie gebruikte die daken 's nachts? Heel wat mensen, veronderstelde hij, je wist maar nooit. Schouderophalend verwierp hij een vaag idee en hernam zijn inspectie van de binnenplaats.

Het geluid van de hamerslagen op het tin klonk hier zwakker: het werd gebroken door de muren en klonk als de muziek van kwakende kikkers in een nabijgelegen meer. Er waren een paar smeden aan het werk in de nissen van de binnenplaats zelf: de binnenplaats werd gebruikt als karavanserai, waar de tinhandelaren het ruwe materiaal voor het ambacht naartoe brachten en verkochten aan de smeden buiten op straat, als die het nodig hadden. Hier lagen dikke stapels tinnen platen in ogenschijnlijk willekeurige vormen: hun eigenaars zaten ertussenin op lage krukjes en vormden in hun rust een contrast met de aritmische kakofonie in de straat daarachter. Ze namen kleine slokjes van hun thee en lieten de kralen door hun handen glijden. Zo nu en dan verkochten ze iets; de tinsmid knipte een stuk uit de plaat, de tinhandelaar woog het af en de smid nam het mee.

Yashim liep weer naar buiten voor een laatste blik. De grotere voorwerpen – hoofdzakelijk lantaarns en hutkoffers – lagen op de grond, buiten de werkplaatsen. Maar Yashim was ervan overtuigd dat er nergens, binnen of buiten, plaats was om onopgemerkt een kookketel te bouwen die zo groot was dat er een man in paste.

Iemand zou het hebben gezien, dacht hij.

En die persoon, dacht hij, zou zich met recht hebben verwonderd. Waarom, in naam van alle heilige dingen, zou iemand een kookketel van tin willen maken?

Van zo'n formaat, ook! De grootste kookketel die iemand ooit had gezien sinds – wanneer?

Yashim verstijfde. Overal om hem heen sloegen de tinsmeden hun betekenisloze loflied vol vogelgeluiden aan ijver en vakmanschap, maar hij hoorde het niet langer. Hij wist in een flits wanneer hij het had gezien.

Tien jaar geleden. De nacht van 15 juni 1826.

8

Zodra die gedachte door hem heen flitste, had Yashim het gevoel dat iedereen naar hem keek. Het was alsof het besef hem deed gloeien.

In een café in de buurt staarde Yashim met nietsziende ogen over straat, terwijl de waard hem een kop koffie bracht. In zijn achterhoofd had het onophoudelijke gehamer van de tinsmeden zich vermengd met een herinnering aan dat angstaanjagende geluid, tien jaar geleden, toen de janitsaren op hun ondersteboven gekeerde kookpotten trommelden. Het was een eeuwenoud signaal dat door niemand in het paleis, in de straten of in de huizen van Istanbul verkeerd werd begrepen. Het was de bron van alle soorten kabaal, en het betekende niet dat de janitsaren meer te eten wilden hebben.

Ze dorstten naar bloed.

Door de eeuwen heen was dat opzwepende, griezelig hard-nekkige geluid van de janitsaren die op hun kookpotten sloe-gen het voorspel voor de dood die door de straten waarde; ge-vierendeelde mannen, geslachtofferde prinsen. Was het altijd zo geweest? Yashim wist heel goed wat de janitsaren hadden bereikt. Iedere janitsaar was gerekruteerd uit een lichting van de meest geharde, veelbelovende, wakkere christelijke jongens uit het hele keizerrijk. Ze werden naar Istanbul gevoerd, moes-ten het geloof opgeven van de boeren uit de Balkan die hen hadden grootgebracht, en trouw zweren als slaven van de sul-tan die hen aanvoerde. Ze vormden een keurkorps. Een angst-aanjagende vechtmachine die de Ottomaanse sultans hadden losgelaten op hun vijanden in Europa.

Het Ottomaanse Rijk vervulde de gehele beschaafde wereld met angst, maar het waren de janitsaren die de ongelovigen naar de keel vlogen. De verovering van Sofia en Belgrado. De verovering van Istanbul zelf, in 1453 ontworsteld aan de Grie-ken. Het Arabische schiereiland, met inbegrip van de heilige steden. Mohacs in 1526, toen de bloem van de Hongaarse adel in de pan werd gehakt en Suleiman de Geweldige zijn mannen liet oprukken naar Boedapest, en als de bliksem voortsnelde naar de poorten van Wenen. Rhodos en Cyprus, Egypte en de Sahara. In 1566 hadden de janitsaren zelfs voet aan wal gezet in Frankrijk en een jaar doorgebracht in Toulon.

Totdat – wie zou kunnen zeggen waarom? – er een eind kwam aan de overwinningen. De voorwaarden voor toetre-ding veranderden. De janitsaren vroegen toestemming om te trouwen. Ze dienden verzoekschriften in om handel te mogen drijven wanneer er niet gevochten werd, teneinde hun gezin-nen te onderhouden. Ze lieten hun zonen toetreden tot het korps, en langzamerhand vertoonde het korps een groeiende tegenzin om te vechten. Ze waren nog steeds gevaarlijk: ze wa-ren overladen met voorrechten en terroriseerden de gewone

inwoners van de stad. Ze waren bestemd om op het slagveld te
sterven aan de eenzame grenzen van een steeds verder uitdij-
end keizerrijk, en ze genoten alle vrijheid en onschendbaarheid die het volk en de sultan konden verlenen aan mannen
die spoedig als martelaars zouden sterven. Maar ze streefden
niet langer naar het martelaarschap. De mannen die vroeger
waren uitgezonden om dood en verderf te zaaien in Europa
deden een eenvoudige ontdekking: het was gemakkelijker – en
veel minder gevaarlijk – om terreur uit te oefenen in hun eigen
stad.

Het paleis deed pogingen hen tot rede te brengen. Pogingen
hen te straffen. In 1618 trachtte sultan Osman hen omver te
werpen: ze lieten hem doden, zoals Yashim wist, door zijn tes-
tikels te verbrijzelen, een manier om iemand te executeren die
geen sporen achterliet op het lichaam. Een bijzondere man,
een bijzondere dood. Men beschouwde het als een passende
dood voor een lid van de keizerlijke familie. Nog later, in 1635,
ronselde sultan Murad IV dertigduizend janitsaren, marcheerde met ze naar Perzië en joeg ze de dood in. Maar het
korps overleefde het.

Langzaam kwamen de Ottomaanse sultans tot de pijnlijke
ontdekking dat ze niet langer in staat waren zichzelf goed te
verdedigen. Onbetrouwbaar als ze waren maakten de janitsaren nog steeds aanspraak op de hoogste militaire macht: ze
waren onoverwinnelijk. Het gewone volk was bang voor hen.
In de handel maakten ze misbruik van hun privileges, zodat ze
gevaarlijke concurrenten werden. Ze gedroegen zich bedrei-
gend en aanstootgevend als ze door de straten van de stad paradeerden, tot de tanden gewapend, met stokken zwaaiend,
onbeschofte godslasteringen uitend. Buiten het Topkapi-paleis, tussen de Hagia Sofia en de Blauwe Moskee, lag een open
terrein dat het Atmeydan werd genoemd, de antieke hippodroom van de Byzantijnse keizers. Op dat terrein groeide een

enorme plataan, waar de janitsaren zich altijd verzamelden bij de eerste tekenen van moeilijkheden, want de gevlekte, afbladderende stam van de janitsarenboom was het middelpunt van hun wereld; zoals het paleis het middelpunt was van de Ottomaanse regering en de Hagia Sofia het hart van het religieuze leven Onder de takken van de janitsarenboom vertelden de janitsaren elkaar hun grieven en geheimen, en daar beraamden ze opstanden. Aan de buigzame takken van de boom hingen ze de lijken van de lieden die hun ongenoegen hadden gewekt: ministers, viziers, hovelingen, aan hun bloeddorstigheid opgeofferd door een doodsbange reeks zwakke, besluiteloze sultans.

Ondertussen vielen de landen die door de legers van de sultan in naam van de islam waren veroverd in handen van de ongelovigen: Hongarije, Servië, de Krim. In Egypte bouwde Ali pasja de Albaniër voort op de ervaring van de napoleontische invasie om de *fellahin*, de Egyptische boeren, te drillen als soldaten in West-Europese stijl. Toen Griekenland verdween, uit het hart van een keizerrijk waar de helft van de mensen Grieks sprak, was dat de genadeklap. De Egyptenaren hadden dapper gevochten; zij verdienden alle lof. Ze waren goed geoefend en gedisciplineerd, ze beschikten over gevechtstactieken en moderne geweren. De sultan begreep de boodschap en begon zijn eigen legermacht te drillen in Egyptische stijl: de Nieuwe Garde van de seraskier.

Dat was tien jaar geleden. De sultan vaardigde het bevel uit dat de janitsaren de westerse stijl van de Nieuwe Garde moesten overnemen, wetend dat zij geprovoceerd en beledigd zouden zijn. De janitsaren liepen in de val en kwamen in opstand. Ze gaven alleen om hun eigen bevoorrechte positie, en keerden zich tegen het paleis en de onervaren Nieuwe Garde. Ze waren echter niet alleen lui geworden, maar ook dom. Ze werden gehaat door het volk. De sultan had zich goed voorbereid.

Toen de janitsaren in de nacht van donderdag 15 juni hun kookpotten ondersteboven keerden, duurde het dankzij moderne hulpmiddelen één dag om uit te voeren wat niemand in de voorgaande driehonderd jaar had kunnen bereiken. Op de avond van de zestiende juni hadden de efficiënte moderne kanonnen van de Nieuwe Garde de muitende kazerne van de janitsaren verpulverd tot een smeulende ruïne. Duizenden janitsaren waren op slag dood; de anderen renden voor hun leven en stierven in de straten van de stad, in de bossen buiten de stadsmuren en in de holen en schuilplaatsen waar ze zich hadden verschanst om te overleven.

Het was een trauma dat het keizerrijk nog steeds niet te boven was gekomen, dacht Yashim. Sommige mensen zouden er nooit overheen komen.

9

Een man met roet tot zijn ellebogen en een leren schort aan was op straat voor zijn werkplaats bezig een lantaarn te maken. Met een tang boog hij de tinnen platen in de gewenste vorm. Hij maakte ze aan elkaar vast met een snelheid en behendigheid die Yashim bewonderend gadesloeg, tot de man vragend opkeek.

'Ik zou graag willen dat u een prijs noemt voor een enigszins ongewoon ding,' verklaarde Yashim. 'Ik heb de indruk dat u grote voorwerpen maakt.'

De man bromde instemmend. 'Wat wilt u hebben, efendi?'

'Een kookpot. Een heel grote kookpot – even groot als ik, op pootjes. Kunt u die maken?'

De man ging rechtop staan en streek met zijn hand over zijn nek, terwijl zijn gezicht vertrok van de pijn.

'Vreemde tijd van het jaar voor een grote kookpot,' merkte hij op.

Yashim zette grote ogen op. 'Kunt u dat? Hebt u dat weleens eerder gedaan?'

Het antwoord van de smid verbijsterde hem.

'Ik doe het bijna elk jaar. Grote tinnen kookpotten voor het soepmakersgilde. Die gebruiken ze voor de processie door de stad.'

Natuurlijk! Waarom had hij daar niet aan gedacht? Elk jaar houden de leden van de verschillende gilden een processie door de straten naar de Hagia Sofia. Ieder gilde trekt een enorme praalwagen met zich mee, beladen met de gereedschappen van zijn ambacht. De leden van het kappersgilde hebben een enorme schaar en bieden het publiek gratis knipbeurten aan. De vishandelaren maken een schip van hun praalwagen en staan netten uit te werpen en aan touwen te trekken. De bakkers zetten een oven op hun wagen en gooien warme broodjes naar de mensen. En de soepmakers: enorme zwarte kookpotten met verse soep, die ze in kleine aardewerken kroesjes scheppen en uitdelen aan de menigte als ze langskomen. Carnaval.

'Maar een tinnen kookpot zou die hitte en dat gewicht niet kunnen verdragen,' wierp Yashim tegen.

De smid lachte.

'Die zijn niet echt! De hele praalwagen zou instorten als ze echt waren. U denkt toch niet, efendi, dat de kappers mensen knippen met die gigantische schaar? Ze zetten een kleinere kookpot in die tinnen ketel en doen alsof. Voor de grap.'

Yashim voelde zich net een dom kind.

'Hebt u onlangs een van die grote kookpotten gemaakt? Buiten het seizoen?'

'We maken de kookpotten wanneer het gilde ze bestelt. De rest van het jaar, nou,' – hij spuugde in zijn handen en pakte de tang weer op – 'dan maken we gewoon lantaarns en zo. De kookpotten raken een beetje beschadigd en ze splijten, dus we maken nieuwe als de tijd rijp is. Als u er een zoekt, zou ik met iemand van het soepmakersgilde gaan praten, als ik u was.' Hij keek Yashim aan en er verschenen lachrimpeltjes om zijn ogen. U bent toch niet de mulla Nasreddin?'

'Nee, ik ben niet de mulla,' lachte Yashim.

'Het klinkt toch als een of andere grap. Als u me wilt verontschuldigen...'

10

Het meisje lag op het bed in haar maagdelijke feestkleren, met haar ogen dicht. Haar haar was kunstig gevlochten en opgestoken met een speld van malachiet. Misschien kwam het door de kohl, maar haar ogen leken erg donker, terwijl de huid van haar mooie gezicht bijna glinsterde in de strepen zonlicht die tussen de latten van de luiken door de kamer in vielen. Dikke kwasten van gouddraad hingen aan de doorzichtige sjaal om haar borsten en haar lange benen waren gehuld in een satijnen mousselinen pofbroek die zo dun was dat ze naakt leek. Een klein gouden slippertje bungelde aan een teen van haar linkervoet.

De tong die een klein eindje naar buiten stak tussen haar roodgeverfde lippen, duidde erop dat ze meer dan een kus nodig had om wakker te worden.

Yashim boog zich voorover en onderzocht de hals van het meisje. Twee blauwe plekken aan weerszijden van haar keel. Er was hard geknepen en ze was van voren gewurgd: ze moest het gezicht van de moordenaar hebben gezien voor ze stierf.

Hij keek omlaag naar het lichaam van het meisje en voelde een hevig medelijden. Zo gaaf: zoals ze daar dood lag zag ze eruit als een edelsteen, glanzend en koud. Haar schoonheid was onbereikbaar voor iedere aanraking. En ik zal net zo sterven als zij, dacht hij bedroefd: een maagd. Zwaarder verminkt, in mijn geval. Hij duwde die gedachten snel weg; jaren geleden hadden ze hem gemarteld en gek gemaakt, maar hij had geleerd ze in bedwang te houden. Die gedachten, die verlangens waren van hem, en daarom kon hij ze in een schede steken, als een zwaard. Hij leefde. Dat was goed.

Zijn ogen dwaalden over haar huid. Door de dood zag ze bleek als koude witte boter. Hij zag bijna over het hoofd dat ze toch niet helemaal volmaakt was. Rond de middelvinger van haar rechterhand ontdekte hij een vaag spoor van een smalle band waar de huid was ingedrukt. Ze had een ring gedragen: die was nu weg.

Hij keek op. Er was iets veranderd in de sfeer van de kamer – een lichte verandering in de luchtdruk misschien, een verandering in het evenwicht tussen de levenden en de doden. Hij draaide zich snel om en keek de kamer rond: wandtapijten, pilaren, een heleboel hoeken waar iemand zich zou kunnen verstoppen. Iemand die al een moord had gepleegd?

Uit het schemerduister schreed een vrouw naar voren, met haar hoofd schuin opzij en uitgestrekte armen.

'Yashim, chéri! Tu te souviens de ta vieille amie?'

Het was de valide sultan, de koningin-moeder in eigen persoon; haar stem klonk precies als die van de markiezin De Merteuil, merkte hij zonder verbazing op. Zij was degene die hem het boek had gegeven. In zijn dromen sprak de markiezin

Frans, maar Yashim zou nooit weten dat ze een creools accent had.

Ze greep zijn handen en gaf hem drie kleine kusjes op zijn wang. Vervolgens wierp ze een blik op het mooie, levenloze lichaam dat daar lag opgebaard zodat hij het kon onderzoeken.

'*C'est triste,*' zei ze alleen. Ze wierp een blik omhoog om hem aan te kijken. 'Arme jij.'

Hij wist precies wat ze bedoelde.

'*Alors*, weet je wie het gedaan heeft?'

'Zeker. Een Bulgaarse visser.'

De valide sultan sloeg een mooie hand voor haar mond.

'Ik was vijftien of zo.'

Ze wuifde hem glimlachend weg.

'Yashim, *sois sérieux*. Het meisje is dood en – praat nu niet te hard – mijn juwelen zijn ook verdwenen. De juwelen van Napoleon. Het gaat helemaal niet goed in de *appartements*.'

Yashim staarde haar aan. In het schemerlicht zag ze er bijna jong uit; ze was nog steeds mooi, in elk licht. Hij vroeg zich af of het dode meisje op die leeftijd ook zo mooi zou zijn geweest – of zich zo lang zou hebben weten te handhaven. Aimée – de moeder van de sultan. Zij speelde de rol waar iedere vrouw in de harem voor vocht: slapen met de sultan, een zoon baren en op den duur bewerkstelligen dat hij tot de troon van Osman werd verheven. Elke stap vereiste een hogere concentratie van wonderen. Maar de vrouw die voor hem stond had een bijzondere voorsprong gehad: zij was Frans. Vanaf het begin had ze al een wonder in haar zak.

'Je gaat me toch niet vertellen dat ik je nooit de juwelen van Napoleon heb laten zien?' zei ze. 'Mijn god, je bent een geluksvogel! Ik verveel iedereen met die juwelen. Ik bewonder ze, mijn gasten bewonderen ze – en ik weet heel zeker dat iedereen ze net zo lelijk vindt als ik. Maar ik heb ze gekregen van keizer Napoleon. *Personnellement!*'

Ze wierp hem een ondeugende blik toe.

'Jij denkt – sentimentele waarde? Flauwekul. Nee, ze zijn een onderdeel van mijn *batterie de guerre*. Schoonheid is niets bijzonders binnen deze muren. Maar distinctie is onbetaalbaar. Kijk naar háár. Nergens in de bergen van Tsjerkessië zul je een tweede meisje vinden dat zo mooi is – maar mijn zoon zou haar naam binnen een week zijn vergeten. Tanja? Alesja? Wat kan het schelen?'

'Iemand kon het iets schelen,' merkte Yashim op. 'Iemand heeft haar vermoord.'

'Omdat ze mooi was? Poeh, iedereen is hier mooi.'

'Nee. Misschien omdat ze op het punt stond met de sultan te slapen.'

Ze keek hem scherp aan; op een moment als dit was het hem volkomen duidelijk waarom zij valide was, en niemand anders. Hij hield haar blik vast.

'Misschien.' Ze haalde bekoorlijk haar schouders op. 'Ik wil je iets zeggen over mijn juwelen. Lelijk, erg bruikbaar – en een fortuin waard.'

Hij vroeg zich af of ze geld nodig had, maar ze had zijn gedachten geraden. 'Je weet nooit,' zei ze, terwijl ze hem op de arm tikte. 'Dingen gaan nooit precies zoals je verwacht.'

Hij maakte een lichte buiging om de waarheid van haar opmerking te bevestigen. In zijn leven was het waar. In het hare? Zonder enige twijfel: de onverwachte wendingen in haar leven waren zeer grillig.

Vijftig jaar geleden was een jonge vrouw aan boord gestapt van een Franse pakketboot, op weg van West-Indië naar Marseille. Ze was opgegroeid op het Caribische eiland Martinique en werd naar Parijs gestuurd om haar opvoeding te voltooien en een passende echtgenoot te vinden.

Ze kwam nooit aan. In het oostelijke deel van de Atlantische Oceaan werd haar schip gekaapt door een Noord-Afrikaanse *xebec*, en de mooie jonge vrouw werd gevangengenomen door Algerijnse zeerovers. De zeerovers gaven haar ten geschenke aan de bey van Algiers, die verbaasd stond over haar exotische schoonheid en haar blanke, blanke huid. De bey wist dat ze veel te veel waard was om haar te houden. Dus stuurde hij haar door, naar Istanbul.

Maar dit was pas de helft van het verhaal, de helft die louter ongewoon was. Door de eeuwen heen waren er meer christelijke gevangenen in het bed van de sultan beland. Niet veel – een paar. Maar de spelingen van het lot zijn krachtig en ondoorgrondelijk. Op Martinique was de jonge Aimée bijna onafscheidelijk geweest van een ander Frans creools meisje, dat Rose Tascher de la Pagerie heette. Een jaar nadat Aimée was vertrokken op haar noodlottige reis naar Frankrijk, was de jonge Rose haar gevolgd. Dezelfde route, een fortuinlijker schip. Aangekomen in Parijs doorstond ze de revolutie, gevangenschap, honger en de begeerte van ambitieuze mannen en werd de minnares, vrouw en later keizerin van Napoleon Bonaparte, de keizer van Frankrijk. Aimée, de jeugdvriendin van Rose, was van het toneel verdwenen als valide sultan. Rose was keizerin Josephine.

Je weet nooit.

Ze richtte zich op en gaf hem een kuise zoen. Bij de deur draaide ze zich om.

'Vind mijn juwelen terug, Yashim. Vind ze snel – of ik zweer dat ik je van mijn levensdagen nooit meer een nieuw boek zal lenen!'

11

's Nachts in de regen kan zelfs een stad van twee miljoen zielen rustig en verlaten zijn. Het was het stille uur tussen het avondgebed en het gebed voor de nacht. Een rat met een glinsterende natte vacht kroop uit een overstromend riool en vluchtte weg langs het fundament van een gebouw, op zoek naar een veilig heenkomen. Hij werd bijna onmerkbaar achtervolgd door het stijgende water.

Langzaam steeg de plas, van de ene keisteen naar de andere; het water probeerde een weg te zoeken tussen de keien door. Waar het een uitweg vond, stroomde het door. Blindelings maar onophoudelijk zocht het water een weg langs de heuvel omlaag. Van tijd tot tijd stond het stil, vormde een plas, en stroomde opnieuw door, zich hardnekkig een weg banend naar de Bosporus. Langs de oevers van zijn heldere spoor liet het water modder, takjes, haren en etensresten achter. Het stak een kruispunt over, maar vormde een nieuwe poel aan de overkant, waar een stenen trap omlaagleidde naar de Overwinningsmoskee, die kortgeleden aan de oever was voltooid.

De regen die gestaag neerviel bleef zich ophopen bij het riool. Op het uur van de morgenster stuurde de conciërge van de Overwinningsmoskee twee werklieden op pad om de oorzaak op te sporen van de stortvloed die dreigde door de betonnen vloer te sijpelen en de tapijten te beschadigen. Ze trokken hun wollen capes over hun hoofd, hielden ze met hun ellebogen omhoog tegen de regen en liepen de trap op.

Ongeveer tweehonderd meter heuvelopwaarts stuitten ze op een stuk weg dat in een poel was veranderd, en ze prikten voorzichtig met hun stokken in het modderige water.

Ten slotte lokaliseerden ze het riool en gingen aan de slag

om het te ontstoppen: eerst met de stokken en later met hun handen en voeten, terwijl ze tot aan hun kin in het ijskoude, smerige water stonden. Het obstakel was een zacht pakket, zo strak omwikkeld met touwen dat geen van beide mannen er vat op kon krijgen. Hun voeten slipten telkens weg in de ijzige smurrie zodat ze onderuitgleden. Uiteindelijk, net voor de dageraad, slaagden ze erin om een stok als hefboom tussen het pakket en de rand van het riool te wurmen, zodat ze het ver genoeg omhoog konden hijsen om het water gorgelend te laten ontsnappen.

De werkman die gebogen tot aan zijn borst in het water stond en het obstakel vastgreep zag eindelijk iets wat er op het eerste gezicht uitzag als een gigantische kalkoen, met touwen omwikkeld om gebraden te worden.

Wat hij daarna zag, maakte dat hij verschrikkelijk moest kotsen.

12

Yashim rolde uit bed, trok een *djellaba* en slippers aan, pakte zijn geldbuidel van een haak en liep naar beneden, de straat op. Na drie keer een hoek te zijn omgeslagen belandde hij in de Kara Davut Sokaği, waar hij twee koppen sterke, zoete koffie dronk en een *borek* at, een in olie gebakken broodje van bladerdeeg dat met honing was gezoet. Als hij 's avonds in bed lag, op het moment dat mensen wakker liggen en plannen maken voor ze in slaap vallen, overwoog Yashim dikwijls om van zijn kamer in de huurkazerne te verhuizen naar een huis dat groter en lichter was, met een mooi uitzicht. Hij ontwierp een kleine bibliotheek voor zichzelf, met een gerieflijke, goedverlichte alkoof waar hij kon lezen, en een prachtige keuken met een zijkamer waar een bediende kon slapen – iemand die 's morgens het vuur oprakelde en hem zijn koffie bracht. Soms keek de bibliotheek uit over de blauwe Bosporus, soms de keuken. Het water wierp rustgevende lichtpatronen op het plafond. Door een open raam kwam een zomerbriesje.

En 's ochtends, wanneer hij afdaalde naar de Kara Davut, besloot hij altijd dat hij zou blijven waar hij was. Zijn boeken zouden hem dreigend blijven aanstaren vanuit het halfduister. Zijn keuken zou de kamer vullen met de geur van kardemom en munt en de stoom zou de ruiten doen beslaan. Hij zou de steile trappen op en af zwoegen en zo nu en dan zijn hoofd stoten tegen de lateibalk van de verzonken poortdeur. Omdat de Kara Davut het soort straat was waar hij van hield. Vanaf het moment dat hij dit café had ontdekt, waar de eigenaar zich altijd herinnerde hoe hij zijn koffie graag dronk – zwart, geen specerijen, een klein beetje suiker – was hij gelukkig geweest in de Kara Davut. Iedereen kende hem, maar ze waren niet nieuwsgierig en ze roddelden niet. Niet dat hij de mensen iets verschafte waarover ze konden roddelen: Yashim leidde een rustig, onberispelijk leven. Hij ging op vrijdag naar de moskee, net als de anderen. Hij betaalde zijn rekeningen. In ruil daarvoor verlangde hij niets meer dan met rust gelaten te worden terwijl hij 's ochtends achter zijn kopje koffie zat, naar het schouwspel in de straat keek, gewenkt werd door de vishandelaar met het nieuwtje dat er een goede vangst was of een bezoek bracht aan de Libische bakker die zulk heerlijk brood verkocht.

Was dat helemaal waar? Wilde hij echt met rust gelaten worden? Het briefje van de seraskier, de oproep van de sultan, de knipoog van de vishandelaar en de koffie die elke dag precies goed voor hem werd bereid: waren dat niet de banden die hij nodig had? Yashims ogenschijnlijke onzichtbaarheid beschouwde hij zelf wel eens als een beschermende pose, zijn eigen variant op de theatrale maniertjes van die kleine gecastreerde jongens die opgroeiden tot de eunuchbeschermheren van een familie. Ze slenterden achter degenen die ze begeleidden aan, grimassend, pruilend en hun handen wapperend naar hun hart. Misschien was zijn afstandelijkheid een houding die hij had aangenomen, omdat de marteling te scherp en bijtend was om het zonder maniertjes te kunnen verdragen. Een flinterdun toneelstuk.

Yashim keek uit over de straat. Een imam met een hoge witte hoed lichtte zijn zwarte gewaad een paar centimeter op om te voorkomen dat het vies zou worden door een plas water. Hij liep rustig zonder op of om te kijken langs het café. Een kleine jongen met een brief draafde voorbij en stond stil bij een naburig café om de weg te vragen. Uit de tegenovergestelde richting kwam een schaapherder met een kleine kudde, die hij in bedwang hield met een hazelhouten staf, onophoudelijk tegen ze pratend, zich niet bewust van de drukke straat, alsof ze over een verlaten paadje door de heuvels van Thracië liepen. Er liepen twee gesluierde vrouwen naar de baden; een zwarte slaaf liep achter hen aan met een bundel kleren. Een drager, zwaar gebukt onder zijn mand, werd gevolgd door een karavaan van muildieren met houtblokken voor het vuur, en er schoten Griekse kindertjes heen en weer tussen hun kletterende hoeven. Daar liep een *cavass*: een in dikke windsels gestoken politieman met een rode fez en zijn pistolen tussen zijn riem, en twee Armeense kooplieden. De een liet zijn kralen slingeren, de ander telde ze met zijn vingers onder het praten.

Yashim dronk zijn koffie en tandenknarste. Hij was ooit van haat vervuld geweest; dat was voorbijgegaan. Het was langzaam weggeëbd, als een zich terugtrekkende vloed. In zijn geest had het een glanzende afdruk achtergelaten, de gevaarlijke contour van bitterheid en razernij. Tegenwoordig liep hij voorzichtig over het strand waar de vloed zijn sporen had achtergelaten, en probeerde oude herkenningspunten te ontdekken. Uit de veelheid van alledaagse dingen die hij tegenkwam trachtte hij de elementen aaneen te rijgen tot een eerzaam leven.

Yashim kneep zijn ogen stijf dicht en concentreerde zich op zijn plannen voor die dag. Hij moest een bezoek brengen aan de seraskier. Toen hij gisteren in de vroege ochtenduren naast die grote kookpot stond, was hij zo overrompeld dat hij een aantal vragen niet had gesteld. Wat hadden de soldaten gedaan op de avond dat ze verdwenen? Wat vonden hun familieleden van de zaak? Wie waren hun vrienden? Wie waren hun vijanden?

En dan was er die kookpot waar hij aan moest denken: het vreemdste en griezeligste aspect van de hele zaak. Hij moest een bezoek brengen aan de soepmakers om te horen wat zij ervan vonden.

Wat betreft het meisje in het paleis en de juwelen van de valide, dat was – zou je kunnen zeggen – meer een vertrouwelijke kwestie. Elk huis kende een domein dat de harem werd genoemd, verboden voor buitenstaanders. In het Topkapi-paleis was dit domein vierhonderd vierkante meter groot, een doolhof van gangen en binnenplaatsen, wenteltrappen en balkonnetjes die zo ingenieus was ontworpen dat hij even doeltreffend voor de blikken van de buitenwereld was afgesloten alsof hij in de grote Sahara lag, in plaats van midden in een van de grootste steden ter wereld.

Alleen in zeer uitzonderlijke gevallen kon iemand anders dan de sultan of zijn mannelijke familieleden de harem betreden.

Yashim was een van die uitzonderingen. Hij kon gaan en staan waar een gewone man niet kon komen, op straffe des doods.

Het was niet juist om de harem van het paleis een groot belang toe te kennen. Het was niet de harem die de eunuchen maakte, hoewel er veel eunuchen werkten. De zwarte eunuchen, geleid door de kislar aga, oefenden in feite de macht uit in de harem. Evenals veel blanke eunuchen, evenals de castraten uit het Vaticaan, verschilde Yashim van die mannen. Hij zou nooit vader kunnen worden, maar hij bezat nog steeds de wezenlijke mannelijke vorm, én functioneerde tot op zekere hoogte ook als zodanig; in tegenstelling tot de zwarte eunuchen uit het paleis, bij wie de geslachtsdelen geheel waren afgesneden: afgehakt tot op de romp, met één slag van het kromzwaard, gehanteerd door een slavenhandelaar in de woestijn. Ieder van hen droeg nu een kunstig bewerkt zilveren buisje bij zich, in de plooien van zijn tulband gestoken, om de meest bescheiden lichamelijke verrichting uit te voeren.

Toch werden er al ten tijde van Darius en Alexander mannen gecastreerd om een heerser te dienen. Vanaf de tijd dat het concept van de dynastie ontstond waren er eunuchen geweest die het bevel voerden over de vloot, die generaals waren in het leger, die scherpzinnig het beleid van de staat uitstippelden. Soms beschouwde Yashim zichzelf als een lid van een vreemde broederschap, de schaduwwereld van de beschermheren: mannen die sinds onheuglijke tijden buiten het leven hadden gestaan, teneinde beter te kunnen hoeden en dienen. Daar hoorden ook de eunuchen bij uit de oudheid, en die van de Chinese keizer in Peking. Wat zou je zeggen van de katholieke hiërarchie in Europa, die de celibataire priesters had voortgebracht die de christelijke koningen dienden? De dienst van een onvruchtbare man begon en eindigde met zijn dood, evenals zijn verlangens. Tijdens zijn leven waakte hij over de krioelende mierenhopen van de mensheid, gevrijwaard van de menselijke preoccupatie met wellust, een lang leven en nakomelingen. Ten prooi, in het ergste geval, aan een voorliefde voor opschik en onbeduidende prullen, een fascinatie voor zijn eigen verval, en een neiging tot hysterie en kleinzielige jaloersheid. Yashim kende die eunuchen heel goed.

Wat de harem betreft, natuurlijk kon geen der vrouwen die daar woonde uit vrije wil komen of gaan. In die zin was de opdracht van Yashim in de harem een privékwestie. Zelfs de tijd verliep daarbinnen anders: de harem kon wachten. Buiten de harem had hij slechts negen gewone dagen, zoals de seraskier had gewaarschuwd.

Terwijl hij de borek-kruimels van zijn mond veegde, besloot Yashim dat hij eerst een bezoek zou brengen aan het gilde en daarna langs zou gaan bij de seraskier. Naderhand zou hij naar de harem gaan om allerlei mensen te ondervragen, afhankelijk van de dingen die hij te weten kwam.

Dat verklaart waarom de café-eigenaar zijn hoofd schudde en met een machteloos gebaar naar de straat wees, toen een kleine jongen, hijgend en rood aangelopen, met een dringende brief voor Yashim van de seraskier in zijn hand het café kwam binnenrennen.

13

Mustafa de Albaniër rook met een wantrouwig gezicht aan de kom met pens. Er waren bepaalde figuren in de stad die ketterse beginselen hadden omhelsd, wist hij. Van dag tot dag – daarvan was hij overtuigd – strekte hun gevaarlijke invloed zich verder uit over de zwakke, beïnvloedbare leden van de maatschappij: jonge mensen, mensen van buiten de stad, zelfs studenten aan de theologenscholen, die beslist beter zouden moeten weten, bezweken maar al te gemakkelijk voor de listige verlokkingen van deze schurken. Sommigen van hen maakten eenvoudig misbruik van het vertrouwen van de autoriteiten, dat wist hij maar al te goed. Anderen – en wie durfde te beweren dat ze niet werden aangemoedigd door dat rampzalige voorbeeld? – erkenden in het geheel geen autoriteiten. Nou, dacht hij grimmig, hij was er om die ideeën uit te roeien.

Hij snoof nog eens. De kleur van de soep was goed: geen duidelijke tekenen van vernieuwing te bespeuren. Mustafa was een volgeling van de uitspraken van de Profeet, hij ruste in vrede: verandering houdt vernieuwing in, vernieuwing leidt tot godslastering, en godslastering leidt tot het hellevuur. Het idee dat je een snuifje fijngestampte koriander moest toevoegen aan een goede penssoep was het soort nieuwlichterij dat, als het ongehinderd voortschreed, geleidelijk aan het hele gilde zou ondermijnen, en zijn vermogen om de stad naar behoren te dienen teniet zou doen. Het maakte geen verschil of de ketters de specerijen in rekening brachten of niet: in de geest van de mensen zou verwarring zijn gezaaid. Als men misbruik kon maken van een zwakheid, zou de hebzucht worden aangemoedigd.

Mustafa snoof nog eens. Hij hief de hoornen lepel die om zijn hals hing als een symbool van zijn ambt, doopte die in de kom en roerde de inhoud om. Pens. Uien. Regelmatig van vorm, licht gekarameliseerd. Hij schepte diep tot op de bodem van de kom en onderzocht de lepel nauwkeurig in het licht op vlekjes of oneffenheden. Gerustgesteld bracht hij de lepel naar zijn mond en slurpte luidruchtig. Penssoep. Hij smakte met zijn lippen; zijn meest directe angst was tot bedaren gebracht. Welke geheimen deze jonge gezel ook in het diepst van zijn hart bewaarde, hij was zonder meer in staat op verzoek het juiste product te maken.

Twee paar angstige ogen volgden de lepel naar de mond van de gildemeester. Ze zagen de soep naar binnen glijden. Ze hoorden de soep tegen Mustafa's gehemelte spoelen. Ze keken gespannen toe hoe hij zijn hand bij zijn oor hield. Toen zagen ze, verrukt, dat hij even knikte. De gezel had zijn meesterproef gehaald. Er was een nieuwe meester-soepmaker opgestaan.

'De soep is lekker. Houd een oogje op de uien: gebruik nooit te grote uien. De grootte van je vuist is goed, of kleiner.' Hij hief zijn enorme poot op en balde zijn vuist. 'Te groot!' Hij schudde zijn vuist en lachte. De gezel giechelde zenuwachtig.

Ze bespraken de maatregelen voor zijn formele toetreding tot het gilde, zijn vooruitzichten, zijn hoeveelheid spaargeld en de vraag of het waarschijnlijk was dat hij binnen een paar jaar een openstaande betrekking zou vinden. Mustafa wist dat dit het gevaarlijkste moment was. Net volleerde soepmeesters wilden altijd direct beginnen, ongeacht de omstandigheden. Je moest geduld en nederigheid bezitten om bij een oude meester te blijven werken terwijl je wachtte tot er een winkel vrijkwam.

Geduld, ja. Ongeduld leidde tot koriander en het hellevuur. Mustafa trok aan zijn snor en keek de jonge man doordringend aan. Was hij geduldig? Wat hemzelf betreft, geduld was zijn tweede natuur, dacht hij. Hoe had hij zijn leven kunnen leiden zonder geduld te verwerven in hoge, verlossende hoeveelheden?

14

Het was een eigenaardig verzoek, want wat moest een man met een speelgoedketel in deze tijd van het jaar? Mustafa de Albaniër had de indruk dat er een gevaarlijk woord in zijn oor werd gefluisterd. Was dit geen nieuwlichterij: een vreemdeling toestaan de opslagkamers van het soepmakersgilde te inspecteren? Het leek beslist een gevaarlijke stap.

Yashim knipperde met zijn ogen, glimlachte en sperde zijn ogen wijd open. Hij meende precies te kunnen raden wat er in het hoofd van de oude soepmeester omging.

'Ik ben bekend bij het paleis: de poortwachters zouden voor mij kunnen getuigen, als u daar iets aan hebt.'

De wenkbrauwen van de gildemeester bleven gefronst. Zijn enorme handen lagen rustig gevouwen over zijn dikke buik. Misschien was het paleis niet de goede troefkaart, dacht Yashim; elke instelling in de stad had zijn eigen trots. Hij besloot een andere kaart uit te spelen.

'Wij leven in vreemde tijden. Ik ben niet zo jong meer dat ik me niet kan herinneren dat de dingen vroeger – over het algemeen – beter waren geregeld dan nu. Elke dag zie ik hier in Istanbul dingen die ik in mijn jonge jaren niet voor mogelijk had gehouden. Buitenlanders te paard. Honden die letterlijk van de honger sterven op straat. Bedelaars die de stad in komen vanuit het platteland. Gebouwen die worden afgebroken om plaats te maken voor vreemde moskeeën. Frankische uniformen.' Hij schudde zijn hoofd. De soepmeester bromde even.

'Laatst was ik genoodzaakt een paar slippers terug te brengen dat mij veertig piasters had gekost: het stiksel liet los. En ik had ze pas een maand!' Dat was echt waar: Yashim had de slippers gekocht van een lid van het gilde. Slippers van veertig piasters dienden een jaar mee te gaan. 'Ik moet tot mijn spijt zeggen dat ik soms denk dat zelfs ons eten niet meer smaakt zoals vroeger.'

Yashim zag dat de soepmeester zijn vuisten balde en vroeg zich af of hij een beetje te ver was gegaan. De soepmeester bracht een hand naar zijn snor en wreef hem tussen zijn vinger en duim.

'Zegt u eens,' baste hij, 'houdt u van korianderzaadjes? In de soep?'

Yashim fronste op zijn beurt. 'Wat een wonderlijk idee,' zei hij.

Mustafa de Albaniër sprong met een verrassende lenigheid op.

'Kom,' zei hij eenvoudig.

Yashim volgde de dikke man naar het balkon dat om de binnenplaats heen liep. Beneden de balustrade, onder de zuilengang, waren mannen bezig pens te bakken. Leerjongens liepen wankelend af en aan met emmers water die ze hadden gevuld bij de bron die midden op de binnenplaats stond. Een kat sloop weg in de schaduw, laverend tussen de poten van de enorme hakblokken. Zelfs de kat heeft hier zijn eigen plaats, dacht Yashim.

Ze liepen een trap af en kwamen uit in de zuilengang. Een man die een fonkelend hakmes hanteerde keek op toen ze verschenen, met ogen waar de tranen uit stroomden. Zijn hakmes rees en daalde werktuiglijk boven een geschilde ui: de ui bleef heel, tot de man hem met een streek van zijn mes opzij veegde en een nieuwe ui koos uit de mand die naast het hakblok hing. Vaardig begon hij de ui te schillen en fijn te hakken. Hij keek niet één keer omlaag naar zijn handen.

Dat is nog eens een echte kunst, dacht Yashim bewonderend. De uienhakker snoof en knikte bij wijze van groet.

De meester liep een gang in en tastte aan zijn riem naar zijn sleutels. Eindelijk vond hij wat hij zocht en haalde hem aan een ketting te voorschijn. Hij hield halt voor een dikke, met ijzer beslagen eikenhouten deur en stak de sleutel in het slot.

'Dat is een heel oude sleutel,' merkte Yashim op.

'Het is een heel oude deur,' antwoordde de meester nuchter. Yashim voegde er bijna aan toe: 'En hij is er in de loop der jaren niet slechter op geworden,' maar zag daarvan af. Het slot was stroef; de meester vertrok zijn gezicht een beetje en de sleutel gleed zijwaarts in het slot, waar hij de nodige pinnen indrukte. De deur zwaaide gemakkelijk open.

Ze stonden in een grote ruimte met een lage zoldering, verlicht door een ijzeren rooster dat zo hoog in de tegenoverliggende muur was geplaatst dat een deel van de zoldering schuin omhoogliep om het licht binnen te halen. Een paar stoffige stralen winterzon vielen op een wonderlijke verzameling voorwerpen, die waren uitgestald op planken langs de zijmuren. Er stonden houten kisten, een stapel rollen, en een rij metalen kegels van verschillende grootte, waarvan de punten leken te rijzen en dalen als de contour van een decoratieve fries. En daar, tegen de achtermuur van de ruimte, stonden drie enorme kookpotten.

'Al onze oude gewichten,' zei de meester. Hij keek liefdevol naar de metalen kegels. Yashim bedwong zijn ongeduld.

'Oude gewichten?'

'Iedere nieuwe meester zorgt er bij zijn aanstelling voor dat de gewichten en maatbekers van het gilde worden vernieuwd en goedgekeurd. Vervolgens worden de oude hier neergezet.'

'Waarom?'

'Waarom?' De meester klonk verbaasd. 'Om te vergelijken. Hoe anders kunnen wij zeker weten dat de goede standaard wordt gehandhaafd? Ik zet mijn gewichten op de weegschaal en zie dat ze nog geen haarbreed afwijken van de gewichten die we ten tijde van de Verovering gebruikten.'

'Dat is bijna vier eeuwen geleden.'

'Ja, precies. Als de maten hetzelfde zijn, volgt daaruit dat de ingrediënten ook hetzelfde zijn. Onze soepen, begrijpt u, zijn niet alleen in overeenstemming met de standaard. Ze zijn... ik zeg niet de standaard zelf, maar een onderdeel ervan. Een ononderbroken lijn die ons verbindt met het tijdperk van de Verovering. Zoals de lijn van het Ottomaanse Huis,' voegde hij er devoot aan toe.

Yashim nam een gepaste geïmponeerde stilte in acht.

'De kookpotten,' opperde hij.

'Ja, ja, daar kom ik net op. Het lijkt alsof er een ontbreekt.'

15

De seraskier zat op de rand van de bank en staarde omlaag naar zijn glanzend gepoetste rijlaarzen.

'Er moet een verklaring worden afgelegd,' zei hij ten slotte. 'Zoals het er nu voor staat, weten al veel te veel mensen wat er is gebeurd.'

De werklieden waren bang geweest om het obstakel dat het riool verstopte aan te raken toen ze eenmaal hadden begrepen wat het was. Ze hadden het onder water bij de opening van het riool laten liggen en waren langs de heuvel omlaag gevlucht om de conciërge te vertellen wat ze hadden gevonden. De conciërge zei het tegen de imam, die op het punt stond de minaret te beklimmen om het ochtendgebed uit te spreken. Hij had haast en wist niet goed wat hij moest doen, dus stuurde hij de conciërge erop uit om de ochtendwacht te zoeken; de oude man hoorde het geluid van het gebed over de hele stad weerklinken, terwijl hij zich door de straten haastte.

Er is geen God behalve God, en Mohammed is zijn profeet.

Bij het licht van de dageraad krioelden allerlei mannen om het riool heen. Een van hen had overgegeven. Een ander, die geharder of dapperder was, of de goudstukken die de nachtwacht had uitgeloofd harder nodig had, had het grotesk misvormde lijk uit het riool getrokken en op de keien gelegd, waar het uiteindelijk in een laken werd gewikkeld, ingepakt en op een ezelkarretje gehesen, dat slippend en zwalkend de heuvel af reed naar de Nusretiye, de Overwinningsmoskee.

De arbeider die het lijk had ontdekt was al naar huis gegaan, om zijn afgrijzen van zich af te zetten door de slaap, of weg te spoelen in de intense hitte van de baden. Zijn maat, die beter tegen de schok bestand was, bleef achter om te genieten van het moment dat de menigte hem aangaapte. Zijn verhaal werd al met passende verfraaiingen doorverteld aan de mensen die later op het toneel verschenen. Binnen een uur circuleerden er verschillende versies van de gebeurtenissen door de stad. Tegen het middaguur waren deze verhalen zo prachtig afgerond dat twee versies elkaar zonder enig probleem konden kruisen, zodat een aantal mensen geloofde dat het een gedenkwaardige dag was geweest: er was een Egyptische sfinx opgegraven op het strand, terwijl er in Tophane een stel kannibalen was betrapt bij hun gruwelijke ontbijt.

De seraskier had de geruchten aanmerkelijk vroeger op de dag onderschept. Hij hoorde dat een man, hoogstwaarschijnlijk een van zijn vermiste rekruten, onder bizarre omstandigheden dood was aangetroffen in de buurt van de Overwinningsmoskee. Hij stuurde iemand naar de moskee voor nadere informatie en kreeg te horen dat het lijk was neergelegd in een bijgebouwtje dat meestal werd gebruikt door een paar werklieden op het bouwterrein. Hij stuurde een briefje naar Yashim, die op dat moment zijn borek at in het café in de Kara Davut, waarin hij voorstelde dat ze elkaar bij de moskee zouden ontmoeten, en reed ernaartoe om te kijken.

16

Het feit dat de vreemdeling meer wist over de vermiste kookketel dan hij vond hij enigszins verdacht.

'Is dit een of andere grap?' vroeg hij woedend, toen zijn ogen – nogal overbodig, vond Yashim – de opslagplaats verslonden in een vruchteloze zoektocht naar de enorme vermiste kookpot. Je kon toch moeilijk een kookpot zo groot als een os verbergen achter een paar rollen en gewichten. Tegelijkertijd had Yashim medelijden met de soepmeester: zoiets, zou hij zeker zeggen, was in de hele geschiedenis van het gilde nog nooit voorgekomen. Nu was het onder zijn hoede gebeurd: een diefstal.

'Ik kan het niet geloven. Ik heb de sleutel.' Hij hield de sleutel omhoog en staarde ernaar, alsof het voorwerp plotseling zou doorslaan en bekennen dat hij iets schandelijks had gedaan. Toen schudde hij de sleutel boos heen en weer. 'Dit is hoogst ongewoon! Vierentwintig jaar!' Hij wierp een woedende blik op Yashim. 'Ik werk hier al vierentwintig jaar.'

Yashim haalde goedmoedig zijn schouders op.

'Hebt u de sleutel altijd bij u?'

'In godsnaam, ik slaap met mijn sleutels!' grauwde de meester.

'Misschien zou u het slot moeten vernieuwen.'

De meester keek op en boog zich langzaam voorover naar Yashim.

'U zegt dat u uit het paleis komt,' gromde hij. 'Wat is dit? Bent u een soort inspecteur?'

Yashim knikte langzaam. Dit is een man, dacht hij, die zich op zijn gemak voelt in de buurt van de macht. Hij keek weer naar de handen van de meester. De enorme vuisten waren licht gebald.

'Zo zou u het kunnen noemen.' Op een kordatere toon voegde hij eraan toe: 'Wanneer bent u voor het laatst hier binnen geweest?'

De soepmeester haalde diep adem door zijn neus, en toen hij uitademde vroeg Yashim zich af waar hij aan dacht: aan het antwoord op de vraag? Of hij de vraag zou beantwoorden?

'Ik weet het niet,' zei hij ten slotte. 'Ongeveer een maand geleden. Misschien langer. Er ontbrak niets.'

'Nee. Wie houdt 's nachts de wacht bij het gebouw?'

In Istanbul draaide het altijd om de mensen. Wie je kende. Wie je een gunst kon vragen.

De soepmeester haalde snel adem.

'Hoe wordt het gildehuis na werktijd bewaakt?'

'We hebben wachters in dienst. Ik slaap zelf boven.'

'Hoeveel wachters?'

'O, twee, misschien drie.'

Het gezicht van Yashim bleef uitdrukkingsloos.

'Hebben ze sleutels?'

'Ik heb u gezegd: ik slaap met de sleutels. Ze hebben de sleutel van de hoofdpoort, natuurlijk – die geef ik ze 's avonds en 's morgens vroeg haal ik hem direct op.'

'Mag ik hem zien?'

De meester viste de sleutelring op en liet zijn vingers door een bos sleutels glijden. Toen hij de goede sleutel vond, liet hij hem aan Yashim zien, die zijn wenkbrauwen optrok. Het was alweer zo'n ouderwetse sleutel; hij leek op een grote houten kam, met pinnen van verschillende lengtes bij wijze van tanden.

'U zegt twee of drie wachters. Betekent dat twee? Of betekent dat drie? Wat?'

'Nou, ik...' De meester zweeg. 'Het hangt ervan af.'

'Waarvan? Het weer? Hun bui? Ik zie hier een bedrijf dat volgens het boekje wordt gerund, nietwaar? Geen afwijking van de routine, geen vernieuwing, geen koriander in de soep. Klopt dat?'

De meester keek op.

'Maar wanneer wij het hebben over de regeling voor de nachtwacht, weet u niet hoeveel wachters u in dienst hebt. Twee of drie? Misschien zijn het er vijf. Misschien niet één.'

De meester van het soepmakersgilde boog zijn hoofd even. Hij scheen na te denken.

'U moet het zo zien,' zei hij. 'Er zijn altijd genoeg wachters. Soms zijn het er twee, soms drie, zoals ik al zei. Het zijn niet altijd dezelfde mannen, nacht na nacht, maar ik ken het hele groepje. Ik vertrouw ze, altijd gedaan. We kennen elkaar al heel lang.'

Yashim bespeurde iets smekends in de toon van de man. Hij keek hem aan.

'Het zijn Albaniërs, nietwaar?'

De meester knipperde met zijn ogen. Hij keek Yashim ernstig aan. 'Ja. Wat zou dat?'

Yashim antwoordde niet. Hij greep de hand van de meester in de zijne, en met zijn andere hand pakte hij de mouw van de man beet en stroopte hem op. De meester trok zijn arm met een ruk terug en vloekte.

Maar Yashim had al gezien wat hij had verwacht: een kleine blauwe tatoeage. Hij was niet snel genoeg geweest om het specifieke symbool te herkennen, maar er was maar één reden waarom een man een tatoeage op zijn onderarm zou dragen.

'Kunnen we praten?' stelde hij voor.

De meester perste zijn lippen op elkaar en deed zijn ogen dicht.

'Goed,' zei hij.

17

Diep geschokt en vervuld van afschuw door de toestand en de aanblik van het naakte lijk, keerde de seraskier terug naar zijn kazerne, waar hij Yashim aantrof – onwetend en onbezorgd – die bezig was de ruggen van de militaire handboeken en boeken met krijgswetten te bestuderen, die op de boekenplanken boven de bank stonden.

Terwijl hij wachtte tot de seraskier zijn woede had gelucht, stelde Yashim vragen over de ontdekking van het tweede lijk. Hij vroeg naar bijzonderheden over de plaats van het riool en de staat van het lichaam. De inspanning die het kostte om te beschrijven hoe het lijk in touwen was gewikkeld scheen de seraskier van zijn woede te beroven, maar hij kneep in de rugleuning van zijn stoel tot die kraakte. Yashim vroeg zich af of hij zou gaan zitten.

'Ik had verwacht,' besloot de seraskier bitter, 'dat we onderhand iets zouden hebben bereikt. Hebben we iets bereikt?'

Yashim trok aan zijn neus.

'Efendi. Ik begrijp nog steeds niet hoe de soldaten vermist

zijn geraakt. Zijn ze met z'n vieren uitgegaan?'

'Ja, dat heb ik begrepen.'

'Waarnaartoe?'

De seraskier zuchtte. 'Dat schijnt niemand te weten. Hun dienst zat erop om vijf uur. Ze gingen terug naar hun slaapzaal en bleven daar een tijdje – dat weet ik, omdat ze tegelijkertijd aanwezig waren met de soldaten die arriveerden voor de avonddienst.'

'Wat deden ze?'

'Niets bijzonders, kennelijk. Luieren op hun britsen. Lezen, een kaartspelletje, zoiets. De laatste man die de slaapzaal verliet zag twee van hen kaarten.'

'Om geld?'

'Ik... Ik weet het niet. Vermoedelijk niet. Ik hoop het niet. Het waren goede jonge soldaten.'

'De soldaat die ze zag kaarten, was hij de laatste soldaat die ze heeft gezien?'

'Ja.'

'Dus niemand controleert de soldaten die de kazerne verlaten?'

'Nou, nee. De wachters staan daar om de soldaten te controleren als ze binnenkomen. Waarom zouden ze de soldaten controleren die naar buiten gaan?'

Om iemand als ik te helpen in een situatie als deze, dacht Yashim. Dat was één reden; hij kon nog andere bedenken. Een kwestie van orde en tucht.

'Gaan de soldaten over het algemeen uit, om wat voor reden dan ook, in hun uniform?'

'Vijf of tien jaar geleden kwam dat zelden voor. Nu moedigen we de soldaten aan hun uniform altijd te dragen. Het is beter voor de inwoners van Istanbul om te wennen aan de nieuwe manier van doen, en beter voor de soldaten. Het heeft een goede invloed op hun moreel.'

'En het is ook handig voor u; u kunt in de gaten houden hoe ze zich gedragen.'

Er verscheen een zeldzaam, droog glimlachje op het gezicht van de seraskier. 'Ook dat.'

'Zouden ze een bordeel bezoeken? Gingen ze naar de meisjes? Het spijt me, efendi, maar dat moet ik vragen.'

'Deze soldaten waren officieren! Wat zegt u daar? De soldaten – ja, de gewone soldaten gaan naar de hoeren op straat. Daar weet ik van. Maar dit waren officieren. Van goede familie.'

Yashim haalde zijn schouders op. 'Er bestaan ook goede bordelen, in alle opzichten. Het is niet waarschijnlijk dat deze vier officieren in hun uniform de hele avond hebben doorgebracht in een goedverlicht café. Op die manier raak je niet vermist, of wel? Nee, op een bepaald moment, in de loop van de avond, moet hun pad dat van hun ontvoerder hebben gekruist. Hun moordenaar. Ergens... waar? In een donkere steeg, uit het zicht. In een boot, misschien. Op een donker paadje. Of in een louche tent – een hoerenkast, een gokhal.'

'Ja, ik begrijp het.'

'Kunt u mij toestaan de officieren te ondervragen met wie ze hun slaapzaal deelden?'

De seraskier floot tussen zijn tanden en staarde naar de vloer. Yashim had dat eerder meegemaakt. De mensen wilden een oplossing, maar ze hoopten altijd dat ze die konden bereiken zonder deining te veroorzaken. De seraskier wilde een openbare verklaring afleggen, maar Yashim had de indruk dat hij niet bereid was te riskeren dat iemand gekwetst of gealarmeerd werd. De troepen van de sultan, zou hij met klem beweren, zijn onafgebroken aan het werk in de volle overtuiging dat de daders van deze afschuwelijke moord ontmaskerd zullen worden – en daar zou hij geen woord van menen.

'Efendi, óf we proberen erachter te komen wat er is gebeurd, óf het heeft geen zin dat ik verder ga met deze zaak.'

'Goed. Ik zal een briefje voor u schrijven.'

'Een briefje. Zal dat genoeg zijn, denkt u? Om te praten, misschien. In een louche tent – schiet je daar iets op met een briefje?'

De seraskier keek Yashim recht in de grijze ogen.

'Ik zal u steunen,' zei hij vermoeid.

18

Yashim arriveerde vroeg in het restaurant onder aan de Galata-heuvel en koos een rustig hoekje met uitzicht over de zee-engte van de Bosporus. De Bosporus had Istanbul gemaakt tot wat het was: de verbinding tussen Europa en Azië, de zeestraat van de Zwarte Zee naar de Middellandse Zee, de grote doorvoerhaven van de wereldhandel vanaf de oudheid tot aan de huidige dag. Vanwaar hij zat kon hij uitkijken over de waterweg waarvan hij zo hield. De smalle staalgrijze wateroppervlakte weerspiegelde het silhouet van de stad die zij had opgebouwd.

Op het water wemelde het zoals altijd van de schepen. Een enorm wit zeil rees boven het dek van een Ottomaans fregatschip, dat door de zee-engte laveerde. Een school vissersbootjes, met brede boorden en één mast, koerste tegen de oostenwind in naar de Zee van Marmara. Een douaneschip schoot met zijn lange rode roeispanen voorbij als een snelle waterkever. Er waren veerponten, roeiboten en te zwaar beladen vrachtschepen; kotters met spriettuig van de kusten van de

Zwarte Zee, woonboten die waren aangemeerd bij de drukke toegang tot de Gouden Hoorn. Aan de overkant van de drukke waterweg kon Yashim Scutari onderscheiden op de tegenoverliggende kust; daar begon Azië.

De Grieken hadden Scutari Chalcedon genoemd, de stad der blinden. Toen de kolonisten de stad stichtten, hadden ze de volmaakte natuurlijke haven aan de overkant van het water over het hoofd gezien, waar Constantijn eeuwen later het kleine stadje Byzantium omtoverde tot een grootse keizerlijke stad die naar hem werd genoemd. Duizend jaar lang was Constantinopel de hoofdstad van het Oost-Romeinse Rijk, tot dat rijk was gekrompen tot een strook land om de stad heen. Sinds de Verovering in 1453 was het de hoofdstad van het Turkse Ottomaanse Rijk geweest. Het heette officieel nog steeds Constantinopel, hoewel de meeste gewone Turken het Istanbul noemden. Het bleef de grootste stad ter wereld.

Vijftienhonderd jaar grandeur. Vijftienhonderd jaar macht. Vijftien eeuwen van corruptie, staatsgrepen en compromissen. Een stad met moskeeën, kerken, synagogen, markten en warenhuizen, handelslieden, soldaten en bedelaars. De stad die alle andere steden overtrof, overbevolkt en hebzuchtig.

Misschien waren de Chalcedoniërs toch niet zo blind geweest, dacht Yashim weleens.

Yashim had half verwacht dat de Albaniër weg zou blijven, maar toen hij opkeek stond hij daar, massief en grimmig, terwijl hij zijn cape om zich heen trok. Yashim gebaarde naar de bank en hij ging zitten, terwijl hij een ketting van barnstenen gebedskralen uit zijn hemd trok. Hij telde ongeveer een dozijn kralen met zijn massieve duim, terwijl hij Yashim recht in de ogen keek.

'Ali pasja van Janina,' zei de soepmeester. 'Zegt die naam u iets?'

Ali pasja was een krijgsheer die door slinksheid en wreedheid een semi-onafhankelijke staat had opgebouwd in de bergen van Albanië en Noord-Griekenland. Veertien jaar geleden had Yashim zijn hoofd op een zuil tentoongesteld gezien in de poort van het serail.

'De Leeuw,' baste Mustafa. 'Zo noemden wij hem. Ik was een soldaat in zijn leger – Albanië was mijn vaderland. Maar Ali pasja was sluw. Hij gaf ons vrede. Ik wilde oorlog. In 1806 trok ik naar de Donau. Daar sloot ik me aan bij het korps.'

'De janitsaren?'

De soepmeester knikte.

'Als kok. Ik was al kok, toen al. Vechten is eigenlijk niets voor een man. Niets voor een Albaniër. Vraag dat aan een Griek. Maar koken?' Hij bromde tevreden.

Yashim vouwde zijn handen ineen en blies erin.

'Ik ben een man van de traditie,' ging de soepmeester verder, terwijl hij de gebedskralen langzaam onder zijn duim door liet glijden. 'Ik beschouwde de janitsaren als de traditie. Dit keizerrijk... zij hebben het opgebouwd, nietwaar? Voor een buitenstaander is dat moeilijk te begrijpen. Het janitsarenkorps was een soort familie.'

'Dat zegt elk korps.'

De soepmeester wierp hem een minachtende blik toe. 'Dat zeggen ze omdat ze bang zijn, en samen moeten vechten. Dat heeft niets te betekenen. Er waren soldaten in het korps van wie ik hield omdat ze een valk konden temmen, of gedichten konden schrijven, beter dan wie ook ter wereld, daarvoor of daarna. Geloof me: er was een dappere krijger die beefde als een espenblad vóór iedere slag, maar hij vocht voor tien. We zorgden voor elkaar en we hielden van elkaar – ja, ze hielden van mij omdat ik overal eten voor ze kon koken, zoals we van de schoenmaker hielden die altijd zorgde dat we schoenen aan onze voeten hadden, zelfs als hij niets anders tot zijn beschikking had dan boombast en dennennaalden. We waren meer dan een familie. We vormden een wereld binnen de gewone wereld. We hadden ons eigen eten, onze eigen rechtspraak, onze eigen manier om het geloof te belijden. Ja, ja, onze eigen manier. Er zijn verschillende manieren waarop men God en Mohammed kan dienen. Je kunt je aansluiten bij een moskee, zo doen de meeste mensen het. Maar wij janitsaren waren bijna allemaal karagozi.'

'U zegt dus dat toetreding tot het korps inhield dat je je bekeerde tot een vorm van het soefisme.'

'Natuurlijk. Dat, en alle andere rituelen die erbij hoorden als je janitsaar was. De traditie.'

De tradities. In 1806 had sultan Selim naast het janitsarenkorps een vergelijkbaar leger opgericht. In dat opzicht was het een voorloper van de Nieuwe Garde van Mahmut. Maar Selim had, in tegenstelling tot Mahmut, weinig tijd gehad voor de organisatie. Het gevolg was dat de janitsaren in opstand kwamen tegen de sultan en zijn nieuwe leger vernietigden. Ze brachten hem ten val. De opstandige janitsaren werden geleid door Bayraktar Mustafa pasja, een aanvoerder uit het Donaugebied.

'Dus u was erbij,' vroeg Yashim, 'toen Selim werd gedwongen afstand te doen van de troon, ten gunste van zijn broer Mustafa?'

'Sultan Mustafa!' De Albaniër perste de titel met minachting uit zijn keel, en spoog. 'Hij droeg dan misschien het zwaard van Osman, maar hij was zo gek als een bos uien. Na twee jaar dacht het volk maar aan één ding: hoe ze Selim terug konden krijgen. Bayraktar was ook van gedachten veranderd, net als de rest van ons. We woonden in Istanbul, in de oude kazerne, en op een avond baden we om hulp, in een bespreking met de karagozi-derwisjen.'

'Zeiden ze wat jullie moesten doen?'

'De volgende dag bestormden we het Topkapi-paleis. Bayraktar rende door de poort en riep om Selim.'

'En op dat moment,' herinnerde Yashim zich, 'gaf Mustafa bevel Selim te wurgen. Samen met zijn kleine neefje, voor alle zekerheid.'

De soepmeester boog zijn hoofd. 'Zo was het. Sultan Mustafa wilde de laatste zijn van het Huis Osman. Als hij de laatste was geweest, had hij het waarschijnlijk overleefd. Wat er ook gebeurde, wij janitsaren waren trouw aan het Huis Osman. Maar God beschikte anders. Hoewel Selim werd gedood, bracht zijn kleine neefje het er levend vanaf.'

Dankzij het snelle denkwerk van zijn moeder, dacht Yashim. Op het cruciale moment, toen de soldaten van Mustafa gewapend met hun boogpezen het paleis afstroopten, had de gewiekste Française – die hij nu kende als de valide sultan – haar zoontje verborgen onder een hoop vuile was. Mahmut werd sultan bij de gratie van een berg oud linnengoed.

'Was u daarbij?'

'Ik was in het paleis toen ze de kleine jongen bij Bayraktar pasja brachten. Ik zag de uitdrukking op het gezicht van sultan Mustafa: als hij daarvoor al krankzinnig leek, was hij toen...' De soepmeester haalde zijn schouders op. 'De hoogste moefti had geen keus: hij vaardigde een fatwa uit waarin de sultan werd afgezet. En Mahmut werd sultan.

Wat mij betreft, ik had genoeg van die manier van vechten. Opstand, gevechten in het paleis, de moord op Selim.' Hij gebaarde met zijn arm. 'Heen en weer, dan weer dit, dan weer dat. Ik was het zat.'

De soepmeester haalde diep adem en blies de lucht uit zijn wangen.

'Ik verliet het korps bij de eerste gelegenheid. Ik was een goede kok, ik had vrienden in Istanbul. Binnen vijf jaar werkte ik voor mezelf.'

'Hebt u toen ook uw loonboekje opgegeven?' Veel soldaten waren op de loonlijst blijven staan; hoewel ze soldij ontvingen voor een janitsaar en alle privileges genoten van het korps, waren ze niet in het minst bereid op te komen draven voor een oorlog. Het was een bekende vorm van zwendel.

Mustafa aarzelde. 'Niet onmiddellijk,' gaf hij toe. 'Maar na een paar jaar had ik geen hulp meer nodig, en toen leverde ik het in.'

Yashim betwijfelde het, maar zei niets. De soepmeester liet zijn ketting van gebedskralen in de lucht tollen en ving hem weer op.

'U kunt het in de archiefstukken nakijken. Ik verliet het janitsarenkorps in mei 1815. Daar was moed voor nodig. Dat zou u niet begrijpen.'

Yashim deed zijn best. 'Wilden ze u niet laten gaan? Of had u het geld nodig?'

De Albaniër wierp hem een minachtende blik toe. 'Luister, ik ga en sta waar ik wil. Vandaag is een uitzondering. Ik had het geld niet nodig, de zaken gingen goed.' Yashim knipperde met zijn ogen. Hij geloofde hem. 'Ik vond het moeilijk met hen te breken.'

Yashim boog zich naar voren. 'Hoe hebt u het gedaan?'

De gildemeester spreidde zijn enorme handen uit en keek ernaar. 'Ik leerde op mezelf te vertrouwen. Ik zag met mijn eigen ogen wat er met de janitsaren was gebeurd. Wat ze lieten gebeuren met de ware traditie, de traditie waar het om ging. Ze dienden het keizerrijk niet langer.'

Hij keek op. 'U denkt dat het zonneklaar is? Ik wachtte alleen – en velen met mij – tot de traditie van de dienst zou terugkeren. Uiteindelijk besloot ik dat ik niet langer kon wachten. Ik zag dat we gedoemd waren onze fouten te herhalen. U denkt dat de janitsaren lui waren, en laf, en arrogant. De opstanden. Het feit dat ze zich overal mee bemoeiden.'

De soepmeester streek over zijn baard en keek met samengeknepen ogen naar Yashim, die aan zijn stoel zat vastgenageld.

'Ik zeg u: die kerels die we aan de janitsarenboom hingen werden maar al te gemakkelijk gepakt. Wanneer we kwaad waren, verraadde iemand ons bepaalde namen, en dan schreeuwden we: "Dood hem! Dood die en die!" Ze wierpen ons de slachtoffers toe. We dachten dat het daarna beter zou gaan.

Je doet koriander in de soep. Nou, sommige mensen vinden het lekker, sommige niet, andere merken het niet eens. Vergeet de mensen die er niet van houden. Je doet er wat bonen bij. Een paar wortels. Hetzelfde verhaal. Sommigen vinden het lekker, anderen niet. Maar het merendeel van de mensen kan het niet zoveel schelen. Uiteindelijk haal je de pens eruit. Noem het soep. Niemand zal weten dat het niet klopt. Maar een paar wél.'

Hij trok aan zijn snor.

'Zo waren de janitsaren: als een recept dat stilzwijgend is veranderd. In de stad maakte ik pens-en-uiensoep van pens en uien. Maar in de kazerne wilden ze bij wijze van spreken dat ik geloofde in een soort pens-en-uiensoep die gemaakt was van bonen en spek. Ten slotte moest ik het korps verlaten.'

Yashim had bewondering voor de moed van de oude man. Er waren zoveel dingen in deze stad gebaseerd op valse schijn: je moest een bepaald karakter hebben om een stap opzij te doen. Maar toch was de Albaniër niet volledig opgestapt. Niet als Yashims vermoeden over de wachters bij het gilde klopte.

'Uw oude vrienden,' opperde hij.

'Nee, nee, ze hadden geen macht over mij, niet wat u misschien denkt. Ze namen het me ook niet kwalijk. Maar ze vergaten me niet. Wij gingen ieder onze eigen weg. Maar ze vergaten me niet.'

Hij pakte met een lomp gebaar een taartje en propte het in zijn mond. Yashim keek toe hoe hij het bedachtzaam opat. Zijn ogen fonkelden.

'De vijftiende juni was de verschrikkelijkste nacht van mijn leven. Ik hoorde de kookpotten – wie niet? De sultan had achttien jaar gewacht. In die achttien jaar was de jongen een man geworden, en al die tijd had hij één doel: de macht vernietigen die Selim ten val had gebracht.'

Misschien, dacht Yashim. Maar de motieven van Mahmut waren gecompliceerder: hij wilde niet alleen de moord op zijn oom wreken. Hij wilde zichzelf ook ontdoen van de soldaten die hem bijna achteloos op de troon hadden gezet; hij wilde een verplichting uitwissen, en daarnaast een moord wreken. De janitsaren hadden op een primitieve manier verwacht dat hij dankbaar was, en eisten een onbeperkte volmacht op. Yashim herinnerde zich de spotprent die op een avond op de paleispoort was geprikt, met een afbeelding van de sultan als een hond, die aan een riem werd geleid door een janitsaar. *'Jullie zien hoe we onze honden behandelen,'* stond er op het plakkaat. *'Zolang ze nuttig zijn en zich door ons laten leiden, zorgen we goed voor ze; maar zodra ze ons niet meer van dienst zijn, schoppen we ze de straat op.'*

'De mensen in de stad waren bang. *Boem boem! Boem boem!* Het was een angstaanjagend geluid, nietwaar? De avond viel, het was doodstil op straat, terwijl we luisterden, wij allen. Ik ging naar boven het dak op, sluipend als een kat. O ja, er bestond zeker een traditie. Ze zeiden dat de stem van de janitsaren de stem des volks was. De soldaten geloofden dat. Ze sloegen op hun kookpotten voor het keizerrijk, zoals ze eeuwenlang op hun kookpotten hadden geslagen. Alleen dat geluid van het getrommel op de kookpotten, en het blaffen van de straathonden.

Kijk, ik stond op het dak, ik hoorde dat geluid en ik weende om die idioten. Ik weende om een geluid. Ik wist dat ik het nooit meer zou horen, al zou ik duizend jaar oud worden.'

Hij veegde met zijn handen over zijn gezicht.

'Later, na de liquidaties en de vernielingen, kwamen er een

paar bij me en vroegen om een rustig baantje. Eén van hen had dagenlang in een vossenhol gewoond terwijl de soldaten met fakkels het woud van Belgrado uitkamden om hen te verjagen. Ze moesten hun gezinnen en familieleden ontlopen om hen te beschermen. Ze waren verloren. Ze werden opgejaagd. Maar we hadden ons brood met elkaar gedeeld. Ik gaf ze geld en zei dat ze weg moesten glippen, Istanbul moesten ontvluchten. Na een paar weken of maanden zou niemand meer op ze letten.

En langzamerhand kwamen enkelen terug. Op zoek naar een rustig baantje, uit het zicht – stokers, wachters, leerlooiers. Ik kende er een paar. Er moeten er duizenden zijn geweest, veronderstel ik, die ik niet kende.'

'Duizenden?'

'Ik kende er een handvol, dus ik gaf hun werk. Nachtdiensten. Onopvallend.' Hij deed zijn ogen dicht en schudde langzaam zijn hoofd. 'Ik kan het niet begrijpen. Tien jaar, en allemaal goede, rustige mensen. Dankbaar voor het werk.'

'Dus wat moesten ze met een kookketel, denkt u?'

De soepmeester deed zijn ogen open en richtte ze op Yashim.

'Dat begrijp ik niet. Het was maar een speelgoedketel. Je kunt niet koken met een kookketel van zwart tin. Je zou alleen kunnen doen alsof.'

Yashim dacht aan de dode officier, opgekruld op de bodem van de kookketel.

'Ze deden altijd alsof, nietwaar?' vroeg Yashim. 'Dat zei u tenminste. Pennssoep gemaakt van bonen en spek.'

De soepmeester keek hem verbaasd aan en vouwde zijn handen.

19

'Je moet zorgen dat Yashim terugkomt!' De valide sultan stak haar vinger op en schudde die naar haar zoon. 'Straks worden we allemaal in onze slaap vermoord!'

Sultan Mahmut II, Heer der Horizonten, heerser van de Zwarte en de Witte Zee, hief zijn handen ten hemel en rolde met zijn ogen. Het was nauwelijks voorstelbaar, dacht hij, dat driehonderd sterke, gezonde vrouwen – en daar rekende hij zijn moeder zeker toe – werkelijk stuk voor stuk vermoord zouden worden, in het grootste heiligdom van de keizerlijke macht.

Toch speelde hij even met de gedachte. Hij zou de verrukkelijke Hadice de hele tijd veilig in zijn buurt houden, en uiteindelijk zouden ze, door een eenvoudig proces van eliminatie, weten wie de moordenares was. Op dat moment zouden Hadice en hij te midden van de gewurgde schoonheden te voorschijn springen en de moordenares ter dood brengen. Hij zou aankondigen dat deze ervaring hem te diep had geschokt om nog meer vrouwen te nemen; het zou niet eerlijk zijn tegenover hen, hij was veel te oud. Hij zou met Hadice trouwen, en zij zou zijn voeten masseren.

'Valide,' zei hij beleefd, 'je weet net zo goed als ik dat zulke dingen gebeuren. Er is waarschijnlijk een heel goede verklaring voor.'

Hij wilde zijn moeder erop wijzen dat de verklaring hoogstwaarschijnlijk zeer banaal was, maar hij vermoedde dat ze zich door deze bedekte toespeling beledigd zou voelen. Dit was haar rijk, dat ze deelde met de kislar aga, de hoogste zwarte eunuch, en alles wat daarin gebeurde was een ernstige zaak.

'Mahmut,' zei de valide vinnig, 'ik kan een uitstekende verklaring bedenken. De moordenares wil jou.'

'Mij?' De sultan fronste.

'Niet in bed, stommeling. Ze wil je vermoorden.'

'Aha. Het was donker, en ze hield een geparfumeerde *houri* voor de sultan en wurgde haar vóór ze besefte dat ze zich vergiste.'

'Natuurlijk niet.'

'Maar wat was dat meisje dan? Een wurgoefening?'

De valide sultan boog haar hoofd.

'Misschien,' gaf ze toe. 'Het zou kunnen dat je moet oefenen. Ik denk niet dat die meisjes veel mensen hebben gewurgd voor ze hier aankomen.' Ze klopte op het kussen naast zich, en Mahmut ging zitten.

'Ik maak me eerder zorgen dat ze het moment misschien dichterbij wil brengen,' ging de valide verder. 'Ze heeft haar plaats in de rangorde. Vroeg of laat zal ze alleen met je zijn. Ze wil dat moment bespoedigen. Dan kan ze je vermoorden.'

'Dus ze helpt dat lieve meisje om zeep en schuift een plaats omhoog op de lijst? Ik snap het.'

'Zoals jij het zegt klinkt het belachelijk, maar ik ben hier al veel langer dan jij en ik weet dat belachelijke dingen verschrikkelijk ernstig kunnen uitpakken. Vertrouw op mij. Vertrouw op mijn moederlijke intuïtie.'

'Natuurlijk vertrouw ik op jou. Maar ik begrijp niet waarom de moordenares zo'n haast heeft. Door het meisje te doden heeft ze het proces in elk geval vertraagd. Nu dit is gebeurd hoef ik dagenlang geen meisjes te zien. Mijn zenuwen, moeder.'

'Dat maakt het juist waarschijnlijker. Je had verliefd kunnen worden op dat ongelukkige meisje. Je had misschien wekenlang achter haar aan gezeten. Misschien had ze... weet ik veel, je voeten gemasseerd zoals jij graag wilt.'

Mahmut grinnikte schuldbewust: ze kende ieders geheimen.

'Dan is er nog het edict, nietwaar? De grote aankondiging. Als jij doodgaat, komt er geen edict. Zeg niet dat dát geen reden is om je te vermoorden!'

'Om mij op tijd uit de weg te ruimen, bedoel je?'

'Precies. Ik vind dat je Yashim onmiddellijk moet laten komen.'

'Heb ik gedaan. Hij is ermee bezig.'

'Onzin. Hij is er helemaal niet mee bezig. Ik heb hem hier de hele dag niet gezien.'

20

Yashim had die dag wel degelijk tijd vrijgemaakt om de harem te bezoeken. Op de terugweg van het restaurant was hij stilletjes binnengekomen, zonder de aandacht op zich te vestigen, alleen om te zien waar het lichaam was gevonden en waar het meisje had gewoond.

In haar kamer, die ze deelde met drie andere meisjes, stonden ijzeren bedden; er waren een paar rijen haken waar de meisjes hun kleren en de zakjes met hun geliefde geparfumeerde zeep aan konden hangen, een paar sjaals en slippers, wat versleten linnengoed, en de armbanden en kettingen die ze bezaten. Als *cariyeler*, haremslavinnen, waren haar kamergenoten nog niet bevorderd tot de positie van gözde, maar ze hadden hoop.

Twee meisjes hadden een oud laken over hun bed gespreid en waren druk bezig zichzelf te epileren met een kleverig geel zalfje, gemaakt van kruiden, geparfumeerde as en ongebluste kalk. Het zat in een eenvoudige koperen kom die op een acht-hoekig bedtafeltje stond. Een van hen, een roodharig meisje met groene ogen en een blanke huid, was zichzelf zorgvuldig met een spatel aan het insmeren toen Yashim bij de deur ver-scheen en een buiging maakte. Ze begroette hem nonchalant met een tikje tegen haar kin.

'Is dit het bed van de gözde?' informeerde Yashim.

Het meisje dat op haar knieën zat gebaarde met de spatel.

Het andere meisje, dat wijdbeens op het bed zat, hief haar hoofd op en keek langs haar lichaam omlaag.

'Ze zouden haar spulletjes weg moeten halen, arm kind,' zei ze. 'Dit is niet zo prettig voor ons.'

'Neem me niet kwalijk,' zei Yashim. 'Ik wil alleen zien wat er is.' Hij liet zijn handen over haar kleren glijden, haalde twee zakjes van de haken en leegde die op het bed. 'Jullie waren ze-ker vriendinnen?'

Het geknielde meisje kwam van het bed en liep naar hem toe om een kijkje te nemen. Ze hield haar elleboog uitgesto-ken, om de zalf onder haar oksel te laten drogen, en trok met haar andere hand haar zwarte haar naar achteren in een paar-denstaart. Ze had een olijfkleurige huid en haar mond was donkerrood, de kleur van oude wijn, dezelfde kleur als haar te-pels; haar borsten staken stevig en rond naar voren.

Yashim keek haar aan en rommelde tussen de bezittingen die over het lege bed lagen uitgestrooid.

'Ze had dezelfde maat als ik,' zei het meisje, dat haar arm uitstrekte om een bundeltje doorzichtig gaas te pakken. 'Dat wisten we allemaal.'

Het meisje op het bed giechelde.

'Echt waar!' Het meisje schudde het kledingstuk uit, hield het tegen haar lijf en legde het met haar vrije hand over een borst, zodat de doorzichtige zijden linten tegen haar buik bun-gelden. Dat gebaar was zo onschuldig en tegelijk zo obsceen dat Yashim bloosde.

73

Het meisje op het bed deed het woord voor hem.

'Leg terug, Nilou. Veel te griezelig. Bent u gekomen om haar spulletjes mee te nemen, lala?'

Nilou liet het bloesje terugdwarrelen op het bed en draaide zich om naar haar vriendin.

Yashim bekeek de bezittingen van de gözde zorgvuldig.

'Wat voor meisje was ze?' vroeg hij.

Het meisje Nilou ging weer op het bed van haar vriendin zitten; Yashim hoorde de matras kraken. Er viel een stilte.

'Ze was... prima.'

'Was ze een vriendin van jullie?'

'Ze was aardig. Ze had vriendinnen.'

'Vijanden?' Yashim draaide zich om. De twee meisjes zaten naast elkaar en staarden hem aan.

'Au!' Het ene meisje greep plotseling tussen haar benen. 'Het prikt!'

Ze sprong van het bed, haar blanke borsten zwaaiden; ze hield een hand tussen haar slanke benen geklemd.

'Kom mee, Nilou. Ik moet me wassen.'

Nilou pakte een handdoek van een haak.

'Ze had vriendinnen,' zei ze. Ze rende naar de deuropening. 'Een heleboel vriendinnen,' voegde ze eraan toe, over haar schouder.

21

'Hé, hallo, lieverd.'

De spreker was een broodmagere vrouw van bijna veertig met een glanzende zwarte pruik, een lijfje met lovertjes en opgevulde borsten, een lange doorzichtige rok en een paar grote, met kraaltjes geborduurde slippers. Ze had ook een half pond make-up op. Daardoor zag ze er ouder uit, besefte Yashim met een steekje van verdriet.

Maar hoe lang was het geleden – achttien jaar? Ze waren allebei ouder dan toen hij voor het eerst aankwam in de stad in het gevolg van de grote Fanariotische koopman-prins, George Mavrokordato. Mavrokordato had een goed oog voor de talenten die Yashim bezat; hij zette hem aan het werk om het grootboek bij te houden, vanwege zijn verfijnde handschrift, stuurde hem naar de haven om waardevolle informatie op te pikken, vroeg hem de vrachtbrieven nauwkeurig te bestuderen en nieuwe handelsartikelen te ontdekken. Yashim had veel geleerd, en met zijn talent voor talen – een talent dat nog groter was dan dat van zijn baas, die Ottomaans Turks, Kerkgrieks, Nieuwgrieks, Roemeens, Armeens en Frans sprak, maar het Russisch niet goed beheerste, en het Georgisch helemaal niet – had hij zichzelf onmisbaar gemaakt in de kring rond Mavrokordato. Hij ontdekte dat hij de kunst verstond onzichtbaar te blijven; hij had er slag van zich rustig te houden en weinig te zeggen, zodat mensen de neiging hadden zijn aanwezigheid over het hoofd te zien.

Ofschoon hij blij was met de lange werkdagen, die zijn geest scherp hielden, werd hij gekweld door een marteling die des te erger was omdat hij recent was. Die marteling gedijde binnen de ernstige sfeer van handel en politiek. Het was een geheime pijn te midden van geheimen: zijn identiteit als eunuch voor was Yashim een grammatica van een taal die hij niet verstond. Daarom voelde hij zich geïsoleerd in de meest kosmopolitische samenleving van Europa.

Hij had Preen ontmoet op een feest dat Mavrokordato gaf voor een pasja op wie hij indruk wilde maken. Hij had dansers ingehuurd voor de avond. Na hun optreden was Yashim naar hen toe gestuurd om hen te betalen, en toen raakte hij in gesprek met Preen.

Van alle tradities die de stad Istanbul bijeenhield, was de lange geschiedenis van de *köçek*-dansers waarschijnlijk het minst vermaard, en wellicht het oudst. Sommigen zeiden dat de dansers – in overdrachtelijke zin – afstamden van de dansjongens van Alexander de Grote. De stichting van Constantinopel geschiedde bijna duizend jaar nadat de köçek-traditie vanuit haar bakermat in het noorden van India en Afghanistan was verhuisd naar de grenzen van het Romeinse Rijk. De köçek-dansers waren stadswezens en de opkomst van een stad aan de oever van de Bosporus had hen meegesleurd als stof in een laaiend vuur. Het stond vast dat de Grieken köçek-dansers hadden. Ze werden geselecteerd uit de gelederen van jongens die vóór hun puberteit waren gecastreerd, en onderworpen aan de strenge leerschool voor de gestileerde vaardigheden en geheimen van de köçek-dans. Ze dansten voor mannen- en vrouwengezelschappen; onder de Ottomanen dansten ze voornamelijk voor mannen. Ze traden op in groepen van vijf of zes, begeleid door een muzikant die op een citer tokkelde, terwijl zij ronddraaiden, stampten en hun polsen bogen. Iedere groep was verantwoordelijk voor de werving van nieuwe 'meisjes' en hun opleiding. Natuurlijk sliepen velen van hen met hun klanten; maar ze voelden zich ver verheven boven de hoeren, die ze als uiterst losbandig beschouwden – en ongeschoold. 'Ieder meisje kan haar benen spreiden,' had Preen een keer tegen Yashim gezegd. 'De köçek zijn dansers.'

Toch was het ongetwijfeld zo dat de köçek-dansers niet al te kieskeurig waren. Ze stonden op de laagste sport van de ladder in het Ottomaanse Rijk, boven de bedelaars, maar op gelijke voet met de jongleurs, toneelspelers, goochelaars en anderen die de geminachte – maar veelgevraagde – klasse van beroepsartiesten vormden. Ze hadden pretenties – wie niet? –, maar ze stonden midden in het leven en wisten van wanten.

Eerst was Yashim geamuseerd door Preen en haar 'vriendinnen'. Hij hield van hun vrije manier van praten, hun ondeugendheid en openhartigheid. Hij bewonderde het vrolijke cynisme van Preen, dat een hart vol diepgevoelde romantische dromen verborg. Vergeleken met de grote geheimzinnigheid en de steelse blikken van de Fanariotische adel was de wereld van Preen rauw, maar vol gelach en verrassingen. Toen er een donkere schaduw viel over de Grieken in Istanbul, tijdens het uitbreken van de opstand op de Peloponnesus, was Preen ingegaan op zijn voorstel, zonder stil te staan bij haar eigen veiligheid of de vooroordelen die oplaaiden in de straten. Twee dagen lang had ze de moeder van Mavrokordato en zijn zusters onderdak verschaft, terwijl Yashim de list voorbereidde die hen naar het eiland Aegina zou brengen, waar ze veilig zouden zijn.

Soms vroeg hij zich af wat ze in hem zag.

'Kom binnen.' Ze wervelde weg van de deur en keerde weer terug naar haar gezicht in de spiegel. 'Ik moet verder, lieverd. De andere meisjes kunnen elk moment komen.'

'Een trouwerij?' Yashim kende de formule. Sinds dat dramatische jaar had hij Preen bij vele gelegenheden geholpen zich voor te bereiden op de trouwerijen, besnijdenisfeesten en verjaardagen waar mensen de köçek-dansers lieten komen. En Preen had hem, wellicht zonder zich dat werkelijk bewust te zijn, geholpen zich voor te bereiden op zijn dagen: die nieuwe, eentonige dagen waarop zijn seksuele verlangens en zijn woede van binnenuit aan hem knaagden, en alle betere dagen die later kwamen.

'Vrijgezellenavond,' zei ze, zonder om te kijken. 'Je hebt geluk dat je me treft.'

'Gaan de zaken goed?'

'Beter dan ooit. Zo. Hoe zie ik eruit?'

'Oogverblindend.'

Ze draaide haar hoofd naar alle kanten en volgde haar spiegelbeeld.

'Niet oud?'

'Zeker niet,' zei Yashim vlug. Preen raakte haar wang aan en duwde haar huid zachtjes omhoog. Ze liet los en Yashim zag dat ze in de spiegel naar hem keek. Toen glimlachte ze stralend, draaide zich om en keek hem aan.

'Ga je een feestje geven?'

Yashim grijnsde en schudde zijn hoofd. 'Op zoek naar inlichtingen.'

Ze stak haar vinger op en schudde ermee naar hem. Een enorme ring met een steen van geslepen glas twinkelde in het licht: een van de brutale maaksels uit de bazaar die 'de buren ploffen' werden genoemd, vanwege de jaloezie die ze werden verondersteld op te wekken. 'Schat, je weet dat ik je vertrouwen nooit beschaam. Elk meisje heeft geheimen. Wat voor inlichtingen?'

'Ik moet de laatste roddels weten.'

'Roddels? Waarvoor kom je dan in godsnaam bij mij?'

Ze lachten allebei.

'Mannen in uniform,' opperde Yashim.

Preen trok haar neus op en pruilde.

'De Nieuwe Garde, van de Eskeshir-kazerne.'

'Het spijt me, Yashim, de gedachte alleen al staat me tegen. Die strakke broeken! En zo weinig kleur! Ze doen me altijd denken aan een stel herfstkrekels die naar een begrafenis wippen.'

Yashim glimlachte. 'Juist! Ik wil weten wáár ze wippen. Niet de soldaten, maar de officieren, Preen. Jongens van zeer goede familie, is mij verteld.'

Daar liet hij het bij.

Preen trok haar wenkbrauwen op en schikte het haar op haar achterhoofd.

'Ik hoor de meisjes al. Ik beloof niets, maar ik zal kijken wat ik kan doen.'

22

De kamer was klein, leek meer op een cel, spaarzaam gemeubileerd met een vurenhouten voetenbankje, een doorzakkende hangmat en een rij houten haken, waaraan een paar grote tassen hingen, die zwart opboldén in het gele lamplicht. De kamer had geen ramen en rook vies en vochtig – een walgelijk mengsel van parfum, zweet en de olie die zwart van de lamp walmde.

Degene van wie de kamer was liep snel naar de tassen en frunnikte aan de opening van de kleinste. Hij tastte rond tot zijn vingers stuitten op een andere, kleinere tas, die hij eruit haalde, plukkend aan het sluitkoord. De inhoud viel met een zacht, metaalachtig gerinkel op de matras.

Twee schitterende zwarte ogen staarden vol haat naar de juwelen, die terugschitterden. Er was een gouden ketting met een donkere steen van lapis lazuli. Er was een zilveren broche, een volmaakte ovaal, bezet met diamanten zo groot als jonge erwten. Er was een armband – een kleinere uitgave van de gouden ketting, waarvan de sluiting was verstopt onder een robijn die vastzat aan een zilveren medaillon – en een paar oorbellen. Er was geen twijfel mogelijk waar de sieraden vandaan kwamen. Op elk oppervlak, nauwkeurig ingelegd in de lapis lazuli, tussen de diamanten, en boven de robijn zag je dat afschuwelijke symbool vol afgoderij, Z of N, heen en weer zigzaggend, misvormd als de man zelf.

Zo was het allemaal begonnen, dat stond vast. Het was niet gemakkelijk om alle stappen precies te volgen – die Franken waren sluw als vossen –, maar Napoleon was de aanstichter van het kwaad. Wat wilden de Fransen ook alweer aan de wereld opdringen? Vrijheid, gelijkheid en nog iets. Een vlag met drie strepen. Er was nog iets. Deed er niet toe, het waren allemaal leugens.

De vlag had gewapperd boven heel Egypte. Mannen als scharen hadden overal rondgereisd om te wroeten, te schrapen, dingen op te graven, alles op te schrijven in kleine aantekenboekjes. Andere schaarmannetjes, aangevoerd door een halfblinde ongelovige, hadden hun schepen verbrand in de schaduw van de piramides, en Napoleon zelf was gevlucht, weggezeild, midden in de nacht. Toen waren de ongelovigen weggemarcheerd, verhongerd, verkommerd van de dorst en bij bosjes tegelijk gestorven in de woestijnen van Palestina.

En dat was nog maar het begin. Je zou denken dat iedereen de dwaasheid van die buitenlanders zou inzien, nietwaar? Maar nee: de Egyptenaren deden hun best op hen te lijken. Ze hadden gezien hoe de Fransen rondliepen en zich als heersers gedroegen op het grondgebied van de sultan. Ze schreven het toe aan die broeken, aan die speciale geweren die de Fransen hadden achtergelaten, aan de manier waarop de Fransen marcheerden en zwenkten, en als één man vochten in de woestijn, zelfs toen ze bij bosjes tegelijk stierven.

Nieuwe gewoontes. Nieuwe onzin uit kleine aantekenboekjes. Mensen waren altijd aan het krabbelen, en staken hun neus in de boeken tot hun ogen rood zagen van inspanning. Deden alsof ze dat Franse koeterwaals begrepen.

Napoleon. Hij had de Franse koning vermoord, nietwaar? Was het Rijk van de Vrede binnengevallen. Had zand gestrooid in de ogen van zijn eigen soldaten en de hele wereld. Waarom zag niemand wat er aan de hand was? En deze juwelen – moesten we onszelf verkopen voor prullen?

Ook al waren ze nog zo kostbaar.

Jammer dat het meisje het had gezien. Die moord was een noodzaak die hij niet had voorzien, het was gevaarlijk. Misschien een overdreven reactie. Misschien had ze niets gezien, niets begrepen. Andere dingen aan haar hoofd. Een geheimzinnig glimlachje, triomfantelijk en verwachtingsvol, op haar mooie gezicht. Heel anders dan de verbijstering waarmee ze vocht om adem te krijgen toen ze zag wie haar hals dichtkneep. De handen die de juwelen hadden gestolen.

Nu ja, er waren de anderen. Hier binnen loonde het de moeite snel te handelen, zonder gewetenswroeging.

Een klodder speeksel kwam neer op de lapis lazuli en baande zich langzaam een weg langs een staande streep van de letter N.

23

Preen voelde hoe de ouzo in haar keel brandde en pijlsnel om-
laaggleed, als een levend ding, naar de kuil van haar lege maag.
Ze zette het glas terug op de lage tafel, en nam er nog een.

'Leve de zusters!'

Een kring van kleine glaasjes zwiepte door de lucht, klingel-
de, en werd achterovergeslagen door vijf meisjes met raven-
zwarte haren, die er lichtelijk vervallen uitzagen. Een van hen
hikte, toen geeuwde ze en rekte zich uit als een kat.

'Het is mooi geweest,' zei ze. 'Schoonheidsslaapje.'

De anderen giechelden. Ze hadden een goede avond achter
de rug. De mannen, die zwegen terwijl de köçek-dansers op-
traden, hadden hun waardering op de traditionele manier laten blijken door muntstukken onder de zoom van hun kos-
tuum te laten glijden toen ze dichterbij dansten. Je kon het niet
altijd beoordelen, maar het huis zag er schoon uit en de heren
waren nuchter. Een of andere reünie, ze kwam er nooit precies
achter wat.

Ze had het liefst dat de heren nuchter waren, maar zelf vond
ze het na een voorstelling prettig om een beetje dronken te
worden. Ze hadden het rijtuig gevraagd hen af te zetten boven
aan de straat die omlaagleidde naar de waterkant. Ze waren
zwikkend het donker in gelopen naar de deur van een bar die
ze kenden. Een Grieks café, natuurlijk, vol zeelieden. Dat was
op zich nog niet zo slecht, dacht Preen met een flauwe glimlach, want er zaten toevallig twee zeelieden die nu en dan steelse blikken op hen wierpen, twee jonge, tamelijk mooie jongens
die ze niet kende. Het waren vissers van de eilanden, maar
toch...

Twee andere meisjes besloten weg te gaan, maar Preen bleef

liever. Alleen Mina en zij, samen. Nog een drankje, misschien.

Ze dronk haar tweede glas toen de zeelieden het initiatief namen. Ze kwamen van het eiland Lemnos, zoals ze al had gedacht, en hadden die ochtend een grote vangst verkocht op de markt; ze waren een beetje aangeschoten op hun laatste avond in de stad en hadden geld te verteren. Na een paar minuten merkte Preen dat de bruinverbrande hand van de man naar haar been schoof. Toe maar, glimlachte ze, ga door!

Maar uit een ooghoek zag ze een kleine, enigszins gebochelde man met een pokdalig gezicht het café binnenkomen. Yorg was een van de pooiers uit de haven, een van die gluiperige kerels die nieuw aangekomen zeelieden aanspraken, hun een goedkope slaapplaats aanboden, een bezoek aan hun zuster, of, als de kust veilig leek, een gratis drankje bij hen thuis. Thuis bij Yorg was natuurlijk een bordeel, waar afgeragde meisjes van het platteland avond aan avond de hoer speelden, tot ze op straat werden gegooid, of werden vermoord en in de Bosporus gedumpt. Zij hoorden bij het menselijke uitvaagsel dat rondzwalkte in de havens en de zeelui die af- en aanzeilden; hun levensverwachting was niet hoog.

Preen huiverde. Heel voorzichtig duwde ze de hand weg die de visser zojuist op haar dij had gelegd, legde haar vinger op zijn lippen en glipte langs hem heen, met een elegante draai van haar middel. Hij zou wel wachten, dacht ze. Eerst moest ze even een klusje klaren.

24

Er is een stadsdeel van Istanbul, vlak onder de stadsmuren bij de bovenloop van de Gouden Hoorn, dat nooit helemaal is volgebouwd. Misschien is de heuvel te steil om goed te kunnen bouwen, misschien was het in de Byzantijnse tijd verboden om zo dicht bij het paleis van de caesars te bouwen. Daarom was het braak blijven liggen tot aan het begin van de negentiende eeuw, als een soort ruige wildernis, bezaaid met rotsen en miezerige boompjes.

Als je wist waar je moest kijken, ontdekte je mannen die daar woonden – en soms ook vrouwen – maar het was niet verstandig om al te ijverig rond te neuzen. Sommige bewoners van dit stukje grond waren 's nachts actiever dan overdag, maar op elk willekeurig uur hing er een gelaten sfeer van criminaliteit rond de verpieterde bomen en de kleine grotten en spleten, waar stukken zwerfvuil zorgvuldig bij elkaar waren gezocht om een miserabel onderkomen te bouwen. Afdakjes, schuurtjes en hutten waren kunstig in elkaar gezet door schimmige mensen die door het net van de liefdadigheid waren geglipt – of door de strop van de beul.

Nu en dan gaven de stedelijke autoriteiten bevel de heuvel schoon te vegen, maar het leek altijd alsof de meeste bewoners ongezien waren weggekropen. De schoonmaakacties leverden een hele berg afval op die aan de voet van het ravijn werd verbrand, soms een lijk, een stervende zwerfhond of iemand die zo ver heen was dat hij alleen nog maar met nietsziende ogen kon staren naar de stroom mensen uit een stad die hij allang uit het oog had verloren en was vergeten. De lawaaiige mannen, gewapend met lange stokken, vertrokken uiteindelijk weer; de heuvelbewoners kwamen dan stilletjes terug en bouwden de hutjes weer op.

Een man daalde nu langzaam op de tast af in het ravijn, geduldig en voorzichtig sluipend van rots naar rots. Er was een dun maansikkeltje, maar dat werd telkens minutenlang volkomen verduisterd door een zware, voorbijdrijvende wolkenpartij. In één van die donkere tussenpozen bleef de gedaante staan, terwijl hij wachtte en luisterde. 'Alles rustig?'

Het antwoord werd gefluisterd. 'Alles rustig.'

Twee mannen liepen op de tast in het donker langs elkaar heen. De nieuwkomer sprong omlaag in een ondiepe grot, ging op zijn hurken zitten en leunde met zijn rug tegen de muur.

Een paar minuten later braken de wolken open. Het zwakke maanlicht onthulde alles wat de man moest zien. Een opiumkistje, tegen de muur gezet. Een donkere hoop waarvan hij wist dat het de uniformen waren. En achter in de grot twee mannen, met touwen vastgebonden en gemuilkorfd. Het hoofd van de een lag achterover, alsof hij sliep. Maar de andere man had zijn ogen wijd opengesperd als een dier in doodsnood.

De nieuwkomer wierp instinctief een blik op het doosje, dankbaar dat de keus tenminste was gemaakt.

25

Yashim gooide zijn hoofd achterover toen het maanlicht door een spleet tussen de wolken scheen. De boom leek hoger dan hij zich herinnerde, terwijl hij de stam met twee handen vasthield; de zwarte gedraaide takken kronkelden omhoog boven zijn hoofd, een wirwar van takken die zo lang en dik waren dat zelfs het maanlicht er nauwelijks doorheen kon komen.

De janitsaren hadden deze boom als hun eigendom beschouwd. Een gezonde intuïtie had hun doen besluiten een levend ding te kiezen, in een stadsdeel dat stijf stond van de monumenten voor menselijke grandeur. Vergeleken bij deze massieve plataan was het Topkapi-paleis koud en doods. Links van hem kon Yashim het zwarte silhouet onderscheiden van het paleis dat lang geleden was gebouwd door een vizier die zichzelf oppermachtig waande, tot het moment dat hij was gewurgd met een zijden boogpees. Ten noorden lag de Hagia Sofia, de grootse kerk van de Byzantijnen, die nu een moskee was. Achter hem stond de Blauwe Moskee, gebouwd door een sultan die zijn keizerrijk aan de bedelstaf had gebracht om het werk te voltooien. En hier groeide de boom rustig op de hippodroom uit de oudheid, en wierp een overvloedige schaduw op het heetst van de dag.

Niemand had geprobeerd de boom de schuld te geven van datgene wat hij in de loop der tijd was gaan vertegenwoordigen: de hatelijke macht van het janitsarenkorps. Dat was nooit de Turkse manier van doen geweest, peinsde Yashim. Dezelfde intuïtie die de janitsaren ertoe had bewogen de boom te kiezen, maakte dat het volk tegenzin vertoonde om de boom om te hakken, nu zelfs de naam van de janitsaren was prijsgegeven aan de vergetelheid. De mensen hielden van bomen, en ze hielden niet van verandering; de hippodroom zelf was daar een bewijs van. Een paar stappen verder stond een obelisk met ingekerfde hiëroglyfen, die een Byzantijnse keizer had meegenomen uit Egypte. Verderop stond een massieve zuil die daar lang geleden door een Romeinse keizer was neergezet. Nog een eindje verder stond de beroemde Slangenzuil, een bronzen beeld van drie groene ineengestrengelde slangen, dat ooit bij het Griekse orakel van Delphi had gestaan. De koppen van de slangen ontbraken nu weliswaar, maar Yashim wist dat de Turken daar niets aan konden doen.

Hij glimlachte bij de herinnering aan die avond in de Poolse residentie, toen Palevski hem, dronken fluisterend, de verbazingwekkende waarheid had verteld. Samen hadden ze bij het licht van een kaars naar een verre hoek van een enorme oude kleerkast gestaard, waar twee van de drie hoofden die een wonder van de antieke wereld waren geweest, op een stapel stoffig linnen lagen, nauwelijks aangeraakt sinds ze van de pilaar waren gerukt door een paar dronken jongelieden uit het gevolg van de Poolse ambassadeur. 'Echt vreselijk,' had Palevski gemompeld, rillend van afschuw bij de aanblik van de afgehouwen koppen. 'Maar nu is het te laat. Wat eenmaal gebroken is, kan beter niet gerepareerd worden.'

Dus de janitsarenboom bleef staan. Yashim leunde met zijn voorhoofd tegen de afbladderende schors en vroeg zich af of het waar was dat de wortels van een boom even lang en diep waren als de takken hoog en breed. Zelfs wanneer een boom was geveld, bleven zijn wortels leven. Ze zogen vocht op vanuit de aarde, zodat de stronk gedwongen was opnieuw te groeien.

Het was nog maar tien jaar geleden dat de janitsaren waren onderdrukt. Velen van hen waren gedood, niet in de laatste plaats degenen die zich in de oude kazerne hadden verschanst op het moment dat de artillerie werd gehaald, die het hele gebouw reduceerde tot een rokend geraamte. Maar anderen waren ontsnapt – als hij de Albanese soepmeester moest geloven, waren dat er meer dan Yashim zou hebben verwacht.

En dan telde hij alleen de regimenten die in Istanbul waren gestationeerd. Elke stad in het Ottomaanse Rijk had zijn eigen regiment janitsaren gehad. Edirne, Sofia, Warna in het Westen; Scutari, Trebizonde en Antalya. Er waren janitsaren gelegerd in Jeruzalem, in Aleppo en Medina: regimenten van janitsaren, muziekkorpsen van janitsaren, imams van de karagozisekte, alles erop en eraan. Van tijd tot tijd had hun macht in de provinciesteden hen in staat gesteld militaire junta's te vormen, die de belastingen inden en de baas speelden over de plaatselijke gouverneur. Hoeveel van die junta's bestonden er nog?

Uit hoeveel soldaten had het korps bestaan?

Hoe doeltreffend waren ze verslagen?

Tien jaar later: hoeveel janitsaren hadden het overleefd?

Yashim wist precies waar hij die vragen moest stellen. Hij wist alleen niet zeker of hij antwoord zou krijgen.

Hij keek voor het laatst omhoog naar de takken van de grote plataan en klopte op de massieve stam. Terwijl hij dat deed raakte zijn hand iets wat dunner en minder substantieel was dan de afbladderende schors.

Nieuwsgierig trok hij aan het papiertje. In het laatste beetje maanlicht las hij:

Onwetend
En niets wetend van hun onwetendheid,
Verspreiden zij zich.
Vluchten.

Onwetend
En niets wetend van hun onwetendheid,
Zoeken zij.
Onderwijs hen.

Yashim keek onrustig om zich heen. Terwijl de maan achter een wolk verdween, leek de hippodroom uitgestorven.

Toch had hij het onaangename gevoel dat de dichtregels die hij had gelezen voor hem waren bedoeld. Dat hij in de gaten werd gehouden.

26

De gigantische hoeveelheid archiefstukken van de Ottomaanse regering was opgeborgen in een groot paviljoen dat deel uitmaakte van de afscheiding tussen de Tweede en Derde, meer naar binnen gelegen, Hof van het Topkapi-paleis. Men kon het archief betreden vanuit de Tweede Hof, door een lage poort die werd beschermd door een verdiept portaal dat dag en nacht werd bewaakt door zwarte eunuchen. Er was altijd een archivaris aanwezig, want men had lang geleden vastgesteld dat de viziers op elk moment naar papieren konden vragen, in tegenstelling tot de meeste sultans, die na kantooruren geen vermoeiend werk deden. Ook nu vlamden er twee toortsen bij de ingang van de archiefvertrekken toen Yashim ernaartoe liep. Het licht bescheen vier warm ingepakte gedaanten die op hun hurken in de deuropening zaten, de eunuchen van de bewaking.

Het was een koude nacht en de mannen, die hun zware *boernoes* strak over hun hoofd hadden getrokken, waren diep in slaap of verlangden daarnaar. Yashim stapte voorzichtig over hen heen en duwde de deur geruisloos met zijn vingertoppen open. Zonder geluid te maken deed hij de deur achter zich dicht. Hij stond in een kleine vestibule met een kunstig uitgesneden plafond en een prachtige draaikolk van Koefische letters die in de rondte in de muren waren gegraveerd. Er brandden kaarsen in glanzende nissen. Hij probeerde de deur vóór zich, en merkte tot zijn verbazing dat die open was.

In het donker zag de zaal er nog groter uit dan de bibliotheek die hij zich herinnerde: de boekenkasten die de ruimte in het midden van de zaal in beslag namen waren onzichtbaar in de duisternis. Over de volle lengte van een muur stond een lage bank of leestafel, met een rij zitkussens, en ver weg, bijna verloren in de hol klinkende duisternis, zag hij een lichtpuntje dat het donker eromheen leek aan te trekken. Terwijl hij keek flitste het licht uit, en weer aan.

'Een indringer,' zei een stem vriendelijk. 'Wat leuk.'

De bibliothecaris liep door de zaal naar hem toe. Het was zijn overdreven heupwiegende loop die het kaarslicht een moment lang had uitgedoofd, besefte Yashim.

'Ik hoop dat ik u niet stoor.'

De bibliothecaris ging op een krukje staan om een lamp naast de deur aan te steken en knipte voorzichtig het lampenkousje bij tot het licht zo helder was dat ze elkaar konden zien. Yashim boog en stelde zich voor.

'Prettig kennis te maken. Ik heet Ibou,' zei de ander eenvoudig, met een lichte buiging van zijn hoofd. Hij had een lichte, bijna meisjesachtige stem. 'Uit Sudan.'

'Natuurlijk,' zei Yashim. De meest vooraanstaande eunuchen uit het paleis kwamen uit Sudan en het gebied rond de bovenloop van de Nijl: lenige, onbehaarde jongens wier vrouwelijkheid hun enorme kracht en hun kolossale overlevingsvermogen verdoezelde. Honderden jongens werden elk jaar uit het gebied rond de bovenloop van de Nijl weggehaald en moesten door de woestijn naar de zee marcheren, wist hij. Slechts enkelen overleefden het daadwerkelijk. Ergens in de woestijn werd de operatie uitgevoerd; de jongen werd ondergedompeld in het hete zand om hem te ontsmetten, en hij mocht drie dagen lang niet drinken. Als hij aan het eind van die drie dagen niet gek was geworden en als hij kon plassen, maakte hij een goede kans. Hij zou de gelukkige zijn.

De prijs, in Caïro, was evenredig hoog.

'Misschien kun je me helpen, Ibou.' Op een of andere manier twijfelde Yashim hieraan: hoogstwaarschijnlijk werkte de verleidelijke jongeman in de bibliotheek op voorspraak van een verliefde oudere eunuch. Hij zag er nauwelijks oud genoeg uit om te weten wat een janitsaar was, laat staan dat hij het systeem van het archief onder de knie zou hebben gekregen.

Het gezicht van Ibou nam een ernstige, plechtige uitdrukking aan, met getuite lippen. Hij was echt heel knap.

'Wat ik zoek,' legde Yashim uit, 'is een monsterrol van alle janitsarenkorpsen in het keizerrijk, vóór de Voorspoedige Gebeurtenis.' De Voorspoedige Gebeurtenis – die veilige, stereotiepe term had hij zich laten ontvallen uit macht der gewoonte. Hij zou zich duidelijker moeten uitdrukken. 'De Voorspoedige Gebeurtenis...' begon hij. Ibou snoerde hem de mond.

'Sst!' Hij hield zijn ene hand voor zijn mond en wapperde met zijn andere hand door de lucht. Zijn ogen schoten van links naar rechts, beduidend dat voorzichtigheid geboden was. Yashim grijnsde. In elk geval wist hij iets over de Voorspoedige Gebeurtenis.

'Wilt u namen? Of alleen aantallen?'

Yashim was verrast.

'Aantallen.'

'Dan moet u het uittreksel hebben. Gaat u niet weg.'

Hij draaide zich om en heupwiegde weg, het donker in. Na een tijd zag Yashim dat de kaars in de verte weer bewoog en een beetje heen en weer zwaaide tot hij verdween. Achter de boekenkasten, veronderstelde hij.

Yashim kende het archief niet goed, slechts goed genoeg om te begrijpen dat de ordening veelomvattend en briljant was. Als een vizier bij de islamitische rijksraad of raadsvergadering een document of een naslagwerk nodig had, ongeacht hoe oud het was, of hoe onbelangrijk van aard, waren de archivarissen altijd in staat het binnen enkele minuten te vinden. In dit vertrek werden vier of vijf eeuwen Ottomaanse geschiedenis bewaard: bevelen, brieven, resultaten van volkstellingen, belastingverplichtingen, proclamaties van de troon en hun tegenhanger: petities die aan de troon waren gericht, bijzonderheden over de werkgelegenheid, promoties en degradaties, biografieën van hoogwaardigheidsbekleders, bijzonderheden over rijksuitgaven, kaarten van veldtochten, rapporten van gouverneurs – die allemaal teruggingen tot de veertiende eeuw, toen de Ottomanen voor het eerst uit Anatolië de Dardanellen overstaken en Europa binnenkwamen.

Hij hoorde de voetstappen terugkeren. De kaars en zijn elegante drager kwamen uit het donker te voorschijn. Afgezien van de kaars had Ibou lege handen.

'Niet gelukt?' Yashim kon een zweem van neerbuigendheid niet uit zijn stem weren.

'Mm-mm,' neuriede de jongeman. 'Laten we even een kijkje nemen.'

Hij draaide een rij muurlampen hoger, boven de leestafel, en knielde neer op een kussen. Boven de bank liep een boekenplank die alleen lange, dikke grootboeken met groene ruggen bevatte, waarvan de jongen er één met een ruk uit trok en opensloeg op de leestafel. De dikke bladzijden ritselden terwijl hij ze omsloeg, terwijl hij zachtjes in zichzelf neuriede. Uiteindelijk streek hij met zijn vinger over een tabel op een bladzij en stopte.

'Heb je het nu?'

'We krijgen het uiteindelijk wel te pakken,' zei Ibou. Hij sloeg het grootboek met een harde klap dicht en zette het moeiteloos terug op zijn plaats. Daarna slenterde hij naar een ingebouwde ladekast bij de deur en trok een la uit. Hij haalde er een kaart uit te voorschijn.

'O.' Hij keek Yashim aan – met een bedroefde blik. 'Weg,' zei hij. 'Niet u. U bent aardig. Ik bedoel de archiefstukken die u wilde inzien.'

'Weg? Wie heeft ze dan?'

'Tss, tss. Het is niet aan mij om dat te zeggen.'

Ibou liet het kaartje met een snelle polsbeweging voor zijn gezicht wapperen, alsof hij een waaier open- en dichtsloeg.

'Nee. Nee, natuurlijk niet.' Yashim fronste zijn wenkbrauwen. 'Ik hoopte alleen...'

'Ja?'

'Ik vroeg me af of je me eventueel zou kunnen vertellen welke opbrengst de *beylic* van Warna ontving uit – uit de mijnbouwrechten in de jaren tussen 1670 en 1680.'

Ibou tuitte zijn lippen en blies. Hij trok een gezicht, dacht Yashim, alsof hij op het punt stond die cijfers uit zijn hoofd op te dreunen.

'Een specifiek jaar? Of gewoon dat hele decennium?'

'1677.'

'Een ogenblik, alstublieft.'

Hij legde de kaart ondersteboven neer in de open la, pakte de kaars en was binnen een seconde verdwenen achter de boekenkasten. Yashim deed een stap naar voren, pakte de kaart en las:

Register van Janitsaren; 7-3-8-114; overzicht: fig., 1825.
Op commando.

Hij legde de kaart terug, verwonderd.

Een minuut later, terwijl Ibou en hij naar een dikke rol vergelend perkament tuurden die doordringend naar schapenvacht rook en waarop, tot zijn oneindige gebrek aan belangstelling, verschillende bedragen en opmerkingen waren genoteerd met betrekking tot de beylic van Warna in het jaar 1677, stelde hij de vraag.

'Wat betekent "op commando", Ibou? De sultan?'

Ibou fronste zijn wenkbrauwen.

'Hebt u gegluurd?'

Yashim grijnsde. 'Het is gewoon een zin die ik ergens heb gehoord.'

'O, juist.' Ibou kneep zijn ogen even tot spleetjes. 'Raak het perkament alstublieft niet aan. Nou, het zou de sultan kunnen betekenen. Maar dat is niet waarschijnlijk. Het betekent al helemaal niet, bijvoorbeeld, de gepluimde hellebaardiers, de tuinlieden, of een van de koks. Vanzelfsprekend zouden we hun naam noteren, naast hun rang en positie.'

'Wie dan?'

Ibou gebaarde plagerig naar de perkamentrol. 'Bent u hierin geïnteresseerd, of is het gewoon een excuus om een praatje te komen maken?'

'Het is gewoon een excuus. Wie?'

De archivaris rolde het perkament zorgvuldig op. Hij bond het weer vast met een paars lint en pakte het op.

'Laat me eerst even alles netjes opruimen.'

Yashim grinnikte in zichzelf terwijl hij gadesloeg hoe de jongen lenig en onuitstaanbaar sierlijk naar de laden toe sloop. Hij legde de kaart op zijn plaats, liet de la dichtglijden met zijn lange vingers en verdween met zijn kaars tussen de boekenkasten. God helpe de oudere mannen! Zulke koketterie had hij nog nooit meegemaakt. Maar hij was ook onder de indruk. Ibou zag eruit en klonk als een Afrikaanse stoeipoes, maar hij wist beslist de weg. En niet alleen in de stoffige archiefstukken, dat was duidelijk.

Hij kwam heel snel terug.

'Op commando,' souffleerde Yashim.

'De keizerlijke hofhouding. De sultan, zijn familie, zijn voornaamste stafleden.'

'De keizerlijke vrouwen?'

'Natuurlijk. De hele keizerlijke familie. Niet hun slaven, welteverstaan.'

'Op commando.' Yashim dacht na. 'Ibou, wie wilde het boek hebben, denk je?'

'Ik weet het niet.' Hij fronste. 'Zou het...' Hij haalde zijn schouders op, gaf het op.

'Wie? Wie denk je?'

De archivaris waaierde afwijzend met zijn hand.

'Niemand. Niets. Ik weet niet wat ik wilde zeggen.'

Yashim besloot dat onopgemerkt voorbij te laten gaan.

'Toch vraag ik me af waar ik die informatie zou kunnen vinden.'

Ibou hield zijn hoofd scheef en staarde naar een lamp aan de muur.

'Vraag het aan een van de buitenlandse ambassades. Het zou me niets verbazen.'

Yashim glimlachte om deze grap. Maar waarom ook niet? vroeg hij zich af. Het was precies het soort informatie dat ze waarschijnlijk hadden.

Hij keek nieuwsgierig naar Ibou. Maar Ibou liet zijn kin op de rug van zijn hand rusten en staarde met een onschuldig gezicht naar de lamp.

27

'Verdomme!' Preen had niet aan geld gedacht.

Yorg de pooier dacht nooit ergens anders aan.

'Zeg, köçek-danser, zitten we hier gewoon samen een glaasje te drinken? Verhaaltjes te vertellen? Nee. Jij komt op me af en vraagt me om een inlichting. Iets wat jij wilt, wat ik misschien heb. Een transactie.'

Hij glimlachte achterbaks naar haar en klopte op zijn hoofd. 'Mijn winkel.'

In de ogen van Preen leek het alsof de informatie van Yorg ergens anders was opgeslagen: in zijn bochel. Vergiftig spul, en hij zat er vol mee.

'Wat wil je?' vroeg ze.

De ogen van Yorg schoten langs haar heen als die van een hagedis.

'Je hebt vrienden, zie ik.'

'Een paar jongens. Je hebt mijn vraag niet beantwoord.'

Zijn ogen keerden terug naar haar.

'O, jawel,' zei hij zachtjes. 'Jij hebt iets wat ik kan gebruiken, toch, köçek? Een dronken zeeman voor Yorg.'

Ze wierp een blik over haar schouder. Haar Griekse zeeman zat met een frons op zijn gezicht en liet zijn glas heen en weer kantelen. Mina en de andere jongen zaten met hun hoofden dicht bij elkaar, tot hij iets zei waardoor Mina in lachen uitbarstte en haar hoofd achterovergooide, met een hand wapperend bij haar borst.

'Nou zeg!'

Ze keek weer naar Yorg. Zijn ogen waren ijskoud. Zijn vingers zaten om het glas gekruld: ze waren bijna plat met grote, misvormde knokkels.

'Je zou hem een plezier doen, köçek,' spuugde hij uit.

Hij keek haar aan, zeker van een kleine overwinning.

'Die vent verdient een echte vrouw, vind je niet?' Köçekdansers! Eeuwenoude tradities, jarenlange training, blabla. Wat gaf die zielige klootzakken het recht op hem neer te kijken? 'Ja, een vrouw. En wie weet – waarom niet – een jonge vrouw.'

Preen verstijfde. 'Je bent gemeen, Yorg. Hier krijg je spijt van. Neem jij die zeeman maar.'

Ze liep terug naar haar tafeltje. Mina keek naar Preen, maar de glimlach om haar mond verdween toen ze de gebochelde pooier in haar kielzog zag. De zeeman keek verbaasd van Preen naar Yorg.

'Ik moet weg.' Preen boog zich voorover om in zijn oor te fluisteren. Hardop zei ze: 'Dit is Yorg. Hij ziet eruit als een teennagel van de duivel, maar vanavond... wil hij je een drankje aanbieden. Nietwaar, Yorg?'

Yorg wierp haar een vuile blik toe, draaide zich om en stak zijn hand uit. 'Hallo, Dimitri,' kraste hij.

28

Lieve Zus,   Britse Ambassade, Pera

... reuze leuk. Vroeg heel erg naar jou.

Ik probeer al mijn indrukken op te schrijven, zoals je had gevraagd, maar het zijn er zoveel dat ik nauwelijks weet waar ik moet beginnen. Stel je voor dat je een brief wilde sturen met een beschrijving van alles wat je ooit had gezien in grootmoeders porseleinkast, je weet wel... Overal stapels kopjes kriskras door elkaar, & schoteltjes, & herderinnetjes & koffiepotten & gekleurde suikerpotten, met koepelvormige deksels: zo ziet de stad er in mijn ogen uit. Niet te vergeten een blauw lint van water, waarop de hele boel lijkt te rusten – niet de kast, bedoel ik: Constantinopel.

Fizerly zegt dat de Turken nooit één gedachte wijden aan gisteren of morgen – allemaal fatalisten – hij is een keer naar de grote kerk gegaan die door Justinianus is gebouwd

– de Hagia Sofia (in het Grieks, a.u.b.) – helemaal vermomd als een mohammedaan (Fizerly, bedoel ik, niet Justinianus – jeetje!) en zegt dat het gewoon afschuwelijk is, er hangen alleen een paar gongs in de hoeken waarop je kunt zien wat Ali de Ottomaan daar in de afgelopen vierhonderd jaar heeft gedaan. Hij is een geweldige vent, Fizerly, en je zou zijn zus eens moeten ontmoeten, want hij zegt – en ik geloof hem – dat we dikke vrienden zullen worden.

Tegelijkertijd ben ik geslaagd voor mijn eerste grote examen in de diplomatie. Fizerly was nauwelijks klaar met zijn verhaal over de Turken die alleen voor het moment leven, toen er een Turk naar de deur van de ambassade slofte – ze dragen allemaal capes, weet je, en zien eruit als tovenaars – de Turken, niet de deuren – en verklaarde dat hij een historicus was! Fizerly sprak een paar woorden Turks tegen hem en die kerel antwoordde in perfect Frans! Fizerly en ik wisselden een blik – ik dacht dat ik me zou doodlachen –, maar de Turk meende het serieus en wilde het janitsarenkorps onderzoeken enz. De chef zegt dat Istanbul veel saaier is zonder de janitsaren, hoorde ik van Fizerly. Niet te saai voor

Je liefhebbende broer,

Frank

'Voor wie werkt u?'

Frank Compston sprak slecht Frans. Yashim wenste dat hij weg zou gaan en hem rustig zou laten doorwerken aan zijn onderzoek. De Engelsman leek verwonderd.

Yashim zei: 'Laten we zeggen dat ik voor mezelf werk.'

'O. Freelance?'

Yashim liet het onbekende woord over zijn tong rollen. Een vrije lans? Hij nam aan van wel: zijn lans werd tenminste niet gehinderd door de pruimen die andere mannen tussen hun dijen hadden bungelen.

'U bent erg scherpzinnig,' zei hij, terwijl hij zijn hoofd boog.

De jongeman bloosde. Hij wist zeker dat hij werd uitgelachen, maar hij kon deze gedachtewisseling niet goed verstaan. Misschien kon hij beter een tijdje zijn mond houden. Diplomatieker. Hij sloeg zijn armen over elkaar en zat stijfjes op de gestoffeerde stoel, terwijl hij keek hoe de Turk lijsten maakte. Een minuut later zei hij: 'Een knap beroerde zaak met die janitsaren, nietwaar?'

Yashim keek verbaasd op.

'Voor de janitsaren wel, ja,' merkte hij droogjes op.

De jongen knikte heftig, alsof Yashim zojuist een diepzinnige opmerking had gemaakt.

'Jeetje! Ja! Ellendig voor ze.'

Hij schudde zijn hoofd en trok zijn wenkbrauwen op.

'Niet zo leuk, om levend te verbranden,' mompelde Yashim. *Pas trop amusant.*

De jongen gaapte hem plichtmatig aan. 'Beslist niet wat ik leuk noem!' Hij boog zijn hoofd en lachte luid. Yashim ging door met schrijven.

'Zeg eens,' schetterde de jongen, 'wat doen kerels om zich te vermaken, hier in Istanbul?'

Hij boog naar voren, zijn handen hingen tussen zijn knieën. Hij had een opgefokte uitdrukking op zijn gezicht.

Yashim kneep zijn ogen tot spleetjes. Toen hij sprak fluisterde hij bijna. 'Nou, sommige mannen gebruiken een dood schaap.'

De jongen schrok. 'Een schaap?'

'Ze snijden het open en verwijderen de – hoe noem je dat? – de blaas.'

Het gezicht van de jongen was verstard in afgrijzen.

'Een van hen, meestal de sterkste, zet zijn lippen aan de pisbuis...'

'O, juist. Ik... Ik begrijp het. Alstublieft, dat bedoelde ik niet.'

Yashim zette een verbaasd gezicht.

'Maar jullie voetballen toch ook in uw land?'

De jongen staarde hem aan, en zakte toen in elkaar.

'Het spijt me – ja, natuurlijk. Ik... Ik...' zijn gezicht was knalrood. 'Ik denk dat ik even een glaasje water ga drinken. Neemt u mij niet kwalijk.'

Yashim glimlachte even en wendde zich weer tot zijn boeken.

Hij had gevonden wat hij nodig had. Het waren, vermoedde hij, slechts schattingen; maar als de getallen ruwweg klopten, was het ontnuchterende lectuur.

Hoeveel janitsaren waren er gestorven tijdens de gebeurtenissen in juni 1826? Waarschijnlijk duizend man in de kazerne. Nog een paar honderd tijdens de jacht die daarop volgde – zeg vijfhonderd. Er waren mannen opgehangen en geëxecuteerd, maar verrassend weinig, voornamelijk bekende leiders.

De anderen hadden stilletjes kunnen verdwijnen. Drie van hen, misschien een paar meer, hadden een baan gevonden bij het soepmakersgilde, zoals Yashim wist.

Dan bleven er nog steeds, als hij deze cijfers moest geloven, veel mannen over die niet te traceren waren. Die ergens een rustig, onopvallend leven leidden. Hun kinderen grootbrachten. Werkten voor de kost. Nou, dat zou een schok zijn voor het systeem.

Yashim leunde achterover in zijn stoel en staarde naar de uitkomst van zijn sommen. Een grote hoeveelheid wraakzuchtige, spijtige mannen.

Ongeveer vijftigduizend in feite.

29

De imam kromp in elkaar. Kon hij doen alsof hij een andere afspraak had? Hij wist dat de eunuch altijd kwam bidden in zijn moskee, maar ze hadden nooit met elkaar gepraat. Tot vandaag. De eunuch was na het middaggebed naar hem toe gekomen en had gevraagd of hij hem even kon spreken. En de imam had zijn hoofd zeer hoffelijk gebogen, voor hij zich realiseerde wie het vroeg.

Terwijl de eunuch achter hem aan liep, bedacht de imam dat hij niet het recht had hem zijn medeleven te onthouden, of zijn goede raad. Toch zag hij tegen het gesprek op.

Hoe kon een man een goede moslim zijn als zoveel wegen waardoor een moslim zijn God benaderde bij wijze van spreken geblokkeerd waren? De imam beschouwde zichzelf als een leraar, zeker. Maar heel veel lessen hielden verband met de verhoudingen binnen een gezin: de zegening van kinderen, de regels voor het huwelijksleven. Hij gaf vaders raad over hun zonen, en zonen over hun vaders. Hij leerde mannen – en vrouwen – hoe ze zich binnen het huwelijk moesten gedragen. Ontrouwe mannen. Jaloerse vrouwen. Ze kwamen met vragen naar hem toe, als een rechter. Het was zijn taak om over die vragen na te denken, en ja of nee te antwoorden; meestal leerden ze door die vragen hun eigen standpunt te begrijpen. Hij leidde hen naar de juiste vragen: onderweg moesten ze hun eigen gedrag onderzoeken, in het licht van de leer van de Profeet.

Wat kon hij bespreken met een wezen dat geen familie had?

Ze kwamen bij zijn kamer. Een bank, een lage tafel, een karaf op een koperen dienblad. Een paar kussens. De kamer was spaarzaam gemeubileerd, maar toch weelderig. De muren waren vanaf de vloer tot schouderhoogte versierd met een fantastische rijkdom aan eeuwenoude Iznik-tegels, uit de beste periode van de pottenbakkersovens uit Iznik. De blauwe geometrische dessins leken pas gisteren te zijn aangebracht: ze glansden schitterend en zuiver, en weerkaatsten het zonlicht dat door de bovenramen naar binnen viel. In de hoek stond een zwarte kachel die een weldadige warmte verspreidde.

De imam gebaarde naar de bank, terwijl hij met zijn rug naar de kachel ging staan.

De eunuch glimlachte, een beetje zenuwachtig, en installeerde zich op de bank. Hij schopte zijn sandalen uit, waarna hij zijn voeten optrok onder zijn boernoes. Inwendig kreunde de imam. Dit zou moeilijk worden, dacht hij. Hij streek met een vingertop over zijn wenkbrauw.

'Spreek.'

Hij had een basstem: Yashim was onder de indruk. Hij was eraan gewend mensen te ontmoeten die iets te verbergen hadden, zodat hun spraak werd ontsierd door twijfel en aarzeling. Hier stond een man die zijn vragen kon beantwoorden met het stempel van autoriteit. Een imam leefde zonder onzekerheid. Voor hem was er altijd een antwoord. De waarheid was zonneklaar. Yashim was jaloers op zijn zekerheid.

'Ik wil iets weten over de karagozi,' zei hij.

De imam stopte met het gladstrijken van zijn wenkbrauw die hij optrok, waardoor het contact met de vinger verloren ging.

'Neemt u mij niet kwalijk?'

Yashim vroeg zich af of hij iets verkeerds had gezegd. Hij zei het nog een keer. 'De karagozi.'

'Dat is een verboden sekte,' zei de imam.

Niet alleen iets verkeerds, dacht Yashim. De verkeerde man. Hij maakte aanstalten om op te staan, en bedankte de imam voor zijn verduidelijking.

'Blijft u alstublieft zitten. Wilt u iets over hen weten?' De imam had zijn hand opgestoken. Een gesprek over de doctrine, nu, dat was een heel andere zaak. De imam voelde een zwaar gewicht van zijn schouders vallen. Ze hoefden niet te praten over geilheid of sodomie of waar eunuchen ook over wilden praten wanneer ze een bezoek brachten aan hun imam. Of een man zonder ballen de liefde kon bedrijven met de houri's uit het paradijs.

Yashim ging weer zitten.

'De karagozi speelden een grote rol in het janitsarenkorps,' zei de imam. 'Dat weet u wellicht?'

'Ja, natuurlijk. Ik weet ook dat ze onorthodox waren. Ik wil weten hoe.'

'Sjeik Karagoz was een mysticus. Dat was lang geleden, lang voor de Verovering, toen de Ottomanen nog een nomadenvolk waren. Ze hadden hier en daar een paar moskeeën, in plaatsen en steden die ze hadden veroverd op de christenen. Maar de soldaten waren *gazi*, heilige krijgers, en ze waren niet gewend aan het leven in de stad. Ze hongerden naar de waarheid, maar het was moeilijk voor de leraren en imams om bij hen te blijven. Veel van die Turkse gazi luisterden naar hun oude *baba's*, hun geestelijk vaders, die wijs waren. Ik zeg wijs: niet al die baba's waren verlicht.'

'Waren ze heidenen?'

'Heidenen, animisten, ja. Maar sommigen waren geraakt door de woorden van de Profeet, hij ruste in vrede. Maar in hun doctrines verwerkten ze veel oude tradities, veel esoterische leerstellingen, zelfs dwalingen die ze hadden vergaard bij de ongelovigen. U moet niet vergeten dat het roerige tijden waren. Het kleine Ottomaanse Rijk groeide en veel Turken voelden zich daartoe aangetrokken. Elke dag stuitten zij op nieuwe landen, nieuwe volkeren, onbekende godsdiensten. Het was moeilijk voor hen om de waarheid te zien.'

'En de janitsaren?'

'Sjeik Karagoz smeedde de schakel. Stelt u zich voor: de eerste janitsaren waren jonge mannen, onvast in hun geloof, want ze waren weggeplukt uit de rangen der ongelovigen en moesten vele dwalingen uit hun hoofd zetten. Sjeik Karagoz maakte het hen gemakkelijker. U kent het verhaal, natuurlijk. Hij behoorde tot het gevolg van sultan Murad, de eerste die het janitsarenkorps oprichtte met gevangenen die hij maakte in de Balkan-oorlogen. Toen de sjeik hen zegende, met zijn uitgestrekte arm in een lange witte mouw, werd die mouw het symbool voor de janitsaren, de hoofdtooi die ze als een pluim in hun tulband droegen.'

'Dus sjeik Karagoz was een baba?'

'In zekere zin wel. Hij leefde iets later dan de laatste baba's uit de Turkse traditie, maar het principe was hetzelfde. Zijn leer was islamitisch, maar hij hield zich bezig met het mysterie en de heilige eenwording.'

'Heilige eenwording?'

De imam tuitte zijn lippen. 'Ik bedoel eenwording van verschillende religies, eenwording met God. Wij zeggen, bijvoorbeeld, dat er maar één weg is naar de waarheid, en die is opgetekend in de Koran. Sjeik Karagoz geloofde dat er meerdere wegen waren.'

'Zoals de derwisjen. Een staat van extase. Bevrijding van de ziel vanuit de gevangenis van het lichaam.'

'Juist, maar de manier waarop was anders. Primitiever, zou je kunnen zeggen.'

'Hoe dan?'

'Een echte volgeling van Karagoz beschouwde zichzelf als verheven boven alle aardse banden en regels. Dus het breken van regels was een manier om zijn loyaliteit aan de broederschap te tonen. Zij dronken alcohol en aten varkensvlees, bijvoorbeeld. Vrouwen werden onder dezelfde voorwaarden toegelaten als mannen. Een groot deel van de heldere leidraad uit de Koran werd eenvoudig terzijde geschoven als onbelangrijk, of zelfs irrelevant. Zulke overtredingen maakten dat er een band tussen hen werd gesmeed.'

'Ik snap het. Misschien maakte het dat gemakkelijker voor hen die als christenen geboren waren om de islam te benaderen?'

'Op de korte termijn, dat ben ik met u eens. Ze hoefden minder lage genoegens op te geven. U weet hoe soldaten kunnen zijn.'

Yashim knikte. Wijn, wijven en gezang: de litanie van het kampvuur in alle tijden.

'Als ze de leidraad van de Koran terzijde schoven,' zei hij langzaam, 'welke leidraad kwam daar dan voor in de plaats?'

'Een heel goede vraag.' De imam zette zijn vingertoppen tegen elkaar. 'In een bepaald opzicht, geen enkele. De ware karagozi geloofde alleen in zichzelf: hij geloofde dat zijn ziel aan hem toebehoorde, in elk stadium: conceptie, geboorte, dood en het leven na de dood. De regels waren irrelevant. Maar het gekke is dat hij ook zijn eigen regels had. Magische getallen. Geheimen. Bijgeloof. Een karagozi legt zijn lepel nooit op tafel, hij gaat nooit op een drempel staan – zulke dingen. Door zijn gehoorzaamheid aan de onbelangrijke regels van de sekte kon hij zich veroorloven Gods wetten te breken. Het is niet verwonderlijk dat allerlei soorten louche types zich tot de sekte van de karagozi voelden aangetrokken. Laten we niet overdrijven. De oorspronkelijke drijfveer was zuiver, ook al berustte hij op een dwaling. De karagozi-volgelingen beschouwden zichzelf als moslims. Dat wil zeggen, ze gingen naar de moskee om te bidden, zoals alle anderen. Het karagozi-element vormde een diepere laag binnen hun godsdienstige loyaliteit, een geheime laag. Ze waren aangesloten bij een loge, die we een *tekke* noemen. Gebedshuizen waar ze bij elkaar kwamen. Er waren er veel, hier in Istanbul en elders.'

'Waren alle karagozi janitsaren?'

'Nee. Alle janitsaren waren karagozi, grof gezegd. En dat is niet hetzelfde. Misschien, mijn vriend, hebben we te snel besloten om over hen en hun doctrines te spreken in de verleden tijd. De slag die de janitsaren is toegebracht? Een terugslag. Misschien levert die uiteindelijk iets nieuws op. Weet u, het geloof kan gesterkt worden door tegenslag. Ik zou me kunnen voorstellen dat we nog niet het laatste over de karagozi hebben gehoord. Misschien niet onder die naam, maar de stromen der vroomheid waaruit zij putten zijn diep.'

'Maar vogelvrij verklaard, zoals u zei. Verboden.'

'O, nou, hier in Istanbul wel. Maar ze hebben een lange reis gemaakt. Vroeger luisterden ze naar een baba uit de steppe. Nu staan ze op de grenzen van het Domein van de Vrede. Als een wachter.

De imam glimlachte. 'Kijkt u niet zo verbaasd. De doctrine van de karagozi heeft vele grensgebieden veroverd voor de islam. Misschien gebeurt dat nog een keer.'

'Welke grenzen? Waar bedoelt u?'

'Ze zijn sterk waar je dat zou verwachten. In Albanië. Waar de janitsaren altijd sterk zijn geweest.'

Yashim knikte.

'Er is een gedicht. U schijnt veel te weten, dus misschien weet u dit ook.' Hij declameerde de versregels die hij aan de janitsarenboom vastgespijkerd had gevonden.

Onwetend
En niets wetend van hun onwetendheid,
Verspreiden zij zich.
Vluchten.

Onwetend
En niets wetend van hun onwetendheid,

Zoeken zij.
Onderwijs hen.

De imam fronste zijn wenkbrauwen. 'Dat herinner ik me, dat is een karagozi-gedicht. Ja, ik ken het. Zeer esoterisch, vindt u niet? Het gaat verder met een oproep tot een bepaalde vorm van mystieke en goddelijke eenwording, voorzover ik me kan herinneren.'

'Hoe bedoelt u, het gaat verder?'

'Het gedicht dat u citeerde is niet compleet.' De imam keek verbaasd. 'Ik ben bang dat ik het niet precies uit mijn hoofd kan opzeggen.'

'Maar u zou er misschien achter kunnen komen?'

'Bij de gratie Gods,' zei de imam sereen. 'Als het u interesseert, kan ik het proberen.'

'Ik zou u dankbaar zijn,' zei Yashim, terwijl hij opstond.

Ze bogen voor elkaar. Net toen Yashim weg wilde gaan, keerde de imam zijn gezicht naar het raam.

'Soefische mysteriën,' zei hij zachtjes. 'Mooi in hun soort, maar etherisch. Ik denk niet dat ze veel zouden betekenen voor het gewone volk. Of misschien, ik weet niet, te veel. Er zit veel hartstocht, en zelfs vroomheid, in dit soort poëzie, maar uiteindelijk is het niet geschikt voor de gelovigen. Het is te vrij, te gevaarlijk.'

Ik weet niet of het vrij is, dacht Yashim.

Maar gevaarlijk wel.

Het is zeker gevaarlijk.

Zelfs moorddadig.

30

Hij zag haar zwierig over straat lopen, lang en gracieus, de mannen uitdagend om naar haar te kijken. Op een paar meter afstand vertraagde ze haar pas en keek rond. Hij stak een hand op en wenkte haar.

Ze trok een kruk naar achteren en plofte neer. Een paar oude mannen die triktrak speelden aan het tafeltje naast hen draaiden hun hoofd duidelijk verbijsterd om, maar Preen merkte het niet, of het kon haar niets schelen.

'Koffie,' zei ze.

Yashim bestelde er twee, de nieuwsgierige blik van de jongen met het dienblad ontwijkend. Voor de zoveelste keer in zijn leven wilde hij opstaan en uitleg geven. Zij is in feite geen vrouw, dus alles is zoals het hoort. Ze is een man, gekleed als vrouw. Maar hij bewonderde haar moed omdat ze naar een café durfde komen. Hij knikte de oude mannen bars toe.

Preen droeg nauwelijks make-up, de blos op haar wangen was echt. Zo was ze mooier, vond Yashim.

'We kunnen hier niet praten,' zei hij. 'Ik ga wel naar huis, en dan kun jij...'

'We praten hier wél,' antwoordde ze knarsetandend. De jongen serveerde de koffie en begon met een stofdoek over een tafel naast hen te vegen. Yashim ving zijn blik op en gebaarde met zijn hoofd. De jongen sloop teleurgesteld weg.

Hij keek haar aan. 'Je ziet er vandaag erg mooi uit,' zei hij.

'Laat dat.'

Ze klonk stoer, maar ze hield haar ogen op de tafel gericht en bewoog haar hoofd langzaam van links naar rechts – een teken van blijdschap.

'Het is beter als ze ons op het ogenblik niet samen zien. Voor mijn werk moet ik opgaan in mijn omgeving, ongezien voorbijglippen. Wat jou betreft – nou, ik weet niet precies waarin we zijn beland.'

'Ik ben een grote meid,' zei Preen. Haar mond beefde. Yashim grijnsde. Preen sloeg haar hand voor haar mond en wierp hem een snelle blik toe. Toen giechelde ze.

'O, ik weet dat ik stout ben, liefje. Ik kon er echt niets aan doen. Ik moest iets geks doen, iemand zien die ik aardig vind. Hen choqueren, ook. Dan voel ik dat ik leef.' Er ging een rilling van genot door haar lichaam. 'Ik heb gepraat met de afschuwelijkste man in Istanbul.'

Yashim trok zijn wenkbrauwen op. 'Het verbaast me dat je dat zo zeker weet.'

'Een gebochelde pooier uit de havens? Ik weet het zeker. Hij zegt dat iemand je vrienden laatst op een avond heeft gezien.'

Yashim boog zich voorover. 'Waar?'

'Op een redelijk gezonde locatie. Is "gezond" het goede woord, Yashim?'

'Dat zou kunnen. Jouw... informant... was daar zelf niet?'

'Niet dat hij heeft gezegd. Wil je niet weten waar?'

'Natuurlijk wil ik dat weten.'

'Het zijn een soort tuinen,' legde Preen uit. 'Langs de Bosporus.'

'O.' Misschien was 'gezond' wel het goede woord – alles is betrekkelijk.

'Er is daar blijkbaar een paviljoen, brandschoon. Er hangen zelfs lantarentjes in de bomen.' Preen klonk bijna verlangend. 'Je kunt daar zitten praten, naar de boten in de zeestraat kijken en koffie of een waterpijp bestellen.'

De Yeyleyi-tuinen waren vroeger een geliefd toevluchtsoord voor het hof; de sultan nam daar zijn vrouwen mee naartoe om te picknicken tussen de bomen. Dat was ongeveer een eeuw geleden. Toen het daar te druk werd, gingen de sultans er niet meer naartoe. Na verloop van tijd werd het enigszins berucht. De Yeyleyi-tuinen waren niet helemaal respectabel; het was een oord waar geliefden afspraken elkaar "toevallig" te ontmoeten, waarbij men communiceerde in de tedere, semigeheime taal der bloemen. Tegenwoordig waren de ontmoetingen spontaner, maar beter geregeld, en sprak men de taal van de handel. Hij kon zich goed voorstellen dat de tuinen – hoopvol – werden bezocht door wat de seraskier 'jongens van goede familie' noemde.

'Nou, en? Ze kwamen aan, bestelden een waterpijp en koffie, en gingen samen weg?'

'Dat heeft hij me verteld.'

'Per boot?'

'Ik weet het niet. Hij zei niets over een boot. Nee, wacht, ik geloof dat ze in een huurkoets vertrokken.'

'Alle vier samen?'

'Alle vijf.'

Yashim keek abrupt op. Preen giechelde.

'Er kwamen er vier aan, maar er gingen er vijf weg.'

'Ja, ik snap het. En weet jij iets over die nummer vijf, Preen?'

'Ja, hoor. Dat was een Rus.'

'Een Rus? Weet je het zeker?'

Yashim dacht even na. Stamboulioten waren de laatste jaren geneigd om iedere blonde buitenlander een Rus te noemen. Het was een gevolg van de laatste oorlog, en alle andere oorlogen die de Hoge Poort in de afgelopen honderd jaar had uitgevochten met de soldaten van de tsaar.

'Dat moet haast wel, denk ik,' zei Preen. 'Hij droeg een uniform.'

'Wat?!'

Preen lachte. 'Wit, met gouden tressen. Erg chic. Héél grote vent. En een soort medaille op zijn borst, in de vorm van een ster, met stralen.'

'Preen, dit is goud waard! Hoe ben je daarachter gekomen?'
Ze dacht aan haar jonge Griekse zeeman.

'Ik heb me een paar opofferingen getroost,' glimlachte ze.
Toen dacht ze aan Yorg en haar glimlach vervaagde.

31

In Istanbul bleef men niet laat op. Na tienen, wanneer de zon
allang was ondergegaan achter de Prinseneilanden in de Zee
van Marmara, waren de straten grotendeels stil en verlaten. De
honden gromden en blaften in de steegjes en huilden op het
strand, maar dit waren de nachtgeluiden van Istanbul, evenals
de oproep van de *muezzin* tot het ochtendgebed bij de dageraad, en niemand dacht daarover na.

Nergens in de stad was het rustiger dan in de Grote Bazaar,
een doolhof van overdekte straten die draaiden en kronkelden
als palingen, helemaal van de top van de Beyazit-heuvel tot
aan de oevers van de Gouden Hoorn. Overdag klonk het
geroezemoes van de bazaar in de meest sprookjesachtige karavanserai ter wereld, een handelscentrum voor goud en specerijen, tapijten en linnen, zeep, boeken, medicijnen en aardewerken schalen. Een deel van de meest verfijnde en nuttige
producten van het keizerrijk werd dagelijks vervaardigd binnen die anderhalve vierkante kilometer, bestaande uit steegjes
en hokjes. De bazaar was een concentratie van de rijkdom en
de nijverheid van het keizerrijk; hij werd bediend door zijn eigen cafés, restaurants, imams en baden; en er golden strenge
regels voor de veiligheid.

De heuvel boven de bazaar – de zogenoemde derde heuvel van Istanbul –, waar de Beyazit-moskee op stond, was ooit uitgekozen door de Veroveraar, sultan Mehmet, tot de plaats voor zijn keizerlijke paleis; maar het werk was nog niet voltooid of hij begon aan de bouw van een nieuw paleis, dat veel grootser en schitterender zou worden dan het eerste, het Topkapi-paleis op het serail-landpunt. Het oude paleis, dat bekendstond onder de naam Eski Serai, diende later als dependance van het Topkapi-paleis. Binnen de paleismuren was een school voor paleisslaven, er was een regiment janitsaren gestationeerd, maar de enige keizerlijke bewoners waren de vrouwen van vroegere sultans, die na de dood van hun heer en meester van het Topkapi-paleis naar het Eski Serai waren afgevoerd voor een sombere oude dag.

Deze afschuwelijke gewoonte was jaren geleden in onbruik geraakt. Uiteindelijk werd het Eski Serai een bouwval, en ten slotte verviel het tot een ruïne. De resten werden opgeruimd en uit de puinhopen verrees de brandweertoren die nog altijd somber boven de Grote Bazaar uitstaarde, zoals Yashim later zag.

De zak, die midden in de nacht arriveerde, hing met trekkoorden aan een zwaar ijzeren traliehek dat de Grote Bazaar beschermde tegen nieuwsgierige blikken en ondernemende dieven. Bij het krieken van de dag hadden er al meer dan tien mensen commentaar op geleverd en binnen een uur werd hij uiteindelijk, ten overstaan van een dicht opeengepakte menigte, op de grond gelegd.

Niemand was erop gebrand de zak open te maken. Niemand dacht dat de zak een schat bevatte. Iedereen dacht dat de zak iets afschuwelijks bevatte, en iedereen wilde weten wat het was.

Uiteindelijk besloten ze de zak ongeopend naar de moskee te sjouwen en aan de kadi te vragen wat hij ervan vond.

32

Een paar uur later werd de zak die ochtend voor de tweede keer opengemaakt.

'Het is verschrikkelijk,' zei de kadi opnieuw, handenwringend. Hij was een oude man, en hij was diep geschokt. 'Nog nooit zoiets als dit... ooit... ' Zijn handen fladderden door de lucht. 'Wij hebben er niets mee te maken. Vredelievende mensen... goede buren...'

De seraskier knikte, maar hij luisterde niet. Hij keek naar Yashim, die aan de trekkoorden frunnikte. Yashim ging rechtop staan en duwde de zak op de vloer omver.

De kadi zocht steun aan de deurpost. De seraskier sprong opzij. Yashim stond zwaar hijgend te staren naar de berg witte beenderen en houten lepels. Midden in de hoop lag, onmiskenbaar donker, een mensenhoofd.

Yashim liet zijn hoofd hangen en zweeg. Het geweld is verschrikkelijk, dacht hij. En wat heb ik gedaan om er een eind aan te maken? Een maal gekookt. Op zoek gegaan naar een speelgoedketel.

Een maal gekookt.

De seraskier stak een gelaarsde voet uit en wroette met zijn teen in de hoop. Het hoofd kwam tot stilstand in zijn griezelige nest. De huid was geel en strakgetrokken en de ogen glansden flauwtjes onder de halfdichte oogleden. Geen van beiden merkten ze dat de kadi het vertrek verliet.

'Geen bloed,' zei de seraskier.

Yashim ging op zijn hurken bij de beenderen en lepels zitten.

'Maar een van de uwen?'

'Ja. Ik denk het wel.'

'U denkt het?'

'Nee, ik weet het zeker. De snor.' Hij maakte een vaag gebaar naar het afgehouwen hoofd.

Maar Yashim was meer geïnteresseerd in de beenderen. Hij legde ze naast elkaar, bot bij bot, terwijl hij bijzondere aandacht besteedde aan de scheenbenen, de dijbenen, de ribben.

'Het is heel vreemd,' mompelde hij.

De seraskier keek omlaag. 'Wat is vreemd?'

'Ieder spoor ontbreekt. Ze zijn schoon en heel.'

Hij pakte het bekken en draaide het tussen zijn handen naar alle kanten. De seraskier trok een vies gezicht. Hij had vaak genoeg met lijken te maken gehad, maar spelen met botten? Jakkes.

'Het was hoe dan ook een man,' merkte Yashim op.

'Natuurlijk was het een man, verdomme. Hij was een van mijn soldaten.'

'Het was maar een gedachte,' antwoordde Yashim sussend, terwijl hij het bekken op de juiste plaats legde. Van bovenaf gezien was het bijna obsceen groot; het stak uit tussen de stoffelijke overblijfselen die op de marmeren vloer lagen uitgespreid. 'Ze zouden een ander lichaam gebruikt kunnen hebben. Ik zou het niet weten.'

'Een ander lichaam? Waarvoor?'

Yashim stond op en veegde zijn handen af aan de zoom van zijn cape. Hij staarde met nietsziende ogen naar de seraskier.

'Geen idee,' zei hij.

De seraskier gebaarde naar de deur en slaakte een diepe zucht.

'Leuk of niet,' zei hij, 'we zullen de mensen iets moeten vertellen.'

Yashim knipperde met zijn ogen.

'Wat zou u zeggen van de waarheid?' opperde hij.

De seraskier keek hem strak aan.

'Zoiets,' zei hij plotseling. 'Waarom niet?'

33

Er bestaan mooie steden met een tevreden bevolking die een wijs stadsbestuur steunt, waar zich geen enkel vervallen openbaar gebouw bevindt, of een door onkruid overwoekerd bouwterrein, of zelfs een afbrokkelend paleis; maar een grootse stad bevat al deze dingen, want verval is ook een teken van leven. Het verval fluistert in het rechteroor over een mooie gelegenheid. In het andere oor over misdaad en corruptie. Istanbul in de jaren dertig van de negentiende eeuw was geen uitzondering.

Het versleten bellenkoord dat nu slap in Yashims hand bungelde, terwijl hij op het bordes stond van een gebouw in Pera, de zogenoemde 'Europese' buurt aan de overkant van de Gouden Hoorn, riep een dergelijke gedachte op. Yashim besefte dat de kapotte bel in zekere zin verwant was aan vele haveloze en vermolmde dingen in de antieke metropolis, van gebarsten koepels tot verzakkende houten huizen, van de zetel van de patriarch tot de doorgerotte palen in de haven.

Bij de laatste fatale ruk aan het bellenkoord weerklonk er ergens in het oude gebouw een bel. Voor het eerst in weken en het laatst in jaren maakte de bel de Poolse ambassadeur erop attent dat hij bezoek had.

Palevski hees zich van de bank met een vloek en gerinkel van gebroken glas.

Boven aan de trap greep hij de leuning stevig vast en liep heel langzaam de trap af naar de voordeur. Hij staarde een seconde of twee naar de grendels, rekte zich toen uit, spande de spieren van zijn rug, streek met een hand door zijn haar en over zijn kraag, en wrikte de deur open. Onwillekeurig knipperde hij met zijn ogen tegen de plotselinge overdaad van winterlicht.

Yashim duwde hem de overblijfselen van zijn bellenkoord in de handen en stapte naar binnen. Palevski deed de deur mopperend dicht.

'Waarom kom je niet gewoon binnen door de openslaande deuren aan de achterkant?'

'Ik wilde je niet aan het schrikken maken.'

Palevski draaide zich om en liep de trap op.

'Niets maakt mij aan het schrikken,' zei hij.

Yashim ving een glimp op van een donkere gang, die naar de achterkant van de residentie leidde, en een laken dat over een stapel meubels in de hal was gedrapeerd. Hij volgde Palevski de trap op.

Palevski deed een deur open. 'Ah,' zei hij.

Yashim liep achter zijn vriend aan een kleine, lage kamer binnen, verlicht door twee hoge ramen. De tegenoverliggende muur had een rijk bewerkte schoorsteenmantel, versierd met gegraveerde schilden en bundels pijlen en bogen uit een ridderlijker tijdperk; in de haard gloeide smeulend een vuur. Palevski gooide er nog een houtblok op en schopte tegen het vuur; een paar vonken spatten op. De vlammen verspreidden zich.

Palevski liet zich in een monumentale leunstoel vallen en gebaarde dat Yashim hetzelfde moest doen.

'Kom, laten we theedrinken,' zei hij.

Yashim was vele malen eerder in deze kamer geweest; toch keek hij met plezier om zich heen. Een verweerde spiegel in een gouden lijst hing tussen de met jaloezieën bedekte ramen; daaronder stonden Palevski's kleine secretaire en de enige rechte stoel in de kamer. De twee leunstoelen die bij het vuur getrokken waren hadden uitpuilende vullingen, maar ze zaten lekker. Boven de haard hing een portret in olieverf van Jan Sobieski, de Poolse koning die in 1683 het Turkse beleg van Wenen had opgeheven; twee andere olieverfschilderijen, een van een man met een enorme pruik op een steigerend paard en een van een familietafereel, hingen aan de muur bij de deur boven een mahoniehouten zijtafel. Palevski's viool lag op die tafel. De verder gelegen muur en de alkoven naast de haard waren bedekt met boeken.

Palevski boog zich naar voren en rukte een of twee keer aan een geborduurd schellekoord. Een keurig Grieks dienstmeisje kwam aan de deur en Palevski bestelde thee. Het meisje bracht een dienblad en zette het neer op het bankje voor het haardvuur. Palevski wreef in zijn handen.

'Engelse thee,' zei hij. 'Keemun met een vleugje bergamot. Melk of citroen?'

Door de thee, het vuur en het statige getik van de Duitse klok op de schoorsteenmantel raakte de Poolse ambassadeur in een beter humeur. Yashim voelde zich ook ontspannen. De beide mannen zwegen lange tijd.

'Laatst citeerde je iets – een leger marcheert op zijn maag. Wie heeft dat gezegd? Napoleon?'

Palevski knikte en trok een gek gezicht. 'Typisch Napoleon. Ten slotte marcheerden zijn soldaten op hun bevroren voeten.'

Voor de zoveelste keer nam Yashim zich voor om Palevski's houding tegenover Napoleon te peilen. Het leek een combinatie van bewondering en bitterheid. Maar in plaats daarvan vroeg hij: 'Valt je iets op aan de manier waarop de janitsaren namen gaven aan hun regimenten?'

'Valt me iets op? Ze gebruikten namen uit de keuken. De

kolonel werd de soepkok genoemd, nietwaar? En er waren andere rangen, herinner ik me – koksjongen, bakker, pannenkoekenbakker. Sergeant-majoors droegen een lange houten lepel als kenmerk van hun rang. Wat de soldaten betreft: als ze de soepterrine van hun regiment kwijtraakten in de strijd – een van die grote kookpotten die ze gebruikten om pilav te maken –, was dat de ultieme vernedering. Ze waren ingedeeld in termen van voedselvoorziening. Wat is er met de janitsaren?'

Yashim vertelde het hem. Hij vertelde hem over de grote kookpot, over de man die met touwen was omwikkeld om gebraden te worden, de stapel beenderen en houten lepels. Palevski liet hem zonder onderbrekingen uitspreken.

'Neem me niet kwalijk, Yashim, maar jij was tien jaar geleden toch ook in Istanbul? Ze noemen het onderdrukking, nietwaar? Je kunt je lachen onderdrukken. Je emoties. Maar we hebben het over vlees en bloed. Dit was de geschiedenis. Dit was de traditie. Onderdrukt? Wat er met de janitsaren gebeurde was niet eens een bloedbad.'

Tot verbazing van Yashim sprong Palevski overeind.

'Ik ben erbij geweest, Yashim. Ik heb het je nooit verteld, omdat niemand – zelfs jij niet – dat zou willen weten. Dat is niet de Ottomaanse manier van doen.' Hij aarzelde, met een bedroefde glimlach. 'Of heb ik het je wel verteld?'

Yashim schudde zijn hoofd. Palevski hief zijn hoofd op.

'16 juni, 1826. Een zonnige dag. Ik was in Stamboul, voor een of andere boodschap, ik weet het niet meer,' begon hij. 'En boem – de stad ontploft. Ze trommelden op ketels in de hippodroom. Studenten in de theologiescholen, gonzend als rijpe kaas. Wegwezen, denk ik. Terug naar de Gouden Hoorn, pak een kaïk, drink thee op het grasveld en wacht op nieuws.'

'Thee?' interrumpeerde Yashim.

'Bij wijze van spreken. Ik vind dat grasveld wel goed klinken. Doet er niet toe; ik haalde het niet eens naar deze kant. Gouden Hoorn. Stilte. Daar lagen de kaïks, aangemeerd aan de Pera-oever. Ik wuifde en sprong op en neer op de aanlegsteiger, maar niet één miserabele ziel kwam aanvaren om me over te zetten. Ik zeg je, Yashim: mijn nekharen stonden recht overeind. Ik had het gevoel dat ik in quarantaine zat.

Ik had wel enig idee wat er speelde. Ik dacht aan een paar pasja's die ik kende – maar, dacht ik, die hebben het vast al moeilijk genoeg zonder mij in hun kielzog te moeten meeslepen. Om eerlijk te zijn, ik wist niet of het op een crisismoment, dat we allemaal hadden zien aankomen, wel zo verstandig was om gebarricadeerd te zitten in het herenhuis van een hoge piet. Raad eens waar ik toen naartoe ging.'

Yashim fronste zijn voorhoofd. Ik weet precies waarnaartoe, oude vriend, maar ik zal het niet verpesten. 'Een Grieks café? Een moskee? Ik weet het niet.'

'De sultan. Ik trof hem aan in het serail, bij het besnijdenispaviljoen – hij was net teruggekomen uit Beşiktaş, iets hoger gelegen aan de Bosporus. Verschillende bevelvoerders aan zijn zijde. De grote moefti ook.' Palevski keek Yashim lang en doordringend aan. 'Praat me niet van onderdrukking. Ik was erbij. "De overwinning of de dood!" riepen de pasja's. Mahmut nam het heilige vaandel van de Profeet in zijn beide handen. "Of we winnen vandaag," zei hij, "of Istanbul wordt een ruïne waar de katten rondsluipen." Ik moet het Huis van Osman één ding nageven: het mag ze dan misschien tweehonderdvijftig jaar hebben gekost om deze beslissing te nemen, maar toen ze hem namen, was het menens.

De studenten stroomden de Eerste Hof van het Topkapipaleis binnen. Ze kregen wapens, en ze droegen het heilige vaandel naar de Sultan Ahmet-moskee – die hele kant van de stad was van ons, het gebied rond de hippodroom, de Hagia Sofia en het paleis. De rebellen bevonden zich aan het eind van de straat in de buurt van hun kazerne, rond de Beyazit-moskee en beneden bij de tweedehands-klerenbazaar. Een oude Byzantijnse straat, die altijd een bolwerk was geweest van de janitsaren. Daar vielen de troepen van de sultan het eerst aan. Kartets. Net zoals Napoleon bij de Tuilerieën. Een wolk van kartets.

Slechts twee kanonnen – maar onder leiding van een kerel die ze Ibrahim noemden. Helse Ibrahim. De janitsaren renden terug naar hun kazerne en begonnen de deuren met stenen te barricaderen – ze dachten geen seconde aan hun kameraden die in de straten waren achtergebleven. Zelfs toen de artillerie hen had omsingeld, weigerden ze over overgave te praten. Ze dromden blijkbaar samen achter de grote poort. De eerste kanonnade die de poort open blies doodde in één klap tientallen janitsaren.

We zagen de vlammen, Yash. De janitsaren gingen in rook op – sommigen van hen, in ieder geval. Het was alsof er een hooiberg werd afgebroken, waarbij de ratten worden gedood als ze eruit komen rennen. De gevangenen werden naar de Sultan Ahmet-moskee gebracht, maar degenen die ter plekke werden gewurgd, werden onder de janitsarenboom gegooid. Bij het vallen van de avond lag daar een half dozijn lijken; de volgende dag was de hippodroom één grote berg lijken.

Ik word altijd misselijk als ik die boom zie. Doet me denken aan de soldaten die werden opgehangen aan de takken, als vruchten. En de lijken van janitsaren in stapels rondom de stam. Er zit bloed in die boom, Yash. Bloed in de wortels.

Maar dát heb ik gezien, en ik zeg je dit: ik heb pogroms meegemaakt en bloedbaden. Ik heb, eerlijk gezegd, ergere dingen gezien dan wat de janitsaren uiteindelijk te verduren kregen. Vrouwen en kinderen – dat heb ik gezien. De janitsaren waren mannen, en ze verdienden het op een bepaalde manier, de arme stommelingen, om wat ze hadden gedaan, en wat de mannen vóór hen hadden gedaan, en altijd hadden gedaan, sinds mensenheugenis. Ze wisten bij welke bende ze zich hadden aangesloten. Ze maakten het keizerrijk langzaam kapot en ze moeten hebben geweten dat er op een dag met hen zou worden afgerekend.

Misschien hadden ze niet verwacht dat het zich zó zou voltrekken, zo totaal en volledig. Het was niet: "Het feest is voorbij en laat uw sabels achter op de toonbank terwijl u een voor een naar buiten gaat," of wel? Het was een vernietiging, Yash. Tienduizend doden? Ze werden uitgerookt uit het woud van Belgrado. De provinciesteden werden uitgekamd. Tartaarse ruiters vlogen door het hele keizerrijk om het nieuws te verspreiden. De Voorspoedige Gebeurtenis, zo noemen ze het toch? De janitsaren krijgen niet eens een vermelding op hun eigen overlijdensakte. Ze zijn verdwenen, en spoorloos ook.

Weet je, een paar weken later zag ik de sultan met een beul, op een begraafplaats tussen de cipressen. Hun oude doden. De loyale, dappere doden, evengoed als de omkoopbare, corrupte. De beul sloeg elke grafsteen kapot met een groot zwaard.'

Yashim stak een vinger op.

'Er is er nog één. In Scutari, met de mouw uitgehouwen in de grafsteen.'

Palevski wuifde hem weg.

'Er is er altijd nog één. Misschien wel tientallen. Dat heeft niets te betekenen. Het Ottomaanse Rijk duurt voort, maar het verandert voor onze ogen. Alles wat vreemd en prachtig was aan jouw volk, Yash, alles wat deze wereld eeuwenlang draaiend heeft gehouden – het verdwijnt voor je ogen omdat de janitsaren er niet meer zijn. Zij waren de harde kern van het keizerrijk, zie je dat niet? Zij hielden de veranderingen tegen die jouw voorouders zouden doen wenen. De sultan die rijdt op een Europees zadel. De troepen die exerceren als soldaten van Napoleon. Christenen die drankwinkels openen in Pera, mannen met een fez in plaats van een tulband – dat werk. En meer: de janitsaren waren rovende, arrogante, bekrompen klootzakken, maar sommigen van hen waren ook dichters en bekwame ambachtslieden. En ze droegen allemaal een bepaalde cultuur met zich mee. Iets dat groter was dan henzelf, groter dan hun hebzucht, en hun fouten.

Mis ik hen? Nee. Maar ik rouw om hen, Yashim. Ik ben de enige in deze stad die om hen rouwt, omdat ze de ziel waren van dit keizerrijk, in goede en slechte tijden. Met de janitsaren waren de Ottomanen uniek. Trots, vreemd en – op een bepaalde manier – vrij. De janitsaren hielpen hen eraan te herinneren wie ze waren, en wie ze wilden zijn. Zonder hen? Erg gewoon, ben ik bang. Té gewoon – zelfs de herinnering aan de janitsaren is uitgewist. Het keizerrijk zal niet zo lang meer doorhobbelen met die gewoonheid, ben ik bang. Het is te dun, te breekbaar, zonder herinnering. Het vermogen je iets te herinneren – dat maakt een volk. Dat geldt ook voor ons Polen,' voegde hij er plotseling bedroefd aan toe.

Hij liet zich in een leunstoel vallen en zweeg, zat peinzend met zijn hand over zijn ogen. Yashim nam een slok van zijn thee, ontdekte dat die koud was en dronk zijn kop leeg.

'Het spijt me,' zei hij. 'Ik had je niet lastig moeten vallen.'

Palevski hief langzaam zijn hoofd op.

'Val me lastig, Yashim. Val me lastig zoveel je wilt. Ik ben maar een ambassadeur, wat weet ik ervan?'

Yashim had de jongensachtige neiging op te staan en weg te lopen. 'Ik vroeg me af, over die beenderen,' zei hij, 'omdat ze zo schoon waren... Hoeveel dagen hebben ze gehad – zes? Hoe kun je in zo'n korte tijd het vlees van de botten van een mens verwijderen?'

'Nou,' mompelde Palevski. 'Je kookt hem.'

'Hmm. In zijn geheel, ook nog – in een enorme pot. Er is geen spoor van een mes op de botten.'

Palevski schonk opnieuw thee in. Hij merkte dat zijn hand trilde.

'Stel je die geur eens voor,' zei Yashim. 'Het is het oude verhaal – iemand moet het vast hebben gemerkt.'

'Yashim, mijn vriend,' protesteerde Palevski. 'Is er één aspect van dit mysterie dat niet over koken gaat? Ik geloof dat we onze donderdagavonden moeten opschorten tot dit helemaal voorbij is. Ik weet niet of ik het aankan.'

Yashim scheen het niet gehoord te hebben.

'De manier waarop de lichamen boven water komen – het is bijna alsof ze laten zien hoe ver hun macht reikt – eerst in de nieuwe stallen boven Aksaray, dan helemaal aan de overkant van de Gouden Hoorn in Galata, vlak bij de Overwinningsmoskee. Ten slotte verschijnt er vandaag zowaar een bij de poort van de Grote Bazaar. Lijken verschijnen uit het niets – en nog één op komst,' voegde hij eraan toe. 'Behalve als wij hun vóór zijn.'

'Dat zou je alleen lukken als – wat? – er een soort patroon was. Een kenmerk van die locaties dat bij de moordenaar past, hoever ze ook uit elkaar liggen. Lijken afleveren door de hele stad, en zelfs in Galata, is beslist moeilijker dan ze gewoon te laten dobberen in de Bosporus.'

Yashim keek op en knikte. 'Maar om een of andere reden vinden de moordenaars deze extra moeilijkheid de moeite waard.'

'Een patroon, Yashim. Je moet een behoorlijke kaart te pakken zien te krijgen en de plaatsen lokaliseren.'

'Een behoorlijke kaart,' herhaalde Yashim effen. Het was lang geleden dat iemand had geprobeerd een goede kaart van Istanbul te maken.

Palevski wist dat even goed als hijzelf.

'Goed, wat heb je nog meer?'

'Een soefische strofe. Die zou wel of niet relevant kunnen

zijn. Een Rus in uniform,' antwoordde Yashim.

'Aha. Een Rus. Nou, daar kan ik je bij helpen.'

Yashim vertelde hem wat Preen had ontdekt over de vijfde man met de decoratie.

'De orde van Wasili, dat zou me niets verbazen. Alleen uitgereikt voor ervaring op het slagveld, maar het is geen reuzehoge rang. Je zou die orde niet dragen als je iets mooiers kon krijgen.'

'Dat betekent?'

'Dat betekent dat die jongen van jou waarschijnlijk een goede soldaat is, maar geen edelman. Vierderangs aristocratie, of lager. Hij zou een carrièresoldaat kunnen zijn.'

'In Istanbul?'

'Verbonden aan de ambassade. Er is geen andere verklaring. Ik zal hem direct voor je opzoeken.'

Palevski hees zich omhoog uit zijn leunstoel en rommelde wat op een lage boekenplank. Hij sleepte verscheidene exemplaren van *Le Moniteur*, het nieuwsblad van het Ottomaanse hof, mee naar zijn stoel en begon er snel doorheen te bladeren.

'Hier zal het wel in staan – wie er nieuw is, wie er is vertrokken, wie zijn geloofsbrieven heeft overhandigd aan het hof. Kijk, nieuwe jongen bij de Britse ambassade, Amerikaanse zaakgelastigde bevorderd tot consul, Perzische gevolmachtigde ambassadeur ontvangen, blabla. Volgende exemplaar. Nieuwe Russische handelsagent, verkeerde afdeling, vertrek van de Franse consul – o, ik wou dat ik naar dat feestje was gegaan – enzovoort, nee. Volgende. Alsjeblieft: N.P. Potemkin, junior attaché van de assistent-attaché van militaire zaken overhandigt zijn geloofsbrieven bij de viziers van het hof. Nogal laag. Geen volledige accreditatie. Ik bedoel, hij heeft de sultan nooit te zien gekregen.'

Yashim glimlachte. Palevski's eigen ontvangst door de sultan was het hoogtepunt geweest van zijn overigens doodgeboren diplomatieke carrière. Het leverde ook een verhaal op dat Palevski altijd zo droog mogelijk vertelde.

Door een gril van de geschiedenis werd de Poolse ambassadeur in Istanbul onderhouden op kosten van de sultan. Dat stamde uit de tijd dat de Ottomanen zich veel te verheven voelden om zich te onderwerpen aan de normale wetten van de Europese diplomatie, en niet toelieten dat een koning of keizer zou verdienen de gelijke van de sultan te zijn. Een ambassadeur, zo redeneerden zij, was een soort aanklager bij de bron van het wereldse recht, in plaats van een hoogwaardigheidsbekleder die diplomatieke onschendbaarheid genoot, en als zodanig hadden ze er altijd op gestaan zijn rekeningen te betalen. Andere landen hadden deze opvatting van een ambassade met succes aangevochten, maar de Polen konden zich dat de laatste jaren niet veroorloven. Sinds 1830 was hun land opgehouden te bestaan, toen het laatste stuk grond rond Krakau door Oostenrijk was opgeslokt.

Het stipendium dat de Poolse ambassadeur ontving scheen de onderhoudskosten van de ambassade niet te dekken, had Yashim gemerkt, maar het stelde Palevski in elk geval in staat in redelijke welstand te leven. 'We praten altijd over christelijke rechtvaardigheid,' legde Palevski vaak uit, 'maar de enige rechtvaardigheid die Polen ooit heeft gekregen kwam uit handen van zijn oude mohammedaanse vijand. Jullie Ottomanen! Jullie begrijpen de rechtvaardigheid beter dan wie ook ter wereld!' Palevski vermeed altijd zorgvuldig te klagen dat het stipendium dat hij ontving in de afgelopen tweehonderd jaar niet was verhoogd. En Yashim zou nooit zeggen wat ze allebei wisten: dat de Ottomanen de Polen alleen bleven erkennen om de Russen dwars te zitten.

'Dus het ziet ernaar uit,' peinsde Yashim, 'dat de junior attaché Potemkin in een rijtuig springt met vier veelbelovende cadetten van de Nieuwe Garde – en daarna worden ze nooit meer levend teruggezien.'

Palevski's wenkbrauwen schoten omhoog. 'Ontmoet een Rus – verdwijn – dat is een bekend verschijnsel. In Polen is dat schering en inslag.'

'Maar waarom zouden ze eigenlijk een Russische functionaris ontmoeten? We zijn zowat in oorlog met Rusland. Als het niet vandaag is, dan was het gisteren en waarschijnlijk ook morgen.'

Palevski hief in een gebaar van onwetendheid zijn handen. 'Hoe kunnen wij dat weten? Hebben ze geheimen verkocht? Hebben ze elkaar toevallig in de tuinen ontmoet en toen besloten een nachtje te gaan stappen?'

'Niemand ontmoet toevallig iemand in de tuinen,' wees Yashim hem terecht. 'Wat betreft het verkopen van geheimen, ik heb de indruk dat wij hún geheimen nodig hebben, niet andersom. Wat zouden de cadetten kunnen verkopen – oude Franse trigonometrietabellen? Bijzonderheden over kanonnen die waarschijnlijk zijn nageaapt van Russische ontwerpen? De naam van hun hoedenmaker?'

Palevski fronste en tuitte zijn lippen.

'Ik vind dat we genoeg thee hebben gedronken,' zei hij bedachtzaam. 'Het doordringen in geheimzinnige mysteriën vraagt om iets sterkers.'

Maar Yashim wist wat de consequenties waren van het goedbedoelde advies van Palevski. Daarom verontschuldigde hij zich, en vertrok.

34

Yashim liep vlug naar de Pera-kade aan de Gouden Hoorn en stak in een kaïk over naar de Istanbul-kant. Een voortsukkelend ezelkarretje versperde hem de doorgang toen hij terugliep naar zijn huis. De voerman keek om en stak het handvat van zijn zweep omhoog ter begroeting, maar de steegjes waren te smal om hem erlangs te laten, en Yashim werd gedwongen langzaam te lopen, brandend van ongeduld. Ten slotte sloeg het karretje de hoek om naar zijn eigen steeg, en op dat moment zag Yashim een man rondhangen, ongeveer halverwege de straat. Zijn knalrood-witte livrei beduidde dat hij een page was van de binnendienst van het paleis. Hij keek de andere kant op, en Yashim glipte vlug terug in het steegje waar hij vandaan was gekomen.

Hij leunde met zijn rug tegen de muur en overpeinsde zijn situatie. De seraskier had hem tien dagen gegeven vóór de grote troepeninspectie, waar de sultan zou verschijnen aan het hoofd van een efficiënt, modern leger dat het op het slagveld kon opnemen tegen alle vijanden van het keizerrijk. Er waren vier dagen verstreken. Het was al zondag, en de tijd leek tussen zijn vingers door te glippen. Er speelde de kwestie van de volgende moord, Palevski's gefundeerde opmerking dat hij een goede kaart te pakken moest krijgen, en het vraagstuk van de Russische attaché, Potemkin, maar er was ook die wurgmoord in het paleis, en het met een dun laagje vernis overdekte dreigement van de valide dat hij haar juwelen moest vinden als hij ooit een nieuwe Franse roman wilde lenen. Nou, hij wilde er nog wel een. Maar Yashim was niet naïef. Een roman was nog het minste. Gunst. Bescherming. Een machtige vriendin. Die zou hij te allen tijde nodig kunnen hebben.

Ook was hij niet ondankbaar. Het hof had ontdekt waar zijn bijzondere talenten lagen – en hem de kans gegeven ze te gebruiken –, zoals het hof gedurende honderden jaren zijn functionarissen had geselecteerd en opgeleid om hun natuurlijke gaven te benutten.

Als het hof zijn hulp inriep, was het zijn plicht om die te bieden.

Maar dat plaatste hem in een moeilijke positie. Hij was in dienst genomen door de seraskier: de seraskier had hem het eerst ontboden.

Een moord in de harem was ernstig. Maar wat zich buiten het paleis afspeelde zag er slechter uit.

De uren van de vierde cadet waren geteld.

Hij haalde diep adem, trok zijn schouders omlaag en sloeg de hoek om naar zijn eigen straat.

35

De kleder der meisjes keek smekend van Yashim naar de kislar aga, de hoogste zwarte eunuch, die zijn aanzienlijke omvang over een chaise longue had uitgespreid. Noch de kleder, noch Yashim was uitgenodigd te gaan zitten.

Inwendig vervloekte Yashim zichzelf om zijn onbedachtzaamheid. Hij was in het paleis ontboden toen de valide sultan haar avondslaapje deed, en de kislar aga had snel de leiding genomen. De kislar aga sliep nooit. Toen Yashim hem had verteld wat hij wist, had hij onmiddellijk de kleder ontboden.

Zo werkte het systeem, wist Yashim. Iedereen had zijn eigen

ideeën over de keizerlijke harem, maar in wezen was het een machine. De sultan die een nieuwe rekruut in het cohort van de keizerlijke concubines pompte, was eenvoudig een belangrijke piston in de machine die was ontworpen om een continue productie van Ottomaanse sultans te garanderen. Alle anderen – de eunuchen, de vrouwen – waren minieme radertjes.

De christenen zagen de harem van de sultan heel anders. Terwijl hij zich een weg baande door de favoriete Franse romans van de valide, was het Yashim langzaam gaan dagen dat westerlingen in het algemeen een bijzonder romantisch en fantasierijk beeld hadden van de harem. Voor hen was het een honingrijk bordeel, waar de mooiste vrouwen ter wereld zich op de wenken van één enkele man spontaan overgaven aan wellustige daden van hartstocht en liefde – een bedwelmend bacchanaal. Alsof de vrouwen alleen borsten en dijen hadden, en geen hersens of voorgeschiedenis. Laat ze in de waan, dacht Yashim. De harem was een machine, maar de vrouwen hadden hun eigen leven, hun eigen wil en ambitie. Wat betreft de vleugjes wellustigheid: die liet de machine ontsnappen als stoom.

De kleder was een goed voorbeeld. Hij zag eruit als een uitgeknepen citroen, een zuur, drukdoenerig wezen, zwart, mager, vijfenveertig, overdreven pietepeuterig in details, met de spontane levendigheid van een druppende kraan. De taken van de kleder varieerden van het voorbereiden van de gözde, of het uitverkoren meisje, voor het bed van de sultan tot het kopen van haar ondergoed. Tot zijn personeel behoorden kappers, kleermakers, juweliers en een parfumeur, wiens taak bestond uit het fijnmalen en verpulveren van geurstoffen, het samenstellen van parfums die de sultan lekker vond, het vervaardigen van zeepjes, oliën en afrodisiaca, en het toezicht op de vervaardiging van de keizerlijke wierook. Als er iets misging, kreeg de kleder de schuld, maar hij had altijd ondergeschikten, die hij op zijn beurt kon trappen.

'Een ring, kleder,' zei de kislar aga. 'Volgens onze vriend hier droeg het meisje een ring. Ik weet niet of ze die droeg toen die ongelukkige gebeurtenis zich voordeed. Misschien kun jij ons dat vertellen.'

De lichte ringafdruk op de middelvinger van het dode meisje, die Yashim had opgemerkt vóór de valide sultan zijn onderzoek van het lichaam had onderbroken, had zijn interesse gewekt. Ondanks al haar prachtige kleren en kostbare juwelen, was het de ontbrekende ring die een herinnering had opgeroepen, ook al was die nog zo fragmentarisch, aan haar bestaan als mens van vlees en bloed, met eigen gedachten en gevoelens. Ze was volmaakt toegerust voor de taak die ze nooit zou verrichten – gaaf, mooi, prachtig gekleed, gebaad en geparfumeerd –, maar had zich desondanks voorbereid om het bed van de sultan te naderen met het kleinste spoor van een onvolkomenheid: een koude witte inkeping in de middelvinger van haar rechterhand – de flauwe afdruk van een keus?

Was de ring verwijderd op het moment van haar dood, of zelfs later?

De kleder wierp een blik op Yashim, die uitdrukkingsloos terugkeek, zijn armen geduldig over zijn borst gevouwen. De kleder keek omhoog, zenuwachtig met zijn vingers tegen zijn dichte lippen trommelend. Yashim had de indruk dat hij het antwoord wist dat zij wilden horen. Hij trachtte zijn paniek te bedwingen en na te gaan wat de mogelijke consequenties zouden zijn van hetgeen hij op het punt stond te vertellen.

'Inderdaad. Een ring. Alleen die ene. Ze droeg de ring.'

De kislar aga trok aan zijn oorlel. Hij richtte een bloeddoorlopen oog op Yashim, die zei: 'En de kamerheer heeft het lichaam gevonden. Kunnen we hem spreken?'

De kamerheer, wiens taak het was om de gözde naar de sultan te leiden, werd te voorschijn gehaald: hij wist niets over een ring. De kislar aga, die daarna op het toneel was verschenen, antwoordde Yashim slechts door zijn oogleden enigszins te laten zakken.

'Ze werd opgebaard in de bruidskamer, zoals u haar hebt aangetroffen.'

'Door...?'

'Onder anderen de kleder.'

De kleder kon zich niet herinneren of de ring toen al weg was.

'Maar zou u het hebben gemerkt als hij had ontbroken?' opperde Yashim.

De kleder aarzelde. 'Ja, ja, ik denk dat dat me zou zijn opgevallen. Ik legde tenslotte haar handen goed. Als u het zo stelt, efendi, is het zonneklaar dat ze de ring droeg toen ze... eh... ze...'

'Ze stierf. Kunt u hem beschrijven?'

De kleder slikte. 'Een zilveren ring. Weinig waard. Ik heb hem vaak gezien. Verschillende meisjes dragen er een; ze geven hem aan elkaar door. Er zijn veel van die kleine sieraden, niets bijzonders, die als het ware aan alle vrouwen toebehoren. Ze dragen ze een tijdje, raken erop uitgekeken en geven ze weg. Eerlijk gezegd let ik nooit op die prullen – behalve als ze lelijk zijn, of een compositie verstoren, natuurlijk.'

'En u liet haar die ring dragen toen ze naar de sultan ging?'

'Ik dacht dat het verstandiger was om haar de ring te laten houden dan haar te laten gaan met een lelijke afdruk op haar vinger. Ik heb er niets over gezegd.'

De kleder draaide en kronkelde onwillekeurig van links naar rechts.

'Ik heb het toch goed gedaan, baas, of niet? Het was maar een ring. Hij was schoon, van zilver.'

De kislar aga keek hem strak aan. Toen, met een schouderophaal en een zwaai van zijn hand, stuurde hij hem de kamer uit. De kleder liep achteruit de kamer uit, zenuwachtig buigend.

De kislar aga pakte een perzik en beet erin. Het sap liep over zijn kin.

'Denkt u dat hij hem gestolen heeft?'

Yashim schudde zijn hoofd.

'Een beetje zilver, waarom zou hij die moeite doen? Maar iemand heeft de ring gestolen. Ik vraag me af waarom.'

'Iemand heeft hem gestolen,' herhaalde de kislar aga langzaam. 'Dus hij moet hier nog steeds zijn.'

'Ja, ik neem aan van wel.'

De zwarte man leunde achterover en bekeek zijn handen.

'Hij zal gevonden worden,' zei hij.

36

Zijne excellentie prins Nikolai Derentsov, orde van tsaar Peter eerste klas, erfelijk kamerheer van de tsaar aller Russen, en Russisch ambassadeur van de Hoge Poort, zag hoe zijn knokkels wit werden tegen de rand van zijn bureau.

Hij was – hij zou de eerste zijn om het toe te geven – een buitengewoon knappe man. Hij liep nu tegen de zestig – ruim één meter vijfentachtig lang, zijn brede schouwers geaccentueerd door een rokkostuum met een hoge boord, zijn hals in een gesteven halsdoek, kanten manchetten aan zijn mouwen: hij zag er tegelijk elegant en angstaanjagend uit. Zijn staalgrijze haar was kortgeknipt en zijn bakkebaarden waren lang. Hij had een mooie kop, kille blauwe ogen en een tamelijk kleine mond.

De familie Derentsov had ontdekt dat het leven duur was.

Ondanks enorme landgoederen, ondanks toegang tot de hoogste posities van het land, was prins Nikolai Derentsov tot de onplezierige ontdekking gekomen dat honderd jaar bals, mooie jurken, gokken en het politieke leven in Sint-Petersburg tot gevolg hadden dat zijn schulden en uitgaven veel hoger waren dan zijn inkomen. Dat hij erin geslaagd was een beeldschone jonge vrouw aan de haak te slaan, was hét onderwerp van gesprek geweest van het afgelopen seizoen – hoewel er in Rusland net zoveel mooie jonge vrouwen zijn als in andere landen.

Wat de praatjes levendig maakte – wat de jaloezie en de gelukwensen aanwakkerde – was dat de prins door zijn huwelijk haar aanzienlijke fortuin had bemachtigd. Niet dat de mensen uit de kringen waarin Derentsov zich bewoog het altijd op die manier formuleerden. Achter zijn rug om snoven ze vol minachting dat het meisje, ook al was ze nog zo mooi, tot de handelsstand behoorde. Haar vader had miljoenen verdiend met bont.

'Het schijnt dat je onvoorzichtig bent geweest,' zei Derentsov. 'Ik kan me niet veroorloven op mijn ambassade mensen te handhaven die fouten maken. Begrijp je dat?'

'Het spijt me heel erg, excellentie.'

De jongeman boog zijn hoofd. Nikolai Potemkin zag er zeker uit alsof het hem speet. Het speet hem echt: niet wat hij had gedaan, want dat was niet zijn schuld, maar dat zijn baas boos en onrechtvaardig was en klonk alsof hij hem op staande voet zou ontslaan. Hij was hier pas twee maanden; in de kruiwagen van een oud familielid met invloed aan het hof was hij van een uitzichtloos kantoorbaantje in het Russische leger naar de diplomatieke dienst gereden – een ver familielid, een miezerig beetje invloed. Dit was zijn enige kans.

Hij was, net als zijn baas, meer dan één meter vijfentachtig lang, maar hij was niet knap. Zijn gezicht, met een litteken van een sabelhouw die hij had opgelopen tijdens de Turkse oorlog, was nooit goed geheeld: een blauwverkleurde striem liep van zijn linkerooghoek naar zijn bovenlip. Hij was hoogblond en zijn bijna wimperloze ogen waren waterig en flets. In dat gevecht met een Turkse ruiter had hij de sabel vastgegrepen met zijn blote linkerhand, waarvan nu drie vingers waren kromgetrokken in een nutteloze haak. De jonge Potemkin was ervan doordrongen dat het de diplomatieke dienst was of... niets. Twintigduizend hectare aan de grens met Siberië. Een derderangs landgoed, belast met schulden, anderhalf duizend kilometer van de bewoonde wereld.

Prins Derentsov trommelde met zijn vingers op het bureau.

'Het kwaad is geschied. Over een paar minuten hebben we een onderhoud met een afgezant van de Hoge Poort. Laten we alles even duidelijk op een rijtje zetten. Je hebt de soldaten één keer ontmoet. Jullie spraken Frans. Je gaf ze een lift en zette ze af – waar?'

'Ergens in de buurt van hun kazerne, ik weet niet precies. Ik ben nog maar een paar keer in de stad geweest.'

'Hmm,' bromde de prins. 'Verder niets, begrepen?' Potemkin knikte. 'Heel goed.'

Hij drukte op een bel en vroeg de pedel om de Ottomaanse heer binnen te leiden.

37

De Russen waren getroffen door Yashims uiterlijk.

Een onbetekenende kerel, dacht de ambassadeur. Geen hoge rang.

Junior attaché Potemkin voelde een golf van opluchting, getroffen door de gedachte: als de Turken zo weinig belang hechtten aan dit onderzoek, kon de baas zijn fout moeilijk opvatten als een vergrijp waarvoor hij ontslagen moest worden.

Ze zagen Yashim buigen. De ambassadeur bood hem geen stoel aan.

'Ik ben dankbaar dat u mij vandaag wilt helpen,' zei Yashim. De prins lachte spottend en keek de andere kant op. Yashim zag zijn uitdrukking en glimlachte.

'Wij hebben begrepen dat graaf Potemkin vorige week enige tijd heeft doorgebracht met vier officieren van de keizerlijke Nieuwe Garde. U bent graaf Potemkin.'

Potemkin boog.

'Was u met hen bevriend, als ik vragen mag? U bent nog niet zo lang in Istanbul.'

'Nee. Ik weet nog maar nauwelijks de weg.' Potemkin beet op zijn lip: dat had hij pas later moeten zeggen. 'We waren niet bevriend. Gewoon vriendschappelijk.'

'Natuurlijk. Dus u had elkaar eerder ontmoet?'

'Nee, helemaal niet. We ontmoetten elkaar in de tuinen, puur toevallig. Ik denk dat we allemaal een beetje nieuwsgierig waren. We praatten met elkaar, in het Frans. Ik ben bang dat mijn Frans niet goed is,' voegde Potemkin eraan toe.

Yashim zag geen reden hem te vleien.

'En u praatte – waarover?'

'Om de waarheid te zeggen: ik kan het me nauwelijks herinneren. Ik geloof dat ik ze hierover heb verteld.' Potemkin bracht zijn verlamde hand naar zijn gezicht. 'Oorlogswonden.'

'Ja, ik begrijp het. U hebt ervaring op het slagveld.'

'Ja.'

'Wat deed u in de tuinen?'

'Ik keek rond. Maakte een wandeling.'

'Een wandeling? Waarom?'

'Een beetje lichaamsbeweging leek me wel goed. Ergens waar het rustig was, waar ik niet zoveel aandacht zou trekken.'

Yashim dacht dat de verminkte Rus in een drukke straat waarschijnlijk veel opzien zou baren.

De ambassadeur gaapte en maakte aanstalten om op te staan.

'Is dat alles? Het staat vast dat onze plicht roept.'

Yashim boog. 'Ik wilde alleen aan de attaché vragen: hoe heeft hij de tuinen verlaten?'

De ambassadeur zuchtte, stond op en wuifde met zijn hand.

Potemkin zei: 'We zijn samen vertrokken. Ik zette ze af, ergens in de buurt van de kazerne, geloof ik. Ik ken de stad niet goed.'

'Nee, dat begrijp ik. Nam u een rijtuig?'

Potemkin aarzelde en wierp een blik op zijn baas.

'Ja.'

'Hoe hebt u de ritprijs verdeeld?'

'Neemt u me niet kwalijk?'

'U zette ze af. Ik neem aan dat u doorreed hiernaartoe, naar de ambassade.'

'Dat klopt.'

'Dus hoe werd de koetsier betaald? Hebt u de ritprijs verdeeld?'

'O, ik begrijp wat u bedoelt.' Potemkin streek met zijn hand door zijn haar. 'Nee, nee, ik trakteerde. Ik betaalde. Ik ging toch terug, zoals u zegt.'

'Kunt u u nog herinneren hoeveel? Dat zou heel belangrijk kunnen zijn.'

'Dat denk ik niet,' interrumpeerde de ambassadeur met diepe minachting in zijn stem. 'Zoals ik al zei: we hebben het allemaal druk. Dus als u ons wilt toestaan...'

Yashim had zich omgedraaid, zodat hij de ambassadeur kon aankijken. Hij hield zijn hoofd een beetje scheef en stak een hand op.

'Het spijt me,' zei hij, zeer nadrukkelijk. 'Maar ik moet hierop aandringen. Graaf Potemkin is de laatste die de soldaten levend heeft gezien, ziet u.'

De wenkbrauwen van de ambassadeur bewogen even. Potemkin sperde zijn ogen open.

'Mijn hemel!' riep hij. Hij keek Yashim niet aan.

'Ja, dat is heel naar. Dus u begrijpt: alles wat we kunnen doen om de laatste bezigheden van de soldaten te achterhalen zou ons van dienst kunnen zijn. Zoals het vinden van de voerman.'

'Ik weet heel zeker dat graaf Potemkin zich niet herinnert hoeveel het rijtuig heeft gekost,' zei de prins gladjes. 'We moedigen ons personeel niet aan veel geld op zak te hebben. Rijtuigen worden betaald door de portier, bij de ingang.'

'Maar natuurlijk,' zei Yashim. 'Ik vrees dat ik dom ben geweest. De portiers noteren hun uitgaven natuurlijk altijd.'

De prins verstijfde, zich realiserend dat hij een fout had gemaakt. 'Ik zal zorgen dat graaf Potemkin dit onderzoekt. Als we iets te weten komen, zullen we u natuurlijk op de hoogte stellen.'

Yashim boog. 'Ik hoop wel dat de graaf geen reisplannen heeft. Het is misschien noodzakelijk dat ik hem nog een keer spreek.'

'Ik weet zeker dat dat niet nodig zal zijn,' zei de prins verbeten.

Yashim verliet de kamer en deed de deur dicht.

De prins plofte achter zijn bureau neer.

'Nou!' zei hij.

Potemkin zweeg. De ondervraging was redelijk goed verlopen, vond hij.

Hij zou toch niet naar huis hoeven.

38

Eenmaal buiten het kantoor van de prins bleef Yashim een tijdje met gefronst voorhoofd in de vestibule staan. Een livreiknecht stond in de houding bij de open mahoniehouten deuren. In gedachten verzonken liep Yashim langzaam door de zaal tot hij op een ingelijste kaart stuitte, die hij voorwendde te bekijken zonder iets te zien.

Niemand, peinsde hij, had hem ook maar één vraag gesteld. Was dat vreemd? Een ambassade had de taak inlichtingen te vergaren, maar ze hadden geen belangstelling getoond voor zijn onderzoek. Het zou kunnen dat ze hadden gehoord dat de soldaten dood waren. Yashim had gezegd dat Potemkin de laatste was die de soldaten levend had gezien en niemand had hem gevraagd hoe hij dat wist. Het was alsof het onderwerp hen niet interesseerde, en dat was op zich interessant.

Maar nog interessanter was de leugen over het rijtuig.

De leugen, en het feit dat de prins daarvan had geweten.

Het feit dat de prins zelf had geprobeerd Potemkin te dekken.

'*Excusez-moi, monsieur.*'

Yashim draaide zich om. Voor één keer was hij bijna perplex.

Hij had niet gemerkt dat ze binnen was gekomen.

Toch stond hij nu naast de mooiste vrouw die hij ooit had gezien.

39

'Madame,' prevelde hij. Ze was lang, bijna even lang als hijzelf, en hij vermoedde dat dit de prinses was, de vrouw van de ambassadeur, hoewel hij eigenlijk een oudere vrouw had verwacht. De prinses was amper twintig. Haar haar was opgestoken, waardoor hij haar slanke hals en schouders zag, hoewel er een paar exotische zwarte krullen tegen haar blanke huid sprongen. Hij zag haar oorlelletjes, de zachte ronding van haar kin, haar bijna Turkse schuine jukbeenderen. Haar grote donkere ogen schitterden.

Ze keek hem geamuseerd aan.

Yashim kon nauwelijks begrijpen dat de livreiknecht daar onbewogen kon staan, terwijl het meest betoverende wezen, met donkere ogen, zwarte haren en een gezicht dat leek te zijn gebeeldhouwd uit maagdelijke sneeuw, ongechaperonneerd voor hem langs schreed. Was hij blind?

'Ik ben Eugenia, monsieur. *La femme de l'ambassadeur le prince.*'

De echtgenote van de ambassadeur. De vrouw van de ambassadeur. Haar stem was buitengewoon laag. Haar lippen bewogen nauwelijks als ze sprak.

'Yashim,' prevelde hij. Hij zag dat ze haar hand had uitgestoken; haar vingers wezen omlaag. Als in een droom nam hij haar hand en drukte die aan zijn lippen. Haar huid was warm.

'U zou avontuurlijker moeten zijn, monsieur Yashim,' zei ze, terwijl er kuiltjes in haar wangen verschenen.

Yashim sperde zijn ogen wijd open. Hij voelde het bloed naar zijn wangen stijgen. 'Het... Het spijt me...'

'Ik bedoelde natuurlijk dat u oude kaarten van uw stad bekeek.' Ze keek hem opnieuw aan, met een nieuwsgierige blik.

'U spreekt toch Frans, of droom ik? Mooi.

Die kaart? Die is natuurlijk interessant – het is een van de eerste gedetailleerde kaarten van Istanbul die ooit zijn gemaakt, kort na de Verovering. Nou, honderd jaar daarna of zo. In 1599 – Flensburg. Melchior Lorich. Desondanks stel ik voor dat we een paar schilderijen bekijken. Dan kunt u u misschien een beeld vormen wie wíj zijn.'

Yashim hoorde nauwelijks wat ze zei. Het gevoel dat hij had was anders dan alle andere gevoelens die hij eerder had gekend en hij begreep dat het niet alleen kwam door haar schoonheid. Gewone mannen zouden met stomheid geslagen kunnen zijn, dacht hij, maar Yashim? Belachelijk! Elke keer als hij de harem van de sultan betrad paradeerden er mooie vrouwen voor zijn neus. Hij zag ze soms bijna naakt: hoe vaak plaagden ze hem niet, met hun geparfumeerde borsten en volle dijen! Hoe smeekten ze hem niet, die volmaakte wezens, om even aan te raken wat verboden en onbekend was! Toch leken ze altijd, in fundamentele zin, gekleed, gesluierd, verboden.

Hier stond een vrouw, bijna geheel gekleed – maar hij staarde naar haar mond, het kuiltje in haar hals, haar slanke naakte schouders. Zij zag er naakter uit dan de vrouwen in de harem.

Nog nooit had een vrouw in een openbare ruimte zo tegen hem gesproken. Hem toegestaan zijn lippen op haar blote huid te drukken.

Ze legde haar hand op zijn arm en leidde hem langs de schilderijen aan de muur.

'Zegt u eens, monsieur, choqueert dit u eigenlijk?'

Die hand choqueerde hem.

Ze stonden voor een familieportret van tsaar Alexander met zijn vrouw en kinderen. Het was een ongedwongen compositie, uit de Franse School: de tsaar zat onder een boom in de zon, de tsarina leunde als een rijpe appel tegen hem aan, en verschillende blonde jongetjes in zijden kniebroeken en meisjes in witte jurkjes waren om hen heen gegroepeerd.

Yashim probeerde het schilderij te bekijken, maar ja, ze had gelijk.

'Het choqueert me, een beetje.'

'Aha!'

'Niet de vrouw,' – Yashim, leugenaar die je bent! – 'maar de intimiteit. Het... Het is zo openbaar. Het maakt een schouwspel van iets wat privé zou moeten zijn, tussen man en vrouw.'

'Dus u bent geen voorstander van de afbeelding van de menselijke gestalte? Of zou u andere grenzen stellen?'

Zelfs haar stem was aanstootgevend, dacht hij. Haar nieuwsgierigheid leek op een langzame streling, alsof ze elk lichaamsdeel van hem betastte.

'Ik weet niet zeker wat ik moet zeggen. Als ik een roman lees, vind ik daarin een afbeelding van de mens. Ook dezelfde intimiteit – en andere emoties. In een roman ben ik verrukt. Maar het choqueert me op deze schilderijen. U zult mij van tegenstrijdigheid beschuldigen.'

'Ik zal u nergens van beschuldigen, monsieur. Wanneer u leest zijn de personages misschien een deel van uzelf? Wat tussen u en hen gebeurt blijft geheim. Maar de schilderijen zijn erg openbaar, zoals u zegt.'

Vanuit een ooghoek keek ze hem verlegen aan. 'Jullie Turken hebben veel verstand van geheime dingen, neem ik aan.'

Yashim staarde volkomen ontdaan naar het schilderij aan de muur.

'De harem – die is verboden gebied, nietwaar?'

'Maar niet voor u, madame,' antwoordde Yashim.

Eugenia snakte naar adem van verbazing, die ze trachtte te verbergen. 'O? Als vrouw, bedoelt u?'

'Natuurlijk. En bij de gratie van uw positie twijfel ik er niet aan dat u de verblijven van de sultan zou kunnen bezoeken, als u zou willen.' Hij zag de gretige uitdrukking op haar gezicht en had half spijt van zijn opmerking.

'Met een uitnodiging, bedoelt u?' Haar stem klonk nu vleiend.

'Maar ik weet zeker dat er een uitnodiging geregeld zou kunnen worden,' antwoordde Yashim schor, verbijsterd over zijn eigen gedrag. Waar was hij mee bezig?

'Daar had ik nooit aan gedacht,' zei ze zacht. 'Door u?'

Yashim stond op het punt te antwoorden toen de deur van het kantoor van de ambassadeur openzwaaide en de prins verscheen, gevolgd door Potemkin.

'Wat, voor de duivel...' De vloek bestierf op de lippen van de ambassadeur.

Eugenia wierp hem een kil glimlachje toe.

'Monsieur Yashim en ik voeren een zeer interessant gesprek. Over kunst,' voegde ze eraan toe. 'Nietwaar?'

Yashim boog even. 'Zeker, prinses.'

De prins keek dreigend van Yashim naar zijn vrouw.

'Deze heer was op weg naar buiten,' snauwde hij. 'Ik weet zeker dat hij het heel druk heeft. Zoals wij allemaal. Goedendag, monsieur.'

Yashim legde een hand op zijn borst en boog zijn hoofd. Weer kuste hij Eugenia's slanke hand. Ze zei: 'Het spijt me dat ik u heb opgehouden. Ik hoop dat we ons gesprek een andere keer kunnen voortzetten.'

Haar toon was onberispelijk ambassadoriaal. Koel. Onverschillig.

Maar Yashims vingers gloeiden op de plek waar zij er zachtjes in had geknepen.

40

In de baden had hij behoefte aan hitte, en nog meer hitte. Toen zijn hoofd omklemd leek door vlammende hoepels, liet hij zich als deeg kneden door de masseur en daarna lag hij lange tijd in de ruimte om af te koelen, en sprong in het ijskoude water van het frigidarium.

Later, op weg naar huis, viel hij als een bezetene aan op de groentemarkt: zijn oude vriend George, de Griekse koopman die zijn waren uitstalde als wapens in een wapenkamer, of sieraden op een plateau, kwam zowaar achter zijn stal vandaan en legde een zware hand op de arm van Yashim.

'Rustig. Rustig,' zei hij met zijn zware basstem. 'Jij legt in mand als Griekse rovers – dit, dat, alles. Zeg tegen George wat jij wilt koken.'

Hij ontfutselde Yashim de mand en ging zwaar en breed in zijn vuile tuniek voor hem staan, met zijn handen op de heupen; hij versperde hem de weg.

Yashim boog zijn hoofd.

'Geef hier die mand, stomme Griek,' zei hij.

George bleef staan.

'De mand.'

'Hé.' George' stem klonk heel zacht. 'Hé.' Harder. Hij pakte een paar spruitjes. 'Wat wil je?'

Yashim schudde zijn hoofd.

'Ik begrijp,' zei George. Hij keerde Yashim de rug toe en haalde alle groenten uit zijn mand. Over zijn schouder zei hij: 'Ga, koop vis. Ik jou saus geven. Jij vis roosteren, wat Spaanse uien, pepers. Jij zet saus op het vuur. Jij legt vis op het vuur. Jij eten. Ga.'

Yashim ging weg. Toen hij de vis had gekocht, kwam hij terug. George kraakte walnoten met zijn handen en pelde teentjes knoflook, die hij samen met de walnoten in een stukje papier draaide.

'Nu jij, efendi, gaat naar huis en kookt. De peper. De ui. Nee, ik neem geen geld aan van gekken. Morgen kom jij, jij dubbel betaalt.'

Toen Yashim thuiskwam, legde hij de vis en de groenten op de plank en sneed ze met een dun mes in stukken. De uien waren scherp en prikten in zijn ogen. Hij rakelde het fornuis op en gooide er nog een handvol houtskool bij. Toen hij de stukken vis aan de pinnen had geregen, plette hij de walnoten en de knoflook met de platte kant van een groot mes en hakte ze fijn, terwijl hij het steeds kleiner wordende hoopje met zijn vlakke hand telkens bij elkaar veegde tot het mengsel zo kleverig was dat hij het met het lemmet van zijn hand moest schrapen. Hij wreef de vis in met de saus en liet hem marineren terwijl hij zijn handen waste in de kom die zijn huishoudster elke morgen en middag voor hem klaarzette.

Hij legde de spiesen op de gloeiende kolen en besprenkelde ze met een straaltje olie. Terwijl de olie op het vuur siste wuifde hij de rook weg met een doek en draaide de spiesen werktuiglijk om en om.

Net voordat de vis zo gaar was dat hij van de spiesen viel, sneed hij plakken wit brood en legde ze op een bord met een kommetje olie, wat sesamzaadjes en een paar olijven. Hij vulde een kleine emaillen theepot met blaadjes munt, een stukje witte suiker en een snuif Chinese theeblaadjes die als hagel waren opgerold, goot er water in vanuit de kan en drukte hem met een knerpend geluid tussen de kolen tot de bodem op het gloeiende gedeelte rustte.

Ten slotte ging hij in de alkoof zitten eten, en veegde de pepers en de vis met een rond stuk brood van de spies.

Pas daarna pakte hij het opgevouwen briefje dat op hem

had liggen wachten toen hij thuiskwam.

Het was van de imam, die hem groette. Hij had een beetje onderzoek gedaan. In een duidelijk handschrift had hij de laatste strofen opgeschreven van Yashims soefi-gedicht.

Onwetend
En niets wetend van hun onwetendheid,
Slapen zij.
Wek hen.

Wetend,
En wetend onwetend,
Worden de luttele zwijgenden één met de kern.
Treed nader.

Yashim ging rechtop zitten en kruiste zijn benen. Toen zette hij het raam open, rolde een sigaret zoals een paardenkoopman uit Albanië hem ooit had geleerd, met een kleine draaiing aan het ene en een halve centimeter karton aan het andere eind, en dronk een glas gloeiendhete zoete muntthee terwijl hij de dichtregels nogmaals las.

Hij ging op zijn zij liggen. Een kwartier later tastte zijn hand naar de oude vacht die gekreukeld bij zijn benen lag. Hij trok hem over zich heen.

In drie minuten – want hij droomde al half – was Yashim de eunuch diep in slaap.

41

Het donker was de Poolse ambassade gunstig gezind. Toen de schemering viel, leken zelfs de traliehekken hun roest af te werpen, terwijl het gerafelde gordijn van de uit zijn krachten gegroeide maagdenpalm, die de oprijlaan afschermde voor blikken van buitenaf, zich in de invallende duisternis verdichtte tot een donkere, ondoordringbare massa. Dan wekten de lege zalen, sinds lange tijd onbewoond, waar het pleister in dwarrelende schilfers van de gebeeldhouwde plafonds viel en terechtkwam op de houten parketvloeren die door onbruik dof en stoffig waren geworden, de valse indruk dat er binnen geleefd werd, alsof de ramen alleen met luiken waren afgesloten voor de nacht. Bij het vallen van de avond kreeg het elegante herenhuis opnieuw een uitstraling van aanzien en voorspoed die het in zestig jaar niet had gekend.

Het licht dat ongelijkmatig door een paar ramen op de piano scheen leek helderder te worden naarmate de avond vorderde. Deze ramen, waarvan de luiken nooit echt werden dichtgedaan – die niet eens dichtgedaan konden worden als gevolg van instortende panelen en scharnieren die gedurende de winters langzaam verroest waren geraakt – onthulden een tafereel van grote wanorde.

De kamer waar Yashim de Poolse ambassadeur nog maar een paar uur geleden had achtergelaten, twijfelend over de vraag of hij de bizongrasfles zou opentrekken of gewoon een inheemse sterkedrank die hem in het geheim spotgoedkoop werd geleverd door zeelieden uit de Krim, zag eruit alsof hij was bezocht door een bezeten bibliofiel. Een viool lag ondersteboven op een theeblad. Een stuk of tien boeken, ogenschijnlijk op willekeurige plaatsen opengeslagen, lagen verspreid over de vloer; nog zo'n twintig boeken waren lukraak tussen de leuningen van een enorme leunstoel gepropt. Er droop kaarsvet van een kandelaar op het blad van een oeroude secretaire, waarop een verzameling folioboeken en verschillende beschilderde theeglaasjes stonden die niet voor thee waren gebruikt. Het zag eruit alsof iemand naar iets had gezocht.

Stanislav Palevski lag op de vloer achter een van de leunstoelen. Hij lag met zijn hoofd achterover, zijn nietsziende ogen op het plafond gericht.

Nu en dan ontsnapte hem een zachte snurk.

42

De seraskier nam een handvol zand en strooide dat over het papier. Daarna hield hij het papier schuin en liet het zand terugstromen in de pot.

Hij las het document nog een keer door en luidde een bel.

Hij was eerst van plan geweest om de aankondiging te laten drukken en verspreiden, maar bij nader inzien besloot hij om hem gewoon met de hand te laten overschrijven, en bij de moskeeën te laten bezorgen. De imams konden de boodschap op hun eigen manier interpreteren.

Van de commandant van zijne keizerlijke hoogheids Nieuwe Garde in Istanbul, een groet en een waarschuwing.

Tien jaar geleden heeft het de troon behaagd de vrede en de voorspoed van het keizerrijk veilig te stellen door een reeks Voorspoedige Daden, die tot doel hadden een leugenachtige ketterij uit te roeien en een eind te maken aan misstanden die zijne keizerlijke hoogheid niet langer wenste te dulden. Zowel door zijn oorlogen als door deze daden behaalde de sultan een volledige overwinning.

Zij die, door dood te zaaien, de wens zouden koesteren deze stad tot zijn vroegere staat terug te brengen, zijn gewaarschuwd! De troepenmachten van de padisjah slapen niet, en zij beven evenmin. Hier in Istanbul treedt een soldaat de dood met trots en minachting tegemoet, standvastig in de wetenschap dat hij de schijn opoffert voor het heilige, en de hogere macht van de troon dient.

In al uw kracht zult u worden vermorzeld. In al uw listigheid zult u ten val worden gebracht. In al uw hoogmoed zult u worden vernederd en worden voorgeleid teneinde de hoogste straf te ondergaan.

Eens te meer zult u vluchten en uit uw holen worden uitgerookt door de wil van de sultan en zijn volk.

U bent gewaarschuwd.

De seraskier vond dat hij zijn best had gedaan de situatie helder uiteen te zetten. Geruchten waren een gevaarlijke kracht. Ze hadden één ding gemeen met de hartstocht voor oorlog: ze moesten en zouden worden beteugeld.

Laat de soldaten exerceren. Zet de geruchten recht. Houd het initiatief in handen en laat de vijand gissen. De eunuch vermoedde dat er een of ander complot van janitsaren bestond, maar de seraskier had wijselijk besloten zijn formuleringen vaag te houden. De implicatie was natuurlijk aanwezig, tussen de regels door.

Een voorbeeldige aanpak.

De seraskier stond op en liep naar het donkere raam. Van hieruit kon hij de stad overzien die hij moest verdedigen. Hij slaakte een zucht. Bij daglicht, wist hij, was het een onmogelijke wirwar van daken, minaretten en koepels, die duizenden bochtige straatjes en kronkelige steegjes verborg. Nu vormden de lichtpuntjes die zachtjes hier en daar schenen één geheel met het donker, als dwaallichtjes boven een moorddadig moeras.

Hij vouwde zijn vingers om de zoom van zijn jasje en gaf er een ferme ruk aan.

43

Het eerste waar Yashim aan dacht toen hij wakker werd was dat hij een pan op de kolen had laten staan. Hij sprong van de bank en stond onvast op zijn benen in de keuken, wankelend op zijn voeten. Hij keek verward om zich heen. Alles was zoals het moest zijn: het fornuis stond laag, de hete plaat was nauwelijks warm, een stapel vuile pannen en serviesgoed, de houtblokken en de messen. Maar hij rook een brandgeur.

Van buiten steeg er een verward rumoer van kreten en instortende huizen op. Hij wierp een blik op het open raam. De lucht was verlicht met een gloed als die van een vroege dageraad, en terwijl hij keek werd het silhouet van een heel daklandschap plotseling verlicht door een enorme vuurzee die omhoogschoot naar de hemel en uitmondde in een spoor van vonken. Voorzover hij kon beoordelen was het nauwelijks honderd meter bij hem vandaan: een, misschien twee straten verderop. Hij hoorde het brandende hout kraken en rook de as in de lucht.

Een uur, dacht hij. Het duurt nog een uur.

Hij keek rond in zijn kleine kamer. De boeken op de boekenplanken. De Anatolische tapijten op de vloer.

'O, bij de juwelen!'

De vuurzee was uitgebroken in een steegje dat uitkwam op de Kara Davut. Het begin van de steeg was afgesloten door een drom nieuwsgierige toeschouwers: bezorgde huisvaders, velen van hen blootshoofds, en vrouwen in elke mogelijke staat van ontkleding, hoewel ieder van hen het klaarspeelde haar neus en mond te bedekken met een reepje stof. Eén vrouw, zag hij, had haar pyjamajasje omhooggesjord, zodat ze een streep buik liet zien, terwijl ze haar gezicht bedekte. Ze staarden allemaal als verstijfd naar het vuur.

Yashim keek om zich heen. In de Kara Davut kwamen de mensen uit hun huizen te voorschijn. Een man die Yashim herkende als de bakker probeerde hen te overreden weer naar binnen te gaan en emmers te halen. Hij stond op het trapje bij de fontein aan het eind van de straat en gebaarde met zijn armen. Plotseling begon het Yashim te dagen.

'Haal die vrouwen hier weg!' riep hij, terwijl hij de man naast zich een por gaf. 'We moeten een ketting vormen!'

Hij duwde de mannen op hun plaats: de betovering die hen had verlamd was verbroken. Sommigen van hen werden ineens wakker geschud door de aanblik van hun halfontklede vrouwen.

'Breng ze naar het café,' stelde Yashim voor.

Hij onderschepte een jonge man die op hem af kwam rennen met een emmer. 'Geef die aan mij – haal een nieuwe!' Hij zwaaide de emmer naar een man die vlak bij hem stond.

'Vorm een ketting – pak deze aan en geef hem door!'

De man greep de emmer en zwaaide hem naar voren, in een paar wachtende handen. Er rende nog een jongen met een volle emmer naar Yashim toe. Er moest iets gebeuren aan de achterkant van de rij, realiseerde Yashim zich. 'Blijf hier, jij. Geef die emmer door en sta klaar om een nieuwe aan te pakken.'

Hij rende naar achteren, greep omstanders beet en dwong ze op afstanden van een paar meter uit elkaar te gaan staan. Er stonden al een paar beroepswaterdragers klaar, zoals hun plicht vereiste. Er werden nieuwe emmers te voorschijn gehaald. Op het moment dat ze kwamen dompelde de bakker ze in de fontein en gaf ze weer door naar beneden. Yashim rende langs de ketting om te controleren of er gaten vielen; toen holde hij naar het eind van de ketting om ervoor te zorgen dat de lege emmers weer werden teruggebracht. Voor het eerst bevond hij zich in de steeg.

De vlammen joegen door de smalle straat. Terwijl Yashim stond te kijken, barstte er een raam open in een regen van vonken; een lange vuurtong schoot naar buiten en likte aan de overhangende dakrand van het buurhuis. De vlam trok zich terug, maar een seconde later barstte hij weer uit, naar het buurhuis, in een tunnel voortgejaagd door de wind die als een blaasbalg door de smalle opening van de steeg joeg. Yashim, die een paar passen achteruit deed, voelde de wind door zijn haar blazen, zelfs toen de hitte tegen de zijkant van zijn gezicht brandde. Hij voelde zich machteloos. Ineens wist hij weer wat er moest gebeuren.

'Een opening! Een opening!' Hij schoot de dichtstbijzijnde poort in en ontdekte een hele familie in de achtertuin die aan de pomp zwengelde. 'We moeten een gat maken – niet hier, maar aan de overkant van de straat.' Niemand besteedde enige aandacht aan hem; iedereen was druk bezig water te halen en het tegen de voorkant van het huis te gooien, dat al begon te blakeren in de hitte. 'Een bijl! Geef me een bijl!'

De vader van het gezin wees naar een houtstapel in de hoek van de achtertuin. Met een ruk trok Yashim de brede hakbijl uit het houtblok waarin hij vastzat en rende weer naar buiten, de straat op.

'Een opening!' schreeuwde hij, terwijl hij met de bijl zwaaide. Verschillende omstanders staarden hem aan. Hij richtte zich tot hen. 'Haal jullie gereedschap, mensen. We moeten dit huis afbreken.'

Zonder een reactie af te wachten draaide hij zich met een schreeuw bliksemsnel om en liet zijn bijl neerkomen in het pleisterwerk. Een stuk ter grootte van een hand viel op de grond. Hij hakte opnieuw: planken versplinterden en vielen omlaag. Binnen een paar minuten had hij een ruimte vrijgemaakt die groot genoeg was om met de bijl in de rechtopstaande balken te hakken. Intussen had hij gezelschap gekregen van een paar anderen; hij stuurde twee mensen het huis in om te kijken of er niemand binnen was achtergebleven, daarna zette hij ze aan het werk aan de achterkant van het huis. Hij bleef even staan om op adem te komen, leunend op de bijl. De vier mannen die aan het werk waren hadden een ontbloot bovenlijf. Het licht van het naderende vuur weerkaatste in glanzende strepen in het zweet op hun huid. Het was heet.

'Het werk van de janitsaren,' zei een man verbeten, terwijl hij met het vlakke deel van zijn bijl korte, zware slagen gaf tegen een houtverbinding. De houten pin werd aan één eind versplinterd; de man haalde een paar keer snel uit, hakte er opnieuw in en maakte hem met een ruk aan het platte eind van zijn bijl aan de andere kant los. Yashim greep de pin en trok hem eruit.

Het gebouw begon te wankelen. Verschillende stukken pleisterwerk van de eerste verdieping tuimelden voor hun voeten naar beneden en spatten uiteen in een stofwolk, die onmiddellijk werd weggevoerd door de hete windvlaag die door de straat joeg. Yashim keek achterom. Twee huizen verder kreeg het vuur greep op het hout. Er vlogen vonken voorbij: een man die hij naar de achterkant van het huis had gestuurd stak zijn hoofd naar voren tussen twee staande balken die als dronkelappen in een scheve hoek op de grond stonden en trok zijn hoofd schielijk terug. Iedereen lachte.

'Ze komen zo naar buiten. Geen moment te vroeg,' zei een man. Ze roken de overwinning: hun stemming was omgeslagen.

En jawel: de twee mannen verschenen plotseling aan de andere kant van het houten skelet en schoten naar buiten door de ingestorte poort.

'En dan te bedenken dat wij hier vroeger de janitsaren van de Beyazit-toren bij haalden om dit voor ons te doen!'

Nu genoten ze. Door een lawine van instortend puin boven hun hoofd wisten ze dat de dwarsbalken waren bezweken: de plankenvloer van de bovenverdieping boog zo ver door dat hij druk uitoefende op de draagbalken van het dak en die omhoogduwde.

'Het splijt!' brulde Yashim. Het was waar: het hele skelet van het huis helde over naar hun kant, en begon te draaien. 'Kijk uit!' Yashim sprong naar achteren en rende de straat in, weg van het vuur. De anderen volgden hem. Na twintig meter bleven ze staan en keken hoe het hele skelet van het huis met een zwaai op de straat viel, als een dronkaard die zijn evenwicht verliest. De dakpannen leken los in de lucht te hangen, totdat het bouwwerk met een daverende dreun op de grond viel. Die dreun was boven het geknetter van het vuur en de kreten in de straat uit te horen. Een verzengende pluim van stof en losse deeltjes werd door de wind meegevoerd en joeg langs hen heen als een boze djinn.

Yashim viel op de grond, met zijn armen om zijn hoofd geslagen: het leek alsof er een zandstorm uit de woestijn over zijn hoofd vloog. Vlakbij gilde iemand. Hij drukte zijn gezicht tegen de grond, zelfs toen de windhoos van puin afnam. Een paar stukken gebroken tegel vlogen over de grond en sloegen tegen zijn armen, zonder hem te verwonden.

Voorzichtig keek hij op over zijn elleboog. Verderop in de straat raasde het vuur nog steeds; het had hen nu ingehaald. De luiken van het laatste huis dat nog overeind stond bliezen open met een kracht die ze wild deed klepperen aan hun scharnieren. Maar de vlammen die door de ramen naar buiten schoten reikten tevergeefs. Waar eerst planken en een overhangende dakrand waren geweest, was nu alleen een zwart gat, en een paar losse planken die aan een dunne balk bungelden.

Iemand bukte zich en hielp hem overeind. Hij herkende de man met de bijl. Ze schudden elkaar de hand en toen omhelsden ze elkaar drie keer, schouder aan schouder, want de spanning was hevig geweest en het gevecht was gewonnen.

'U hebt ons een dienst bewezen, mijn vriend,' zei de andere man. Hij zag eruit als een geest; zijn gezicht was krijtwit van het stof. 'Murad Eslek, heet ik.'

Yashim grijnsde. 'Yashim Togalu.' Niet Yashim de eunuch. 'Bij het uithangbord van de hertenbok, in de Kara Davut.' En hij voegde er naar waarheid aan toe: 'Ik moet ú dankbaar zijn.'

De beschaafde klank van zijn stem deed de man schrikken.

'Het spijt me, efendi. In het donker... al dat stof... ik wist niet...'

'Vergeet het, vriend. Wij zijn allen gelijk in Gods aangezicht.'

Murad Eslek grijnsde en stak zijn duim op.

44

Yashim roerde werktuiglijk in zijn koffie, terwijl hij probeerde vast te stellen wat hem nog steeds dwarszat aan de gebeurtenissen van die nacht.

Niet de brand zelf. Er braken zo vaak branden uit in Istanbul – hoewel ze, achteraf gezien, door het oog van de naald waren gekropen. Wat was er gebeurd als hij het raam had dichtgelaten – zou de rookgeur hem op tijd hebben bereikt? Hij zou misschien zijn doorgeslapen, zich niet bewust van het grillige vlammengordijn dat zich dansend een weg baande naar zijn straat. Misschien zou hij te laat wakker zijn geworden, terwijl het trappenhuis zich vulde met opbollende wolken zwarte rook en de ramen kapotsprongen in de hitte...

Hij dacht aan de mensenmenigte die hij die ochtend had gezien, de vrouwen en kinderen die verdwaasd op straat stonden. Weggerukt uit hun slaap. Door de gratie Gods waren zij ook op tijd wakker geworden.

Er schoot hem een regel uit het karagozi-gedicht te binnen: *Wek hen.*

De lepel stopte met draaien.

Er was nog iets. Iets wat een man had gezegd.

Het werk van janitsaren. *En dan te bedenken dat wij hier vroeger de janitsaren van de Beyazit-toren bij haalden om dit voor ons te doen.*

Er was vroeger een janitsaren-brandweerkorps gestationeerd in de buurt van de Beyazit-moskee, de eerste en wellicht, op zijn eigen manier, indrukwekkendste van alle grote moskeeën van de sultans: want zelfs Sinan Pasja, de meesterarchitect wiens schitterende Suleymaniyye de Hagia Sofia overtrof, had toegegeven dat de Beyazit-moskee hem tot voorbeeld had gediend. Niet zozeer de moskee was belangrijk, maar met name de ligging ervan. Want de Beyazit-moskee was gelegen op de heuvelrug boven de Grote Bazaar, een van de hoogste punten in Stamboul.

Een uniek uitkijkpunt. Zo uniek, in feite, dat het was uitgekozen als locatie voor het hoogste en misschien wel lelijkste gebouw van het hele keizerrijk: de brandweertoren die zijn naam droeg. De zak met botten was een paar meter daarvandaan gevonden.

Er was ook nog een janitsaren-brandweerkorps geweest aan de andere kant van de stad, dat opereerde vanuit de Galata-toren. De Galata-brandweertoren. Hoog boven het riool waar het weerzinwekkende lijk van de tweede cadet lag.

En bij het vroegere centrum van waaruit de janitsaren opereerden, de oude kazerne die nu geheel verwoest was en plaats had gemaakt voor de keizerlijke stallen, had een toren gestaan die Yashim zich nog vaag kon herinneren.

Palevski had geopperd dat er een patroon zou kunnen zijn dat kon verklaren waar de lijken waren afgeleverd – dus als ieder lijk was gedeponeerd in de buurt van een oude brandweerkazerne, een janitsaren-brandweerpost, een toren... Yashim speelde een tijdje met het idee.

Brand was altijd de speciale verantwoordelijkheid van de janitsaren geweest. Die was ook uitgegroeid tot hun wapen. De mensen werden uit hun bed gehaald door het alarmsignaal van de brandweerlieden. *Wek hen.*

Waar had die andere brandweerkazerne dan gestaan? Er zouden vier lijken verschijnen. Er moesten vier brandweerkazernes zijn. Vier torens.

Misschien, dacht Yashim geëmotioneerd, was hij nog op tijd.

45

De kislar aga had de stem van een kind en het lichaam van een gepensioneerde worstelaar, en hij woog meer dan honderd-vijfentwintig kilo. Niemand zou zijn leeftijd kunnen raden, en zelfs hij wist niet precies wanneer hij onder de Afrikaanse hemel uit de buik van zijn moeder was gekropen. Een paar pond ongewenst leven. Een nieuwe mond om te voeden. Zijn gezicht was overdekt met donkere rimpels, maar zijn handen waren glad en donker als die van een jonge vrouw.

Hij was nu bezig met een jonge vrouw.

In een van die gladde handen hield hij een zilveren ring. In de andere de kaak van het meisje.

De kislar aga trok het hoofd van het meisje opzij.

'Kijk hiernaar,' siste hij.

Ze sloot haar ogen. Hij kneep harder.

'Waarom – heb – je – de – ring – gestolen?'

Anouk kneep haar oogleden dicht en voelde tranen van vlijmscherpe pijn. Zijn vingers waren het zachte gedeelte van haar mond in gegleden en plotseling sperde ze die wagenwijd open. Zijn vingers gleden tussen haar tanden.

Ze beet. Heel hard.

De kislar aga had in vele jaren niet gegild. Het was een geluid dat hij zelf niet meer had gehoord sinds hij een klein jongetje was in een dorpje in Sudan: het geluid van een gillend speenvarken. Terwijl hij gilde, bracht hij zijn linkerhand omhoog tussen haar benen, waarbij hij licht door zijn knieën zakte om beter houvast te krijgen. *Laat geen sporen achter op de goederen.*

Zijn duim zocht naar de toegang. Hij strekte zijn vingers en stuitte op een stevig bundeltje spieren. Zijn hand klemde haar vast, met ijzeren kracht.

Het meisje snakte naar adem en de kislar aga trok zijn andere hand uit haar mond. Hij stopte zijn pijnlijke vingers onder zijn oksel, maar liet haar niet los.

Hij wriemelde met zijn vingers en het meisje trok met een ruk haar hoofd naar achteren. De kislar aga kneep harder. Het meisje werd gedwongen opzij te rollen, en ze gaf toe aan die dwang.

De eunuch zag dat het meisje zich snel omdraaide en haar armen uitstrekte om haar val op de grond te breken. Hij gaf een plotselinge ruk met zijn hand als nijptang.

Nu hijgde hij; hij viel op zijn knieën en begon aan de plooien van zijn cape te frunniken.

Hij was de zilveren ring helemaal vergeten.

Hij wist alleen nog dat hij haar moest straffen, en hij hunkerde naar genot.

46

Preen had nauwelijks kunnen geloven wat de imam scheen te zeggen. Een herleving van de janitsaren? Cadetten van de Nieuwe Garde op een weerzinwekkende manier vermoord?

Ze pakte een pincet en begon haar wenkbrauwen te epileren.

Terwijl ze in de spiegel keek, vroeg ze zich af of de boodschap van de imam iets te maken had met de informatie die zij aan haar vriend Yashim had verstrekt.

Moord.

Haar hart sloeg een slag over.

Vandaag zou ze de lijn ietsje hoger trekken: ze kon de boog altijd hoger maken met kohl. Ze begon te neuriën.

Wat ze in de moskee had gehoord, had niets te maken met Yashim, haarzelf of die afschuwelijke pooier.

Ze werkte vlug door, met een geoefende hand langs haar wenkbrauwboog, terwijl ze zichzelf in de spiegel bekeek.

Maar Yorg zou zich overal mee inlaten. Met iedereen.

Ze had alleen een roddelpraatje verkocht. Dat stelde niets voor.

Hoewel Yashim blij was geweest. Dat is goud waard, had hij gezegd.

Maar Yashim zou het niet doorvertellen. Ze verplaatste haar hand en begon aan haar andere wenkbrauw.

Yorg zou het doorvertellen. Yorg zou álles doorvertellen, als hij genoeg geld kreeg.

Of als hij bang genoeg was.

Preen hield haar adem in. Het idee van een bange Yorg was, nou, griezelig.

Ze liet haar pincet zakken en pakte er een stukje kohl mee vast. Zorgvuldig begon ze de boog aan te zetten.

Wat zou Yorg doen als hij hoorde van de vermoorde soldaten, vroeg ze zich af. Niet in de moskee. De Yorgs van deze wereld hoorden nooit iets in de moskee. Ze gingen er niet eens naartoe.

Maar als hij het hoorde, en het een in verband bracht met het ander?

De kohl trilde. Het gezicht in de spiegel was krijtwit.

Hij zou doorslaan, zoveel was zeker.

47

Brandweerman Orhan Yasmit maakte een kommetje van zijn handen en blies erin. Hij had een vreselijke ochtend achter de rug, niet alleen omdat het vochtig en koud was, maar ook omdat die mist het hem bijna onmogelijk maakte zijn werk goed te doen. Wie kon een brand ontdekken in deze nevel? Hij kon nauwelijks naar de overkant van de Gouden Hoorn kijken.

Hij stampte een paar keer om warm te worden, liep toen naar de zuidkant van de toren en tuurde mistroostig omlaag, naar de Bosporus. Op heldere dagen had hij vanaf de Galatatoren een van de mooiste uitzichten die de stad te bieden had, bijna driehonderd meter boven de Gouden Hoorn. Aan de overkant lag Stamboul met zijn minaretten en koepels, naar het zuiden over de Bosporus en naar Scutari verderop – soms kon hij zelfs de bergen van Gule zien, die in de verte paars leken.

Het was een stevige toren van massieve bewerkte stenen, bijna vijfhonderd jaar geleden gebouwd door de Genuezen, toen de Griekse keizer in Byzantium heerste en Galata de Italiaanse voorstad van Byzantium was. Sindsdien had hij oorlogen en aardbevingen overleefd – zelfs branden. Het stadsgezicht was ongetwijfeld veranderd toen de kerktorens plaats hadden gemaakt voor minaretten en steeds meer mensen zich in de snelgroeiende haven vestigden, waar ze hun huizen hutjemutje op elkaar bouwden: gammele houten huizen die als droge aanmaakhoutjes in de dalen tussen de zeven heuvels zaten gepropt. De mensen hadden ook eeuwenlang stoven omgeschopt, kaarsen laten omvallen en achteloze vonken laten wegspringen. Er ging nauwelijks tien jaar voorbij zonder dat een deel van de stad tot de grond toe afbrandde. Dat er nog iets

over was, getuigde van de wijsheid van de Genuese meester-
bouwers die de Galata-toren hadden opgericht.

Het was de kunst om elke brand in een vroeg stadium te
ontdekken, en snel te blussen. Het vuur met beleid te gebruiken, zoals de janitsaren deden – het beheersen en leiden zodat
de janitsaren er voordeel aan hadden. Orhan Yasmit was te
jong om die tijd persoonlijk te hebben meegemaakt, maar hij
kende de verhalen. O, de janitsaren blusten de branden wel –
op het laatst.

Orhan Yasmit leunde op de balustrade en vroeg zich af hoe
lang het zou duren voor hij werd afgelost. Hij keek omlaag. Hij
had geen last van hoogtevrees. Hij vond het leuk om de mensen zo ver beneden hem op straat te zien lopen. Als de zon op
zijn rug scheen, waren er momenten dat hij zich bijna een vo-
gel voelde die over de toppen van de daken en de marktpleinen
scheerde. Van bovenaf zagen de mensen met hun tulbanden
eruit als vogeleieren die heen en weer rolden. De buitenlanders met hun kleine hoofden zagen er vreemd uit – meer als
insecten.

Toen hij voetstappen hoorde, verhief hij zich van de balustrade en keek om. Hij verwachtte de dienstdoende brandweerman te zien, maar de man die op het platform stapte was een
burger, een vreemdeling in een eenvoudige bruine cape. Orhan fronste zijn wenkbrauwen.

'Het spijt me,' zei hij scherp. 'Ik weet niet hoe u bent binnengekomen, maar burgers mogen hier boven niet komen.'

De vreemdeling glimlachte vaag en keek rond.

'Twee paar ogen zien meer dan één,' merkte hij op. 'Ik zal u
niet storen.'

Orhan begreep er niets van.

'Je zou kunnen zeggen dat we allebei voor dezelfde dienst
werken. Ik ben hier voor de seraskier.'

Orhan ging instinctief een beetje meer rechtop staan.

'Nou,' zei hij onwillig, 'het heeft hoe dan ook geen zin dat u hier bent. Niemand ziet iets op een dag als vandaag.'

Yashim knipperde met zijn ogen tegen de mist. 'Nee, nee, ik neem aan van niet.' Hij liep naar de balustrade en leunde eroverheen. 'Ongelooflijk. Kijkt u vaak naar beneden?'

'Niet vaak.'

Yashim keek op.

'Toch denk ik dat u wel dingen hoort. Dat heb ik zelf gemerkt. Geluiden dragen soms veel verder dan je verwacht. Vooral omhoog.'

'Klopt.' Orhan vroeg zich af waar hij naartoe wilde.

'Had u dienst op de dag dat ze dat lijk vonden?'

'Ik had de avond daarvoor dienst. Maar ik heb niets gehoord of gezien.' Hij fronste. 'Wat doet u hier boven, trouwens?'

Yashim knikte, alsof hij het begreep. 'Deze toren staat hier waarschijnlijk al een hele tijd.'

'Vijfhonderd jaar, zeggen ze.' De brandweerman sloeg met zijn vlakke hand op de balustrade. 'De toren in Stamboul, Beyazit, die is grotendeels nieuw.'

'Grotendeels nieuw?'

'Er heeft daar altijd een brandweertoren gestaan, ziet u, maar vroeger was de toren lager. Goed uitzicht over de bazaar en zo, maar aan de oostkant heb je die moskee, en die blokkeerde het uitzicht naar die kant. Dat was niet zo erg, omdat de janitsarentoren daarachter dat gebied bestreek.'

'Aha. Ik dacht al dat daar nog een andere brandweertoren stond – boven Aksaray?'

Orhan knikte. 'Prima ding, naar men zegt. Nu is hij weg, samen met de tekke eronder en de hele rest.'

'Tekke? Welke tekke bedoelt u?'

'Tekke, gebedsruimte, wat het ook is. Net als die hier beneden. Voor die janitsaren karagozi hocus pocus. De oudste karagozi-tekke in de stad, naar het schijnt. Die toren is nu weg, zoals ik zei. Helemaal afgebrand tijdens de... nou, een aantal jaren geleden, begrijpt u wat ik bedoel? Dus maakten ze de toren bij Beyazit hoger – om over de moskee heen te kunnen kijken. Ze hebben hem twee keer zo hoog gemaakt, denk ik – en helemaal van steen, net zoals deze. De oude torens waren van hout, en die brandden telkens af. Dus u ziet het: nu hebben we twee torens die net zo goed zijn als die oude drie. Beter, eigenlijk, omdat ze helemaal van steen zijn.'

'Zo is dat. Ga verder. Vertel eens over de vierde toren.'

Orhan keek de vreemdeling aan.

'Er is geen vierde toren. Galata, Stamboul – dat is het.'

'Er moet er nog een zijn. In Yedikule misschien?'

'In Yedikule?' De brandweerman grinnikte. 'Zeg nou zelf: wie zou het erg vinden als Yedikule in de fik vloog?'

Yashim fronste: de brandweerman had gelijk. Yedikule was het riool van de stad, beneden in het zuidoosten, waar de stadsmuren van Byzantium uitkwamen op de zee. Afgezien van het vuil en de zwerfhonden die de smalle, donkere straatjes onveilig maakten waren daar leerlooierijen. Er stond ook een luguber gebouw, dat al oud was toen de Ottomanen Istanbul veroverden, dat bekendstond als de Zeven Torensvesting; het werd afwisselend gebruikt als munt, dierentuin en gevangenis, vooral dat laatste. Binnen die muren hadden veel mensen de dood gevonden; er waren er nog meer die daarnaar verlangden.

'Maar je kunt Yedikule in de gaten houden vanaf de nieuwe toren bij Beyazit, efendi. Stamboul en Galata, zoals ik al zei. Die bestrijken de hele stad.'

Yashim kromp in elkaar. De tweede strofe van het gedicht schoot hem te binnen:

Onwetend
En niets wetend van hun onwetendheid,
Zoeken zij.
Onderwijs hen.

Hij was duidelijk een trage leerling.

'Kijk,' zei Orhan vriendelijk. 'U kunt het de oude Palmuk vragen, als u wilt.'

Een besnord gezicht verscheen in de luikopening. Palmuk was niet echt oud; hij was alleen twee keer zo oud als Orhan, met een dikke witte snor en een aanzienlijke buik. Hij kwam hijgend en puffend uit de luikopening.

'Die verdomde trap ook,' mompelde hij. Yashim zag dat hij een gedraaide puntzak met gesuikerde broodjes bij zich had. 'Geen baby's, dus?' Hij knipoogde naar Yashim.

'Nou, Palmuk, ik denk niet dat deze heer daar zin in heeft. Hij komt van de seraskier.'

Palmuk incasseerde deze waarschuwing door theatraal met zijn ogen te rollen.

'Oho, de oude Kikkerbil, hè? Nou, efendi, zegt u maar tegen hem dat hij zich over ons geen zorgen hoeft te maken. We krijgen het koud, we worden nat, maar we doen onze plicht – of niet soms, Orhan?'

'U zou het misschien niet denken, efendi,' zei Orhan, 'maar Palmuk heeft de beste ogen van Galata. Je zou denken dat hij een vuur kan ruiken vóór het is aangestoken.'

Palmuks gezicht vertrok. 'Rustig aan, jongen.' Hij wendde zich tot Yashim. 'Vraagt u u af wat die baby's zijn waar ik het over had? Dat is brandweerliedentaal. Een baby – dat is een brand. Een jongen is een brand aan de Stamboul-kant. We hangen de manden aan die kant buiten – hij wees naar vier enorme rieten manden die tegen de binnenkant van de balustrade leunden – 'en die zetten de jongens aan de goede kant neer, ziet u? Een meisje, dat is de kant van Galata.'

Yashim schudde zijn hoofd. Hoe lang je ook leefde, hoe goed je de stad ook dacht te kennen, er viel altijd iets nieuws te leren. Soms dacht hij dat Istanbul gewoon een verzameling codes was, even geheimzinnig en complex als die ondoordringbare steegjes: een stil geraas van overgeërfde tekens, eigen taaltjes, verborgen gebaren. Hij dacht aan de soepmeester en zijn koriander. Al die regeltjes. Al die onbekende gewoontes. De soepmeester was ooit een janitsaar geweest. Hij keek opnieuw naar Palmuk en vroeg zich af of hij ook een tatoeage op zijn onderarm droeg.

'U bent zeker al lang brandweerman?'

Palmuk keek hem uitdrukkingsloos aan.

'Negen, tien jaar. Hoe dat zo?'

Orhan zei: 'Deze heer wil iets weten over een andere toren. Niet die bij de oude kazerne. Een vierde toren. Ik heb hem verteld dat er geen was.'

Palmuk dook in zijn puntzak, pakte er een broodje uit, keek ernaar en nam een hap.

'Goed gedaan, Orhan. Je kunt er nu vandoor, de oude Palmuk houdt de wacht.'

Orhan gaapte en rekte zich uit. 'Ik zou wel even willen pitten,' zei hij. 'Is er vuur binnen?'

'Warm en helder, maat.'

Met een tevreden zucht en een kleine buiging naar Yashim liet Orhan zich door het luik zakken en verdween om beneden in het brandweerliedenkamertje van het vuur te genieten.

Palmuk liep een rondje langs de muren, keek naar het uitzicht en at zijn broodje op.

Yashim was blijven staan.

Palmuk leunde over de balustrade en keek omlaag.

'Gek,' zei hij. 'Hoe ouder je wordt, hoe minder goed je tegen de hoogte kunt. Ze zouden me meer moeten betalen, vindt u niet?'

Hij keek weer naar Yashim, met opgeheven hoofd.

'Begrijpt u wat ik bedoel?'

Yashim keek de brandweerman koeltjes aan. 'Een vierde toren?'

Palmuk boog zich over een mand en stouwde zijn puntzak tussen het vlechtwerk. Daarna keek hij uit over Stamboul. Hij deed alsof hij niets had gehoord.

Een zucht onderdrukkend viste Yashim naar zijn geldbuidel onder de plooien van zijn cape. Terwijl hij drie munten uitzocht, liet hij ze in zijn handpalm rinkelen.

Palmuk draaide zich om. 'Nou, efendi, dat noem ik gul. Een welkome bijdrage aan het fonds.'

Het geld verdween in een zak van zijn tuniek.

'Het zijn inlichtingen die je wilt, maat. Efendi. Een hint voor een goede verstaander, zie ik dat goed? U bent gul geweest tegenover mij, dus ik zal gul zijn tegenover u, zoals het gezegde luidt. Goed: er is geen vierde toren. Nooit geweest, voorzover ik weet.'

Er viel een stilte. De brandweerman streek over zijn snor.

Ze keken elkaar aan.

'Is dat alles?'

De brandweerman haalde zijn schouders op. 'Dat wilde u toch weten?'

'Klopt.'

Een paar seconden verroerde geen van beide mannen zich. Toen keerde Palmuk Yashim de rug toe en ging bij de balustrade staan. Hij keek naar het zuiden over de Bosporus, onzichtbaar in de mist.

'Pas op de trap als u naar beneden gaat, efendi,' zei hij zonder om te kijken. 'Hij is glad als het vochtig is.'

48

'Hij is van mij,' zei het meisje.

Dat was het enige wat ze tot nu toe had gezegd.

Yashim beet op zijn lip. Hij probeerde al een halfuur met haar te praten.

Luchtig, in het begin. Waar kwam ze vandaan? Ja, hij kende die streek. Niet haar eigen dorp maar... Hij schilderde een beeld in woorden. Bergen. Mist. De dageraad die langzaam neerdaalde, het dal in. Zag het er zo uit?

Geen reactie.

'Het is mijn ring.'

Streng: wij denken dat hij niet van jou is. Een ernstige verdenking. Of je vertelt ons wat je weet, of het ziet er slecht voor je uit, meisje.

'Hij is van mij.'

Vleierij: kom op, Anouk. Je leidt een leventje waar de helft van de Tsjerkessische vrouwen een moord voor zou doen. Grillen worden toegestaan. Luxe. Een veilige, eervolle en benijdenswaardige positie. Een mooi meisje als jij. Het bed van de sultan en dan – wie weet?

Ze trok een pruilmond en draaide haar hoofd weg, speelde met een krul.

Rukte woedend aan haar krul, perste haar lippen op elkaar.

'Mijn ring,' barstte ze uit.

'Ik begrijp het. Heeft ze hem aan jou gegeven?' vroeg Yashim vriendelijk.

'Je moet geen woord geloven,' interrumpeerde de kislar aga. 'Ze liegen allemaal als hyena's.'

Yashim haalde zijn schouders op en onderdrukte zijn ergernis. 'Asoul kan antwoorden zoals haar goeddunkt, maar ik hoop dat ze de waarheid spreekt.'

De kislar snoof verachtelijk. Het meisje wierp hem een minachtende blik toe.

'Ze heeft hem nooit aan mij gegeven.'

'Hmm. Maar jullie hadden een afspraak, een overeenkomst over de ring?'

Het meisje keek hem bevreemd aan. 'Ik weet niet waar u het over hebt. Wat maakt het trouwens uit? Ze is dood, nietwaar? Verdomd voer voor de vissen. Wat maakt het uit of ik de ring gepikt heb?'

Yashim fronste zijn wenkbrauwen. Moest hij het begrip diefstal uitleggen? Het beroven van een lijk had iets buitengewoon weerzinwekkends. Het was heiligschennis. Waar moest hij beginnen, als ze dat niet eens aanvoelde?

'Dat zou heel veel kunnen uitmaken. Leefde ze of was ze dood toen je de ring pikte?'

Maar het beeldschone gezichtje had zich weer als een oester gesloten.

Yashim kende dit bergvolk, opgegroeid in de verre bergen van de Kaukasus. Hard als hun stenen huizen, hun bevroren bergpaden in de winter. Ze leefden van de wind, eeuwig verwikkeld in veten met hun naasten. God had hen mooi gemaakt, vooral de vrouwen, maar ze waren hard.

Vermoeid stelde hij de vraag opnieuw. Levend? Of dood?

Ze gaf geen antwoord.

Misschien had ze wel gelijk. Wat maakte het uit? Yashim keek opnieuw naar de ring in zijn handpalm. De kleder had gelijk. Het was niet meer dan een prul van de bazaar: een gladde zilveren band, met een versleten motief waarin hij vaag twee slangen kon onderscheiden die elkaars staart inslikten.

Hij wierp een blik op het meisje. Ze droeg armbanden. Een ketting: puur goud. Niet ongebruikelijk hier, in de harem, waar goud en juwelen uit het hele keizerrijk naartoe werden gebracht om te voorzien in de behoefte van de vrouwen aan –

hoe had de valide het genoemd? – distinctie. Maar hij wist dat zulke sieraden een gevoelswaarde konden krijgen die een buitenstaander nooit zou zien of begrijpen. Ze konden het middelpunt worden van afgunst of jaloezie, ondanks hun intrinsieke waardeloosheid; de oorzaak van heftige ruzies, driftbuien, tranen, vechtpartijen.

De vrouwen van de sultan waren opgegroeid op schrale grond. Wat betekende de dood in de bergen? Baby's gingen dood. Vrouwen stierven terwijl ze bevielen van baby's die stierven, en mannen werden in hun rug geschoten om een ongelukkig woord – of ze haalden de honderd. De dood betekende niets: de eer telde. In de wereld van de bergen waren mensen om het geringste woord beledigd en lieten toe dat een vete uitgroeide tot bloedvergieten door de generaties heen, lang nadat de oorspronkelijke oorzaak van de vete was vergeten.

Was het mogelijk, vroeg Yashim zich af, dat een dergelijke vete was doorgedrongen in het paleis? De afstand die de Kaukasus van Istanbul scheidde was te groot. Meer dan een geografische afstand.

De slangen, wat betekenden die? Rond en rond gingen ze, terwijl ze onophoudelijk elkaars staart inslikten: een symbool van de eeuwigheid, nietwaar, dat voortkwam uit de goddeloze hocus pocus die door de sjamanen in de bergen werd verkondigd.

Yashim zuchtte. Hij had het gevoel dat hij problemen oprakelde die niet bestonden, moeilijkheden veroorzaakte waar dat niet nodig was. Hij verspilde zijn tijd. Het enige wat hij had bereikt was dat de vijandschap tussen Asoul en de kislar aga, die hij over en weer zag schieten, heviger was geworden.

'Zo is het genoeg,' zei hij. Hij boog naar de zwarte eunuch en trok hem bij zijn arm opzij. 'Nog vijf minuten, kislar. Geef me die. Alleen.'

Terwijl hij in zijn bloeddoorlopen ogen keek, vond Yashim het moeilijk te peilen wat hij dacht.

De kislar gromde.

'Je verspilt je tijd,' zei hij. Zijn ogen gleden langs Yashim en richtten zich op het meisje.

'De lala zal onder vier ogen met je spreken.' Ze keek op, uitdrukkingsloos. 'Je weet wat we van je verwachten.'

En hij verliet de kamer.

49

Asoul zag hoe de deur dichtging, richtte heel langzaam haar blik op Yashim en keek hem aan. Hij had het gevoel dat zij hem nu voor het eerst aankeek. Misschien had ze zijn aanwezigheid in de kamer niet echt geregistreerd.

'Hier,' zei hij zachtjes. 'Vang.'

De ogen van het meisje volgden de ring door de lucht. Op het laatste moment greep ze ernaar, met een snelle beweging, als een slang. Ze klemde de ring in haar vuist, gebald tegen haar borst.

'Ik heb u eerder gezien,' zei ze met een klein stemmetje.

Yashim knipperde langzaam met zijn ogen, maar zei niets.

Asoul keek omlaag en spreidde haar hand open. 'Hij zal hem weer van me afpakken,' zei ze.

'Maar ik zal hem vragen dat niet te doen,' antwoordde Yashim.

Het meisje glimlachte bijna. Een vermoeide uitdrukking vloog over haar gezicht. 'U.'

Yashim drukte zijn handpalmen tegen zijn gezicht. 'Als je

pijn hebt,' begon hij langzaam, 'als je iets verloren hebt – of iemand – ben je verdrietig, nietwaar? Soms is een verandering goed, en soms moeten we er alleen om huilen. Als je jong bent, is het moeilijk in te zien dat pijn en verlies goed kunnen zijn. Maar verdriet maakt dat we leven. De doden rouwen niet.

Zelfs hier heerst veel verdriet. Zelfs in het Verblijf der Gelukzaligheid. Het gelukkige domein.'

Hij zweeg. Asoul had zich niet verroerd, behalve dat ze de ring langzaam tussen haar vingers wreef.

'Je hoeft niets te zeggen, Asoul. Niet nu. Niet tegen mij. Het verdriet is van jou, en van jou alleen. Maar ik wil je iets anders geven, behalve die ring.'

Asoul keek op.

'Goede raad.' Yashim boog zijn hoofd, zich afvragend hoeveel hij zou kunnen zeggen. Hoeveel ze zou begrijpen. 'Er verandert niets, Asoul. De leegte wordt nooit opgevuld, de pijn is nooit helemaal voorbij. Dat is ons lot, als man of vrouw.

Je moet begrijpen, Asoul, dat bitterheid geen goede vorm van verdriet is. Verdriet heeft zijn eigen plaats, maar bitterheid dringt een wond binnen en gaat rotten. Langzaam, beetje bij beetje, sluit het je af. En uiteindelijk ben je in wezen dood, hoewel je verder leeft. Dat heb ik zien gebeuren.'

Asoul perste haar lippen op elkaar. Ze keek met knipperende ogen omlaag. 'Mag ik de ring houden?' Haar stem was zacht, onvast.

Yashim staarde naar haar en zweeg een ogenblik. Nog een paar minuten, en ze zou hem vertellen wat ze wist. En met die enkele daad van zelfverraad zou de bitterheid misschien terugkeren.

Hij legde zijn hand op de deurknop.

'Ik zal zelf met de valide praten,' zei hij.

Hij moest toch met haar praten, dacht hij. Om een belofte na te komen. Om te zorgen dat er een uitnodiging kwam.

50

Met zijn hielen schoof de seraskier naar de rand van de bank, en krabbelde overeind.

'Dat had u me moeten vertellen.' Zijn stem was afgemeten, beleefd. 'Ik heb u niet gevraagd met buitenlanders te praten. Ongelovigen.'

Yashim, die op de bank zat, legde zijn kin op zijn knieën.

'Weet u waarom ik u hierbij heb betrokken? Denkt u dat het was omdat ik discretie verlangde?' Hij wierp een woedende blik op Yashim. 'Omdat u wordt verondersteld snel te zijn. Mijn soldaten sterven. Ik wil weten wie ze vermoordt, en ik heb niet veel tijd. Het is al maandag; we hebben nog precies één week voor de militaire parade. Er zijn dagen verstreken, en u hebt me niets verteld. In de Krim was u snel genoeg. Ik wil dat hier ook zien. In Istanbul.'

De aderen op zijn slapen klopten.

'Gedichten. Ritjes in koetsen. Dat zegt me niets.'

Yashim kwam overeind en boog. Toen hij de deur had bereikt zei de seraskier: 'Die ontmoetingen waren door mij gearrangeerd.'

Yashims cape wervelde. 'Ontmoetingen?'

De seraskier stond voor het raam met zijn handen op zijn rug. 'Ontmoetingen met de Russen. Ik heb de taak op me genomen ervoor te zorgen dat mijn jongens een opleiding krijgen. Presenteer het geweer en salueer naar je superieuren! Mooi. Leren hoe je een kanon laadt of hoe je exerceert als een Fransman? Dat is maar de helft van het verhaal. Op een dag moeten we vechten tegen de Russen. Of de Fransen. Of de Engelsen.

Wat denken ze? Hoe strijdlustig zijn de soldaten? Wie zijn

hun helden? Je kunt veel leren als je iets weet over de helden van een ander.'

De seraskier liet zijn knokkels kraken.

'Ik zou kunnen doen alsof die dingen niet belangrijk zijn. Er was een tijd dat wij onze vijanden op het slagveld tegemoet traden en hen onder onze laarzen verpletterden. We hadden een uitstekend leger. Maar de tijden zijn veranderd. We zijn niet zo snel als vroeger, en de vijand is sneller geworden.

We kunnen ons niet veroorloven hen te negeren – de Russen, de Fransen. Ja, zelfs van die Egyptenaren kunnen we iets leren, maar niet als we hier in Istanbul aan waterpijpen lurken en proberen te bedenken hoe ze zijn. We hebben de plicht op pad te gaan om erachter te komen wat ze denken.'

Yashim krabde aan zijn oor. 'En u denkt dat uw officieren dit te weten kunnen komen door koffie te drinken met de Russische militair attaché?'

De seraskier dacht: hij is geen militair. Hij is niet eens een man.

Hij sprak met overdreven nauwkeurigheid. 'U vroeg me laatst of ik Frans sprak. In feite spreek ik geen Frans. Tegenwoordig hebben we een boek, een woordenboek, waarin alle woorden in het Turks en in het Frans staan, zodat onze soldaten een paar Franse leerboeken kunnen lezen. Dat boek bestond helemaal niet toen ik jong was. Behalve de officieren die we in dienst nemen om onze soldaten te trainen, heb ik nooit een Fransman ontmoet. Of een Engelsman, of een Rus. En al helemaal nooit een van hun vrouwen. Natuurlijk niet. Ik zou niet weten hoe ik...'

Hij brak zijn zin af en hief zijn handen ten hemel.

'Hoe ik me moest gedragen. Hoe ik met hen moest praten. Begrijpt u? Dertig jaar geleden zou die gedachte niet bij me zijn opgekomen. Nu denk ik er voortdurend aan.'

'Ik begrijp het.' Yashim voelde een golf van medelijden voor de seraskier, met zijn westerse uniform, zijn efficiënte laarzen en zijn dichtgeknoopte tuniek. Het waren symbolen die hij verdroeg, zonder precies te weten waarom, als een van die simpele zielen in de bazaar, die geloven dat een medicijn pas werkt als het pijn doet. Magische laarzen, magische knopen. Ferenghi-magie.

'De dingen veranderen snel. Zelfs hier.' De seraskier streek met zijn hand over zijn kin, terwijl hij Yashim gadesloeg. 'De sultan begrijpt dat onze militaire parade hem een goede gelegenheid verschaft. Aanstaande maandag komt de hele stad kijken. Het volk ziet de banier van de Profeet wapperen aan het hoofd van de troepen. Het gerinkel van de cavalerie, het geschitter van koper, mooie paarden. Ze zien lange rijen soldaten in de pas marcheren. Hoe ze op het ogenblik ook over ons denken, ze zullen ontroerd zijn. Ze zullen onder de indruk zijn, dat weet ik zeker. Sterker nog: ze zullen trots zijn.'

De seraskier hief zijn hoofd op, samen met het volk, en zijn neusvleugels waren wijd opengesperd, alsof hij die trots al in de lucht kon ruiken.

'Tegelijk met de militaire parade zal de sultan een nieuw edict uitvaardigen. Een edict dat ons allemaal zal meevoeren in de richting die hij voor ogen heeft. Het is aan ons hem te steunen. Te proberen de goede dingen te begrijpen die we van de ongelovigen kunnen leren. Zelfs door een kopje koffie te drinken met de Russen, zoals u zegt.'

Maar Yashim was opgehouden met luisteren. 'Een edict?'

De seraskier dempte zijn stem. 'Ik kan het u net zo goed vertellen. In allerlei gebieden zullen veranderingen worden doorgevoerd. Gelijkheid van alle mensen onder één enkele wet. Regering. Ministers in plaats van pasja's – die dingen. De regering zal dezelfde weg inslaan als het leger, dat hervormd is volgens westerse principes, en dat is natuurlijk niet genoeg.'

Yashim voelde zich vernederd. Wat wist hij nou eigenlijk? Over zes dagen een keizerlijk edict. Een aanzet tot verandering. Met moeite duwde hij de aanstormende gedachten weg.

'Waarom de Russen? Waarom stuurt u onze jongens er niet op uit om thee te drinken met de Engelsen? Of wijn te drinken met de Franse ambassadeur?'

De seraskier wreef met zijn hand over zijn enorme nek. 'De Russen... waren meer geïnteresseerd.'

'En dat vond u niet verdacht?'

'Ik ben niet naïef. Ik nam een risico. De jongens van de Garde waren... hoe moet ik het zeggen? Beschermd. Ik dacht dat het veiliger was ze nu een paar fouten te laten maken, in Istanbul, dan ze later onwetend naar het slagveld te sturen.'

Toch zouden ze een gevecht wellicht hebben overleefd, dacht Yashim.

In Istanbul hadden ze geen schijn van kans.

51

De man die moordt in het donker is niet bang voor het donker.

Hij wacht erop. Je kunt erop rekenen, het komt altijd.

Het donker is zijn vriend.

Hij had blote voeten, zodat hij geen geluid zou maken. Hij wist dat hij geen geluid zou maken.

Jaren geleden was hij een van de stille soldaten. Een van de elite. Nu zag hij hoe het daglicht langzaam wegstierf boven het rooster boven zijn hoofd. Over vier uur zou hij het rooster even gemakkelijk en geluidloos als een veertje oplichten en aan zijn werk beginnen. Maar nu zou hij wachten.

Hij herinnerde zich de dag dat hij werd uitgekozen. De kolonel zat met een roos op zijn schoot en een blinddoek voor zijn ogen in het midden van de hal in de kazerne en daagde de soldaten een voor een uit naar hem toe te komen. De roos pakken – en naar zijn plaats terugkeren. De beloning: een aanstelling bij de sappeurs.

De stenen vloer van de hal was bezaaid met gedroogde kikkererwten.

Niemand had de handigheid die hij bezat, of zijn geduld. Zijn zelfbeheersing. Een of twee anderen bereikten de roos, maar hun gretigheid verried hen.

Ze leerden hem hoe hij in het donker moest bewegen zonder geluid te maken. Dat was gemakkelijk.

Ze leerden hem hoe hij onder de grond moest leven. Ze begroeven hem levend, ademend door een rietstengel.

Ze legden hem uit hoe de schaduwen werkten, wat het oog kon zien, wat het verschil was tussen de ene beweging en de andere.

Ze gaven hem de opdracht een schaduw te zijn. Te leven als een rat. Te werken als een mineur. Te doden als een slang.

Geduld. Gehoorzaamheid. De tijd, zeiden ze, is een illusie: de uren verstrijken als seconden, seconden lijken soms een leven lang te duren.

Centimeter voor centimeter voortkruipen achter de vijandelijke linies. De loopgraven ondermijnen als een rat. Luisteren of hij de vijandelijke sappeurs hoorde, de tegenmijnen, het kraken van de stutten. Het donker opzuigen als een tweede huid. Moorden in stilte.

En als hij gevangen werd genomen – dat gebeurde, ver vóór de frontlinies – niets zeggen. Niets geven.

Ze zeiden toch al niet veel. Dat paste ook bij hem, hij was

nooit een prater geweest. De sappeurs waren de stille soldaten.

Hij had geen vrienden nodig gehad toen hij bij het korps zat. Hij hoorde erbij. Hij deelde hun geloof. En het geloof sleepte hem erdoor. Door de nauwe tunnel. Voorbij de verkrampte spier. Door de angst en de paniek naar het tijdloze en onbeweeglijke centrum van alle dingen.

Toen kwam het verraad. Het bombardement van de kazerne. Stof, neerstortende balken, splinters van steen. Een muur die in de lucht hing voordat hij viel. Hij herinnerde zich dat moment: een hele muur van twaalf meter hoog die van zijn fundering werd geblazen en wegzeilde, alsof hij in de lucht hing.

Hij herinnerde zich hoe de muur boog en golfde als de flanken van een galopperend paard. Alsof de lucht zelf even dik was als water. Dat moment leek een eeuwigheid te duren.

Daardoor kreeg hij ruimschoots de tijd om een holte te vinden en zichzelf op te rollen.

Als een man in een graf. Maar niet dood. Ademend door een spleet in het puin. Zich van top tot teen geleidelijk een weg banend door het puin, als een worm die naar boven kruipt voor de dauw.

Het rooster boven zijn hoofd was nu onzichtbaar. Toch kon de sappeur het zien door zijn hoofd een fractie van een centimeter te bewegen. Door het licht te gebruiken dat niemand anders kon zien.

Hij hief zijn hoofd op. De tijd was gekomen.

Geduld was het enige wat telde.

Gehoorzaamheid was het enige wat telde.

Er zouden mensen sterven. Er moesten mensen sterven.

Alleen de dood zou de wedergeboorte van het keizerrijk rechtvaardigen.

Alleen een offer kon de heilige schrijnen zuiveren en beschermen.

De vier pilaren van de karagozi.

De moordenaar tastte in zijn buidel. Hij raakte de grond aan met zijn handpalm.

Toen kwam hij in beweging, als een kat.

52

Yashim boog zich naar voren en keek strak naar bladzijde 34 van *Les liaisons dangereuses.* Maar het had geen zin. Het boek lag al een halfuur opengeslagen op dezelfde bladzijde.

Van wie zou de wet zijn? Zou het lijken op de Frankische wetten, die de Grieken toestonden een eigen land te hebben, maar de Polen dit genoegen ontzegden? En zou het even goed werken in de hooglanden van Bulgarije als in de woestijnen van Tripolitana?

Een noodzakelijke sprong? Misschien. Eén enkele wet voor iedereen, ongeacht zijn geloof, zijn taal, zijn afkomst. Waarom niet? Hij betwijfelde of zoiets heiligschennis zou zijn, maar... velen zouden denken van wel.

Terwijl hij over deze kwesties nadacht, vroeg Yashim zich af wie er nog meer iets wist van het edict. De sultan en zijn viziers, natuurlijk. De hooggeplaatste hoogwaardigheidsbekleders, ongetwijfeld, zoals de seraskier zelf. De religieus leiders – de moefti, de rabbi, de patriarch? Waarschijnlijk. Maar de lagere echelons – zeg, de priesters en de imams? Nee. De gewone mensen in de stad ook niet. Voor hen zou het als een verrassing komen. Net als voor hem.

Hij sloeg het boek dicht en deed zijn ogen toe, achterovergeleund op de bank.

In de afgelopen uren had hij alles tien keer overdacht. Er waren moeilijkheden op komst, dat was zeker.

Maar er was ook nog iets anders.

Hij wist dat er iets was, als een gezicht in een mensenmenigte. Iets wat hem was ontgaan.

53

De man ging plotseling rechtop zitten.

De moordenaar dacht: hij ruikt me. Dat maakte het geheel interessanter. Hij was getraind te infiltreren als een geur, niet als een man. Nu hing die geur om hem heen.

De man snoof.

Klik.

Heel langzaam kwam de man overeind. Een mes in zijn hand.

Waar was dat nu vandaan gekomen?

De moordenaar glimlachte. Hij tastte in zijn buidel. Zijn vingers sloten zich om iets hards.

De man met het mes stond gebogen en stak zijn nek uit.

'Wie is daar? Wat wil je?'

De moordenaar verroerde zich niet.

Een briesje streek langs het gerafelde gordijn bij het raam en liet het wapperen. De man met het mes draaide zich snel om, en toen weer terug. Hij tuurde in het donker.

Hij stak zijn nek uit. Heel langzaam draaide hij zijn hoofd.

Hij probeerde iets te horen.

De moordenaar wachtte. Keek.

Het hoofd van de man bewoog zich verder dan halverwege zijn bereik.

De moordenaar maakte een snelle polsbeweging en het touw slingerde door de lucht. Hij trok het terug met een woeste grom en de man met het mes werd met een ruk omvergegooid, terwijl hij met beide handen naar zijn hals greep.

De moordenaar trok nog eens keihard aan het koord.

De man maaide met zijn armen door de lucht, op zoek naar het touw om het door te snijden. De moordenaar kwam uit de schaduw te voorschijn en duwde hem op de grond. Hij ving de pols met het mes en plantte zijn duim als een wig tussen de pezen: het mes kletterde op de grond toen de hand verkrampt losliet.

De moordenaar zat nu wijdbeens boven op hem. Hij bracht een hand naar zijn riem en liet daar een houten lepel tussenuit glijden.

De man op de vloer was bezig te stikken.

De moordenaar liet het touw een ogenblik vieren. Zijn slachtoffer hapte sidderend naar lucht, maar het uitstel was bedrieglijk. De moordenaar schoof de houten lepel onder het touw door en begon hem rond te draaien.

54

Een dikke man, die het liefst in slaap zou vallen, voelde dat hij van het bed werd gerold en op de grond viel. Hij deed zijn ogen open en zag een paar vrouwenvoeten.

'Alles goed, jochie? Hier is je kloffie. Trek maar aan, liefie, ik ben klaar. Schiet op.'

De dikke man hees zich slaperig in zijn gewaad. Wegwezen, dacht hij. Vijf op de tafel, hij zou weg zijn voor ze het wist.

De vrouw keek toe hoe hij de deur uit glipte.

Ze was klaar voor vannacht. Klaar met werk van buitenaf, in elk geval. Er zou nu niemand meer komen.

De man boven zou weten dat de laatste klant was vertrokken. Ze moest nog één nummertje maken – het ergste.

Met de lamp in haar hand liep ze de trap op. Boven aan de trap stond ze stil, ze hoorde niets.

Heel langzaam duwde ze de deur open. De kamer stonk vreselijk.

Zachtjes stak ze haar hoofd om de deur. Ze hield haar hand, die het kleine lampje droeg, voor zich uit; de schaduwen flakkerden door de kamer.

Een paar maanden geleden was de vrouw van haar geloof gevallen. Ze had gebedeld, ze had gebeden, ze had God iedere nacht gesmeekt, en bij elke dageraad had ze hetzelfde antwoord gekregen. Dus had ze Hem vervloekt. Er veranderde niets. Uiteindelijk was ze Hem vergeten.

Maar wat ze nu zag leek een openbaring.

'Godzijdank,' zei ze.

55

Yashim liep bij het krieken van de dag de heuvel af naar de watertrap, met het briefje dat de kadi vlak na het ochtendgebed had geschreven in zijn hand geklemd. Toen hij zich op de bodem van de boot had geïnstalleerd, was het briefje slap geworden van de dampende ochtendmist van Istanbul, iets tussen mist en motregen in, maar hij hoefde het niet nog eens te lezen.

Terwijl de roeier ijverig aan zijn zware riemen trok en de kaïk naar de kaap van het serail liet glijden, maakte Yashim zich klein op het paardenharen kussen en liet zijn gewicht werktuiglijk op zijn linkerarm rusten om de gammele boot in evenwicht te houden. Een houten lepel, had de kadi geschreven: aangezien hij pas gisteren had gezien hoe die zak met botten en houten lepels op zijn vloer was uitgestort, had de samenloop van omstandigheden hem doen besluiten Yashim in te lichten.

Twintig minuten later draaide de roeier de kaïk en meerde hem netjes aan bij de trappen van Yedikule, in een wirwar van roeislagen en kreten.

Zodra Yashim de kleine man languit met zijn gezicht naar beneden in de modder zag liggen met een houten lepel stevig vastgebonden aan zijn nek, wist hij dat dit niet de vierde cadet was. De handen van het lijk zaten ter hoogte van zijn oren, zijn knieën waren enigszins gebogen en er zat een bult op zijn rug, waardoor het eruitzag alsof hij gewoon omlaagkeek in een kuil in de modder.

Yashim rolde het lijk op zijn rug en keek naar zijn gezicht.

De starende oogballen. De uitpuilende tong.

Hij schudde zijn hoofd. De nachtwacht, die een paar uur lang op zijn hurken dicht bij het lijk had gezeten, spuugde op de grond.

'Kent u hem?'

De nachtwacht haalde zijn schouders op. 'Zukke dingen gebeuren, nietwaar?' Hij wierp een blik op het lijk, en klaarde op. 'Ja, goeie vent en zo. Deed sommige kerels een plezier. Vrouwen en zo, weet je.'

Hij krabde op zijn hoofd.

'Maar wel bikkelhard.' Zijn simpele geest schakelde in z'n achteruit. 'Iets te grof, als je het mij vraagt. Ze vonden hem niet aardig, de vrouwen dan.'

Yashim zuchtte. 'Die vrouwen. Bedoelt u dat hij een bordeel dreef?'

'Ja. Rare vent om te zien, ook.'

Yashim liep weg, tot aan zijn enkels door de modder soppend. Boven aan de kade zag hij een poort naar een binnenplaats. Hij baande zich een weg door de rotzooi op de grond naar een pomp. Hij zwengelde aan de hendel. Een dun straaltje bruin water sijpelde uit de tuit.

De mensen in de appartementen rond de binnenplaats werden wakker. Er rammelde een luik en een vrouw boog zich uit een raam op de bovenverdieping.

'Hé, wat doe je daar?'

'Ik was mijn voeten,' mompelde Yashim.

'Ik gooi deze emmer leeg, dus kijk maar uit.'

Yashim maakte haastig dat hij wegkwam, met de modder nog steeds aan zijn schoenen. Wat een smerige buurt was dit!

Hij sloeg een hoek om, in de hoop een rijtuig of een draagstoel te vinden. Het leek wel of er in iedere deuropening een haveloze bedelaar of een snurkende dronkaard lag: sommigen staarden wezenloos naar Yashim terwijl hij langsliep. De cafés werden verondersteld om middernacht te sluiten, maar Yashim wist dat ze meestal openbleven zolang er mensen waren die geld te verteren hadden. Uiteindelijk werden de laatste klanten de straat op gegooid wanneer hun geldbuidels leeg waren en hun buik vol. Hij kon niet begrijpen wat daar leuk aan was. Preen had hem ooit tegengesproken en gezegd dat ze hield van cafés, met hun mengeling van gelukkige en bedroefde mensen.

'Afgezien van de dronkaards weet je nooit wie je tegenkomt, of waarom hij daar is. Iedereen heeft een verhaal. Ik hou van verhalen,' had ze gezegd.

Een groot deel van die verhalen eindigde op die manier, dacht Yashim, in een plas van je eigen kots in een koud portaal. Of dood, met je gezicht in de modder, zoals die gebochelde bordeelhouder die hij net had gezien, die goed in deze buurt paste.

Had Preen zich eigenlijk niet laten ontvallen dat ze met een bochelaar had gepraat?

Een vuile havenrat die haar een smerig gevoel had gegeven.

Die haar had verteld over de ontmoeting tussen de cadetten en de Rus in de Yeyleyi-tuinen.

Haar informant.

En daar in de modder lag een gebochelde pooier die net was vermoord.

Zelfs in je wildste fantasieën kon hij niet het slachtoffer zijn van een moord uit hartstocht. De klap die te hard aankwam. Het vleesmes dat gewoon voor het grijpen lag.

Nee. Dit was een professionele moord. Iemand die moordde met een stuk touw – en een houten lepel.

Yashim zette het op een lopen.

56

In elke stad zijn buurten die op de grens van het fatsoen balanceren, ongeacht het feit dat ze dicht bij het dure, begerenswaardige centrum liggen. Hoe ruim de huizen ook zijn, hoe gerieflijk ze ook lijken, ze zijn altijd op een ondefinieerbare wijze bezoedeld door een onophoudelijke stroom huurders op doortocht: mensen die een kamer voor een week huren, of zelfs voor een nacht; mensen die komen en gaan, die al of niet terug zullen komen, wier bezigheden te vluchtig en onduidelijk zijn om goed begrepen te worden. Niemand vraagt ernaar. Er wordt niets verondersteld. Diensten worden altijd vooruitbetaald, en voor vertrouwen moet een meerprijs worden betaald. De prijzen liggen altijd iets hoger dan elders, maar de klanten zijn tevreden omdat ze zichzelf een lange wandeling kunnen besparen, of ze weten niet beter, omdat ze vreemdelingen zijn.

Maar Preen was een soort vaste bewoner en betaalde een dienovereenkomstige huur. Haar huisbaas had niets te klagen: hij wist nauwelijks van haar bestaan af, aangezien hij naar het café werd gestuurd, waar hij de hele dag triktrak zat te spelen met andere oude kerels en alleen naar huis werd geroepen als zijn vrouw een nieuwe aspirant-huurder moest doorlichten of een recalcitrante huurder de stuipen op het lijf moest jagen. De huisbazin van Preen bewaarde haar waardigheid; het grootste deel van haar taak verrichtte ze schreeuwend vanachter een getraliede deur aan de voet van de trap. Er was een klein raampje dat de mensen konden gebruiken om haar te betalen: zij hielden het geld voor het gat en de huisbazin griste het weg. Als ze een kijkje moest nemen, drukte ze haar oog tegen het traliewerk. De kamer achter haar was betrekkelijk donker.

Nu keek ze naar een kleine neger die worstelde met een juk, waaraan twee zwaaiende porseleinen pispotten hingen. Zonder te letten op de ogen die hem vanachter de deur gadesloegen, droeg de man zijn last langs de deur en rende met kromme benen het plein op. De huisbazin volgde zijn bewegingen met jaloezie en ergernis.

Niet dat de huisbazin zelf elke ochtend menselijke uitwerpselen naar het riool wilde slepen. Alleen de kleine zwarte man die ze in dienst had genomen om deze taak te verrichten wist wat er in huis gebeurde, lang voordat zij het wist.

De pispottendrager keerde terug met de lege potten en zette ze op een rij naast de andere om te drogen. Hij richtte zijn blik op het traliewerk.

'Drie kerels in nummer 5. In 8 is niet geslapen, maar het rook erg smerig.'

De huisbazin zoog haar lippen naar binnen en stak ze weer naar buiten. Nummer 5 was voor een week verhuurd aan één man. Ze zou hem te grazen nemen als ze later probeerden weg te glippen. Wat betreft nummer 8, het was niet de eerste keer dat die de hele nacht wegbleef. Een smerige stank was de reden dat ze haar huurders trachtte te overreden geen eten mee naar huis te nemen.

Als ze tijd had, zou ze erheen gaan en zich ontdoen van datgene wat in Preens kamer lag te rotten, dacht ze.

Er kwam een man binnen via de buitendeur. Ze herkende hem als een vriend van nummer 8.

Ze klopte met haar knokkels op het traliewerk.

'U kunt uzelf de trappen besparen,' zei ze schor, op een vriendelijk bedoelde toon. Nummer 8 was haar beste huurder. 'Ze is uitgegaan.'

Yashim keek met halftoegeknepen ogen naar het traliewerk.

'Vanochtend uitgegaan, bedoelt u?'

Dat was zeer onwaarschijnlijk. De pottendrager pakte grinnikend een mop en begon daarmee rond te scharrelen in de gang.

'Geen idee,' antwoordde de huisbazin. 'Ze is er nu niet. Ik kan haar laten weten dat u op bezoek bent geweest, efendi.'

'Ja, graag. En geeft u haar deze boodschap, wilt u?' Hij scheurde een blaadje uit een notitieboekje dat hij bij zich had, krabbelde een paar woorden en vouwde het op. De klep in het traliewerk klapte omlaag en een verschrompelde hand schoot naar buiten om het papier te pakken.

'Het is belangrijk dat ze dit zo vlug mogelijk krijgt,' voegde Yashim eraan toe. 'U weet niet waar ze naartoe is gegaan?'

'Ik zal zorgen dat ze het krijgt,' zci dc huisbazin resoluut.

Yashim twijfelde. Kon hij nog iets anders doen? Hij overwoog naar boven te gaan om een boodschap achter te laten in haar kamer, maar het oude wijf achter het traliewerk had de boodschap, en de zwarte bediende had de gangvloer vóór hem al natgemaakt.

Hij zei gedag tegen het traliewerk en liep naar buiten, de straat op.

57

Het was al donker toen Preen terugkwam bij de huurkazerne. Niet dat ze vandaag veel had gedaan: gisteravond was ze actief geweest, op een vrijgezellenavond waar alcohol werd geschonken. Preen had zich laten overhalen zelf een glaasje te drinken, na het dansen. Hiermee had ze een van haar gouden regels gebroken, maar zelfs gouden regels moeten gebroken worden, had ze gedacht, toen ze het ene drankje na het andere kreeg terwijl de aanstaande bruidegom haar opgewonden vragen stelde over de huwelijksnacht.

Dus was ze blijven slapen, en ze was laat wakker geworden met een kater. De andere gasten waren al een tijd geleden vertrokken en hadden de bruidegom meegenomen: ze had een vage herinnering aan het geluid van onderdrukt gelach en gekreun op de vroege morgen, waarna ze zich op haar andere zij rolde en opnieuw in slaap viel. Een heel dikke Armeense vrouw had, snuivend van afkeuring, koffie voor haar gezet, en Preen had de rest van de dag doorgebracht in de baden met een handdoek om haar hoofd.

Op weg naar huis had ze een zoet broodje gekocht, maar de kater had al haar eetlust verdreven en ze knabbelde alleen aan een hoekje, voordat ze aan de verkoper vroeg om het voor haar in te pakken. Het zat in haar tas, maar eigenlijk wilde ze alleen maar naar boven om te slapen. Ze duwde de buitendeur open en haar huisbazin klopte onmiddellijk op het traliewerk.

'Boodschap voor u,' gilde ze. Het luik klapte omlaag, en Preen zag haar hand naar buiten schieten met een opgevouwen briefje.

'Dank u,' zei ze. 'Mag ik een kaars?'

'Dringend, noemde hij het. Het was die heer, die vriend van u die hier laatst was. Beschaafde spraak. Alstublieft.'

Ze bedoelt Yashim, dacht Preen terwijl ze de kandelaar aanpakte. Zoals gewoonlijk was de kaars slechts een stompje: de huisbazin was heel krenterig in die dingen. Ze vroeg zich af of ze op haar schreden moest terugkeren en proberen of ze Yashim direct kon vinden: ze was beslist niet in staat het briefje te lezen, maar ze wilde niet dat haar huisbazin dat wist.

Misschien zou ze de straat op zijn gegaan om Yashim te zoeken als ze niet met een kaars in de hand aan de voet van de trap had gestaan. Of als de huisbazin er niet aan had toegevoegd, op een toon die voor vertrouwelijk moest doorgaan, dat ze blij zou zijn als iedereen eraan zou denken geen eten naar boven mee te nemen – de stank in haar kamer had de schoonmaker gehinderd.

Preen liep langzaam de trap op. In deze tijd van het jaar tochtte het altijd in huis en het kaarsje moest afgeschermd worden. Op de tweede verdieping sloeg ze links af een lage gang in, langs twee deuren, die allebei dicht waren, waarachter het stil was, om de smalle wenteltrap te bereiken die naar haar eigen deur leidde. Ze liep langzaam naar boven, langs de scherpe bocht die ze altijd onprettig vond omdat die haar op een of andere manier afsloot van de rest van het huis, waardoor ze zich opgesloten voelde. Ze wierp een blik omhoog en zag de deur. De schaduwen flakkerden in het nauwe trappenhuis als een troep wilde apen.

Ze stond stil en snoof. Er hing een smerige lucht, zoals de huisbazin had gezegd. Voor het eerst vroeg ze zich af wat het zou kunnen zijn. Misschien was er een rat doodgegaan onder de vloerplanken. Ze huiverde en stak haar vinger uit.

Er was nog iets wat ze niet prettig vond aan die trap en die deur: ze moest haar vinger in het donkere gat steken om de grendel aan de binnenkant omhoog te duwen.

Het leek alsof je een vinger in een donkere mond stak.

58

Nadat hij zijn boodschap bij de huisbazin van Preen had achtergelaten was Yashim weer naar het keizerlijk archief gegaan. Bij daglicht, met een bleek winterzonnetje dat door de hoge ramen schemerde, zag de ruimte er gewoner uit en was de sfeer matter. Er was ook nog een andere oorzaak voor de verandering. Er waren verscheidene dienstdoende archivarissen, maar Ibou, de Sudanese jongen, was er niet bij. De bibliotheekengel, dacht Yashim.

De hoofdarchivaris was een sombere kerel met een druipsnor, geen eunuch maar een overjarige student van de paleisschool.

'De islamitische rijksraad houdt zitting,' legde hij droefgeestig uit. 'Kom vanmiddag maar terug.'

Maar Yashim had geen zin om die middag terug te komen. 'Het is dringend,' zei hij.

De archivaris staarde hem met droevige ogen aan. Hij trok een gezicht alsof hij eindeloos misbruikt werd, maar Yashim vermoedde dat hij gewoon lui was.

'Helpt u me nu. U kunt het werk onderbreken als er opdrachten komen van de viziers.'

De archivaris knikte langzaam, terwijl hij zijn wangen liet bollen. 'Stel uw verzoek op schrift. We zullen zien wat we kunnen doen.'

Yashim leunde met zijn ellebogen op de leestafel en kauwde op een potlood. Uiteindelijk schreef hij: Brandweertorens in Istanbul. Bijzonderheden over de locaties. Toen, bij nader inzien, voegde hij eraan toe: Resumés van renovatie/onderhoudskosten 1670-1750. Zo was wellicht de kans groter dat er boven water zou komen wat hij wilde weten.

De archivaris nam het strookje papier met een korte brom in ontvangst, maar deed geen poging het te lezen. Het lag meer dan twintig minuten op zijn bureau, terwijl hij door een boek in kwartoformaat met cijfers bladerde en Yashim bij de ingang liep te ijsberen. Uiteindelijk pakte hij het op, wierp er een blik op en luidde een bel.

Zijn ondergeschikten bewogen zich voort in navolging van de monumentale verveling van hun meester; ze schudden hun hoofd en keken Yashim zo nu en dan aan alsof ze hem ervan verdachten alleen te zijn gekomen om hen dwars te zitten. Ten langen leste verdween er een van hen tussen de boekenkasten. Hij bleef ongeveer een uur weg.

'Niets specifiek over locaties. Er zijn twee boekdelen met cijfers over de brandweer in het algemeen. Ze overlappen de tijdsperiode die u hebt aangegeven. Wilt u ze zien?'

Yashim onderdrukte de neiging om de man aan zijn neus te trekken.

'Ja, graag,' zei hij effen.

De archivaris schuifelde weg. Hij kwam terug met twee verrassend kleine boeken, kleiner dan Yashims hand en gebonden in blauwe stof. Het oudste boekje, dat grofweg de periode besloeg van het begin van de zeventiende eeuw tot 1670, was heel erg versleten, en de katernen die de bladzijden met elkaar verbonden waren zo vergaan dat de bladzijden bij bosjes van hun plaats gleden en dreigden geheel en al uit de band te vallen.

De archivaris fronste zijn wenkbrauwen. 'Ik weet niet of we u kunnen toestaan dit boek te bekijken,' begon hij.

Yashim sprong uit zijn vel.

'Ik heb niet de hele ochtend gewacht om te horen te krijgen dat ik niet in staat ben een paar bladzijden van een boek in de juiste volgorde te houden. Ik ga hier naar het boek kijken, op de bank. Ik zal er niet mee wapperen, schudden, of het in de lucht gooien.'

Bij nader inzien waren de boeken een teleurstelling. Na een halfuur had Yashim maar drie aantekeningen ontdekt: twee over de Stamboul-toren, die twee keer was afgebrand, en een derde, die slechts in de vaagste bewoordingen refereerde aan de brandweertorens, zonder ze te nummeren of hun namen te noemen. Er waren aantekeningen gemaakt in vele handschriften, waardoor het een bijzonder inspannende en frustrerende taak was om de oudere aantekeningen te ontcijferen.

Terwijl hij probeerde een aantekening in een bijzonder ouderwets handschrift te ontcijferen, dacht Yashim ineens aan zijn boodschap voor Preen. Hij had duidelijk genoeg geschreven, en als ze zijn goede raad had opgevolgd zat ze nu waarschijnlijk veilig in een hoekje van het café in de Kara Davut, terwijl ze op hem wachtte en mannen uitdaagde naar haar te kijken. Die gedachte deed hem glimlachen, maar plotseling stierf zijn glimlach weg.

Hij had een waarschuwing geschreven aan Preen, met duidelijke instructies. De poëzie van het geschreven woord onderdrukkend, de lussen van zijn handschrift overdreven duidelijk vormend, had hij een paar regels geschreven die iedereen kon lezen, zelfs een kind.

Zelfs een kind, alleen...

Alleen een kind dat kon lezen en schrijven.

59

Huiverend stak Preen haar vinger in het kleine zwarte gat in de deur en boog hem omhoog, tastend naar de smalle houten deurklink.

Ze voelde hem rusten tegen haar nagelrand en duwde hem omhoog. Terwijl de deur openzwaaide, blies een plotselinge tochtvlaag, bezoedeld met de onaangename zoete geur van rot vlees, de kaars in haar hand uit. Ze slaakte een kreet van ontzetting en deed een stap achteruit in het donker.

De openzwaaiende deur sloeg tegen de zijmuur. Op datzelfde moment voelde Preen iets rakelings langs haar gezicht zoeven, met een gonzend geluid als een insect tegen haar huid. Ze trok haar hoofd met een ruk achteruit, struikelde, en verloor haar evenwicht op de bovenste tree van de donkere trap. Ze viel met een smak achterover, stuiterde tegen de achtermuur en tuimelde zijwaarts de smalle trap af.

Preen kwam zwaar gekneusd in een knoop op de grond terecht, met haar gezicht op de gangvloer. Haar rechterarm bonsde. Een paar seconden lang bleef ze onbeweeglijk liggen, terwijl ze alleen het geluid hoorde van het bonzende bloed in haar hoofd en haar hijgende ademhaling. In het donker klonk dat griezelig luid.

Maar toen hoorde ze een gedempt gekraak achter haar op de trap, vlak bij haar voeten. Het klonk alsof iemand probeerde of de houten traptree zijn gewicht kon houden.

Het geluid van iemand die in het donker naar haar toe kwam.

Iemand kwam de trap af, uit haar eigen kamer.

Met een krampachtige ruk trok ze haar benen op en maakte een koprol de gang in. Toen haar gewicht op haar arm terechtkwam schoot er een pijnscheut omhoog door haar schouder naar haar nek en ze sperde haar mond open om te gillen.

Maar het geluid bestierf op haar lippen.

60

Yashim, die met twee treden tegelijk de trap op rende, hoorde de dreun waarmee Preen achteroverviel. Boven aan de trap greep hij de muur beet en slingerde zich de hoek om, de gang in. Hij raakte gedesoriënteerd in het donker. Hij hoorde een andere beweging in de gang en riep: 'Preen!'

Zonder te aarzelen deed hij twee stappen vooruit in het donker. Slechts twee – maar ze redden zijn leven. Hij was nog niet verder gekomen, toen hij plotseling naar achteren werd gesmeten met een kracht die hem een paar seconden eerder van de trap af zou hebben gegooid. Hij voelde een keiharde klap in zijn gezicht die hem naar adem deed happen terwijl hij met zijn rug tegen de muur werd gesmeten.

Terwijl hij naar adem snakte, flitsten er twee dingen door zijn hoofd. Eén: dat hij te laat was. Twee: dat hij de moordenaar die hem had geslagen en die op dit moment naar beneden vluchtte, steeds een trap lager, niet zomaar zou laten ontsnappen.

Hij stak zijn hand uit en greep de trapleuning. Het was alsof hij door die beweging weer lucht kreeg in zijn borst; het volgende moment stond hij overeind. Een seconde bleef hij hijgend staan, en toen stortte hij zich met een vloek de trap af.

Hij bereikte de gang op de begane grond en stormde door de voordeur de straat op, waar hij zich op zijn hakken omdraaide en om zich heen keek. Een neger, die hij herkende van die ochtend, lag languit op de grond, terwijl hij in elke hand een po hield. Hij gebaarde met zijn hoofd en zwaaide een po over zijn schouder. Yashim zette het op een lopen.

Er waren nog steeds veel mensen op straat, en hoewel het moeilijk te zien was hoeveel, of waar ze stonden tot hij bijna bij hen was, omdat het erg donker was, was er iets aan de manier waarop de mensen schrokken en terugdeinsden toen hij naderbij kwam wat Yashim duidelijk maakte dat hij op het goede spoor was. Er rent een man door een mensenmenigte, dacht hij, en de mensenmenigte verwacht onwillekeurig dat er iemand anders op zijn hielen zit: prooi en jager, achtervolgde en achtervolger, zo oud als de mens zelf, ouder dan Istanbul. Ineens zag hij het beeld voor zich van twee slangen die elkaars staarten inslikten. Hij rende.

Hij bereikte de hoek van de straat en sloeg links af, gedreven door een hevige woede en een instinctieve drang om te klimmen, heuvelopwaarts. Gestalten deinsden achteruit toen hij dichtbij kwam. Op een hoek, verlicht door de toortsen van een koffiehuis, zag hij mensen die hun hoofden omdraaiden in zijn richting en hij dacht: ik haal hem in. Maar de straten werden smaller. Op een kruispunt van drie stegen hield hij zijn vaart in en raakte bijna het spoor bijster: maar iets vaags in de lucht, een verrotte zoete geur die hij eerder had geroken maar niet kon thuisbrengen, wees hem het spoor dat hij zocht. Hij liet een goedverlichte, verlaten steeg en een andere, waarvan hij wist dat het een doodlopende straat was, links liggen, en stormde de donkerste en smalste van de drie in. Of hij nu het spoor volgde uit instinct of toverij, of door tekens die hij niet goed kon verklaren – een lichte neiging, een voorkeur voor het donker boven het licht, een onberedeneerde en niet-weloverwogen kennis van het verschil tussen een doodlopende straat en een gewone straat die hij had opgedaan door zijn jarenlange verblijf in Istanbul –, hij wist het niet: als hij erbij had stilgestaan was hij finaal tot stilstand gekomen, want de adem kwam zijn longen binnen als een woedende hagedis: hij voelde zijn schubben rechtovereind staan en zijn klauwen krassen.

Hij zwenkte plotseling naar de muur, greep die met zijn hand vast en bleef een paar seconden zwaar hijgend staan. Voor hem uit flikkerden en glinsterden rode lichtjes in het donker, een rij straataltaartjes die verlicht werden door gloeiende kaarsen achter gekleurd glas. Hij raadde waar hij was. En op dat moment realiseerde hij zich ook waar hij naartoe ging.

En hij rende verder, met zo'n hevige, ongedefinieerde en bezielde overtuiging dat hij bij het volgende steegje plotseling naar rechts uitweek en bijna een man ondersteboven liep.

Hij botste met een dreun tegen hem aan, schouder tegen schouder, maar het deed de man tollen, en terwijl hij tolde draaide Yashim zijn hoofd om en ving een glimp op van zijn gezicht. Op het gezicht tekende zich een hele reeks uitdrukkingen af, zag hij: woede, verwarring en een plotselinge vonk van herkenning.

'De brand!' riep de man uit, bijna met een lach.

Yashim zwaaide met zijn arm en rende door, maar de man rende achter hem aan. 'Efendi!'

Yashim herkende zijn stem. En net op dat moment maakte de steeg een flauwe bocht; er brandde een licht aan het andere eind, en midden in zijn gezichtsveld ving hij een glimp op van iets wat hij al een hele tijd in zijn mond had, als de staart van een slang: een vluchtige glimp van een wegrennende man.

Achter hem klonk een stem: 'Ik heb hem gezien! Kom op!'

Yashim keek opzij, terwijl de andere man, fris voor de jacht, met lange, soepele passen naast hem verscheen.

'Murad Eslek!' zei hij hijgend. Yashim herinnerde zich de brandende straat, de man die, zwart van het roet, had gegrijnsd en zijn hand had geschud.

Toen hij een steeg bereikte waar hij links of rechts kon afslaan, twijfelde Yashim. Hij leek zijn richtingsgevoel te zijn kwijtgeraakt: de plotselinge verschijning van Eslek had hem in verwarring gebracht. Hij realiseerde zich dat hij al een hele tijd hard rende. Hij besefte dat hij de moordenaar dicht op de hielen zat – maar hij voelde zijn eigen woede en verwarring, terwijl hij met loden voeten door een gewoon straatje in Istanbul rende. Wat hij had aangezien voor inspiratie bleek plotseling iets heel gewoons te zijn: het was toeval.

'De leerlooierijen!' hijgde Yashim. Het leek alsof die geur hem tijdenlang had ontweken en hem tegelijkertijd de weg had gewezen. Hij had hem geroken op het moment dat de moordenaar boven aan de trap met een knal tegen hem opbotste. De geur had hem de straat op getrokken, hem instinctief de steegjes in gezogen, hem aangespoord om links of rechts af te slaan en nu, in het zicht van zijn prooi, werd hij erdoor omringd.

Vastberaden rende Yashim naar links, terwijl hij het gewicht dat zijn voeten moesten dragen voor het eerst voelde, op een kruispunt van kleine steegjes. Zelfs in het donker kon hij zien dat de muren om hem heen niet onafgebroken doorliepen. Hier en daar zag hij aan een flauwe gloed dat hij een woonhuis passeerde, maar het grootste deel van de tijd liep hij door het donker, totdat de steeg uitkwam op een met struikgewas overdekt gebied, waar geiten en schapen aan touwen waren vastgebonden of achter gammele hekjes stonden. Hij hoorde ze bewegen, met een zacht gerinkel van belletjes; één keer botste hij tegen een hek op, waar het laantje een bocht maakte. Zijn metgezel had hij allang achter zich gelaten; zijn prooi was nergens te zien. Nergens te ruiken.

De stank van de leerlooierijen had hem uitgewist.

61

Het eerste wat Yashim opmerkte, na de stank die hij was gedwongen in te ademen in zijn hijgende borst, was het licht.

Het licht steeg in spookachtige kolommen op uit de vaten waarin de dierenhuiden werden gegooid om gekookt en geverfd te worden. Tegen het achtergrondlicht van een woud van flakkerende toortsen steeg er uit ieder vat een pluim gekleurde damp op – rood, geel en indigoblauw – die zich met elkaar vermengden en langzaam oplosten in de donkere nachtlucht. De lucht stonk naar vet en verbrand haar, en het ergste was de allesoverheersende geur van hondenstront die gebruikt werd om het leer te looien. Een visioen van de hel.

Een hel waarin de prooi van Yashim was verdwenen.

Yashim liet zich op één knie vallen en tuurde om zich heen.

Hij had over het terrein van de leerlooierijen gehoord, en het ook geroken, maar dit was de eerste keer dat hij het met eigen ogen zag. Een hoge muur omringde een terrein dat enkele tientallen meters bestreek, waar de vaten zo dicht op elkaar geperst stonden dat de randen elkaar bijna raakten; ze waren ingebed in een verhoogde vloer van leem en beton, die vettig glom in het licht van de toortsen, zodat de leerlooiers in staat waren tussen de vaten door te lopen en met een lange stok in hun borrelende inhoud te roeren. Elk vat was gemaakt van leem en bekleed met tegels, en had een diameter van ongeveer twee meter. Hier en daar waren primitieve hijskranen neergezet om de zware bundels natte huiden in en uit de verfbaden te hijsen, en op de kruising van vier vaten, een stuk vloer dat eruitzag als een vierpuntige ster, waren ronde ijzeren roosters geplaatst voor de luchttoevoer naar de verwarmingspijpen die daaronderdoor liepen, veronderstelde Yashim. Vanaf de plaats waar hij stond waren verschillende roosters zichtbaar.

Er was geen spoor van de moordenaar te bekennen, maar Yashim wist dat hij daar was, ergens, verscholen achter de rand van een van de vaten, of roerloos tegen de beschaduwde muren gedrukt. Yashim wist bijna niets van de moordenaar, behalve dat hij in staat was in het donker te opereren: in het donker had hij zich op Yashim geworpen, in het donker had hij Preen vermoord, in de nacht was hij het huis in geslopen om de bochelaar te wurgen. Het donker, dacht Yashim, is de vriend van deze man.

Hij liet zijn blik weer over de leerlooierij gaan. Die was omringd door hoge muren: helemaal aan de overkant van de dansende kleurengloed kon hij een paar andere donkere poorten onderscheiden. Hij dacht niet dat de moordenaar tijd had gehad om die te bereiken.

Yashim richtte zijn blik op de vaten die het dichtst bij hem stonden. Hier waren de kleuren van de stoom minder fel, misschien als gevolg van de lichtval; alleen verder weg, waar de pilaren van stoom elkaar overlapten, zag je alle kleuren van de regenboog. Sommige vaten die dichtbij stonden maakten een lege indruk.

Yashim sloop in elkaar gedoken naderbij, terwijl hij de zoom van zijn cape omhooghield. Hij stapte op de verhoogde vloer. De vloer was verbazend glibberig en parelde van de druppels stoom en vet. Hij bewoog voorzichtig en zette zijn voeten met grote nauwkeurigheid neer. Hij voelde de hitte van de vaten, maar... ja, er stonden lege vaten tussen. De inhoud van elk vat werd afgevoerd, zag hij nu, door middel van een houten stop aan een ketting die omhoogliep langs de binnenkant van elk vat en vastzat aan een metalen ring bij de rand. Hij had een visioen van de moordenaar die in een van de vaten viel: net als de soldaat die dood in de kookketel in de stallen had gelegen, lang geleden.

Hij tastte onder zijn cape en haalde een kleine dolk te voorschijn uit de schede aan zijn riem. Eén seconde glinsterde het lemmet fel in het vreemde licht; het werd doffer toen de damp in de lucht condenseerde op het koude metaal. Hij hield hem voor zich uit, het heft onder zijn duim en half verscholen tussen zijn gekromde vingers, en gebruikte hem als een aanwijsstok.

Hij zette een voet boven op het rooster en voelde een stroom van hete lucht langs zijn been omhoogkomen; hij probeerde of het rooster zijn gewicht hield en voelde het, met een nauwelijks waarneembaar metaalachtig geluid, deinen. Hij duwde opnieuw, een beetje harder. Weer boog het op dezelfde manier door onder het gewicht van zijn voet, maar dit keer hoorde hij het metalen rooster duidelijk tegen de rand stoten.

Yashim deed een stap terug en bukte zich om het rooster te onderzoeken. Het had een doorsnede van ongeveer vijfenvijftig centimeter, een vlechtwerk van ronde ijzeren spijlen die ongeveer vijfenhalve centimeter van elkaar lagen. Hij keek nadenkend op. De moordenaar had heel weinig tijd gehad om zich te verstoppen. Op zijn hurken in een van de lege vaten zou hij gevangenzitten als een beer in een kuil; het zou slechts een kwestie van tijd zijn voor Yashim hem vond, en dan...

Hij stak zijn hand uit en duwde tegen het verste eind van het rooster, terwijl hij toekeek hoe het een beetje van hem weg schoof. Aan één kant was het niet goed verzonken, en door het heen en weer te schuiven berekende hij waar het steunpunt lag. Yashim liet zijn vingers langs de rand glijden en hij gromde toen ze op een kleine reep stof stuitten niet groter dan een vingernagel dat omhoogstak vanuit een las.

Hij stond op en deed voorzichtig een stap achteruit om een vlammende toorts uit een houder in de muur te pakken. Hij keek nog een keer de leerlooierij rond, maar er bewoog niets. Hij knielde neer bij het rooster en duwde de toorts tegen het traliewerk.

Tunnels. Deze roosters waren vermoedelijk meer dan luchtgaten: ze dienden waarschijnlijk ook als toegang tot een netwerk van tunnels waar de leerlooiers de vuren moesten opstoken die het water in de vaten aan de kook brachten. Het was mogelijk dat de moordenaar hierdoor naar beneden was gesprongen, de tunnels in: in de haast was hij met een hoek van zijn mouw blijven haken in de las toen hij het rooster boven zijn hoofd teruglegde.

Het is al gezegd dat Yashim redelijk dapper was, maar dat gold alleen wanneer hij over de dingen nadacht.

Zonder een seconde na te denken tilde hij het rooster op en zwaaide zijn benen in de schacht. Het volgende moment zat hij op zijn hurken op de bodem, ruim anderhalve meter lager, en tuurde stomverbaasd naar het schouwspel dat onthuld werd in het flakkerende licht van zijn toorts.

62

De moordenaar bleef even op handen en voeten staan om op adem te komen. Sterk – ja, hij was erg sterk. Maar dat rennen was meer iets voor een jongere man, een man in goede conditie. De afgelopen tien jaar had hij niet in die zin getraind.

Vooruit, zei hij tegen zichzelf. Kruip weg, onder het rooster vandaan. Voor het eerst in achtenveertig uur voelde hij zich moe. Vervloekt.

De missie was mislukt. Hij had urenlang gewacht in die kamer, gespitst op de deur. Eén of twee keer had hij de grendel geprobeerd om te zien hoe lang de deur erover deed om open te zwaaien. De duisternis was gevallen: zijn element.

Hij had haar horen aankomen. Hij zag het licht naderbij komen, had tevreden vastgesteld dat ze een vinger naar binnen stak om de grendel omhoog te duwen. Zijn hand vlijde zich om het gewicht aan het eind van het touw.

Toen, in het donker, was het helemaal misgegaan. De danseres deed een stap achteruit, niet naar voren. Het gewicht sneed door de lege lucht, en vervolgens die valpartij. Het zou mogelijk zijn geweest om verder te gaan – maar er was iemand gekomen.

Als er enig risico is om ontdekt te worden, stop dan voortijdig.

De moordenaar kwam weer in beweging, stilletjes, en kroop weg van het rooster door de gang voor de houttoevoer. Vergeet de mislukking, dacht hij. Verstop je. Onder de aarde.

De beweging troostte hem. Zijn ademhaling werd rustiger. Niemand zou hier beneden achter hem aan komen, en later zou hij zijn fout rechtzetten. Nu slapen.

Slaap tussen de altaren.

Elk altaar bekroond met een gloeiende stoof.

De lucht was bedompt en warm.

De lucht was zwanger van slaap.

De moordenaar wrong zich door een lage tunnel en vond een stuk vrije ruimte op de warme stenen. Hij vond ook een homp brood van een dag oud op de rand van een stoof en stak een stuk in zijn mond. Hij haalde de stop van een aardewerken fles en dronk een lange teug warm water.

Ten slotte strekte hij zich uit op de warme stenen en vouwde zijn handen achter zijn hoofd.

Toen, met een blik op de ronde buik van de vaten, gilde de moordenaar.

63

Yashim zag dat hij het bij het verkeerde eind had gehad over de ruimten onder de vaten. Zover het oog reikte was er een hele reeks luchtschachten die aan de onderkant uitkwamen op een enorm, zeer laag vertrek, dat werd gestut door uit stenen gemetselde, ondiepe gewelven. Tussen de gewelven, op regelmatige afstand van elkaar, waren brede stoven op stapels stenen gezet om de betegelde vaten aan het plafond te verhitten. In het doffe, rokerige licht hingen de vaten omlaag als de tieten van een monsterlijke duivelin.

Zijn ogen gleden van de houten stoppen die als tepels aan de vaten hingen naar het plaveisel van de vloer waarop hij nu zat gehurkt. Op een bepaalde manier had hij gelijk gehad. Hij had een netwerk van tunnels verwacht, maar wat hij aantrof was de afdruk van een netwerk, alsof een enorm wiel een spoor had achtergelaten op de vloer van de leerlooierij; alsof het werk aan de tunnels die hij zich had voorgesteld was gestaakt toen ze slechts een aantal centimeters hoog waren. Ze zaten onder het gekleurde vet.

Hij schuifelde naar voren, zijn toorts in de ene hand, zijn mes in de andere. Hij voelde hoe het vet zich ophoopte onder zijn tenen: toen hij omlaagkeek, zag hij dat het vet een glibberige opstaande rand vormde rond zijn voeten. Toen hij voor zich uit keek, zag hij dat het vet zowaar traag in zijn richting bewoog. Iemand had er al doorheen gewaad; er was een onduidelijk maar onmiskenbaar spoor. Het sijpelde geluidloos terug en onthulde al rollend de richting waar het vandaan kwam.

Plotseling kreeg hij een idee. Yashim kroop terug naar het luchtrooster en ging rechtop staan. Hij legde de toorts op de vloer boven zijn hoofd, greep de rand van het rooster vast en hees zichzelf weer omhoog, de niet zo frisse lucht in.

Gedurende de volgende vijf minuten sloop Yashim nu eens langs de ene kant, dan weer langs de andere kant om de vaten heen. Hij liep naar de overkant van de leerlooierij, tilde het rooster op en stak zijn toorts naar beneden in de schacht. Hij keek een paar seconden lang naar het sijpelende vet.

Hij liep terug naar het midden van de leerlooierij en frunnikte aan een touw dat vastzat aan een van de hijskranen die gebruikt werden om de bundels dierenhuiden omhoog en omlaag te hijsen in de vaten.

Toen hij klaar was, greep hij een van de kettingen die uit de vaten kwamen en rukte eraan.

Toen dook hij naar een andere ketting, en nog een, terwijl hij uit alle macht trok.

En ergens in de verte, alsof het vanonder de aarde kwam, hoorde hij een gil.

64

De moordenaar zag de eerste stop verdwijnen.

Tien jaar daarvoor had hij gezien hoe een muur op hem instortte, en hij had dat moment als een eeuwigheid beschouwd.

Nu maakte hij een eeuwigheid lang geen geluid.

Een eeuwigheid lang worstelde hij om een verklaring te vinden.

En hij rolde pas opzij toen de stop plaatsmaakte voor een zwarte cilinder kokendheet vet en water, die explodeerde op de stenen vloer.

Het ketste omhoog en spatte tegen zijn rug; de hete vetdruppels drongen als naalden in zijn vel.

En hij gilde.

Stralen vette, kokende verf spoten aan alle kanten om hem heen. De duiker waar hij in lag was plotseling gevuld met kolkende vloeistof. In paniek ploegde hij met zijn handen door de kokendhete stroom en vocht zich een weg naar een opening. Hij stak zijn armen omhoog, legde zijn verbrande handen tegen het rooster en lichtte het op.

Terwijl hij zichzelf uit het luchtgat ophees, merkte hij nauwelijks dat de lus van een touw heel strak werd aangetrokken om zijn brandende enkels.

65

Yashim deed een uitval naar het contragewicht en zag tot zijn voldoening hoe de moordenaar met een zwaai de lucht in vloog. Maar terwijl de lus omhoogschoot naar de katrol, zwaaide de arm van de hijskraan dreigend naar hem toe, zodat het touw slap kwam te hangen. Yashim sprong naar achteren om zijn greep op het touw te herwinnen, maar op dat moment kreeg het touw dat het gewicht van de moordenaar droeg een terugslag in zijn handen, waardoor hij bijna zijn evenwicht verloor. Het touw glipte tussen zijn handen door en plotseling krabbelde hij, voor hij het wist, tegen de gloeiendhete helling. Hij schopte met beide voeten. Zijn linkerbeen gleed van de rand en zijn voet raakte het kokende water. Hij trok zijn voet met stokkende adem terug en viel op zijn zij.

Terwijl hij wild om zich heen maaide om zijn evenwicht te herstellen op het glibberige oppervlak, voelde Yashim dat het touw langzaam tussen zijn vingers door glipte, die onder het vet zaten. Hij haalde uit met zijn linkerhand, greep het touw, strak als een snaar, een paar centimeter hoger vast en haalde het hand over hand in, tot hij op zijn hurken kon gaan zitten. Even voelde hij hoe zijn sandalen uitgleden over de vette vloer, dus hij leunde achterover om het gewicht in evenwicht te houden. Alles was zo snel gegaan dat hij aanvankelijk niet wist wat hij zag, toen hij eindelijk opkeek.

Een paar meter voor hem maakte iets wat eruitzag als een gigantische krab krampachtige schaarbewegingen in een cilinder van roze damp.

Vastgebonden aan zijn enkels, ondersteboven, spreidden en sloten de benen van de moordenaar zich bij de knieën. Zijn tuniek was over zijn hoofd heen gevallen, maar zijn armen maaiden omhoog vanuit een wolk van katoen, worstelend om greep te krijgen op zijn eigen benen. De zoom van zijn tuniek hing in de verf. Hij hing recht boven een vat met kokende verf, waar de hijskraan hem naartoe had gezwaaid op het moment dat het gewicht van zijn lichaam druk uitoefende op de arm.

Yashim trok aan het touw en hees zichzelf overeind, maar toen zijn greep op het touw verslapte viel de moordenaar omlaag. Yashim hees hem weer omhoog, wond een stuk van het touw om zijn middel en leunde achterover boven het vat achter zijn rug.

Ik kan hem niet laten glippen, dacht hij.

De benen van de wild om zich heen maaiende man spreidden zich weer. Wat deed hij? Yashim wierp een blik over zijn schouder: hij hing boven een kolkend vat vol afschuwelijk stinkende vloeistof. Hij zag hoe de huiden rondwentelden. Hij moest zijn gewicht hier in evenwicht houden, zijn voeten schrap zetten tegen de rand van het vat, langs de vettige rand schuiven en stukje bij beetje de moordenaar omhooghijsen tot aan de hijskraan.

Toen zag hij wat de man probeerde te doen: met een mes in zijn handen maaide hij omhoog, waarbij hij schaarbewegingen met zijn benen maakte om de afstand te verkleinen. Hij deed uitvallen met zijn mes naar de knoop.

Hij wist niet waar hij was.

Als het touw werd doorgesneden, zou de moordenaar in de verf duiken.

Tegelijkertijd hing Yashim ook boven een vat vol giftige, kokende vloeistof. Alleen het gewicht van de moordenaar zorgde ervoor dat zijn voeten op de rand van het vat bleven staan.

Op elk moment kon het touw door de katrol schieten. Yashim zou achterover in de kokende soep plonzen.

Ze hielden elkaar in evenwicht.

Het touw gaf een ruk, en vierde een centimeter.

Yashim verstevigde zijn greep. Hij wierp een blik langs de paarse en gele pilaren en zag dat de donkere poorten aan de overkant van de leerlooierij langzaam opengingen.

Een groep mannen doemde op uit de duisternis bij de deuren en kwam met sprongen over het glinsterende vloeroppervlak van de leerlooierij naar hem toe.

En op grond van de richting waar ze vandaan kwamen, en de manier waarop ze bewogen, dacht Yashim dat ze hem niet gunstig gezind waren.

66

Het touw gaf nog een ruk en Yashim vocht om zijn evenwicht op de rand van het vat te bewaren. Zijn rechtervoet gleed weg en hij zwaaide een seconde lang boven het schuim. Om zijn evenwicht te herstellen moest hij het touw een eindje laten vieren tot hij bijna horizontaal hing. Hij voelde de hitte in zijn nek en het gewicht van de vloeistof die werd opgezogen door zijn cape.

Het was niet zozeer een beslissing als wel een instinct dat maakte dat hij heftig aan het touw trok om weer vaste grond onder zijn voeten te krijgen. De reactie van zijn menselijke tegenwicht maakte dat hij eventjes rechtop stond. De moordenaar viel opnieuw, en toen de bundel het kokende water raakte maakten zijn benen voor de laatste keer een krampachtige schaarbeweging terwijl het touw eindelijk brak. Yashim spartelde, zijn armen maaiden door de lucht terwijl de moordenaar dieper in het vat zonk. Terwijl hij zijn evenwicht hervond kon Yashim nog net een hand in de lucht zien zwaaien boven de pot, voor hij omlaag zonk in het kokende water.

Hij had geen tijd om bij de gebeurtenissen stil te staan. De glibberige grond tussen de vaten ontwijkend, verspreidden de mannen uit de poort zich in twee rijen om de rand langs de muren, waarbij ze kreten slaakten als: 'Sluit hem in!', en: 'Doe de poort dicht!' Yashim begon, telkens uitglijdend, in een diagonale zigzaglijn aan zijn terugtocht naar de toegangspoort in de hoek waar hij was binnengekomen. Maar hij moest voorzichtig lopen, terwijl de anderen, die verder van de rand van de vaten verwijderd waren en steun konden zoeken bij de muur, hem inhaalden.

Verscheidene leerlooiers hadden de toegangspoort al bereikt toen Yashim langs het rooster kwam waardoor hij eerder was afgedaald. Hij bukte zich en pakte het rooster met zijn linkerhand, als een schild; in zijn andere hand hield hij het mes met het korte lemmet. Maar hij wist al dat dit gebaar zinloos was. De mannen bij de ingang stonden door hun knieën gezakt, klaar om te vechten. En de anderen, die hun kans schoon zagen, hadden de muur verlaten en kwamen dichter bij hem langs de vaten.

Hij draaide zich op zijn hakken om. Een man achter zijn rug deed een uitval, en Yashim zwiepte langs zijn gezicht met het mes. Een andere man kwam naderbij en Yashim stootte het rooster tegen hem aan als een ijzeren handschoen, waarmee hij hem achteruit duwde. Toen hij zich omdraaide, zag hij dat de ingang was vergeven van de mannen: aan die kant kon hij niet ontsnappen.

Hij voelde een beweging en draaide zich om – iets te laat. Hij had alleen de tijd om een gezicht te zien, ziedend van woede, voordat hij een keiharde klap op zijn rechteroog voelde en op de grond viel. Hij maaide wild met het mes om zich heen. Hij wachtte tot hij de man zou raken of tot de man hem zou ontwijken en met hem zou gaan worstelen, maar toen er niets gebeurde keerde hij zich om en hield het rooster als een schild boven zich.

Net op tijd zag hij dat de man met het zwarte gezicht naar rechts werd getrokken door een ruk aan zijn arm. De man die rukte dook in elkaar, kwam weer als een vis boven water en gaf de man met het zwarte gezicht een vakkundige kopstoot midden op zijn neus. De aanvaller viel op de grond en de man die de klap had uitgedeeld keerde zich naar Yashim en grijnsde.

'We moeten verdomd snel maken dat u hier wegkomt,' zei hij.

67

Later vertelde men dat de veldslag – ze noemden het alleen een vechtpartij – nog lang doorging nadat Murad Eslek Yashim had geholpen zich stompend, schoppend en snijdend een weg uit de leerlooierij te banen naar de stille duisternis daarachter.

Terwijl ze op de tast hun weg zochten door de sloppen, zagen ze lichtjes branden achter de luiken boven hun hoofd. Nu en dan hoorden ze een deur slaan. Heel in de verte begon een hond te blaffen. Hun voetstappen weerklonken zacht op de keien en werden weerkaatst door de gebouwen, waar rust en vrede heerste. Een koude windvlaag voerde de geur van vochtig pleisterwerk mee, en het aroma dat in de lucht hing van kruiden.

'Oef! U stinkt, mijn vriend,' zei Murad Eslek grijnzend.

Yashim schudde zijn hoofd.

'Als jij er niet was geweest,' zei hij, 'was er nu niets meer overgebleven om te stinken. Ik heb mijn leven aan je te danken.'

'Denk er niet meer aan, efendi. Het was een mooie kloppartij en zo.'

'Maar zeg eens, hoe...' Yashim kromp in elkaar. Nu de opwinding voorbij was, begon zijn verbrande voet pijn te doen.

'Makkelijk genoeg,' antwoordde Eslek. 'Ik zie u rennen als een duivel – misschien bent u beroofd, of iets. Maar toen u naar de leerlooierijen rende, zag het er niet zo goed uit. Ik bedoel, ze zijn gemeen, die kerels. Op dat moment bedacht ik dat u zwaar geschut nodig had. Dus draaide ik me bliksemsnel om en trommelde de jongens op. Ik ging langs een paar cafés. Gaf ze een seintje. Matten in de leerlooierij? Geen probleem. Nou, toen we aankwamen en zagen hoe zwaar u in de moeilijkheden zat, renden de jongens naar binnen als ezels die een wortel zien. Fijn klusje.'

Yashim glimlachte. Ze waren nu terug in de stad. De straten waren leeg en het was te laat om naar de baden te gaan, dacht hij. Het leek alsof Eslek zijn gedachten raadde.

'Ik ben vrachtrijder. Wij werken 's nachts, efendi. We voorzien de markten – groenten, voornamelijk, en levende have. Ik was op weg daarnaartoe toen wij elkaar weer tegen het lijf liepen. Er is een badhuis dat wij gebruiken, de hele nacht open, dat u als edele heer misschien niet kent. Het is klein – ja, maar ik vind het wel schoon. Op z'n minst kunt u het uzelf besparen dat u straks naar huis gaat en de boel in de stank zet. Niet om oneerbiedig te zijn,' voegde hij er haastig aan toe, 'maar die leerlooierij trekt niet zo'n klein beetje in je huid. Door het vet.'

'Nee, nee, je hebt volkomen gelijk. Ik zou je erg dankbaar zijn. Maar je hebt vanavond al zoveel voor me gedaan, ik wil niet dat je voor mij moet omlopen.'

Eslek schudde zijn hoofd. 'We zijn er bijna,' zei hij.

Bij de deur van de hamam namen ze afscheid en schudden elkaar de hand. Yashim mompelde – en Eslek protesteerde.

'Laat maar, efendi. U bent ook uw bed uit gekomen voor ons die nacht van de brand. Ik heb een vrouw en een paar kleintjes iets verderop in de straat en die weten wat u voor hen hebt gedaan. Ik was van plan om u eens op te komen zoeken – uithangbord van de hertenbok, zei u toch? – om u netjes te bedanken. Ik raad u aan: blijf voor altijd uit de buurt van die leerlooiers. Ze zijn smerig, efendi, en dat is niet alleen het vet.'

Yashim was blij met het badhuis. Eslek had gelijk: het was schoon. De eigenaar, een bleke oude Armeniër met een vermoeid, intelligent gezicht, was zelfs bereid een loopjongen op pad te sturen om bij de huisbazin van Yashim schone kleren te halen, terwijl Yashim het gekleurde vet wegspoelde dat tussen zijn tenen was gaan zitten en de poeplucht wegboende die in zijn huid was getrokken. Al die tijd vocht hij tegen de herinnering aan die avond.

Yashim wond zijn tulband van zijn hoofd en schepte water over zijn haar. *Preen was dood.* Hij concentreerde zich op zijn omgeving. Het stuk zeep dat de bediende hem gaf rook naar Murad Eslek, merkte hij. Hij betastte zijn linkerwang: morgen zou hij een blauw oog hebben. Hij bleef de waterschep gebruiken, en goot regelmatig heet water over zijn hoofd, terwijl hij de zeep masseerde in zijn hoofdhuid, achter zijn oren, over zijn pijnlijke nek. Zijn ribben waren gekneusd op de plek waar de moordenaar tegen hem aan had gebeukt in de gang bij Preen. *En Preen was dood.* Yashim keek verschrikt op en zag de bediende die hem een kom met koud water bracht voor zijn verbrande voet. Hij kon niets doen aan zijn bezeerde knie. Die was rood en voelde pijnlijk aan. Hij zou genezen.

Hij dwong zichzelf terug te denken aan de achtervolging door de steegjes. Palevski had hem ooit verteld hoe Napoleon

Italië was binnengevallen en de ene veldslag na de andere won van de Oostenrijkers, tot hij op het laatst het gevoel had dat de aarde zelf onder zijn voeten wegvluchtte. Hij had datzelfde gevoel gehad toen hij de man achtervolgde die de bochelaar had vermoord, door de bochtige straatjes van Istanbul. De man achtervolgde die Preen had vermoord.

Hij was niet in staat geweest de moordenaar te redden, dat was waar. Anders had hij hem aan het praten kunnen krijgen. Om te weten te komen... wat? Bijzonderheden, namen, locaties.

Zelfs nu wist hij niet of de moordenaar had geweten wat er zou gebeuren toen hij worstelde om het touw door te snijden waarmee hij aan de hijskraan hing. Yashim had hem centimeter voor centimeter terug willen schuiven, weg van het kokende vat. Had de moordenaar geweten waar hij was? Was het zelfmoord? Yashim was vroom genoeg om te hopen van niet.

Toch kon hij zich niet aan de gedachte onttrekken dat de moordenaar, net als hijzelf, had geweten dat ze beiden aan verschillende einden van hetzelfde touw zaten: minutenlang verbonden in een volmaakt evenwicht. Hij wilde dat we er allebei aangingen, dacht Yashim.

Het enige wat hij in plaats daarvan te weten was gekomen, was hoe de vermoorde derde cadet gekookt was tot zijn botten helemaal schoon waren. En dat was iets wat hij had kunnen weten, redeneerde hij. De soepmeester had hem toch al verteld dat de janitsaren waren teruggekeerd naar Istanbul en baantjes hadden gezocht die niet in de gaten liepen? Nachtwachten. Stokers. Leerlooiers. Hij herinnerde zich het zwartgeblakerde gezicht vol littekens van de man die hem tegen de grond had geslagen.

Was Preen hierom gestorven?

Yashim wrong zijn haar uit.

Preen was dood.

En waarom had de moordenaar zich zo vast voorgenomen te sterven?

Wat, afgezien van de dreiging van de rechtbank, deed een man besluiten liever te sterven dan door te slaan?

Yashim kon maar twee dingen bedenken.

Het ene was angst.

Het andere was het geloof: de martelaarsdood.

Hij kromp plotseling in elkaar, happend naar adem, met prikkende ogen.

Preen was alleen gestorven, voor niets, in het donker.

Wijs en eigenzinnig, liefhebbend en voor altijd verdoemd, was ze gestorven om hem.

Hij had haar om hulp gevraagd.

Dat was het niet. Yashim jankte, met ontblote tanden, zijn ogen stijf dichtgeknepen, en sloeg met zijn hoofd tegen de betegelde muur.

Hij had haar nooit goed leren lezen.

68

De dageraad kwam, licht en helder. Op straat prezen de Stamboulioten elkaar gelukkig om de terugkeer van het goede weer en spraken de hoop uit dat de sombere stemming die de afgelopen week over de stad was neergedaald nu eindelijk zou opklaren. Optimisten verklaarden dat de serie moorden tot een eind leek te zijn gekomen, een bewijs dat de boodschap van de imams had gewerkt. Pessimisten voorspelden dat er nog meer mist op komst was. Alleen de fatalisten, die Istanbul met honderdduizenden bevolkten, haalden hun schouders op en zeiden dat Gods wil zou geschieden, net als bij branden en aardbevingen.

Yashim baande zich al vroeg een weg naar het café in de Kara Davut. De eigenaar zag dat hij hinkte en bood hem zwijgend een bank met kussens aan, een eindje van de stoep, van waaraf hij toch kon zien wat er op straat gebeurde.

Toen hij hem de koffie bracht, vroeg Yashim: 'Is er iemand die een boodschap voor mij ergens naartoe kan brengen, en een antwoord mee terug kan nemen? Ik zou het aan uw zoon willen vragen, maar het is nogal ver.'

Hij gaf hem het adres. De eigenaar van het café fronste zijn wenkbrauwen en trok zijn mondhoeken omlaag.

'De tijd is gekomen,' zei hij kortaf. 'Mehmed kan gaan. Eh, hé! Mehmed!'

Een kleine jongen van ongeveer acht of negen sprong te voorschijn uit het achterhuis van het café toen hij zijn vader hoorde roepen. Hij boog plechtig en keek Yashim met zijn grote bruine ogen aan, terwijl hij met zijn ene voet tegen zijn andere been wreef.

Yashim gaf hem een geldbuidel en legde hem precies uit waar hij naartoe moest gaan. Hij vertelde hem over de oude vrouw achter de tralies. 'Je moet kloppen. Wanneer ze antwoordt, doe je haar de groeten van mij. Geef haar het geld en zeg haar dat dit is voor de... uitgaven... voor de dame Preen, in kamer 8. Wat ze ook zegt, wees niet bang. Onthoud goed wat ze tegen je zegt.'

De jongen knikte en schoot door de deuropening naar buiten, waar een kleine menigte zich had verzameld om te kijken naar een derwisj die op straat een dans uitvoerde. Yashim zag dat de jongen zonder aarzelen tussen de plooien van hun capes door dook en wegsnelde over straat. Een boodschap die te maken had met een begrafenis, dacht hij; dat zou de vader niet prettig vinden.

'Een goeie jongen,' zei hij, vol schuldgevoel. 'Daar mag u trots op zijn.'

De vader gebaarde nietszeggend met zijn hoofd en begon glazen schoon te poetsen met een doek.

Yashim nam een slokje koffie en keerde zich naar de straat om naar de voorstelling te kijken.

De derwisj danste in de ruimte die was opengelaten door een kring toeschouwers, die zo nu en dan opzijgingen om iemand het café in of uit te laten, zodat Yashim een glimp van de voorstelling kon opvangen. Hij droeg een witte tuniek, witte beenwindsels en een witte hoed, en hij boog zijn armen en benen op de maat van een innerlijke melodie, met gesloten ogen. Maar de danser was niet in trance: wat Yashim kon zien zag eruit als een van de meer eenvoudige dansen van het zoeken naar de waarheid, een gestileerde versie van de onwetendheid die de weg zoekt.

Hij hief zijn hand op om zijn ogen uit te wrijven en jammerde onwillekeurig. Hij was vergeten dat hij een blauw oog had.

Een brandweerkazerne. Een vierde toren. Zijn onderzoek in de keizerlijke archieven had nog niets opgeleverd, om het zacht uit te drukken. De verwijzingen naar brandweertorens waren te schaars geweest om er iets mee te doen; ze wezen eigenlijk niet een bepaalde richting uit. Het enige wat je zou kunnen zeggen was dat er brandweertorens bestonden: Galata, Beyazit. Dat wist iedereen. Misschien had hij in het verkeerde boek gekeken.

Als hij nu maar die hulpvaardige jonge Sudanees te pakken kon krijgen. Ibou.

Hij was erheen gegaan om aanwijzingen te krijgen over een vierde toren. Hij had niets gevonden.

Misschien was die er niet.

En als de vierde locatie helemaal geen toren was?

Maar als er geen toren was, wat zocht hij dan?

De tweede strofe van het karagozi-gedicht kwam in hem op:

Onwetend
En niets wetend van hun onwetendheid,
Zoeken zij.

Nou, daar zat hij dan. Onwetend, zoekend. En het refrein?
Onderwijs hen.

Alles goed en wel, dacht hij, maar wat moesten ze onderwijzen? Verlichting? Natuurlijk, dat zou het zijn. Maar het zei hem niets. Zoals het gedicht zei: hij wist niet eens wat hij niet wist. Hij kon eeuwig in kringetjes blijven ronddraaien.

Nou, wie waren die andere mensen, de mensen die geacht werden te onderwijzen? Leraren, eenvoudig. Imams, bijvoorbeeld, die de Koran in de hoofden stampten van de rusteloze kleine jongens, dreigend met een rietje. Ferenghi-instructeurs van de artillerie, die probeerden de wetten van de wiskunde uit te leggen aan een troepje frisgewassen rekruten. Op de theologenscholen, verbonden aan de moskeeën in de stad, leerden intelligente jongens de eerste beginselen van logica, retorica en Arabisch.

Buiten op de stoep had de derwisj zijn dans beëindigd. Hij trok een pet uit zijn riem en liep door het café, bedelend om een aalmoes. Bij iedereen die hem iets gaf, strekte hij zijn arm uit en mompelde een zegen. Uit zijn ooghoek zag Yashim dat de eigenaar met gekruiste armen toekeek. Hij twijfelde er niet aan dat hij de man zou hebben weggestuurd als hij een gewone bedelaar was, wellicht met een geldstuk, maar een derwisj – nee, de baba's hadden recht op respect omdat ze de mensen de weg wezen. De weg naar een hogere waarheid.

De derwisjen waren leraren van de hogere waarheid.

De karagozi waren ook leraren die mensen de weg wezen.

Yashim trok zijn schouders op en trachtte zich te concentreren.

Die strofe had door zijn hoofd gespeeld, kortgeleden. *Onwetend zoeken zij. Onderwijs hen.* En hij had gezegd – of misschien was het alleen een gedachte – dat hij waarschijnlijk een trage leerling was.

Waar was dat? Hij had de indruk dat hij toen toch iets had geleerd. Hij had aan die strofe gedacht en iets gehoord wat hij kon gebruiken. Maar hij was de tijd en de plaats vergeten.

Hij deed zijn ogen dicht. In gedachten zocht hij naar een antwoord.

Een trage leerling. Waar had hij dat eerder gedacht?

Zijn hoofd was leeg.

Hij had geraden dat er vier torens waren. Oude Palmuk, de brandweertorenwachter, had dat tegengesproken.

Toen wist hij het weer. Het was niet de oude man; het was die andere, Orhan. Orhan had hem verteld over de torens toen ze in de mist op de trans van de Galata-toren stonden. Hij beschreef de toren die verloren was gegaan, en hoe ze de Beyazit-toren hadden gebouwd om die te vervangen. De oude toren was afgebrand, had hij gezegd, tegelijk met de tekke.

Een tekke, net zoals die beneden.

Dus beide torens waren voorzien van een karagozi-tekke. Hij wist het nog niet zeker over de brandweertoren bij Beyazit, maar een tekke was beslist een plaats waar de waarheid werd verkondigd, zoals de karagozi dat zagen. *Onwetend zoeken zij. Onderwijs hen.* En de tekkes in de brandweertorens waren toevallig de oudste tekkes in de stad.

'Ik heb het helemaal bij het verkeerde eind gehad,' verklaarde Yashim. Hij stond plotseling op en zag een derwisj met knipperende ogen en een glimlach, die zijn pet uitstak voor een aalmoes. De pet van de derwisj zweefde onder zijn neus.

Yashim liep naar buiten.

De derwisj strekte beide armen uit in een heilwens. In zijn pet zag hij een heel zilveren Venetiaans muntstuk liggen.

69

'*Charmante! Tout à fait charmante!* Als ik jonger was, zou ik beslist jaloers zijn, liefje.'

Eugenia bloosde een beetje en maakte een revérence. Ze twijfelde er geen moment aan dat de valide, die achteroverleunde in de kussens die over een zitje in de vensterbank waren uitgestrooid, zelf ooit beeldschoon was geweest. Met het zachte licht in haar rug had zij de losse, elegante houding van een mooie vrouw. En de jukbeenderen die daarbij pasten.

'Ik ben zo blij dat we u konden overhalen te komen,' ging de valide verder, zonder een spoor van ironie. Ze hief haar lorgnet op en inspecteerde de jurk van Eugenia. 'De meisjes zullen u zeer *à la mode* vinden,' verklaarde ze. 'Ik wil dat u hier naast me komt zitten, voordat ze u komen verslinden. Dan kunnen we even praten.'

Eugenia glimlachte en ging op de rand van de bank zitten.

'Het was erg aardig van u om me uit te nodigen,' zei ze.

'Mannen denken van niet, maar wij vrouwen kunnen veel regelen, *n'est-ce pas?* Zelfs vanuit de harem. *Tu ne me crois pas?*'

'Natuurlijk geloof ik u, valide.'

'En jullie Russen zijn tegenwoordig zeer in opkomst. Graaf Orloff, de voorganger van uw man, was het keizerrijk tijdens de Egyptische crisis zeer welgezind. Hij had een heel lelijke vrouw, heb ik begrepen. Maar ze waren ongetwijfeld erg gelukkig met elkaar.'

Eugenia kneep haar ogen een beetje dicht. 'Ze was een meisje Voronsky,' antwoordde ze.

'U kunt me geloven of niet,' zei de valide, 'ik ben nooit zo onder de indruk geweest van de aanspraken van oude families. Noch ik, noch mijn lieve jeugdvriendin Rose was wat je noemt Almanach de Gotha. Wij waren intelligent, en dat is veel meer waard. Zij werd keizerin. Haar man, Napoleon, kwam natuurlijk helemaal nergens vandaan. De Ottomanen zijn gelukkig niet zo snobistisch wat die dingen betreft.'

Eugenia knipperde loom met haar ogen en glimlachte.

'Er is,' zei ze achteloos, 'toch zeker één familie in het keizerrijk wiens aanspraken gerespecteerd dienen te worden?'

De valide legde haar hand op Eugenia's arm. 'Volkomen juist, mijn liefje. Maar mijn zoon is opgevoed met het idee die aanspraken te verdedigen, in plaats van erop te vertrouwen. Als je niet kunt bewijzen dat het keizerrijk je nodig heeft maakt het niet uit of je de vijfde, de vijfentwintigste of – in het geval van Mahmut – de drieëndertigste sultan van het Ottomaanse Rijk bent, die in een rechte lijn afstamt van Osman Bey. Mahmut heeft mijn verwachtingen overtroffen.

Ik zou het prettig vinden als u hem ontmoette. Hij zou natuurlijk verrukt van u zijn.' De valide zag de schrik op Eugenia's gezicht, en lachte zacht. 'O, wees maar niet bang. Mijn zoon is geen Suleiman.'

Eugenia lachte luid. Suleiman de Geweldige, de grote renaissancesultan, was tot over zijn oren verliefd geraakt op een Russische courtisane, Roxelana. Hij trouwde uiteindelijk met haar – de laatste keer dat een sultan ooit getrouwd was.

De valide gaf een kneepje in haar arm. 'En *entre nous*: hij heeft ze liever wat gevulder. Dat zult u zien.'

Ze hief haar hand op. Als bij toverslag kwamen er twee

meisjes binnen; ze bogen. Een van hen droeg een dienblad met porseleinen kopjes koffie. De andere een waterpijp.

'Rookt u?'

Eugenia keek de valide verbluft aan. De valide haalde haar schouders op.

'Dat vergeet ik altijd. Het is een zonde uit de harem, ben ik bang. Een van de vele. Een andere is de Parijse mode.'

Ze gebaarde naar de meisjes, die het dienblad en de pijp neerzetten. Een van hen knielde bevallig aan Eugenia's voeten en bood haar een kopje koffie aan.

'De inspectie is begonnen,' zei de valide droogjes. Eugenia nam het kopje aan en mompelde een bedankje. Het meisje deed geen poging op te staan, maar bracht haar hand naar haar voorhoofd en richtte een paar woorden tot de valide.

'Zoals ik al verwachtte,' zei de valide. 'De meisjes vroegen zich af of u het leuk zou vinden met hen mee te gaan naar het badhuis.'

70

Toen Yashim de wenteltrap op liep, was hij nog steeds uitgelaten door het nieuws.

De jongen had hem aangetroffen op de stoep voor het café. Hij ging stram in de houding staan en flapte de boodschap eruit die hij uit zijn hoofd had geleerd op de terugweg van de huisbazin van Preen.

'Die dame zegt dat uw vriendin niet doodgaat en dat ik zulke dingen niet moet vragen. Ze zegt dat ze haar arm heeft bezeerd en veel rust nodig heeft. Ze zegt... Ze zegt...' Hij trok een grimas. 'Ik weet dat andere niet meer, maar het was net zoiets als het eerste, geloof ik.'

Yashim had hem gevraagd de boodschap te herhalen. Hij bleef even stokstijf staan; toen lachte hij. 'Je hebt het heel goed gedaan – en mij erg goed nieuws verteld. Dank je wel.'

De jongen nam de munt met plechtige ernst in ontvangst en rende het café in om hem aan zijn moeder te laten zien. Yashim liep de straat op en hinkte neuriënd weg in de richting van de Gouden Hoorn.

Zijn stemming sloeg niet om toen hij zijn hoofd boven de luikopening uitstak en de oude Palmuk, de brandwacht, zag, die met zijn rug naar hem toe op de balustrade leunde. Integendeel. Met een glimlach op zijn gezicht sloop hij stilletjes het dak op. Hij ging achter Palmuk staan en greep hem plotseling bij zijn buikband. Voor de brandwacht kon reageren had hij hem al over de balustrade gehesen.

'Aaaa! Aaaa! Doe dat niet! Orhan! Aaaa! Laat me los! Klootzak. O, o. Me hart. Orhan?'

'Ik ben Orhan niet,' zei Yashim effen. 'Ik ben de man tegen wie u gisteren hebt gelogen. De toren, weet u nog? Ik herinner me dat u ook zei dat u hoogtevrees hebt. Maar wat moet ik geloven?'

'Ik heb hoogtevrees, efendi. Echt waar. En ik zweer dat ik niet heb gelogen.'

De benen van de oude Palmuk maaiden in het rond, maar zijn armen waren te ver van de balustrade om die te kunnen grijpen. Yashim gaf hem een duwtje.

'Nee, alstublieft!' Hij schreeuwde nu bijna; de woorden kwamen naar buiten in doodsbange stootjes. 'Wat ik zei... Ik wilde het geld. Ik zal het teruggeven.'

'Een tekke,' brulde Yashim. 'Er is een vierde tekke, of niet?'

Maar de man was slap geworden. Yashim kneep zijn ogen

tot spleetjes. Hij vroeg zich af of het een list was. Hij zou hem terugtrekken en dan – *rang!* De oude Palmuk zou hem naar de keel vliegen.

'Daar ga je dan,' riep hij luid.

Of Palmuk was flauwgevallen, of hij was niet kapot te krijgen.

Yashim dacht aan de moordenaar, die zichzelf in de kokende verf had laten vallen. Hij hees de oude Palmuk terug op het dak.

Het gezicht van de man had de kleur van stopverf. Zijn ogen schoten wild van links naar rechts, en hij zag eruit alsof hij moeite had met ademhalen. Hij klakte een paar keer droog met zijn tong.

Yashim legde hem op zijn rug en trok aan de boord van zijn hemd. Hij masseerde zijn borst en maakte pompbewegingen met zijn onderarmen. Er kwam weer een klein beetje kleur op de wangen van de oude Palmuk, en de snelle oogbewegingen werden trager. Uiteindelijk haalde hij lang en sidderend adem en deed zijn ogen dicht.

Yashim zei niets. Wachtte.

De ogen van de oude man gingen half open, en gleden naar hem toe.

'Dat had u niet moeten doen,' mompelde hij. 'U maakte misbruik, efendi.'

Yashim, op zijn hurken gezeten, leunde achterover en snoof krachtig.

'U hebt tegen mij gelogen,' zei hij kil.

Een sluwe grijns verspreidde zich over het gezicht van de oude Palmuk en hij hikte vreugdeloos.

'Dat wilde u toch, nietwaar? Hij sprak heel zacht. 'Oude Palmuk, bedien de klant. Hé, Palmuk, vertel ons een verhaal.' Hij deed zijn ogen weer dicht. 'Dat had u niet moeten doen.'

Yashim beet op zijn lip. Gisteravond had hij bijna een man vermoord. En vandaag...

'Het spijt me,' zei hij.

Palmuk bracht een hand naar zijn borst en trok aan zijn hemd, waarbij hij de gescheurde randen bij elkaar pakte.

'Dat was een nieuw hemd, efendi.'

Yashim zuchtte.

'Je krijgt een nieuwe van me. Je krijgt er twee. Maar eerst... vertel eens: hadden de karagozi een tekke in de brandweertoren van Beyazit? Zoals die ene hier?'

De oude Palmuk staarde hem aan. 'Tekke? De brandweertoren van Beyazit?' Hij begon te hijgen. Het duurde even voor Yashim zich realiseerde dat hij lachte.

'Wat valt er te lachen?'

'Een tekke in de brandweertoren van Beyazit, zei u?' De oude Palmuk wreef gniffelend met zijn handpalm over zijn neus. 'En of daar een tekke was! De hele toren was erbovenop gebouwd.'

Yashim bevroor. 'Het Eski Serai?'

'Dat heb ik gehoord. Lang geleden, toen de janitsaren de wacht hielden bij het oude paleis. Dat stortte in, maar de karagozi lieten de tekke niet in de steek. Ze ontdekten een manier om hem te behouden – beschermd, als het ware. Ze lieten de hele vuurtoren erbovenop bouwen, ziet u?'

Yashim zag het. 'Een andere tekke, dan. Die moet ik hebben. De vierde.'

De brandwacht glimlachte. 'Er waren er tientallen, efendi. Honderden.'

'Ja. Maar voor de vuurwachters? Was er... een speciale?'

De oude Palmuk worstelde om rechtop te komen. Hij zwaaide hoofdschuddend boven zijn schoot.

'Ik wou dat ik het wist, efendi. Ik wou dat ik wist waar u naartoe wilde. Ik weet niet wie u denkt dat ik ben, maar u hebt de verkeerde voor u. Ik... Ik weet niet wat u bedoelt.'

Hij draaide zich om en keek Yashim aan, zijn grijze ogen wijd opengesperd.

'Vroeger was ik een loopjongen. In de haven.' Hij knikte nu, en staarde Yashim aan alsof hij hem voor het eerst zag. 'Luister naar me, efendi. Ik was er niet bij.'

Yashim dacht: het is waar.

Ik geef die vent geld. Ik koop hemden voor hem. En als puntje bij paaltje komt, weet hij niets.

71

Yashim trof de Poolse ambassadeur aan in een zijden kamerjas die Chinees was, veronderstelde Yashim, geborduurd met leeuwen en paarden in versleten gouddraad. Hij dronk thee en staarde zwijgend naar een gekookt ei, maar toen Yashim binnenkwam hief hij zijn hand op om zijn ogen te beschermen, als een schichtige schildpad met zijn hoofd van de ene kant naar de andere draaiend. In het zonlicht waren stofdeeltjes te zien die langzaam omhoogdwarrelden naar de hoge ramen.

'Weet je hoe laat het is?' zei Palevski schor. 'Neem een kop thee.'

'Ben je ziek?'

'Ziek. Nee. Maar ik lijd. Waarom regent het niet?'

Yashim wist geen antwoord te bedenken. Hij installeerde zich in een leunstoel en liet zich door Palevski met bevende hand een kop thee inschenken.

'Meze,' zei Yashim. Hij keek op. 'Meze. Kleine hapjes vóór het hoofdgerecht.'

'Moeten we over eten praten?'

'Meze zijn een manier om de aandacht van de gasten te vestigen op het voortreffelijke feestmaal dat hun te wachten staat. De voorbereiding kost veel moeite. Of ik zou moeten zeggen: de selectie. De beste meze zijn soms de eenvoudigste dingen. Verse komkommers uit Karaman, sardientjes uit Ortaköy, met hoogstens een beetje meel eromheen, geroosterd... Alles op zijn hoogtepunt, in zijn eigen seizoen. Timing, zou je kunnen zeggen, is alles.

Neem nou die moorden. Je had gelijk: ze zijn meer dan afzonderlijke gewelddaden. Er is een patroon, en meer dan dat. Alles welbeschouwd, zie je, zijn ze geen doel op zichzelf. De maaltijd eindigt toch niet met de meze? De meze kondigen het feestmaal aan.

En deze moorden zijn, net als meze, afhankelijk van timing,' ging hij verder. 'Ik heb me de afgelopen drie dagen afgevraagd, waarom nu? De moorden, bedoel ik, de cadetten. Bijna toevallig ontdek ik dat de sultan van plan is over een paar dagen een edict uit te vaardigen. Een hele massa hervormingen.'

'O ja, het edict.' Palevski knikte, en hij liet zijn vingertoppen tegen elkaar rusten.

'Weet jij daarvan?' Yashim vergat zijn betoog, zo verbaasd was hij.

'Op een indirecte manier. Er is een paar weken geleden een toelichting gegeven aan, eh... geselecteerde leden van de diplomatieke gemeenschap in Istanbul.' Hij zag dat Yashim op het punt stond iets te zeggen en stak zijn hand op. 'Als ik zeg "geselecteerd", bedoel ik dat ik zelf, om maar iemand te noemen, daar niet bij was. Het is niet moeilijk te begrijpen waarom, als ik goed heb begrepen wat het edict is en waarvoor het dient. Een van de bedoelingen – de belangrijkste bedoeling, voorzover ik weet – is dat de Hoge Poort in staat wordt gesteld buitenlandse leningen te sluiten. Polen verkeert duidelijk niet in de positie om invloed uit te oefenen op de obligatiemarkt. Dus hebben ze mij erbuiten gelaten. Het was in wezen een bijeenkomst voor de grote mogendheden. Ik heb erover gehoord van de Zweden, die het weer van de Amerikanen hadden, geloof ik.'

'Bedoel je dat de Amerikanen waren uitgenodigd?'

'Ook al lijkt dat nog zo vreemd. Aan de andere kant: weet je wat Amerikanen zijn? Zij zijn de grootste experts ter wereld voor leningen in Europa. De Hoge Poort wil ze voor zich winnen. Misschien kunnen ze hun inspanningen bundelen. Eerlijk gezegd geloof ik niet dat de Hoge Poort ooit werkelijk heeft begrepen aan welke kant de Amerikanen staan. Die pasja's van jullie zijn nog steeds bezig de Onafhankelijkheidsverklaring te verwerken, zestig jaar na dato.'

Palevski stak zijn hand uit naar de theepot. 'Het idee van een republiek heeft hen altijd gefascineerd, op een schooljongensachtige manier. Het Huis Osman is waarschijnlijk het oudste koningshuis van Europa. Nog een beetje thee?'

Yashim hield zijn kop en schotel bij. 'Ik heb me afgevraagd wie er iets wisten van het edict. Buitenlandse mogendheden zijn nooit bij me opgekomen.'

'Maar buitenlandse mogendheden,' zei Palevski met verdraagzaam cynisme, 'is waar het allemaal om draait: buitenlandse mogendheden, buitenlandse leningen.'

'Ja. Ja, natuurlijk.'

Ze dronken hun thee in stilte, die alleen werd onderbroken door het getik van de Duitse klok.

'Die janitsaren van je,' zei Palevski na een tijdje. 'Geloof je nog steeds dat die bestaan?'

Yashim knikte. 'Of je het nu leuk vindt of niet, ik weet het zeker. Je hebt ze weggevaagd zien worden, vertelde je me. Heel goed. De wereld veronderstelt dat Polen vijftig jaar geleden is verdwenen. Je kunt het zelfs niet vinden op de kaart. Maar jij vertelt me iets heel anders. Jij zegt dat Polen blijft voortbestaan. Polen bestaat in de taal, in de herinnering, in het geloof.

Het leeft voort, als een idee. Dat is precies hetzelfde.

Over de brandweertorens had ik het niet helemaal bij het rechte eind. Ik zag een verband tussen de drie torens waar ik van wist – de twee die er nog steeds staan, en de derde die is afgebrand en vernietigd in 1826 – en de cadetten, want de lijken van de cadetten doken alle drie op in de buurt van de torens. Ik moest een vierde toren vinden, nietwaar? Maar dat lukte me niet. Er is nooit een vierde toren geweest. Maar ik wist dat het patroon klopte. De janitsaren hadden hun stempel gedrukt op de vier torens, net zoals op deze moorden. Het moest kloppen.'

'Misschien. Zonder een vierde toren klopt het niet.'

'Dat dacht ik ook. Behalve wanneer er een ander aspect was aan die brandweertorens dat ik over het hoofd zag – iets wat hen alle drie verbond met een andere plaats die helemaal geen vuurtoren is.'

Palevski stak zijn onderlip naar voren en zuchtte. 'Ik vind het naar om te zeggen, Yash, maar je begeeft je nu op heel dun ijs. We laten mijn bedenkingen even buiten beschouwing. Jij verdenkt de janitsaren van de moord op deze cadetten, vanwege de houten lepels en de hele rest.' Hij trok zijn neus op. 'Het patroon van de brandweertorens komt in je op omdat de janitsaren die torens ooit hebben bemand, als de brandweerlieden van de stad. Laat het idee van de brandweertorens los. Wat blijft er dan over van je janitsaren-theorie? Vertel me dat eens. Je kunt niet van twee walletjes eten.'

Yashim glimlachte. 'Maar ik denk dat het wel kan. Ik ontdekte een paar dagen geleden wat ik moest weten, maar vandaag zie ik pas hoe het in elkaar past. De Galata-toren bood plaats aan een karagozi-tekke, een heilige plaats voor de janitsaren. De verloren gegane wachttoren bij de kazerne van de janitsaren had er ook een.'

'Maar de Beyazit-toren is modern,' bracht Palevski ertegenin. 'En dat is precies wat ik bedoel. Toen die toren werd gebouwd waren de janitsaren – en de karagozi – al verleden tijd. Echt, Yash, die obsessie over de janitsaren zit je alleen maar in de weg.'

'Dat denk ik niet. Ik heb net ontdekt dat de Beyazit-toren precies boven op een oude karagozi-tekke is gebouwd, bij het Eski Serai. Dus dat zijn er drie. Nu ben ik op zoek naar een nieuwe karagozi-tekke – en ik weet niet waar ik moet beginnen.'

Palevski tastte rond op de tafel naast hem en haalde een in leer gebonden map te voorschijn. Daarin lag een enkel vel kleinfoliopapier, in tweeën gevouwen, maar losjes. Hij sloeg het vel open en daar was, tot grote verbazing van Yashim, een uiterst nauwkeurig vervaardigd gezicht op Istanbul in vogel-vluchtperspectief, in inkt. Waar de hemel zou moeten zijn stond de lucht vol met namen, notities, en cijfers.

'Je vroeg me laatst naar een kaart. Gisteravond herinnerde ik me Ingiliz Mustafa,' zei hij.

'De Engelse Mustafa?'

'Eigenlijk was hij een Schot. Campbell. Hij kwam ongeveer zestig jaar geleden naar Istanbul, om een wiskundeschool op te zetten voor de soldaten van de artillerie. Werd moslim.'

'Leeft hij nog steeds?'

Palevski barstte in lachen uit. 'Nee, nee. Ik ben bang dat zelfs de beoefening van de islam daar niet voor kon zorgen. Een van zijn geliefde obsessies was het heilige Istanbul – de manier waarop de stad doordrenkt was met het geloof. Ik neem aan dat hij een goede moslim is geworden, maar een Schotse studie in de natuurwetenschappen kom je niet zo gemakkelijk te boven. Op deze kaart vind je alle moskeeën, heilige praalgra-ven, tekkes van derwisjen en dergelijke dingen die hij in de stad kon lokaliseren. Hij heeft de kaart hier laten drukken.'

Hij diepte een bril op uit de zak van zijn kimono.

'Kijk, iedere heilige plaats in de stad heeft een nummer. De sleutel staat hierboven. Veertien: Camii Sultan Mehmed. De moskee van Mehmed. Vijfentwintig: Turbe Hasan. Het praalgraf van Hasan. Dertig, kijk: Tekke Karagozi. En nog een andere. Hier, nog een.'

Yashim schudde ongelovig zijn hoofd.

'Alleen een buitenlander zou zoiets doen,' zei hij. 'Ik bedoel, het is zo... zo...' Hij stond op het punt te zeggen: zinloos, maar hij bedacht zich. 'Zo ongewoon.'

Palevski bromde. 'Hij wilde laten zien dat zijn tweede geloof letterlijk was ingebed in de structuur van de stad. Er zijn genoeg karagozi-tekkes om uit te kiezen.'

Yashim tuurde een tijdje naar de kaart. 'Te veel,' mompelde hij. 'Welke is de goeie? Welke is de vierde?'

Palevski leunde achterover met zijn handen over zijn ogen en dacht na. 'Heb je me niet verteld dat de drie brandweerkazernes ook de oudste tekkes van de stad waren? Hebben die brandwachten dat niet gezegd?'

Yashim dacht hij razendsnel na. Palevski ging verder: 'Misschien zeg ik dit alleen omdat ik een Pool ben, en alle Polen zijn diep in hun hart oudheidkundigen. Deze kimono, bijvoorbeeld. Weet je waarom ik die draag?'

'Omdat hij lekker zit,' zei Yashim afwezig.

'Ja en nee. Hij is Sarmatisch. Jaren geleden geloofden wij Polen dat we afstamden van een halfmythische stam van krijgslieden uit Sarmatië, ergens in Midden-Azië, zie je. Ik denk dat we niet precies wisten waar we vandaan kwamen en op zoek gingen naar een stamboom, als je wilt. Het werd een hele rage, vergezeld van de zogenoemde Sarmatische stijl – je kent het wel: zijde, veren en rood leer. Ik vond deze in een grote kast hangen toen ik hier kwam. Het is een overblijfsel uit een ander tijdperk. Dat vind ik er het leukste aan. Elke ochtend hul ik mezelf in de geschiedenis. In de denkbeeldige glorie van het verleden. Hij zit ook erg lekker, zoals je zegt.

Nou, waar ik van opkijk is de gedachte dat deze tekkes oud zijn, echt oud. Misschien de eerste die ooit in de stad zijn gebouwd. Dat is jullie stamboom, als je wilt. Dat is waar die kerels van jou zouden willen beginnen. Misschien is de vierde tekke ook een van de oorspronkelijke schuilkerken van de stad. De eerste, of de vierde, maakt niet uit. Dus je moet op zoek naar een tekke die net zo oud is als de andere drie die je al kent.'

Yashim knikte. De vier oorspronkelijke tekkes. Dat klopte: dat zou een traditionalist willen.

'Wat een verklaring zou kunnen zijn voor iets anders wat me dwarszit,' dacht hij hardop. 'Niet het tijdstip – dat is het edict –, maar het getal. Waarom vier? Als je gelijk hebt, als iemand teruggaat naar de oorsprong, probeert opnieuw te beginnen, dan is vier het aangewezen getal. Vier is het getal van de kracht, als de poten van een tafel. Het is een weerspiegeling van de aardse ordening. De vier hoeken van de aarde. Vier winden. Vier elementen. Vier is het fundament.

En het gaat terug naar het allereerste begin van de Ottomaanse onderneming! De Heilige Oorlog – en Istanbul als het absolute middelpunt van de wereld.'

Yashim zag voor zich hoe de soepmeester uitlegde dat de janitsaren het keizerrijk hadden opgebouwd, dat zij deze stad hadden veroverd voor het geloof, onder leiding van de karagozi-baba's.

'Altijd als de dingen verkeerd gingen, zijn er mensen opgestaan die verklaarden dat we gewoon waren afgedwaald van de goeie ouwe tijd, dat we terug moesten gaan en moesten proberen zo te worden als vroeger, toen heel Europa sidderend aan onze voeten lag.'

'Nou,' zei Palevski droogjes, 'niet heel Europa.'

'Met uitzondering van Polen, de onverschrokken vijand,' zei Yashim grootmoedig.

Er gleed een uitdrukking van twijfel over zijn gezicht.

'Maar hoe komen we erachter welke de oorspronkelijke vierde tekke was? Op deze kaart staan geen data, gesteld dat iemand die zou weten.'

Palevski beet op zijn nagels.

'Als we een oudere kaart hadden,' zei hij langzaam. 'Een echt goede, om te vergelijken met deze... Het merendeel van deze tekkes zou daar immers niet op staan. Je zou erachter kunnen komen door een proces van eliminatie.'

Hij wreef zijn handpalmen tegen elkaar.

'Het zou een heel goede kaart moeten zijn,' mijmerde hij. Toen schudde hij zijn hoofd. 'Om eerlijk te zijn: ik weet niet zeker of er iets bestaat dat oud genoeg is. Ik heb zeker niet zo'n kaart.'

Yashim liet zich niet kennen. Hij staarde in het vuur.

'Zegt de naam Lorich je iets?' vroeg hij zacht. 'Flensburg. Vijftien zoveel.'

Palevski zette grote ogen op.

'Hoe weet je dat in godsnaam, Yash? Dat is het meest verbluffende panorama van de stad dat ooit is gemaakt. Tenminste, dat heb ik gehoord. Ik heb het nooit gezien, om eerlijk te zijn. Er moeten verscheidene exemplaren bestaan maar er is er niet een in Istanbul, dat staat vast.'

'Een verbluffend panorama,' herhaalde Yashim. 'Je hebt het mis, beste vriend. Ik denk dat ik precies weet waar ik die kaart kan vinden.'

72

Een halfuur later stond Yashim op het bordes van de Russische ambassade en verdeed zijn tijd met de vervelende gedachte dat iets weten niet precies hetzelfde was als iets vinden. Hij was maar zevenhonderd meter verwijderd van de ambassadoriale residentie van Palevski en stond nauwelijks twintig meter van de kaart die hij in de galerij van de vestibule op de eerste verdieping had zien hangen. Maar hoewel hij gemakkelijk bij de kaart kon komen, had die net zo goed in Siberië kunnen hangen.

De ambassadeur was kennelijk niet thuis. Yashim vroeg zich af of hij hetzelfde leefritme had als Palevski: misschien lag hij nu in bed met zijn verleidelijke vrouw. Dat idee bracht hem van zijn stuk, en in plaats van de ambassadeur vroeg hij naar de eerste secretaris. Maar de eerste secretaris kon ook niet komen. Yashim overwoog te vragen of hij de vrouw van de ambassadeur kon spreken, maar zijn gezonde verstand, evenals zijn aangeboren fatsoen, maakte dat onmogelijk. Zelfs christelijke vrouwen kwamen niet aan de deur voor iedere man die aanklopte.

'Is er iemand die mij te woord kan staan? Het is erg dringend.'

Op het moment dat hij de nadrukkelijke militaire tred hoorde wist Yashim wie bereid was gevonden hem te woord te staan. De verminkte hand. Het lelijke litteken.

'Goedemiddag,' zei Potemkin. 'Komt u binnen.'

Terwijl hij achter de jonge diplomaat de grote hal binnenliep, vlogen zijn ogen automatisch naar de trap.

'Het personeel laat meestal geen mensen binnen zonder afspraak. Het spijt me dat u een tijdlang hebt moeten wachten. De ambassadeur en zijn ondergeschikten hebben vandaag veel te doen. Zijne excellentie wordt vanavond in het paleis verwacht. Ik ben bang dat zij onmogelijk gestoord kunnen worden.'

Hij klonk zenuwachtig, gespannen, vond Yashim.

'Misschien kunt u me helpen. Een paar dagen geleden zag ik een interessante kaart naast het kantoor van de ambassadeur die ik graag nog eens zou willen bekijken. Ik vraag me af...'

Potemkin keek verbluft. 'Een kaart?'

'Ja. Van Melchior Lorich. Hij hangt boven in de vestibule.'

'Ik weet zeker dat zijne excellentie die met alle plezier aan u wil laten zien,' zei Potemkin, iets vriendelijker. 'Als u zo vriendelijk wilt zijn uw verzoek op schrift te stellen, zal ik er persoonlijk op toezien dat het onder zijn aandacht wordt gebracht.'

'Nu meteen?'

Potemkin perste er een scheve glimlach uit. 'Ik ben bang dat dat niet kan. Het duurt... hoe lang... een maand om verzoeken van deze aard in te willigen. Maar misschien kunnen we dat terugbrengen. Laten we zeggen: drie weken?'

'Ik weet dat de kaart daar gewoon hangt, boven aan de trap. Ik zal niemand storen.'

Potemkin glimlachte nog steeds, en zweeg.

'Een kwartier,' zei Yashim wanhopig.

'U vergeet, monsieur, dat dit een ambassade is waar gewerkt wordt. Het is geen museum, en ook geen openbare tentoonstelling. Maar ik ben ervan overtuigd dat zijne excellentie de prins uw verzoek met alle plezier in overweging zal nemen – als de tijd rijp is. In de tussentijd, behalve als u nog iets anders...?'

'Ik neem aan dat u nog geen kans hebt gezien naar de rekening van de portier te kijken,' merkte Yashim spottend op.

'Nee,' gaf de attaché zacht toe. 'Geen enkele kans. Staat u me toe u de weg naar buiten te wijzen, monsieur.'

73

De vrouw van de ambassadeur werd precies op datzelfde moment geholpen met uitkleden door vijf geestdriftige dienstmaagden, die elk kledingstuk dat ze uittrok aanpakten en onderzochten met allerlei gradaties van opwinding en bewondering.

Het idee van de valide dat ze zou baden met de vrouwen uit de harem van de sultan, vlak na het aanbod van een trekje uit de waterpijp, had Eugenia tijdelijk van haar spraakvermogen beroofd. Ze was niet gauw uit het veld geslagen, maar ze dacht onmiddellijk dat de sultan het in zijn hoofd zou kunnen halen zelf een bad te nemen. Een andere mogelijkheid was dat hij zou besluiten dit tafereel gade te slaan achter een verborgen luik. Ten slotte vroeg ze zich af of de valide haar gewoon voor de gek hield.

'Maak u geen zorgen,' zei de valide. 'De sultan gebruikt de vrouwenbaden nooit. De meisjes zouden het heerlijk vinden, maar als u liever niet...'

Twee van mijn drie zorgen zijn in elk geval verdwenen, dacht Eugenia. 'Ik zou het erg leuk vinden,' antwoordde ze.

Een paar minuten later keek ze lachend toe terwijl de meisjes haar korset bekeken en gekke gezichten trokken. Een meisje bolde haar wangen op en blies. Een ander, onder veel gelach, gebaarde dat ze een sleutel in een slot omdraaide. Terwijl ze haar stevige, romige schouders ophaalde, liet ze aan Eugenia zien dat Ottomaanse vrouwen bepaalde vrijheden genoten die hun Europese nichtjes niet kregen. Maar toen Eugenia uit haar petticoat stapte, deinsden ze achteruit met oprechte bewondering voor het effect – totdat ze haar schaamhaar in het oog kregen. Toen ze dat zagen puilden hun ogen uit van verbazing, met even grote oprechtheid. Toen hielpen ze haar de veters losmaken en vergezelden haar naar het bad.

Later dacht Eugenia na over het verschil tussen een Turks en een Russisch bad. Op de landgoederen van haar vader buiten Moskou was ze vaak hijgend van genot van de blokhut vol stoom in de sneeuw gedoken, terwijl de bedienden haar lichaam methodisch afranselden met een buigzame bos berkentwijgen, tot haar huid gloeide. In het bad van de harem werd het genot bereikt zonder de pijn, als je het zo kon noemen: het genot was oneindig en merkwaardig verfijnd. Ze werd ingezeept, geboend en gemasseerd; het leek alsof geen enkel deel van haar lichaam aan de aandacht van de meisjes ontsnapte, of aan die van de potige vrouw die haar ledematen rekte, haar nek liet kraken, en zelfs haar vingers en tenen boog. Alleen door een enorm vertoon van wilskracht, dat ze achteraf half en half betreurde, kon ze haar mening duidelijk maken over de hete was en een scheermes die de bediende werktuiglijk te voorschijn haalde. Toen ze gebaad had en naakt lag uit te rusten op een bank in de kamer achter de *hamam*, omringd door andere vrouwen die rookten, koffiedronken en de waarde vaststelden van hun buit – en al haar kleren – had Eugenia elk besef van tijd verloren. Het gekwetter van de vrouwen was erg rustgevend, en hun vogelachtige stembuigingen, in combinatie met de geur van appelhout en tabak, voerden haar terug, toen ze haar ogen dichtdeed, naar haar kindertijd in de herfst, bij een rivier ver weg, niet zo lang geleden.

Ze werd gewekt door een koele hand op haar schouder. Werktuiglijk ging ze overeind zitten en ontdekte dat de kislar aga uitdrukkingsloos op haar neerkeek. Toen knikte hij een paar maal, liet zijn kleine tanden zien, en maakte een gebaar dat ze moest opstaan.

Ze stond langzaam op en glimlachte naar haar nieuwe vriendinnen. Zij glimlachten terug, maar vluchtig, en hielpen haar weer in haar kleren. Ze klom eerst in haar petticoat, en sloeg toen haar korset om haar bovenlichaam. Een van de meisjes reeg het aan de achterkant dicht; ze had het liever strakker gewild, maar op een of andere manier was de ontspannen sfeer waarin ze zou kunnen vragen of het meisje harder wilde trekken nu verdwenen. Ze wierp een blik naar de plaats bij de deur waar de hoogste zwarte eunuch stond, terwijl zijn staarogen flitsend heen en weer schoten door de zaal. Toen ze was aangekleed, hief ze haar kin op en keek hem loom aan. Hij boog nauwelijks merkbaar en opende de deur.

Toen ze terugkwam in de suite van de valide, trof ze de oude dame aan op de bank. Ze praatte met een mollige man van middelbare leeftijd die schrijlings op een westerse stoel zat te schommelen.

De sultan draaide zich om en stond met enige moeite op.

'*Princesse!*' Hij boog, nam haar hand en drukte die tegen zijn lippen. Eugenia maakte een diepe revérence.

'Bravo!' De valide klapte in haar handen. 'Je bent ontsnapt, zie ik, nog even mooi gekleed als daarnet. De meisjes,' legde ze uit, 'zouden gemakkelijk haar kleren hebben kunnen stelen.'

'Haar kleren?' De sultan keek verbijsterd. 'Maar we laten elk jaar kleren uit Parijs komen, valide.'

Eugenia lachte vriendelijk.

'Ik denk, majesteit, dat wij vrouwen ons niet interesseren voor de kleren op zich. Het is de wijze waarop ze gedragen worden. En iedereen,' voegde ze eraan toe, zoekend naar een passend bijvoeglijk naamwoord voor de vrouwen van de sultan, 'is allerliefst geweest.'

Onder 'iedereen' rekende ze niet de kislar aga. Ze vond de kislar aga een griezel.

74

'Ben je daar weer?'

'Stanislav Palevski,' kondigde Yashim aan, 'we hebben nog precies vier uur. Jij gaat naar een feestje.'

Palevski glimlachte en schudde zijn hoofd.

'Ik weet wat je bedoelt: het concert voor de ambassadeurs in het paleis. Allemaal heel aanlokkelijk, maar ik ga daar niet meer naartoe. Tegenwoordig doe ik...' Hij spreidde zijn vingers. 'Eerlijk gezegd, Yash, is het een kwestie van kleren.' Hij sprak gedempt. 'Een kwestie, liever gezegd, van motten.'

Yashim hield zijn hand gebiedend omhoog. 'We hebben het niet over die vreselijke pandjesjassen met uitsteksels die jullie allemaal dragen. Je hebt de prachtigste kleren, en we hebben nog vier uur de tijd. Ik heb de kleermaker al besteld. Vanavond ga je je opwachting maken in het paleis als de levende belichaming van de Poolse geschiedenis.'

'Hè?'

'Je gaat als een Sar – hoe heet het ook weer?'

'Sarmatiër?'

'Juist.'

De Poolse ambassadeur kruiste koppig zijn armen.

'Alle idiote ideeën op een stokje. Wie denk je dat je bent? Mijn goede fee?'

Yashim knipperde met zijn ogen, en Palevski grinnikte even.

'Laat maar, dat is een oud sprookje.' Hij fronste zijn wenkbrauwen. 'Wat doe je?'

Want Yashim hief zijn armen op en wapperde met zijn handen, alsof Palevski een djinn was die hij zojuist uit de lucht te voorschijn had getoverd.

Palevski kneep zijn ogen wantrouwig tot spleetjes. 'Het spijt me, Yash. Ik zou alles voor je doen, dat weet je. Maar binnen de grenzen van redelijkheid. Als ambassadeur van Polen bij de Hoge Poort dien ik een hoger belang. Mijn land is ten val gebracht, dat weet ik. Maar koppig, mijnheer, zeer koppig.' Hij stak vermanend zijn vinger op. 'Noem het trots, noem het ijdelheid als je wilt – maar ik zeg je dit. Niet voor jou, zelfs niet voor de zwarte Madonna van Czestochova, zal ik me onder mijn gelijken mengen in een beschimmelde oude kimono.'

75

'Zijne excellentie is niet thuis,' baste de butler.

Hij stond in de deuropening en keek doordringend naar de Turk die had aangebeld.

'Ik zou bij voorkeur op hem wachten,' zei Yashim. 'Het kan me niet schelen hoe lang het duurt.'

De butler nam deze opmerking in overweging. Aan de ene kant impliceerde dit een compliment aan het adres van zijn meester die natuurlijk een drukbezet man was. Aan de andere kant zei niemand in Istanbul ooit precies wat hij bedoelde. Hij keek aandachtig naar Yashim. Zijn kleren waren zeker schoon, zij het eenvoudig. Hij zou die cape wel even tussen zijn vingers willen wrijven om zich ervan te vergewissen dat het echt kasjmier was, maar ja... deze man zou aanzienlijk kunnen zijn.

'Als u binnen wilt komen,' dreunde de butler, 'zult u een stoel aantreffen in de hal.'

Yashim deed dat, en ging erop zitten. De butler deed de deur met een hoorbare klik achter hen dicht. Yashim zat tegenover de deur waardoor hij zojuist was binnengekomen en twee enorme schuiframen die bijna tot aan de grond reikten. De trap aan zijn linkerhand wentelde achter zijn rug omhoog naar de vestibule op de eerste etage. De butler stak majesteitelijk over naar een bepruikte lakei in een kniebroek, die plechtig aan de voet van de trap stond, en mompelde een paar woorden in het Russisch. De lakei staarde recht voor zich uit en gaf geen antwoord.

'Ik ben ervan overtuigd dat u niet lang zult hoeven wachten,' zei de butler toen hij langs Yashim liep en door een deur aan zijn rechterhand verdween.

Yashim zat met zijn handen gevouwen in zijn schoot.

De lakei stond met zijn armen langs zijn zij.

Gedurende twintig minuten bewogen ze geen van beiden.

Aan het eind van die twintig minuten schrok Yashim plotseling op. Hij hief zijn hoofd omhoog. Iets bij het raam had zijn aandacht getrokken. Hij boog een klein beetje opzij en tuurde naar buiten, maar dat wat zijn aandacht had getrokken was weg. Desondanks bleef hij naar het raam kijken.

Ongeveer dertig seconden later ging hij bijna rechtop staan en staarde naar buiten. De ogen van de lakei dwaalden over hem heen, en toen naar het raam, maar het raam was zwart en hij kon niets zien.

Yashims aandacht was getrokken door iets wat zich bijna buiten zijn gezichtsveld bevond. Nieuwsgierig boog hij verder naar rechts om beter te kunnen kijken. Vanaf zijn eigen plaats kon hij niet zien waar de buitenlander naar keek, realiseerde de lakei zich.

Hij vroeg zich af wat het kon zijn.

Yashim glimlachte even, blies door zijn neus en bleef kijken, met zijn hoofd naar voren gestoken.

De lakei wreef met zijn vingers tegen zijn handpalmen. De

buitenlander, zag hij, maakte een snelle hoofdbeweging om de gebeurtenis buiten te kunnen volgen. Het leek verder weg te gaan, buiten zijn gezichtsveld, want die vent leunde nu naar voren.

Heel langzaam ging Yashim weer achterover in zijn stoel zitten. Hij keek verwonderd. Eigenlijk begreep hij de betekenis niet van dat wat hij meende te hebben gezien.

Iets in het park, wist de lakei.

Waar niets hoorde te zijn. Niemand.

De lakei vroeg zich af wat het kon zijn geweest. Het moest een lichtje zijn. Een lichtje in het donker, in het park. Dat langs de zijmuur van de ambassade ging.

Wat zou de butler hebben gedaan? De lakei wierp een blik op de Turk die nog steeds op dezelfde plaats zat als een halfuur geleden. Met een lichte frons op zijn gezicht.

Hij had iets gezien wat hij niet had verwacht. Wat niemand anders had opgemerkt.

De lakei deed een afgemeten pas naar voren, aarzelde, liep toen naar de voordeur en deed die open.

Hij keek naar links. De ruimten tussen de pilaren op het bordes waren pikdonker. Hij deed een stap naar buiten, en nog een, en reikhalsde om beter te kunnen kijken.

Hij ontwaarde een schaduw achter zijn rug en draaide zich half om. De Turk vulde de deuropening.

De Turk stak zijn handen uit, met de handpalmen naar boven, en haalde zijn schouders op. Toen wees hij op zichzelf en op het poortwachtershuisje.

'Ik ga,' zei hij in het Turks.

De lakei begreep het gebaar. Zijn angst groeide.

De Turk liep de trap af.

De lakei wachtte tot hij het bordes had verlaten, rende zelf bliksemsnel de trap af en sloeg links de hoek om, het donker in.

Heimelijk genoot hij van de koele wind op zijn gezicht die het kunstmatige haar op zijn hoofd in geen duizend jaar in de war kon brengen. Toch zag hij niets. Hij schoot naar de hoek van het gebouw en keek langs de muur van de linkervleugel.

Zo ver durfde hij zich te wagen.

76

Yashim sprintte terug de trap op, stak de lege hal over en rende met drie treden tegelijk de trap op. Boven aan de trap minderde hij vaart. Hij legde zijn hand op de deurknop van de vestibule.

En als daar nog een lakei stond die de wacht hield, net zoals laatst?

Hij greep de deurknop en stapte naar binnen.

De zaal was bijna donker. Twee kaarsen brandden in hun nissen aan het andere eind van de zaal, zo ver weg dat hij er eigenlijk niets aan had. Hij liep naar rechts en sloop door de portrettengalerij. De olieverfschilderijen waren moeilijk te onderscheiden, maar hij bleef staan toen hij langs een van de schilderijen kwam. Hij stapte opzij om het karige licht erop te laten vallen, en ondanks het feit dat het voornamelijk in schaduwen was gehuld, kon hij in de voorstelling van de op een kluitje staande groep mensen in het midden onmiskenbaar de tsaar en zijn verliefde tsarina met hun kleine kinderen onderscheiden.

Hij liep terug door de galerij.

Twee portretten van mannen tot schouderhoogte. Een levensgrote afbeelding van een man op een paard. Een tafereel dat hij niet kon onderscheiden, met een rivier en een grote opdringende massa soldaten en paarden in de richting van die rivier. Nog een portret.

Hij was weer bij de deur. Hij hoorde hoe de lakei de deur beneden dichtsloeg.

Hij keek verbluft om zich heen.

De vestibule herbergde nog steeds, zoals hij zich herinnerde, een heel parlement van Russische edellieden, en een complete Hermitage van gekroonde hoofden. Wat landschappen betreft – wel, vele wersten van de Russische steppe waren in deze zaal gepropt, met kozakkenhuzaren die zich in dorpsstraten vooroverbogen om hun liefje vaarwel te kussen.

Er was nergens een kaart van Istanbul te bekennen.

Waar de kaart had gehangen hing nu een portret van een jichtige tsaar.

Hij deed een stap dichterbij. De tsaar keek verrast: misschien vond hij het niet prettig om genegeerd te worden. In het zwakke kaarslicht kon Yashim nog steeds de onduidelijke omtrek van de lijst onderscheiden, een verbleekte rechthoek tegen de achtergrond van het geverfde houtwerk.

Ze hadden de kaart weggehaald.

Yashim had nauwelijks tijd om deze afschuwelijke gedachte tot zich te laten doordringen toen hij voetstappen de trap op hoorde komen.

Zonder een seconde te aarzelen vloog Yashim naar de deur aan de overkant van de zaal. De deurknop was gemakkelijk om te draaien, en hij was er in een seconde doorheen.

77

De Russische ambassadeur bracht een monocle naar zijn oog en liet hem geruisloos vallen terwijl zijn oog uitpuilde van verbazing.

'Ik geloof mijn eigen ogen niet!' mompelde hij tegen niemand in het bijzonder. Zijn tweede secretaris, die dichtbij stond, bukte zich alsof hij deze opmerking wilde oprapen en hem in zijn oor wilde stoppen; maar hij hoorde niets. Hij keek op en volgde de blik van zijn meester.

Bij de ingang, met een glas champagne in de ene hand en een paar geitenleren handschoenen in de andere, stond Stanislav Palevski, de Poolse ambassadeur. Maar hij was anders dan alle andere Poolse ambassadeurs die de Rus ooit had gezien. In een doodsbleek gezicht schitterden zijn blauwe ogen geïnteresseerd: maar het was niet de uitdrukking op zijn gezicht die de gezant van de tsaar verbijsterde.

Palevski was gekleed in een kuitlange gewatteerde ruiterjas van ruwe rode zijde, met grillige borduursels in gouddraad en schitterende hermelijnen versierselen aan de boord en de manchetten. Zijn lange vest was van geel fluweel: ongehinderd door zoiets ordinairs als knopen was het om zijn middel vastgesnoerd met een prachtige sjerp van rood-witte zijde. Onder de sjerp droeg hij een wijde blauwfluwelen pofbroek, gepropt in laarzen met ingezakte schachten, die zo glanzend waren gepoetst dat ze de met een ruitpatroon ingelegde parketvloer van het paleis weerspiegelden.

Die laarzen, had de kleermaker van Yashim opstandig geroepen, kon hij niet meer redden.

Maar nu was het onmogelijk te zien dat de laarzen vol gaten zaten, want de voeten van de ambassadeur waren zorgvuldig gepoetst.

'Dat is een oude truc waarover ik weleens heb gelezen,' had Palevski opgemerkt, terwijl hij rustig met een borstel zijn tenen inwreef met schoensmeer. 'De Franse officieren deden het in de afgelopen oorlog, elke keer wanneer Napoleon het bevel gaf om een erewacht te vormen.'

78

Yashim trok de deur achter zich dicht en liet de deurknop voorzichtig los, zonder geluid te maken.

Hij was net op tijd: terwijl hij zijn oor tegen de deur legde, hoorde hij hoe de andere deur werd opengegooid. Iemand marcheerde de zaal in, en hield toen halt.

Over vijf seconden zijn ze ook door deze deur, dacht Yashim. Hij keek rond, in de hoop een schuilplaats te vinden.

En zag onmiddellijk dat de beeldschone jonge vrouw van de Russische ambassadeur, gekleed in een glanzende stola van sabelbont, bij de spiegel zat en hem met open mond aanstaarde.

Afgezien van die stola was ze naakt.

79

Prins Derentsov wierp een blik op de Oostenrijkse ambassadeur, een man met een onzichtbare hals, een enorme snor en een buik als een wijnzak uit Bukovina. De Oostenrijker had met zijn rug naar de deuren gestaan, zodat Derentsov de voldoening smaakte te zien hoe hij op Palevski reageerde, toen hij, na een lichte verandering in de gezichtsuitdrukking van zijn kleine gesprekspartner, zich omdraaide en de Poolse ambassadeur in het oog kreeg.

Zijn zware kaak viel open. Zijn ogen puilden uit zijn hoofd. Zijn gezicht veranderde van bleek in een soort keizerlijk paars.

Stomme idioot, dacht prins Derentsov. Ongetwijfeld was de verschijning van de Pool in het paleis, gekleed op deze wijze, een doelbewuste belediging van de mogendheden die zijn kleine kibbelende landje veertig jaar geleden het zwijgen hadden opgelegd. Maar de reactie van die Oostenrijkse worstenkoopman zou de Pool enige genoegdoening verschaffen.

De Oostenrijker trachtte zijn blik te vangen en maaide als een gewonde zeehond met een mollige poot door de lucht. Derentsov draaide zich op zijn hakken om en knoopte een gesprek aan met zijn tweede secretaris.

De Britse ambassadeur liet zijn ogen zo nu en dan van zijn Oostenrijkse collega naar prins Derentsov flitsen, zonder zijn gesprek te onderbreken. Hij streek over zijn lippen om een glimlach te verbergen.

De Amerikaanse ambassadeur riep: 'God zal me liefhebben!' Hij had zin om direct naar Palevski toe te lopen en hem de hand te schudden, maar hij was nieuw, niet alleen in Istanbul, maar ook in het reilen en zeilen van het diplomatieke protocol. Ik ga met die kerel praten voor de avond voorbij is, dacht hij.

De Franse ambassadeur schoof een klein eindje opzij zodat Palevski, toen hij de balzaal binnenliep, op een volkomen vanzelfsprekende manier in het groepje van de Fransman terechtkwam.

De keizerlijke concertmeester, Giacomo Donizetti, die een uiterst romantische Italiaan was, fluisterde haastig met de eerste violist. Zijn programma van lichte Duitse gelegenheidsmuziek werd op discrete wijze tot een einde gebracht, en na een intermezzo van ritselende bladmuziek zette het orkest de nieuwste polonaise van Chopin in. Een paar van de intelligentere mensen in de balzaal barstten los in applaus. Prins Derentsov praatte uiteraard door.

Sultan Mahmut koos dit moment uit om de balzaal te betreden. Hij hoorde het applaus, voelde dat zijn zelfvertrouwen werd opgepept – want hij had de pest aan deze internationale bijeenkomsten – en liep naar de Franse ambassadeur om met hem te praten.

Later probeerde hij het uit te leggen aan zijn moeder.

'Ik vond dat hij er verdomd mooi uitzag. Dat vond Concordet ook, denk ik. Ik wou dat we een dergelijk regiment konden oprichten, met allemaal sjerpen en kleuren. Palevski zag eruit als een van ons.'

'Dat deel van het verhaal begrijp ik,' onderbrak de valide sultan hem afgemeten. 'Ik begrijp alleen niet waarom je hem hebt laten opsluiten!'

De sultan wrong zijn handen.

'Doe niet zo idioot, valide. Ik heb niemand laten opsluiten. Ik heb hem alleen naar een andere kamer laten brengen. Ik... Ik heb hem later ondervraagd. Net zoals die Rus, Derentsov. Het was helemaal zijn schuld, om Palevski uit te dagen tot een duel. Praktisch onder mijn neus!'

De valide begreep wat hij bedoelde. Op haar aandrang had de sultan enkele jaren geleden met behulp van geleerde theologen een officieel decreet uitgevaardigd dat het duelleren binnen het keizerrijk verbood. Het was voornamelijk gericht tegen de koppige Tsjerkessische bergbewoners wier ver verwijderde veten zo nu en dan angst en hartzeer zaaiden in de harem van de sultan, wat de valide sultan vervelend vond; maar het gold ook voor de lichtgeraakte buitenlanders in Galata.

'De Britse ambassadeur bracht Palevski binnen gehoorsafstand van de Rus,' legde de sultan uit. 'Dus het was ook zijn schuld. Ik was er niet bij, maar Stratford Canning deed kennelijk een poging de aandacht van Derentsov te trekken en de Rus draaide zich zo plotseling om dat hij met zijn elleboog het hele glas champagne van Palevski over zijn hemd uitgoot. Je weet hoe ze zijn. Nou, je kunt het je in elk geval voorstellen. Derentsov beweerde dat Palevski hem had beledigd. De Pool haalde een zakdoek te voorschijn en begon Derentsovs borst schoon te poetsen – ha ha ha!'

'Mahmut!'

'Nou, het was grappig, valide. De Russen hebben het bestaan van Palevski nooit erkend. Ze doen altijd alsof ze hem niet zien. Daar stond Derentsov te roepen dat ze bij dageraad zouden duelleren met pistolen, terwijl de Poolse ambassadeur hem schoonwreef met een zakdoek!'

Ook de valide zag de humor van de situatie in.

'Maar wat zei de Pool?'

Mahmut wiegde met dichte ogen heen en weer. 'Hij zei – ha ha ha – hij zei – ha ha ha – "Nou, in dat geval neem ik uw uitdaging aan, maar dan moet u uw eigen zakdoek gebruiken!" Ha ha ha!'

De valide sultan, die al een jaar of wat niet had gelachen, voelde zich meegesleept door het gelach van haar zoon. Het was lang geleden dat ze voor het laatst naar een feest was gegaan, maar ze wist hoe raar mensen eruit konden zien.

Sultan Mahmut kalmeerde als eerste. Zijn verhaal werd af en toe onderbroken door vrolijk geproest.

'Daarna moest ik ze van elkaar scheiden. De Pool liet zich zeer voorkomend wegleiden. Ik praatte een tijdje met hem, en liet hem gaan. Derentsov stond te keffen toen ik uiteindelijk bij hem kwam – brabbelde iets over aantasting van zijn diplomatieke rechten en zo. Ik liet hem uitrazen en lepelde toen mijn tekst op over duels en de wet, net zoals tegen de Poolse ambassadeur. Ik zei dat het respect voor het individu en het respect van het individu voor de wet de kenmerken waren van een geciviliseerde maatschappij, en dat ik natuurlijk begreep dat andere landen andere principes hadden; maar duelleren is verboden in het keizerrijk waarover ik heers. Dit, zei ik, is de reden dat we wetten hebben – en wetten, voegde ik eraan toe, die binnen enkele dagen aangescherpt en verduidelijkt zullen worden. Ondertussen vroeg ik hem om een verontschuldiging.'

'En?'

'Als zijn vrijlating afhankelijk was geweest van zijn verontschuldiging, valide, zou de Russische ambassadeur nog steeds in die kamer zitten. Ik beschouwde een paar gemompelde woorden – verwensingen, dat weet ik zeker – als een teken van berouw, en zei dat tegen hem. Daarna stelde ik voor dat hij naar huis zou gaan, en liep de kamer uit.'

'*Flûte, mon brave!* Je bent erg slim!'

De valide pakte haar zoon bij de oren en gaf hem een zoen.

80

Voor Yashim tijd had om zich te herstellen, wees Eugenia met een majesteitelijke vinger. 'U kunt het onder het bed proberen.'

Dat liet Yashim zich geen twee keer zeggen. Hij dook letterlijk naar het bed en wurmde zich eronder. Hij zag Eugenia op blote voeten naar de deur lopen; ze griste iets van het bed terwijl ze erlangs liep. Een zijden peignoir zwiepte door de lucht en wervelde om haar enkels.

Er werd op de deur geklopt. Yashim spande zich in om te verstaan wat er werd gezegd, maar het enige wat hij kon verstaan was het 'njet – njet' van Eugenia en een paar gemompelde woorden. De deur ging dicht, en de voeten stonden weer bij de rand van het bed. Toen gleed de peignoir in een zachte wolk op de grond en de voeten verdwenen.

Eugenia zat in bed, vlak boven zijn hoofd. Ze wachtte tot haar Turk boven water zou komen. Ze had een glimlachje om haar lippen, en verder was ze naakt.

Yashim voelde zich voor gek staan. Hij krabbelde overeind en boog.

'Neemt u me niet kwalijk, excellentie,' zei hij. 'Ik was verdwaald. Ik had geen idee...'

Eugenia trok een pruillip. 'Géén idee, monsieur de Ottomaan? U stelt me teleur. Kom.'

Ze streek met haar hand tussen haar borsten door omlaag. Bij de juwelen, dacht Yashim, ze is mooi: mooier dan de meisjes in de harem van de sultan. Wat een blanke huid! En haar haar: zwart als glanzend ebbenhout.

Ze trok een knie op en het zijden laken rees omhoog, waaronder een lange slanke dij te zien was.

Ze heeft zin in me, dacht Yashim. En ik heb zin in haar. Haar huid – hij verlangde ernaar om zijn hand uit te steken en die te strelen. Hij verlangde ernaar om haar vreemde, buitenlandse geur in te ademen, haar rondingen met zijn handen te voelen, haar donkere lippen tegen de zijne te drukken.

Verboden. Dit is de weg van de hartstocht en de spijt.

Die is onbegaanbaar. Als je geestelijke gezondheid je lief is.

'U begrijpt het niet,' zei Yashim wanhopig. 'Ik ben een... een...' Wat was dat woord dat die Engelse jongen had gebruikt? Hij wist het weer. 'Ik ben freelance.'

Eugenia keek verbijsterd.

'Wil je dat ik betaal?' Ze lachte ongelovig en schudde haar krullen. Niet alleen haar krullen. 'Wat gebeurt er als ik dat niet doe?'

Yashim was verward. Ze zag de verwarring op zijn gezicht en strekte haar armen uit.

'Kom,' zei ze.

Ze zette haar handen plat op het bed, achter haar rug. Yashim kreunde zachtjes en deed zijn ogen dicht.

Vijf minuten later had Eugenia ontdekt wat Yashim bedoelde met freelance.

'Des te beter,' zei ze, en ze liet zichzelf terugvallen op de kussens. Ze trok een slanke knie op.

'Neem me dan, Turk!' hijgde ze.

81

Ver weg, in de schitterende Eerste Hof van het Topkapi-paleis van de sultan, rolde het laatste rijtuig weg over de keien en door de Hoge Poort, en verdween in de richting van de hippodroom en de donkere stad. Er bleef nog één prachtig rijtuig achter, met de koetsier onbeweeglijk op de bok, zijn zweep in de hand, en twee palfreniers die als standbeelden achterop stonden, zonder zich iets aan te trekken van de zachte motregen. Terwijl de wind de toortsen deed flakkeren die aan de binnenmuur van het paleis waren opgehangen, viel het schijnsel op de glanzende zwarte lak van de koetsdeur en verlichtte het keizerlijke wapen van de Romanovs met zijn tweekoppige adelaar: het symbool dat vele eeuwen geleden in deze zelfde stad was ontstaan.

Alles was spookachtig stil in het rijtuig van de Russische ambassadeur, maar in het boudoir van de Russische ambassadeursvrouw waren de zaken tot een uiterst lawaaierig hoogtepunt gekomen.

Met sidderende schouders slaakte Eugenia een lange, bevredigde zucht.

Even later glimlachte ze loom in het oor van Yashim.

'Ik ben misschien ijdel, maar ik denk niet,' fluisterde ze, 'dat je hierom gekomen bent.'

Yashim verhief zichzelf op een elleboog. Zijn ogen waren dichtgeknepen, alsof hij pijn had. Eugenia stak haar hand uit en streelde zijn vochtige voorhoofd. 'Het spijt me,' zei ze eenvoudig.

Yashim slaakte een zucht, en deed zijn ogen open. Diep ademhalend zei hij: 'Die... kaart... in... de... vestibule. Waar is die gebleven?'

Eugenia lachte, maar toen ze de blik in zijn ogen opving rolde ze opzij en knielde op het bed.

'Meen je dat echt?'

'Ik moet die kaart bekijken,' zei hij. 'Voor je man thuiskomt.'

'Hij?' Een minachtende blik vloog over haar gezicht. 'Hij komt hier toch niet binnen.' Ze sprong van het bed, pakte de peignoir weer op, en strikte de ceintuur met een boze ruk.

'Hij heeft me nooit vergeven dat ik met hem ben getrouwd. En je hebt geen idee hoe ik me verveel!'

Yashim fronste zijn wenkbrauwen. Het was bijna niet te geloven dat de prins zijn handen een ogenblik van zijn vrouw af kon houden. Maar zo was het dus. Misschien was hij, Yashim, geen haar beter dan die westerlingen die zich de sultan voorstelden in een geparfumeerd paradijs vol houri's.

'Ik woon hier al een halfjaar. Ik ga nooit uit. Ik verkleed me drie of vier keer per dag – waarvoor? Voor wie? De paleiswachten? Eén keer per week geeft mijn man een oersaai diner.'

Ze pakte haar zwarte krullen in één hand bij elkaar en trok ze omhoog achter haar hoofd. Toen liet ze ze vallen.

'Thuis is er elke avond een bal. Ik zie mijn vriendinnen. Ik ga uit rijden in de sneeuw. Ik... O, ik weet niet; ik lach, ik flirt, praat over boeken en kunst, over alles. Ik denk dat ik je daarom heb gestrikt: jij was de eerste Turk met wie ik ooit heb gepraat. Mijn eerste Turkse minnaar.'

Yashim sloeg zijn ogen neer. Eugenia lachte weer.

'Ik zal je de kaart laten zien. Hij staat daar gewoon.'

Ze wees over zijn schouder. Hij keek om en daar stond hij, geleund tegen de muur, de vertrouwde vorm van de stad als de snuit van een dier, wroetend in de kust van Azië.

'Ik moet een vergelijking maken,' legde hij uit, terwijl hij zijn cape pakte. Hij haalde de kaart van Palevski uit zijn zak, vouwde hem open, knielde neer bij de kaart van Lorich en hield die van Palevski tegen het glas.

'Ik heb geen idee wat je van plan bent, maar kan ik je helpen?'

Ze legde haar hand op zijn schouder.

Yashim gaf uitleg. 'Op deze kaart staan alle religieuze gebouwen in Istanbul zoals die daar dertig jaar geleden stonden. De gebouwen die mij interesseren zijn de karagozitekkes – het symbool lijkt op een Arabische letter K, zoals deze.'

'Ze zijn verschrikkelijk moeilijk te onderscheiden,' zei Eugenia pruilend. 'Het is een heel woud van Arabische kronkels.'

Yashims oog gleed over de kaart. 'Oorspronkelijk was ik op zoek naar een brandweertoren, maar ik moest mijn plan veranderen. Op de oude kaart, die van jou, zie je alle gebouwen die er in 1599 stonden. Als je die twee kaarten vergelijkt zou je moeten zien waar de oudste karagozi-tekkes hebben gestaan.'

'Je bedoelt dat iets wat op allebei de kaarten verschijnt, gebouwd moet zijn vóór 1599.'

Eugenia beet op haar lip.

'Je kunt het best de stad in verschillende stroken verdelen, van noord naar zuid, zodat je zeker weet waar je bent en dat je niets overslaat.'

'Dat is een heel goed idee,' zei Yashim. 'Laten we dat doen.'

Eugenia pakte de kaart van Palevski en vouwde die in vier stroken. Toen sloeg ze de eerste strook om, en ze begonnen de tekkes in kaart te brengen.

Na twintig minuten hadden ze het eerste kwart van de stad onderzocht en ongeveer twaalf tekkes verworpen, omdat die te modern waren. Yashim streepte ze weg. Ze hadden twee mogelijkheden over.

'Volgende strook,' zei Eugenia.

Ze werkten door.

'Sommige mensen zouden denken dat dit een vreemde manier was om de nacht door te brengen met een halfnaakt Russisch meisje.'

'Ja. Neem me niet kwalijk.'

'Ik vind het leuk.' De ogen van Eugenia kregen lachrimpeltjes. Ze sloeg haar armen om haar knieën. 'Toch zou het goed zijn als je zo weer met me naar bed gaat.'

Ze maakten de tweede strip af. Er was ineens een mogelijke keus verschenen bij de stadsmuren, maar dit keer was het de nieuwe kaart die verwarring zaaide, omdat je daar moeilijk op kon zien welk gebouw precies de tekke was geweest.

'We zijn nu halverwege,' stelde Yashim haar gerust.

'Verder dan dat,' zei ze. 'De stad wordt vanaf dit punt steeds smaller, tot we bij het serail-landpunt komen.'

'Dat is waar. Ga door.'

Ongeveer tien minuten later identificeerden ze de brandweertoren van Stamboul als een tekke.

'Dat is goed,' zei Yashim. 'Het bewijst dat het systeem werkt.'

'Poeh! Ik ben blij dat je me dat nu pas vertelt.'

De laatste strook van de kaart bracht de Galata-toren aan het licht, en de oude tekke in het hoofdkwartier van de janitsaren, die nu was begraven onder de keizerlijke stallen. Zoals Eugenia had voorspeld waren ze sneller klaar met hun vergelijking, want de stad werd niet alleen smaller, maar ook werd een groot deel daarvan in beslag genomen door het paleis en het grondgebied boven het serail-landpunt. Ze vonden daar niets wat hen verraste.

'Het is laat,' zei Yashim. 'Ik moet gaan.'

Eugenia stond op en rekte zich uit, eerst op de ene voet, toen op de andere.

'Hoe? Misschien heb je er niet bij stilgestaan, maar de ambassade zit 's nachts op slot. Hoge muren. Waakzame paleiswachten. Er kan geen muis naar binnen – of naar buiten. Gelukkig voor mij ben je geen muis.'

Met een sierlijke zwaai trok ze de ceintuur los van haar middel. Haar peignoir viel open en ze schudde hem van haar schouders en stapte eruit.

'Het genoegen is geheel aan mijn kant,' zei Yashim glimlachend.

'Dat zullen we nog wel zien,' zei ze, en ze stak haar hand uit.

82

De meester van het soepmakersgilde nam in elke hand een punt van zijn snor en trok er nadenkend aan.

Toen pakte hij de oude sleutel die de wacht zojuist had teruggebracht en liet hem terugglijden aan de grote sleutelring.

Hij wist dat de inspecteur uit het paleis gelijk had: alleen de nachtwakers hadden de diefstal kunnen organiseren. Maar waarom? Het moest een of andere rare streek zijn, veronderstelde hij. Misschien een van hun eigen sentimentele rituelen. Toen hij uitlegde dat een van de grote soepketels werd vermist, had hij verwacht dat ze schichtige, beschaamde gezichten zouden trekken. Hij had verwacht dat ze zouden bekennen. Hem in vertrouwen zouden nemen. Hij had gehoopt dat ze hem vertrouwden.

Maar in plaats daarvan keken ze hem uitdrukkingsloos aan. Ontkenden alles. De soepmeester was teleurgesteld.

De soepmeester begon opnieuw. 'Ik ben er niet op uit jullie te bestraffen. Misschien wordt de kookketel weer teruggebracht, en dan hoeven we er verder geen woorden aan vuil te maken. Maar...' Hier stak hij een dikke vinger in de lucht. 'Het zit me dwars. Het gilde is één familie. We hebben moeilijkheden, en die lossen we op. Ik los ze op. Dat is mijn taak, ik ben het hoofd van deze familie. Dus als een buitenstaander mij komt vertellen dat er problemen zijn waar ik niets vanaf weet, maak ik me zorgen. En ik schaam me.'

Hij zweeg.

'Een speurneus uit het paleis komt mij vertellen dat er iets in mijn eigen huis is gebeurd. Aha, jullie beginnen het te begrijpen, nietwaar?'

Hij had een sprankje interesse ontdekt, maar het had niets opgeleverd.

De soepmeester trok weer aan zijn snor. Deze bijeenkomst bracht hem van zijn stuk. De mannen waren niet regelrecht brutaal, maar ze waren kil. De soepmeester vond dat hij in hun belang een risico had gelopen; hij had hun werk gegeven toen ze wanhopig waren, maar bij deze gelegenheid beantwoordden ze zijn daad niet met dankbaarheid.

Hij ging niet zover dat hij ze ontsloeg; hij had het onbehaaglijke gevoel dat ze een woordeloos dreigement hadden geuit. Dat hij zich met zijn eigen zaken moest bemoeien – alsof de diefstal van een kookpot, en de latere ontkenningen, in het geheel zijn zaak niet waren! Maar hij kon ze nu niet gewoon ontslaan. Als hij hen schaadde, zou dat hem kunnen schaden. Hij zou beschuldigd kunnen worden van hulp en bijstand aan de vijanden van de Hoge Poort.

Hij wrong zijn massieve handen.

Kon hij geen manier bedenken om hun hun gebrek aan loyaliteit betaald te zetten? Hij dacht aan de eunuch.

De eunuch had een zekere status in het paleis.

De soepmeester vroeg zich af hoe hij die man beter kon leren kennen.

83

De hele ochtend zocht Yashim naar de drie vindplaatsen die hij de vorige nacht met behulp van de oude kaart had geïdentificeerd. Hij hoopte dat hij iets opvallends zou zien als hij zijn geest openstelde.

Een tekke hoefde niet groot te zijn, maar een grote ruimte zou een aanwijzing kunnen zijn. Een tekke hoefde op zich geen bepaalde vorm te hebben, maar een kleine koepel zou kunnen duiden op een gebedshuis. Dat gold ook voor een wijwaterbak met heilig water, een overbodige nis, of een vergeten inscriptie boven een poort in een gang – kleine tekenen die op zich onbeduidend leken, maar die hem samen in de goede richting zouden wijzen.

Als dat niets opleverde, kon hij het altijd vragen.

De eerste straat die hij bezocht was nog maar nauwelijks hersteld van de gevolgen van een brand die zo hevig was geweest dat de weinige stenen gebouwen uiteindelijk waren ontploft. Er lagen nog steeds een paar grote, kapotte steenblokken begraven in de as die doelloos door de verkoolde straat heen en weer waaide. Enkele mannen pookten met stokken in de as; Yashim vermoedde dat ze huisvaders waren, op zoek naar hun spaargeld. Ze gaven hem langzaam antwoord, alsof ze ergens anders waren met hun gedachten. Geen van hen wist iets over een tekke.

De tweede plaats bleek een klein, onregelmatig gevormd plein te zijn, net binnen de stadsmuren. Het was in een arbeidersbuurt, waar veel Armeniërs en Grieken woonden tussen de Turkse winkeliers, wier winkeltjes hutjemutje op elkaar stonden aan de oostkant. De gebouwen waren vervallen. Het was bijna onmogelijk te gissen hoe oud ze waren. In een arme buurt werden de gebouwen meestal gerepareerd en opnieuw gebruikt ver boven hun normale levensverwachting. Als er brand kwam, bouwden de mensen opnieuw in dezelfde stijl als hun vaders en grootvaders.

Aan de overkant van de winkels stond een kleine maar rustige, schone moskee, en daarachter was een witgekalkt huisje waar de imam woonde. Hij deed zelf open, leunend op een stok – een oude, zeer gebogen man met een woest uitgegroeide witte baard en dikke brillenglazen. Hij was nogal doof, en leek verward en zelfs geïrriteerd toen Yashim hem naar de karagozi vroeg.

'Wij zijn hier allemaal orthodoxe moslims,' zei hij steeds opnieuw met een schrille stem. 'Hè? Ik begrijp u niet. Bent u geen moslim? Nou dan. Ik weet niet waar u heen wilt – we zijn hier allemaal goede moslims.'

Hij stampte een of twee keer met zijn stok op de grond, en toen het Yashim eindelijk lukte weg te komen bleef hij leunend op zijn stok op de drempel staan, en keek hem na door zijn dikke brillenglazen tot hij de hoek om was geslagen.

Van de kooplieden hoorde hij dat er op het plein om de dag een markt werd gehouden. Maar toen hij ze vroeg naar een tekke voor de soefibeweging, verlaten of niet, haalden ze slechts hun schouders op. Enkele oude mannen die onder een hoge cipres dicht bij de voet van de oude stadsmuur zaten, begonnen met elkaar over de zaak te discussiëren, maar binnen enkele minuten ging het gesprek over herinneringen aan andere plaatsen, en een van hen begon een lang verhaal over een mevlevi-derwisj die hij ooit had ontmoet in Rusa, waar hij ongeveer honderd jaar geleden was geboren. Yashim glipte weg terwijl de mannen verder praatten.

Aan het eind van de ochtend was hij aangekomen bij de derde en laatste mogelijkheid op de kaart van Eugenia: een stevig knooppunt van kleine steegjes in het westen van de stad.

Het was onmogelijk geweest om met enige nauwkeurigheid vast te stellen in welke straat of in welk gebouw de tekke zich bevond.

Yashim zwierf rond om een soort gebied af te bakenen, dat hij meer dan een uur lang verkende. Maar deze nauwe straatjes leverden zoals altijd weinig op: het was onmogelijk te gissen wat zich afspeelde achter die hoge blinde muren, laat staan dat je je kon voorstellen wat hier vijftien of honderd jaar geleden was gebeurd. Pas op het laatste moment, toen Yashim op het punt stond de moed op te geven, klampte hij een fretachtig mannetje met een opgestreken snor aan die uit een koetspoort stapte met een boodschappennet in zijn hand.

De man schrok op toen Yashim hem aansprak.

'Wat wil je?' snauwde hij.

'Een tekke,' begon Yashim – en terwijl hij dat zei werd hij getroffen door een idee. 'Ik ben op zoek naar een soefi-tekke, ik weet niet precies van welke beweging.'

De man bekeek hem van top tot teen.

'Maakt dat geen verschil?' Hij leek oprecht verbaasd. 'Ze zijn niet allemaal hetzelfde, weet u.'

'Natuurlijk, dat begrijp ik,' zei Yashim sussend. 'In dit geval ben ik op zoek naar een buitengewoon oude tekke... ik ben architect,' voegde hij er op goed geluk aan toe.

Hij had de hele morgen aan mensen gevraagd of ze zich een karagozi-tekke konden herinneren. Hij was ervan uitgegaan dat een overbodige tekke allerlei andere bestemmingen kon krijgen, van een winkel tot een theehuis. Het was tot nu toe niet in hem opgekomen dat het meest aannemelijke lot van een verlaten tekke was dat hij werd overgenomen door een andere sekte. Een karagozi-tekke zou de tekke van een andere sekte worden.

'Een oude tekke.' De man zwaaide zijn neus van links naar rechts. 'Er is een nasrani-tekke in de volgende straat. Ze zijn hier nog maar een jaar of tien, maar het gebouw is erg oud, als u dat bedoelt.'

De karagozi waren tien jaar geleden verbannen.

'Dat is precies wat ik bedoel,' zei Yashim glimlachend.

De man bood aan hem de plaats te laten zien. Terwijl ze over straat liepen, vroeg hij: 'Wat vindt u nou van die moorden?'

Yashim schrok op zijn beurt. Een straathond in een deuropening stond op en begon te blaffen.

'Moorden?'

'De cadetten. Dat hebt u toch zeker wel gehoord. Iedereen praat erover.'

'O, ja. Wat vindt u ervan?'

'Ik vind alleen – wat iedereen zegt. Het is iets groots, nietwaar? Er staat iets te gebeuren.' Hij stak zijn hand in de lucht alsof hij voelde waar de wind vandaan kwam. 'Ik heb ratten.'

'Ratten.'

'Houdt u van dieren? Vroeger hield ik vogels. Ik genoot ervan als het licht in de winter op hun kooien viel. Ik hing de kooien op, buiten het raam. De vogels gingen altijd zingen in het zonlicht. Uiteindelijk liet ik ze wegvliegen. Maar ratten, die zijn slim, en die vinden het niet erg om in een kooi te zitten. Bovendien laat ik ze eruit, om te rennen. Je kunt zien dat ze bij dingen stilstaan en erover nadenken.

Ik heb er drie. De laatste paar dagen gedragen ze zich vreemd. Ze willen niet uit hun kooi komen. Ik haal ze er natuurlijk uit, maar ze willen zich alleen maar verstoppen. Als één van de drie zo deed zou ik het begrijpen. Ik heb ook tijden dat ik geen mensen wil zien, en gewoon thuis wil blijven om met mijn dieren te spelen. Maar alle drie – precies hetzelfde. Ik denk dat ze het ook voelen.'

Yashim, die altijd een hekel aan ratten had gehad, vroeg: 'Wat is dat dan? Wat voelen ze?'

De man schudde zijn hoofd.

'Ik weet het niet. Mensen mompelen, zitten potdicht. Zoals ik al zei, er staat iets te gebeuren en we weten niet wat. Hier is hij, de tekke.'

Yashim keek verbaasd rond. Hij was al eerder langs de lage ruimte zonder ramen gelopen, en hij had de indruk gehad dat het een pakhuis of een magazijn was.

'Weet u het zeker?'

De man knikte kordaat. 'Misschien is er niemand, maar ze schijnen er 's avonds te zijn. Veel geluk.' Hij wuifde met zijn boodschappennet. 'Ik moet eten kopen voor de ratten,' legde hij uit.

Yashim glimlachte flauwtjes naar hem.

Toen bonsde hij hard op de dubbele deuren.

84

'Ja, karagozi.' De man bleef vriendelijk glimlachen.

Dus dit is hem, dacht Yashim. Tegelijkertijd keek hij nieuwsgierig om zich heen. Hadden de janitsaren zich hier overgegeven aan bacchanalen? Zuipen, vrouwen, en mystieke poëzie? Of, iets prozaïscher: een kamer van koophandel, waar zakelijke transacties werden gesloten en de soldaten die kooplieden en ambachtslieden waren geworden praatten over de markt, en hoe ze zich economisch konden laten gelden.

Op het eerste gezicht was er niets heiligs aan de plaats. Zoals de ruimte eruitzag zou het heel goed een pakhuis kunnen zijn, wat Yashim oorspronkelijk dacht, een eenvoudig, witgekalkt vertrek, verlicht door hoge ramen, met een grote eikenhouten tafel in het midden en banken aan weerszijden. Een eetzaal, zeg maar. De muren waren pas witgekalkt, maar het zag ernaar uit dat ze slechts één keer waren geverfd, te oordelen naar de onduidelijke beelden die hij nog kon onderscheiden achter de ongebluste kalk.

'Waren de muren gedecoreerd?'

De tekke-meester boog zijn hoofd. 'Prachtig beschilderd.'

'Maar – wat, heiligschennend?'

'In onze ogen, ja. De karagozi waren niet bang om voorstellingen te maken van Gods schepping. Misschien waren ze in staat dat met een zuiver geweten te doen. Toch zouden de volgelingen van mijn geloof dat een afleiding vinden. Maar ik kan niet zeggen dat we ze daarom hebben overgeverfd. We hebben het eerder gedaan omdat we het belangrijk vonden terug te keren naar de oorspronkelijke zuiverheid van de tekke.'

'Ik begrijp het. De muurschilderingen waren een meer recente vernieuwing in de karagozi-tekkes? Het was niet het oorspronkelijke idee?'

De tekke-meester keek bedachtzaam.

'Ik weet het niet. Voor ons was de bezetting door de karagozi een intermezzo waar we niet aan terug wilden denken.

Yashim keek omhoog naar het panelenplafond.

'Intermezzo? Dat begrijp ik niet goed.'

'Neem me niet kwalijk,' zei de tekke-meester bescheiden. 'Ik heb me niet duidelijk uitgedrukt, dus misschien wist u niet dat dit een nasrani-tekke was tot de Patrona-opstand. De karagozi kregen veel invloed in die periode en ze hadden meer ruimte nodig: dus moesten wij deze ruimte prijsgeven. Recente gebeurtenissen,' voegde hij er met de gebruikelijke omzichtigheid aan toe, 'stelden ons in staat het gebouw weer in bezit te nemen, en toen werden de muurschilderingen overgeverfd, zoals u ziet.'

Yashim keek hem verslagen aan. De Patrona-opstand was geweest in 1730.

'Bedoelt u dat deze tekke is gebouwd door uw sekte? Was hij oorspronkelijk helemaal niet gesticht door de karagozi?'

De man glimlachte en schudde zijn hoofd. 'Nee. En zo ziet u maar: wij bewegen ons voort in cirkels. Wat open is, zal sluiten.'

Vijf minuten later stond Yashim weer op straat.

De kaart van Palevski, getekend door de Schot Ingiliz Mustafa, had de tekke juist geïdentificeerd – in de tijd dat de kaart was gemaakt. Maar hij was niet gebouwd door de karagozi: het was niet een van de oorspronkelijke vier tekkes.

Het principe zou echter moeten kloppen.

Yashim dacht weer aan het kleine pleintje onder de oude Byzantijnse stadsmuren.

Hij zag het voor zijn geestesoog: de moskee, het rijtje winkels, een oude cipres tegen de verweerde stenen van de stadsmuren.

De tekke was daar. Hij móest daar zijn.

85

Een halfuur later liep Yashim over een lange, rechte steeg vanuit het zuiden naar het plein.

Recht voor hem, voorbij het begin van de steeg, had hij een goed uitzicht op de prachtige cipres waar hij eerder op de ochtend had staan praten met de oude mannen.

Vanwaar hij stond, vierhonderdvijftig meter terug, kon hij zien wat hij eerder niet had kunnen zien. Hij kon over de top van de boom heen kijken.

Net achter de slanke boomtop rees in zijn eenzame halfge-ruïneerde pracht een Byzantijnse toren op vanuit de massieve stadsmuren.

De Kerkoporta. Het kleine poortje.

Er waren niet veel Stamboulioten die het verhaal van de Verovering in 1453 tot in alle bijzonderheden kenden. Het was verleden tijd, bijna vierhonderd jaar geleden. Het was de ver-vulling van het lot, en de mensen uit het negentiende-eeuwse Turkse Istanbul hadden weinig belangstelling voor de geschie-denis van de succesvolle verovering op de Grieken.

Er waren maar twee groepen mensen die nog altijd geïnte-resseerd waren in het verhaal en het aan iedereen vertelden die het maar wilde horen.

De janitsaren, met trots.

De Fanarioten, met verdriet – hoewel Yashim er nooit ach-ter was gekomen of dat verdriet waarachtig was. Hoe je het ook bekeek, de edele Griekse kooplieden uit Fanar hadden hun fortuin gemaakt onder het Ottomaanse bewind.

Yashim wist nog precies waar hij het verhaal over de Turkse Verovering tot in alle details voor het eerst had gehoord. Het huis van de Mavrokordato-clan, in het chicste deel van Fanar, de Fanariotische wijk, was het voornaamste, somberste paleis uit de hele straat. Het was goed beschermd achter hoge muren, en gebouwd in een flamboyante barokstijl. Dit huis was het hoofdkwartier van een uitgebreide familieonderneming die zich uitstrekte tot de vorstendommen aan de Donau en de pakhuizen in Trebizonde. Ze verwierven wereldlijke en geeste-lijke titels. De Mavrokordato-clan had in de loop der eeuwen geleerden en keizers, aanvoerders der bojaren en vlootvoog-den voortgebracht, schurken, heiligen en mooie dochters. Ze waren ongelooflijk rijk, hadden schitterende familierelaties, en waren griezelig goed op de hoogte.

Zeven van hen zaten rond de tafel, plus Yashim. Hun gezichten drukten allerlei gevoelens uit: humor en bitterheid, angst en jaloezie, zelfgenoegzaamheid en minachting – maar er was ook één mooi gezicht, dat hij nog altijd weleens in zijn dromen zag, wier blik meer zei. Alleen de ogen waren hetzelfde, blauw en peinzend; Yashim had toen begrepen waarom de Turken bang waren voor blauwe ogen.

De tafel was bedekt met een Anatolisch tapijt dat jarenlange arbeid had gekost, zo dicht was het geknoopt. Er was koffie geserveerd; toen de zware gordijnen waren dichtgetrokken en de bedienden zich hadden teruggetrokken, had George Mavrokordato, de patriarch van de familieclan met een zware onderkin, Yashim gevraagd of hij verslag wilde uitbrengen.

Daarna was George langzaam naar de haard gelopen; de anderen volgden hem en zaten bij hem in een volkomen stilte die een vorm van spraak leek. Ten slotte had de oude moeder van George de rok van haar zwarte zijden jurk gladgestreken en hem gewenkt.

Zij had hem het verhaal van de Verovering verteld.

86

Hij bleef stokstijf in het steegje staan, en herinnerde zich het hele verhaal.

Voornamelijk herinnerde hij zich haar bitterheid toen ze over de Kerkoporta vertelde. Het kleine poortje.

Het beleg had al negentig dagen geduurd, toen de jonge sultan Mehmed bevel gaf tot een laatste bestorming van de stadsmuren. Een paar duizend uitgeputte, verzwakte Byzantijnen, die waren overgebleven om hun stad te verdedigen, hoorden het geroffel op de kookketels en zagen de heuvels buiten de stadsmuren in beweging komen terwijl tienduizenden soldaten van Mehmed afdaalden om tot de aanval over te gaan. De ene golf na de andere werd uiteengeslagen op de zwak verdedigde stadsmuren, die duizend jaar eerder waren gebouwd: Anatolische rekruten, Bashi-Bazouk-huurlingen uit de heuvels van Servië en Bulgarije, en vogelvrijverklaarde rebellen en avonturiers uit de hele mediterrane wereld. De verdedigers werden zwakker bij elke aanval die zij afsloegen, maar de bestorming duurde voort. De militie van Mehmed stond met zwepen en knuppels in de achterhoede om de aanvallers van terugtrekken te weerhouden, de ladders sloegen te pletter tegen de muren, onder het schrille geluid van de Anatolische doedelzakken, het flakkerende licht van het ernstvuurwerk, en het plotselinge donderende geraas van het gigantische Hongaarse kanon.

Alle klokken in de stad luidden. Terwijl de rook optrok van de bres in de stadsmuren, waar de aanvallende soldaten lagen te creperen, en de verdedigers toesnelden om het puin op te stapelen, en de maan worstelde om zich te bevrijden van een zwarte flard voortjagende wolken, rukte Mehmed op aan het hoofd van zijn infanteriestoottroepen van de janitsaren. Ze rukten op, niet in wilde heftig rammeiende aanvallen, zoals het zootje ongeregeld en de Turken die de hele nacht lang tegen de stadsmuren waren gesmeten, maar hij leidde hen in het uur voor de dageraad naar de vestinggracht.

'Ze vochten een uur of langer man tegen man op de stadsmuren,' zei de oude dame. 'In de waan dat de krachten van de Turken afnamen. Zelfs die janitsaren verloren hun stootkracht. Dat – dat bleek niet zo te zijn.'

Yashim zag hoe haar mond krampachtig trilde om haar tandeloze kaken. Met droge ogen zei ze: 'Er was een klein poortje, zie je, op de hoek waar de grootse oude stadsmuren van Theodosius aansloten op de lagere muren achter het paleis van de caesars. Het was dichtgemetseld, niemand weet hoeveel jaren daarvoor. Piepklein, dat poortje. Ik denk niet dat er twee mannen naast elkaar doorheen konden, maar daar... Gods wil is ondoorgrondelijk. Aan het begin van de belegering hadden ze het poortje opengemaakt, om uitvallen te kunnen doen. Een detachement soldaten was net teruggekeerd van een uitval en, geloof het of niet, de laatste soldaat vergat de poort achter zich te vergrendelen.'

Het was de ontdekking van het kleine poortje dat open- en dichtzwiepte aan zijn scharnieren – een klein gat in die hele twaalf kilometer lange massieve muur en binnenmuur, één moment van verslapte waakzaamheid in een duizendjarig verhaal – die een ommekeer teweegbracht in de belegering. Een stuk of vijftig janitsaren drongen door de poort en ontdekten dat ze tussen de stadsmuren waren beland. Maar ze bevonden zich in een verschrikkelijk kwetsbare positie, en de Byzantijnen hadden ze toch nog kunnen terugdrijven of doden, als een van hun helden, een Genuese zeekapitein, niet precies op datzelfde moment ernstig gewond was geraakt door een schot van dichtbij. Zijn manschappen droegen hem weg van de stadsmuren; de Byzantijnen voelden dat hij hen had verlaten en slaakten een kreet van wanhoop. De Ottomanen deden een stormloop op de binnenste stadsmuren en een reus die Hasan heette drong over de palissade heen aan het hoofd van zijn janitsarenkorps.

Binnen tien minuten wapperden de Turkse vlaggen van de toren boven de Kerkoporta.

Dit alles was vierhonderd jaar geleden.

Maar de toren boven de Kerkoporta stond er nog steeds, achter de grote cipres op het plein, rood, wit en leeg tegen de achtergrond van een blauwe winterlucht.

Precies de plaats waar tweeduizend jaar Romeinse geschiedenis tot een bloeddorstig hoogtepunt was gekomen, toen de laatste keizer van Byzantium zijn keizerlijke eretekenen afwierp en met het zwaard in de hand sneuvelde in het strijdgewoel, om nooit meer te worden teruggezien.

Precies de plaats waar Constantinopel, de rode appel, de navel van de wereld, was veroverd door de janitsaren in naam van de islam, voor de sultan.

De oude Palmuk had gelijk. Er was een vierde toren.

De vierde tekke.

Hoofdschuddend over de herinneringen die hij had opgeroepen liep Yashim voorwaarts, het winterse zonlicht in.

87

De stenen trap die omhoogleidde naar de binnenste borstwering van de eerste stadsmuur was onzichtbaar vanuit het steegje. Om de trap te bereiken zocht Yashim op de tast zijn weg door een onopvallende doorgang tussen twee houten huizen die tegen de voet van de muur aan waren gebouwd. Boven aan de trap gekomen draaide hij zich om en liep over de borstwering naar de Kerkoporta-toren.

In het metselwerk zat een houten deur ter hoogte van de borstwering. De deur hing open, met verroeste scharnieren, en was aan de deurstijl vastgemaakt met een verweerde ijzeren ketting die bijna uit elkaar viel toen Yashim hem aanraakte. Hij duwde. De deur trilde een beetje. Hij zette zijn schouder tegen de planken en duwde, tot de scharnieren knarsten en de deur naar binnen openzwaaide, het donker in.

De vloer was bezaaid met stof, afgebladderd pleisterwerk en verdroogde keutels. Terwijl hij zijn in sandalen gestoken voeten voorzichtig optilde liep Yashim door het schuin invallende zonlicht naar het midden van de ruimte, en keek om zich heen. In de schaduw was het plafond onzichtbaar. De muren zagen eruit alsof ze één keer waren gepleisterd, maar nu onthulden ze lagen Romeins metselwerk, afgewisseld door lagen steen. In de verste hoek van het vertrek kwam een wenteltrap van een lagere verdieping omhoog, en verdween uit het zicht naar een hogere verdieping.

Hij liep naar de trap en keek omlaag. Het leek alsof er van beneden een zacht briesje naar hem toe woei, wat erop wees dat er lucht en misschien ook licht in de kamer beneden was; het rook naar vochtig metselwerk en stro. Hij tastte met zijn voet naar de trede en daalde af in het donker; zijn linkerhand streek de spinnenwebben van de ruwe buitenste muur van de wenteltrap.

Hij liep enkele stappen door het pikkedonker, en toen hij aan de zon op het plein dacht, en aan de kooplieden die slechts enkele meters verderop voor hun winkels zaten, begreep hij dat er in heel Istanbul geen plaats te vinden was die eenzamer en stiller was dan deze.

Na een nieuwe bocht van de wenteltrap ontstond er een lichte verandering in de aard der duisternis, en terwijl Yashim steeds verder omlaagliep vloeide die over in een grijze schemering, tot hij van de laatste tree stapte en een gewelfd vertrek betrad, dat aan weerskanten werd verlicht door een raam met luiken; de luiken waren echter gebarsten, en afgezet met gloeiende spleten zonlicht.

De wanden waren groen uitgeslagen van het vocht, maar ze waren gepleisterd, en toen hij van dichtbij keek kon Yashim vormen onderscheiden die leken op de omfloerste vormen die hij 's ochtends in de nasrani-tekke had gezien. Hij herkende bomen, paviljoens en een rivier. Een grote eiken tafel besloeg de hele lengte van de kamer, en er stonden banken tegen de muren geschoven.

Hij deed een stap naar voren en streek met zijn vingertop over het tafelblad. Het was schoon.

Toch was het vertrek boven zijn hoofd één grote bende van stof en vuil.

Hij keek naar het raam. De spleten gaven te veel licht om goed te kunnen zien, dus hield hij zijn hand voor zijn ogen om ze af te dekken, en zag hij een deur. Die was van buitenaf op slot gedaan.

Hij stond met zijn rug naar de deur en inspecteerde het vertrek. Van hieruit kon hij over de tafel heen kijken.

Tegenover hem stond iets wat eruitzag als een houten kist met een plat deksel.

Yashim liep naar de overkant van het vertrek en ging erbij staan. Het deksel kwam tot zijn middel. Behoedzaam stak hij zijn vingers onder de rand en probeerde het zachtjes op te lichten.

Het deksel liet zich gemakkelijk oplichten, en hij keek naar binnen.

88

Stanislav Palevski deed zijn mond open om te kreunen, zoals hij elke ochtend deed bij het ontwaken. Maar het gekreun bleef uit.

'Ha!'

De gebeurtenissen van de vorige avond schoten hem met onverwachte helderheid te binnen.

Hij wiebelde met zijn tenen en die verschenen gehoorzaam aan de voet van zijn bed. Ze staken onder het dekbed uit, dat hij lang geleden was gaan gebruiken, in Turkse stijl. Zijn tenen waren verschrikkelijk vies, maar toen herinnerde hij zich weer dat hij ze had zwartgemaakt met schoensmeer.

Hij dacht terug aan de abominabele champagne die hij de vorige avond had willen drinken. Ongetwijfeld had een gehaaide Franse wijnhandelaar een lading van een slecht wijnjaar geloosd bij de nietsvermoedende Hoge Poort, en de volle mep in rekening gebracht voor iets beters, in de overtuiging dat hij niet ontmaskerd zou worden. Wie zou zich tenslotte beklagen? Niet de Turken, die verondersteld werden het spul niet te drinken. En het was zeer onwaarschijnlijk dat de gasten zouden protesteren.

Dat mocht dan zo zijn, dacht Palevski, maar hij kreeg niet elke dag champagne en hij had veel meer kunnen drinken als die stijfkoppige Rus niet zo onhandig was geweest.

Hij grijnsde.

Dat hij zijn glas had leeggegoten over prins Derentsov was een uitgekiende manoeuvre, vond hij. Maar het later grondig uitwrijven, om hem zoveel mogelijk ongemak te bezorgen, was echt een briljant idee.

Wat maakte het uit dat hij achteraf van de sultan op zijn donder had gekregen? Hij was er bijna zeker van dat de Rus nog veel slechter was behandeld – hij was tenslotte degene die Palevski had uitgedaagd. Hij had het uitdrukkelijke gebod van de sultan overtreden. Palevski had alleen gereageerd zoals een man van eer behoorde te doen.

Bovendien hadden de sultan en hij een interessant gesprek gevoerd. Verrassend openhartig en vriendelijk, en allemaal omdat hij zijn drankje had omgegooid en een uitgekookt, maar buitengewoon goed in elkaar geflanst surrogaat voor de Sarmatische klerenpracht van zijn verre voorvaderen had gedragen.

De sultan vond de jas mooi. Hij had gemijmerd, samen met Palevski, over de dagen van weleer, die ze geen van beiden hadden meegemaakt, maar die, zo beseften ze allebei, doortrokken waren geweest van een grandeur en een triomfantelijkheid die zowel Polen als het keizerrijk voorgoed had verloren. De sultan had gezegd, met een stem die plotseling moe en onzeker klonk, dat de wereld zeer snel veranderde.

'Zelfs deze wereld.'

'Uw edict?'

De sultan had geknikt. Hij beschreef de druk die op hem werd uitgeoefend, waardoor hij nu gedwongen was bepaalde veranderingen door te voeren in het bestuur van zijn keizerrijk. Zwakte van het leger. De toenemende geest van opstandigheid, openlijk aangewakkerd door de Russen. Het slechte voorbeeld van de Grieken, wier onafhankelijkheid voor hen was gekocht door de Europese mogendheden.

'Ik geloof dat we de juiste maatregelen treffen,' zei hij. 'Ik ben een groot voorstander van het edict. Maar ik begrijp ook dat het enorm moeilijk zal zijn om veel mensen te overtuigen van de noodzaak van deze veranderingen. Soms zie ik overal tegenstanders, om u de waarheid te zeggen – zelfs in mijn eigen huis.'

Palevski was geroerd. Het huis van de sultan bood plaats aan twintigduizend mensen, zoals ze allebei wisten.

'Sommigen zullen denken dat ik te hard van stapel loop. Anderen zullen denken dat ik te langzaam ben gegaan. Soms ben ik bang dat wat ik probeer te doen zo verkeerd begrepen, vermangeld en misbruikt zal worden dat het op de lange termijn het eind zal betekenen van – dit alles.' En hij gebaarde mistroostig naar de beschilderde tegeltjes. 'Maar ziet u, excellentie, er is geen andere weg. We kunnen niets anders doen.'

Zwijgend zaten ze een tijdje naast elkaar.

'Ik geloof,' zei Palevski bedachtzaam, 'dat we niet bang moeten zijn voor verandering. Het zwaartepunt van het gevecht wordt hier en daar verlegd, maar de moed van de soldaten is er niet minder om, denk ik. Ook geloof ik, en hoop ik, dat u op tijd hebt gehandeld.'

'*Insjallah*. Laten we allebei hopen dat de volgende ronde van veranderingen een verbetering voor ons zal zijn – en voor u.'

Hij bedankte de ambassadeur nog eens voor zijn luisterend oor, en ze schudden elkaar de hand.

Toen de sultan de kamer verliet om de Russische prins op te zoeken, draaide hij zich bij de deur om en zei, met een armgebaar: 'Vergeet het incident van vanavond. Ik ben het al vergeten. Maar niet ons gesprek.'

Ongelooflijk. Zelfs Stratford Canning, de Grote Elchi, zoals de Turken hem noemden, die de Hoge Poort had gesteund tegenover de eisen van de Russen, zou bezwijmd zijn van genot als de sultan zo vriendelijk tegen hem had gesproken.

Palevski, die 's ochtends meestal maar één ding tegelijk deed, vouwde tegelijkertijd zijn handen achter zijn hoofd op het kussen, grijnsde, wiebelde met zijn tenen, trok aan het schellekoord voor thee, en besloot dat hij vandaag om te beginnen een bezoek aan de baden zou brengen.

En daarna zou hij dineren met Yashim, want het was donderdag.

89

Terwijl het deksel openzwaaide aan goed geoliede scharnieren, wierp Yashim een voorzichtige blik naar binnen.

Het licht was gedempt en de binnenkant van de kist was in schaduwen gehuld, maar toch herkende Yashim iets wat even prozaïsch was als onverwacht.

In plaats van de dode cadet waar hij bang voor was, een stapel borden.

Naast de borden stond een dienblad met pietepeuterige glaasjes, die ondersteboven waren gekeerd tegen het stof. Daarnaast een metalen drinkbeker die bedekt was met iets wat bij nader inzien een opgevouwen geborduurde reep stof was. En een boek.

Yashim pakte het op. Het was de Koran.

Verder was de kist leeg, en hij rook naar boenwas.

Yashim glimlachte, een beetje grimmig.

Ze halen er een cateringbedrijf bij, zei hij tegen zichzelf. Voor een feestmaal.

Een karagozi-bacchanaal.

Hij deed het deksel snel dicht en maakte dat hij bij de trap kwam. Halverwege de trap voelde hij zich opgeslokt door het duister en sprong met twee treden tegelijk omhoog, hij schoot het trapgat uit en rende naar de andere kant van de kamer waardoor hij was binnengekomen; het kon hem niets schelen dat zijn reppende voeten een stofwolk deden opstijgen terwijl hij zich snel omdraaide op de vloer. Buiten op de borstwering trok hij de deur met een ruk dicht, haakte de ketting vast en leunde zwaar hijgend met zijn rug tegen de muur. Vanwaar hij stond kon hij omlaagkijken in de takken van de sierlijke cipres.

Hoe komt het dat ik bang ben voor een servies, vroeg hij zich af.

Omdat ik deze keer gelijk heb, dacht hij. Er duiken drie lijken op, in de buurt van drie tekkes. Dit zou de vierde zijn. Gedeponeerd op de locatie van de grootste overwinning der janitsaren: de verovering van Constantinopel.

En het lijk moest nog komen.

90

De eerste die Murad Eslek zag toen hij het café binnen kwam slenteren voor zijn ontbijt was Yashim efendi, de heer die hij van de leerlooiers had gered.

Yashim zag hem grijnzen en zwaaien. Hij mompelde iets tegen een passerende bediende; daarna kwam hij naast Yashim zitten en schudde hem de hand.

'Gaat het goed met u, insjallah? Hoe is het met uw voet?'

Yashim verzekerde hem dat zijn voet aan de beterende hand was. Eslek keek hem nieuwsgierig aan.

'Ik geloof u, efendi. Neem me niet kwalijk, maar u ziet eruit als een roos die water heeft gekregen.'

Yashim boog zijn hoofd, terugdenkend aan de uren die Eugenia en hij de afgelopen nacht hadden doorgebracht terwijl ze het zwaard in de schede staken. Hij herinnerde zich hoe ze hijgde, terwijl ze haar mooie hoofd achterovergooide en haar tanden ontblootte van hevige wellust, bijna overweldigd door de ontdekking van een man – fluisterde ze – die meer kon dan haar begeerte stillen; die, in de uren dat ze samen speelden, een verlangen in haar deed ontwaken dat ze nooit eerder had gekend. Hij had geen oog dichtgedaan.

De vorige nacht had hij ook niet veel geslapen, toen hij de aanvaller van Preen in het borrelende vat van de leerlooierij had laten vallen. Sindsdien was hij voortdurend op de been geweest – het tweede bezoek aan de Russische ambassade, terwijl hij Palevski naar het feest had gestuurd om tijd te rekken, zwoegend door de straten op zoek naar een tekke die alleen voor hem iets betekende, en... wie? Al die tijd maalden zijn gedachten door over de verschillende mogelijkheden, het spoor terugvolgend langs al zijn ontmoetingen van de afgelopen week, op zoek naar houvast.

Al die tijd had hij geprobeerd niet te denken aan de gebeurtenissen van gisteravond. De pijn, en de begeerte. De marteling die hij niet had kunnen weerstaan.

Hij zou kijken wat zijn vriend Eslek kon doen om hem te helpen, en dan moest hij naar de hamam om weer op krachten te komen. Hij zou het stof van de Kerkoporta-toren van zich af wassen. De pijn in zijn ledematen verzachten, zijn gedachten laten verdwijnen, en de aanwezigheid van de duivel die hij zo lang en moeizaam had bevochten onder ogen zien.

Murad Eslek keek op van zijn koffie om de gezichtsuitdrukking van Yashim te peilen.

'Gaat het goed met u?'

Yashim wreef over zijn gezicht.

'Ik heb je hulp nodig. Alweer,' zei hij.

91

Een uur voor de duisternis inviel sloot Stanislav Palevski zich aan bij een groep mannen die sputterend van verontwaardiging stond te wachten voor de deuren van de Hamam Celebi, een van de beste baden aan de Stamboul-kant van de stad.

De Hamam Celebi stond aan de voet van een heuvel, onder een netwerk van drukke stegen die relatief breed waren, waaraan je kon zien dat dit een welvarende buurt was, niet zo volgebouwd dat de huizen bijna tegen de huizen aan de overkant van de straat stootten, maar ook niet zo deftig dat de huizen achter hoge muren stonden; het was een buurt van welvarende kooplieden en bestuurders, die het prettig vonden 's avonds over straat te slenteren en in de talrijke cafés en eethuizen te zitten om het dagelijkse nieuws te bespreken. In feite was het niet ver van de Kara Davut; met het plan een bad te nemen, op weg naar het wekelijkse avondmaal bij Yashim, was Palevski in een kaïk de Gouden Hoorn overgestoken, met twee flessen goed ingepakte ijskoude bizongraswodka diep weggestopt in zijn tas.

De Hamam Celebi was onverwachts gesloten voor een schoonmaakbeurt. Teleurgestelde baders hielden tassen met schone kleren vast en foeterden op de directie.

'Ze zeggen dat we over een uur moeten terugkomen, of zelfs twee!' klaagde een man met een Arabische hoofddoek. 'Alsof ik de hele avond als een marskramer met een bundel kleren onder mijn arm de heuvels op en af wil rennen!'

Een andere man voegde eraan toe: 'Alsof het niet donderdag is!'

Palevski moest even nadenken over dit raadselachtige argument. Maar natuurlijk: morgen was een heilige dag om te rusten en te bidden, waaraan men onbezoedeld moest beginnen, in ieder geval uitwendig. Donderdagavond was het altijd druk bij de baden.

'Neem me niet kwalijk dat ik u stoor,' zei hij beleefd. 'Ik begrijp niet helemaal wat er aan de hand is.'

De mannen draaiden zich om en bekeken hem van top tot teen. Als ze verbaasd of ontstemd waren een vreemdeling aan te treffen – een ferenghi, bovendien – die duidelijk van plan was hun baden te betreden, waren ze beslist te welgemanierd om dat te laten blijken. Wat de baden betreft, volgens een lange traditie ging het er democratisch aan toe. Tijdens de uren dat mannen toegang hadden tot de baden hadden álle mannen toegang, ongelovig of gelovig, vreemdeling of Stamboulioot.

Een derde gedwarsboomde bader, een man met een buikje en een tulband waar een paar grijze krullen onderuit staken, stond Palevski beleefd te woord. 'Om een of andere reden, die geen van ons kan doorgronden, heeft de directeur van de baden het in zijn hoofd gehaald de hamam midden op een drukke avond schoon te maken in plaats van 's nachts.'

Een vierde man nam het rustig voor hen op: 'Misschien is er een besmetting. Dit is nooit eerder voorgekomen. Misschien zouden we de directeur van de baden moeten prijzen in plaats van kwaad te zijn. We moeten zijn advies opvolgen en over een tijdje terugkomen. Wat het rondsjouwen met schone kleren betreft, er zijn veel geschikte cafés in deze buurt, waar we de tijd gemakkelijk kunnen verdrijven. Nietwaar?'

De groep verspreidde zich langzaam. Palevski had geen idee of ze nog steeds van plan waren terug te keren nadat de laatste man de mogelijkheid van een ziekte had geopperd. Waarschijnlijk wel, dacht hij. De Turken zijn toch fatalisten. Net als ik.

Dat de baden gesloten zouden worden vanwege een ziekte verbaasde hem meer dan de mogelijkheid dat iedereen desondanks zou terugkomen.

Hij vroeg zich af wat hij zou doen. Aan de ene kant had hij zich erop verheugd het schoensmeer van zijn voeten te boenen. Aan de andere kant: hoewel het oponthoud niet hoefde betekenen dat hij te laat bij Yashim zou komen, was hij wat ziektes betreft niet zo fatalistisch als de Turken.

Hij besloot ergens een kop koffie te gaan drinken, zodat hij ondertussen een oogje op de hamam kon houden. Als die weer openging, en de tekenen waren gunstig, kon hij besluiten of hij naar binnen zou gaan. Zo niet, dan kon hij op de afgesproken tijd naar zijn vriend gaan en zijn vuile voeten later op de avond onder de pomp wassen. Of waarschijnlijk morgenochtend, dacht hij, met het oog op al die wodka in zijn tas.

Hij draaide zich om, liep een klein eindje de heuvel op, en ging een koffiehuis binnen van waaruit hij de deur van de hamam in de gaten kon houden zonder zijn hoofd te hoeven draaien. Hij kon zelfs over de koepel van de baden uitkijken, en over de daken daarachter, en in de Zee van Marmara de zon zien ondergaan, die de daken en minaretten, de koepels en de cipressen verguldde.

92

Eslek had het snel opgepikt, dacht Yashim. Hij had niet geweigerd betaald te worden, tot zijn opluchting: de taak was doorslaggevend, te belangrijk om louter als een gunst te worden uitgevoerd. Hij had Yashim trouwens al een gunst verleend. Het werd tijd om iets terug te doen.

Hij trok snel zijn kleren uit, gaf ze aan de bediende en schuifelde in een paar houten klompen om zijn voetzolen te beschermen tegen de hete stenen vloer. In de stoomruimtes van de hamam waren de vloeren altijd gevaarlijk glibberig. Naakt, afgezien van een handdoek om zijn heupen, klepperde hij door de deur naar een grote koepelzaal die met stoom was gevuld. Het koepelgewelf rustte op hoekzwikken, waardoor halfronde nissen langs de muren waren ontstaan, waar je kon zitten naast een straal heet water die naar de afvoer in het midden van de zaal stroomde, en het water kon opscheppen om je hele lichaam tot in het diepst van je poriën te reinigen.

Blij stapte Yashim de stomende zaal binnen. Hij zette zijn voeten wijd uit elkaar, kromde zijn rug en strekte zich uit tot zijn schoudergewrichten kraakten. Toen streek hij met zijn vingers door zijn zwarte krullen en keek op zoek naar een zitplaats om zich heen. Hij nam een nis in beslag en ging op een laag bankje zitten met zijn rug tegen de muur en zijn lange benen voor zich uitgestrekt. Een paar minuten verroerde hij zich niet, zoog de hitte op en voelde zijn zweet stromen. Ten slotte boog hij voorover en pakte een tinnen schep die aan zijn voeten lag.

Hij strekte zijn arm uit om de schep te vullen, en liet het water heel langzaam over zijn hoofd stromen. Zijn ogen waren dicht. Hij genoot van het water dat in straaltjes door zijn haar en langs zijn nek omlaagsijpelde, als troostende vingers. Hij deed het nog eens. Hij hoorde een man lachen. Hij rook de dierlijke geur van schone huid. Na een tijdje pakte hij een stuk zeep en begon zich helemaal in te zepen, van zijn voeten omhoog langs zijn lichaam naar zijn gezicht en zijn haar.

Hij goot keer op keer water over zijn hoofd en schouders. Uiteindelijk spoelde hij de zeep uit, van top tot teen, waarbij hij zijn huid masseerde, en keek hoe de haren op zijn benen de stroom van het water volgden. Dat deed hem altijd denken aan Osmans droom, de droom waarin de stichter van de Ottomaanse dynastie een grote boom had gezien, waarvan de bladeren plotseling begonnen te trillen en allemaal één kant uit wezen, alsof ze in de wind stonden, met talloze spitse puntjes naar de rode stad Byzantium. Ten slotte gaf hij zijn voeten een grondige massage met zijn duimen, stond op en liep naar het verhoogde platform in het midden van de zaal.

Hij klom traag op het hete platform, de zogenoemde buik van de hamam, spreidde zijn handdoek uit en ging erop liggen, met zijn gezicht omlaag, zijn hoofd naar links en zijn ogen dicht. De enorme masseur, zo kaal als een biljartbal, met gladde, glanzende vetrollen, liep naar Yashim toe en nam zijn voeten met grote kracht en behendigheid onder handen, ritmisch wrijvend en duwend tot zijn hele lichaam heen en weer deinde. Heen en weer. Van top tot teen op het brandende marmer.

Onzichtbare rillingen liepen omhoog langs zijn benen. Hij dacht aan de stapel borden. Hij zag de blanke borsten van Eugenia voor zich, een kluwen van lakens, haar lippen die gezwollen waren van begeerte. Dit was een ander soort hitte, een hitte die zijn wilskracht wegzoog en al zijn kracht ondermijnde. Een of twee keer schopte hij onwillekeurig, terwijl hij even wakker werd uit de slaap die hij zo verschrikkelijk nodig had. 'Sgoed,' mompelde hij voor zich uit. Nog een paar minuten, dan zou de masseur hem met een tikje van de bank af werken en wekken. Slaap.

Langzaam stroomde de zaal leeg.

De masseur bleef het lichaam van Yashim masseren.

Langzaam, nog langzamer.

Er was nog één andere man achtergebleven in de zaal, slapend op een bank. De masseur haalde zijn vingers van de nek van Yashim. Yashim bewoog niet.

De masseur liep naar de slapende man en tilde hem als een

baby op in zijn krachtige met banden omwikkelde armen. De man schrok wakker en deed zijn ogen open, maar toen de masseur hem weer neerzette was hij in het tepidarium, waar hem een koude plons wachtte. De masseur gaf hem vriendelijk een duwtje en hij sprong in het koude bad, hijgend en lachend. Hij had geslapen!

De masseur schoof de grendel voor de deur van de stoomzaal en vouwde zijn enorme armen over zijn borst.

Binnen in de stoomzaal sliep Yashim door, dromend van smeltende sneeuw.

93

'Hoe zie ik eruit, ouwe jongen?'

Fizerly bekeek zijn vriend kritisch van top tot teen.

'Kostelijk, Compston. Of zou ik moeten zeggen: Mehmet? Als we de oude stad gaan verkennen heet je van nu af aan Mehmet, denk erom.'

Compston grinnikte en bekeek zichzelf in de spiegel van de ambassade. Fizerly had wonderen verricht met de tulband – ze hadden hem ten slotte zo gedrapeerd dat er geen enkele blonde haar onderuit piepte, hoewel de tulband enigszins scheef was komen te zitten. 'Je kunt gewoon met je hoofd bewegen, beste kerel,' had Fizerly hulpvaardig voorgesteld. O nee, niet Fizerly. Ali. Ali Baba, tot uw dienst.

Compston-Mehmet giechelde en wreef nog een beetje roet in zijn wenkbrauwen.

'Laten we hopen dat het niet gaat regenen,' zei hij.

94

Palevski dronk zijn koffie langzaam op, terwijl hij naar de zonsondergang keek. Buiten nam de drukte van het verkeer af; de lastdragers liepen met lege handen de heuvel op; een paar ezelkarretjes keerden terug naar hun stallen, terwijl er steeds meer mensen op straat verschenen om een avondwandelingetje te maken. Soms herkende Palevski iemand: een functionaris uit het paleis die hij niet bij naam kende, een Griekse dragoman die was verbonden aan een van de Fanariotische koopmanshuizen, een imam die er nog precies zo uitzag als vijftien jaar geleden, toen Palevski met hem had gepraat over de geschiedenis van het idee van de zielsverhuizing. Later zag hij een stel ondergeschikten van de Britse ambassade – Fizerly, herinnerde hij zich, met de uitgegroeide snor, die nu een Turks sigaartje rookte, en voorbijslenterde met een jongen die een vreemdsoortig hoofddeksel droeg, dat kennelijk was gemaakt van allerlei stukken ondergoed, lachend en knikkend aan zijn zijde. Palevski vroeg zich vaag af wat ze deden, verkleed als kinderen in een kerstspel. Ze trokken weinig aandacht; ze wandelden de heuvel af en verdwenen om de hoek bij de baden.

Wat was Istanbul veranderd in de dertig jaar dat hij de stad kende! Wat had hij ook weer tegen Yashim gezegd? Dat hij rouwde om de ondergang van de janitsaren. Nou, de afgelopen tien jaren waren uitgesproken levendig geweest. Sinds de omverwerping van de janitsaren was er niets wat de sultan in toom hield, behalve de vrees voor buitenlandse interventie, en de sultan was een geboren vernieuwer. Hij was sneller dan ieder ander gewend aan het Europese zadel. De verandering die zich in de stad had voltrokken ging verder dan de gestage maar onophoudelijke verdwijning van tulbanden en slippers, die werden vervangen door de fez en leren schoenen. Palevski was zo romantisch om deze verandering te betreuren, hoewel hij niet verwachtte dat die zich tijdens zijn leven zou voltrekken – alleen al omdat de grote stad nog altijd mensen uit alle uithoeken van het keizerrijk aantrok, mensen die nog nooit hadden gehoord van zedenwetten, of schoenveters. Maar er kwamen ook meer mensen van buiten het keizerrijk, en bij de geleidelijke herbouw van de Galata-wijk na de grote brand ontstonden er eigenaardigheden als een Franse handschoenenmaker en een Belg die slechte champagne verkocht, genesteld in hun kleine winkeltjes, met tinkelende belletjes, alsof ze in Krakau woonden.

De deur ging open en een vlaag koude wind woei het benauwde café binnen. Palevski herkende de man die binnenkwam, hoewel hij hem aanvankelijk niet kon thuisbrengen: een lange, stierachtige man van late middelbare leeftijd, die zich onderscheidde door een witte cape. Hij werd gevolgd door twee Europese kooplieden die Palevski weleens had gezien, maar nooit had gesproken. Hij vermoedde dat ze Frans waren.

De drie mannen namen een tafel in beslag, een klein eindje buiten Palevski's gezichtsveld, dus duurde het even voor hij achteromkeek en de seraskier herkende, die zijn cape naar achteren had geslagen en nu zat, met zijn gelaarsde benen stevig over elkaar geslagen en zijn blauwgrijze uniformjasje tot aan zijn hals dichtgeknoopt. Hij speelde met een koffiekopje en luisterde met een flauwe glimlach op zijn gezicht naar een van zijn metgezellen die zich vooroverboog en zachtjes iets uitlegde met behulp van zijn handen. Frans. Of Italiaans?

Palevski overwoog of hij een tweede kop koffie zou bestellen. Hij keek langs de heuvel omlaag: de deuren van de baden waren nog steeds dicht, maar er had zich een nieuwe groep mannen met tassen schone kleren buiten de deuren verzameld. Waarschijnlijk herhaalden ze de klachten die hij een halfuur geleden had gehoord. De baden schoonmaken! Nog wel op donderdagavond! Heiligschennis! Schande! Palevski grijnsde en wuifde naar de ober.

Nou, het was te zien dat ze de baden schoonmaakten, en grondig ook. Het kleine luchtgat boven aan de koepel liet een kring stoom ontsnappen die opsteeg, even bleef zweven en wegdreef door de schemering. De stoom ving een paar wegstervende zonnestralen op en weerspiegelde af en toe een regenboog van kleuren. Heel mooi, dacht Palevski. Daarna verscheen er een stok, omwonden met een fladderend stuk witte stof, om het luchtgat schoon te ragen. Heel grondig, dacht Palevski. Als ze op tijd klaar zijn, zal ik mijn geluk zeker beproeven.

De ober bracht hem een nieuwe kop koffie. Palevski leunde achterover om het gesprek achter hem af te luisteren, maar ze mompelden op een afstand, tegen de achtergrond van pruttelende pijpen, sissend kokend water en murmelende zachte gesprekken in het café. Teleurgesteld keek hij weer uit het raam.

Wat vreemd, dacht hij. De stok bewoog nog steeds op en neer in het gat, en de strook stof fladderde mee, als een vlaggetje.

Dat is nog eens schoonmaken, dacht Palevski nieuwsgierig. Fanatiek, hoor.

En terwijl hij keek, haperde de stok en helde plotseling over naar één kant. Schuin ten opzichte van de stok zwaaide en flapperde het reepje witte stof in de avondwind als een teken van overgave.

95

Yashim had gedroomd. Hij droomde dat Eugenia en hij naakt naast elkaar in de sneeuw stonden, terwijl ze naar een knetterende bosbrand in de boomtoppen keken. Het was niet koud. Toen het vuur naderbij kwam werd de hitte groter, en de sneeuw begon te smelten. Hij riep: 'Spring!', en ze sprongen samen over de rand van de gesmolten sneeuw. Hij kon zich niet herinneren dat hij op de grond belandde, maar hij stak rennend het plein over naar de hoge cipres. Eugenia was nergens te zien, maar de soepmeester stak met zijn enorme handen de cipres met een lucifer in brand. Hij brandde als een vuurpijl terwijl Yashim hem omarmde, met zijn gezicht tegen de gladde stam gedrukt; maar toen hij zich los wilde rukken lukte het niet, omdat zijn huid was gesmolten en aan de boom was vastgeplakt.

Hij hoestte en probeerde zijn hoofd op te tillen. Zijn ogen gingen open. Het leek alsof er een waas over lag: zijn blik was beneveld. Hij deed een nieuwe poging zijn hoofd op te tillen en dit keer kleefde zijn wang aan de harde bovenlaag van de massagebank, waar hij in een plas van zijn eigen zweet op lag. Hij rolde om, terwijl zijn hele lichaam over de bank glibberde, en zwaaide zijn benen omlaag.

Er bonsde een doffe pijn door zijn voeten, en het duurde een tijdje voor hij besefte dat hij zijn voetzolen brandde aan de stenen vloer. Hij ging weer op de bank zitten, met opgetrokken benen, en keek om zich heen. Er was niemand anders.

De stoom maakte zich los van de vloer in boze flarden, die zich vermengden tot een nevel die ondoordringbaarder werd naarmate hij hoger steeg in de koepel. Yashim voelde dat hij hijgde: de lucht was zo heet en vochtig dat elke ademtocht zijn keel als een vod verstikte. Met een zware hand veegde hij haastig het zweet uit zijn ogen.

De mist voelde merkwaardig intiem, alsof hij eigenlijk een probleem met zijn ogen had, en daar raakte hij door gedesoriënteerd: hij keek naar alle kanten, op zoek naar de deuren. Hij zag zijn houten klompen naast de massagebank staan. Met zijn voeten in de klompen stond hij een ogenblik wankelend rechtop, terwijl hij op de bank steunde; en toen, als een man die door de sneeuw waadt, strompelde hij naar de deur. Hij viel ertegenaan, tastend naar de deurknop, maar de deur was even glad als de muren.

Geen deurknop.

Yashim bonsde met zijn vuisten, niet in staat te schreeuwen, terwijl hij hortend en stotend tussen zijn tanden door ademhaalde. Er kwam niemand. Telkens weer liet hij zich tegen de deur vallen, zijn volle gewicht achter zijn schouder zettend; maar er kwam geen beweging in, en het geluid werd gedempt tegen het met ijzer beslagen eikenhout. Hij zonk neer op zijn hurken, met een hand tegen de deur om steun.

De hitte die van de vloer af sloeg maakte het onmogelijk om lang in die houding te blijven zitten. Hij stond langzaam op; dubbelgebogen strompelde hij vooruit langs de muur. De tapkraan in de eerste nis stroomde niet meer. Er lag een waterschep op de vloer, maar die bevatte slechts anderhalve centimeter water en het metaal was heet.

Hij wist niet hoe lang hij daar op zijn hurken zat, terwijl hij tussen zijn armen door neerkeek op het water in de schep. Maar toen het water begon te stomen dacht hij: ik word gekookt.

Maar ik kan denken.

Ik moet hier weg.

Behoedzaam richtte hij zijn hoofd op, want het voelde alsof het ieder moment kon barsten; hij moest zorgen dat het zweet niet in zijn ogen kwam.

Een vaag patroon van lichtvlekken drong door de mist boven zijn hoofd heen. Dat ontstond door een patroon van gaten boven in de koepel, en even vroeg Yashim zich af of hij op een of andere manier omhoog kon klimmen om ze te bereiken, zodat hij zijn handen en mond tegen de gaten kon houden.

Je kunt niet aan de binnenkant van een koepel omhoog-klimmen, zei hij tegen zichzelf.

Zijn ogen volgden de onderste rand van de muur, op zoek naar iets wat hij kon gebruiken.

Hij keek er bijna overheen: een lange bamboestok die aan een mop was bevestigd, weggestopt in de hoek tussen de vloer en de muur.

Hij kon hem nauwelijks oppakken: zijn vingers waren opgezwollen en hij kon ze bijna niet buigen.

Yashim tilde de dunne bamboestok met moeite op. Te kort.

Opnieuw liep hij een rondje door de zaal. Twee keer verloor hij bijna het bewustzijn en viel op zijn handen en knieën, maar de brandende stenen pijnigden hem weer tot leven en hij wankelde verder tot hij een tweede bamboestok vond.

Nu had hij een reep stof nodig om ze aan elkaar te binden. Hij rukte jammerend aan een handdoek met zijn vingers en zijn tanden.

Ten slotte slaagde hij erin om een inkeping in de zoom te maken. Zelfs toen hij aan de stof trok leek hij een nietig kind, bijna te zwak om zijn armen op te tillen, maar uiteindelijk had hij een reep katoen die hij om de twee bamboestokken heen bond. De overgebleven reep katoen knoopte hij aan het uiteinde van de paal, en toen stak hij hem omhoog. Het kale uiteinde sloeg tegen de zijkant van de koepel. Hij schoof het omhoog.

De stok was te kort.

Door de damp in de koepel kon Yashim nauwelijks zien hoeveel te kort. Zijn gezicht was nu verstard tot een grimas, met ontblote tanden. Hij stak wankelend over naar de massagebank en klauterde erbovenop. Iedere beweging was een marteling. Toen hij zijn armen omhooghief zag hij dat ze bijna paars waren, alsof het bloed uit zijn poriën sijpelde.

Hij begon de bamboestok met moeite op en neer te bewegen, op en neer. Bij iedere stoot voelde hij dat zijn bloed door de poriën in zijn huid naar buiten pompte. Hij herinnerde zich vaag dat hij de stok moest bewegen, maar hij wist niet meer waarom dat belangrijk was, alleen dat dit de enige instructie was waarover hij beschikte. Het was het enige wat hem nog restte.

96

'*Avec permission*, seraskier.' Palevski stak zijn hand uit terwijl hij boog. 'Palevski, *ambassadeur de Pologne*.'

De seraskier keek verbaasd op. Hij glimlachte beleefd.

'*Enchanté, excellence*.'

'Het spijt me zeer dat ik u stoor,' ging Palevski verder, 'maar ik heb zojuist iets vreemds gezien en ik zou graag willen weten wat u daarvan vindt.'

'*Mais bien sûr*.' De seraskier was niet onder de indruk. Misschien vond hij heel andere dingen vreemd dan de Poolse ambassadeur. 'Wat hebt u gezien, excellentie?'

Palevski begreep dat elke verklaring die hij kon geven armzalig zou klinken, belachelijk zelfs. Hij wendde zich tot de metgezellen van de seraskier.

'Zou u mij willen verontschuldigen? Ik zou de seraskier

graag even van u lenen. Doet u mij dat plezier, efendi.'

De mannen maakten een nietszeggend gebaar, maar zeiden niets. De seraskier keek van hen naar Palevski met een ongeduldige halve glimlach.

'Zoals u wilt, excellentie.' Hij stond op. 'Neemt u mij niet kwalijk, heren.'

Palevski nam hem bij de arm en loodste hem de straat op.

'Er gebeurde daarnet iets geks bij het badhuis,' begon hij. 'Eerst sloten ze het, heel onverwachts, op een donderdagavond.' Hij klampte zich vast aan dit detail, dat hem aanvankelijk zo verbaasde, omdat dat het vreemdst was, in de ogen van een Turk. 'Ze worden verondersteld de baden schoon te maken, maar een minuut geleden zag ik dat iemand door een gat in het dak met een vlag zwaaide. Ik zeg een vlag, omdat ik eenvoudig geen andere verklaring kan bedenken. Het zag eruit als, nou, een noodsignaal. En nu is het gestopt. Begrijpt u, efendi? Het klinkt u misschien vreemd in de oren, maar het zag er echt zo uit: alsof iemand een noodsignaal gaf, en om een of andere reden was gestopt. Eerst wilde ik er zelf naartoe gaan, maar toen ik u zag... Nou, ik dacht dat u met een groter gezag zou kunnen vragen wat er aan de hand is.'

De seraskier fronste zijn wenkbrauwen. Dit was natuurlijk flauwekul, en wat er in een hamam gebeurde was absoluut niet zijn zaak... toch was de Pool duidelijk uit zijn doen.

'Om uwentwil, excellentie, zullen wij ernaartoe gaan en vragen wat er is,' zei hij, met alle hoffelijkheid die hij kon opbrengen.

97

Yashim hoorde stemmen. Een piepklein kiertje licht sneed door de duisternis terwijl hij zijn oogleden een fractie van een centimeter opendeed. Iets troostends werd even tegen zijn lichaam gedrukt, en verdween weer.

Er bewogen onduidelijke vormen in het licht. Verschrikkelijk ongeluk... gelukkig toeval... Toen bette iemand zijn gezicht met een koele natte doek en het vertrouwde gezicht van Palevski gleed in het zicht.

'Yash? Yashim? Hoor je me?'

Hij probeerde te knikken.

Palevski legde een hand onder zijn hoofd en boog het naar voren.

'Drink dit,' zei hij. Yashim voelde de rand van een glas tegen zijn lippen, maar zijn lippen voelden enorm aan. Het leek alsof zijn vingers in handschoenen zaten, zo moeilijk kon hij ze buigen.

'Kan hij praten?' Het was de stem van de seraskier.

Ik droom, dacht Yashim.

Handen tilden hem op en droegen hem door de lucht. Toen lag hij weer op zijn rug, onder een deken.

Palevski keek toe hoe zijn vriend op de draagbaar werd gelegd en gebaarde naar de dragers. Tegen de seraskier zei hij: 'Ik neem hem mee naar de ambassade. Daar is hij veilig.'

De seraskier knikte. 'Laat me alstublieft weten hoe het verder met hem gaat.'

De dragers van de draagbaar namen de bomen op hun schouders en volgden de ambassadeur naar buiten, de avond in.

Yashim voelde de draagbaar schokken terwijl ze zich een

weg baanden door de donkere straten. Hij hoorde het geklets van de voeten van de dragers en het getinkel van belletjes, en vroeg zich af hoe ernstig hij gewond was. Af en toe raspte de stof van de draagbaar tegen zijn huid, zodat hij het bijna uit-schreeuwde.

Er was een bode vooruitgesneld om het dienstmeisje van Palevski de tijd te geven een bed op te maken en een vuur aan te leggen; toen ze aankwamen liep ze de trap op met een stapel schoon linnengoed. Palevski pakte kaarsen van een tafel in de hal om de dragers bij te lichten; ze droegen hem zo vakkundig omhoog dat Yashim alleen door het schuine plafond merkte dat ze de trap op gingen.

Ze hevelden hem over naar het bed. Palevski maakte een vuur in de tegelkachel in een hoek van de kamer, met een des-sin van verstrengelde blauwe bloemen, terwijl Marta ver-scheen met een kom koud water en een spons. Ze sloeg het la-ken terug zodat ze Yashims verbrande huid voorzichtig kon betten.

Yashim voelde niets, behalve een golf van misselijkheid die nu en dan aan zijn buik trok, zodat hij moest overgeven. Toen hij dat deed, maakte Marta hem zwijgend schoon. Hij sliep een tijdje, en toen hij wakker werd stond ze daar weer, met een lepel vloeistof die zo bitter smaakte dat zijn mond pijn deed; hij slikte en daarna nam de misselijkheid langzaam af.

Marta kwam boven met een kom warm water dat naar la-vendel en honing rook. Yashim kon nu regelmatig ademhalen. Bij het licht van de kaarsen keek hij naar het zwijgzame Griek-se meisje met haar rechte voorhoofd en olijfkleurige huid, dat gebogen stond over de kom, verdiept in haar taak. Ze nam een stapel grote linnen doeken en dompelde ze een voor een in de kom, wrong ze uit, en spreidde ze uit over een droogrek om af te koelen. Haar steile zwarte haar was naar achteren getrokken in twee vlechten, die met spelden aan weerskanten van haar hoofd waren opgestoken; als ze vooroverboog zag hij de kleine haartjes in haar nek in het kaarslicht.

Toen ze klaar was pakte ze de eerste naar honing geurende doek en vouwde hem dubbel.

'Doe alstublieft uw ogen dicht,' vroeg ze, met een zachte stem, als die van een duif. Ze spreidde de doek stevig over zijn voorhoofd, en hij voelde dat haar vingers de vochtige stof gladstreken over zijn oogleden en modelleerden over zijn neus en jukbeenderen.

'Kunt u op uw zij rollen? Kom, ik zal u helpen.'

Even later voelde hij hoe een nieuwe koele doek over zijn kin en hals en schouders werd gelegd. Zijn linkerarm werd opgetild, en de vingers van Marta streken een nieuwe doek glad over zijn ribben en zijn rug.

'Probeer niet te bewegen,' zei ze. Terwijl ze hem van boven naar beneden behandelde, kreeg Yashim het gevoel in zijn lichaam weer terug. Hij voelde haar handpalmen op zijn billen en dijen, door de koele stof heen. Uiteindelijk bereikte ze zijn voeten en hielp hem op zijn rug te rollen om zijn rechterzij verder in te zwachtelen.

'Ik voel me net een Egyptische mummie,' zei Yashim schor. Ze legde een vinger op zijn lippen. Zijn stem klonk zwak en geforceerd; hij vroeg zich af of ze had verstaan wat hij zei.

Hij moest gedommeld hebben, want hij was plotseling bang dat hij werd verstikt, niet in staat zijn ogen open te doen, verpletterd door een verschrikkelijke druk op zijn borst en ledematen. Hij slaakte een kreet, en trachtte zich los te worstelen, maar twee kleine handen duwden hem bij zijn schouders terug en een stem fluisterde zachtjes: 'Ik ben hier, maakt u zich geen zorgen. Het is in orde. Het gaat nu beter.'

Even voelde hij haar adem op zijn lippen, toen haalde ze het kompres over zijn ogen weg. Toen hij ze opendeed, stond zij over hem heen gebogen met de doek in haar hand en een verlegen glimlach op haar gezicht.

Hij glimlachte terug. Voor het eerst sinds ze hem had aangeraakt, was hij zich bewust van zijn naaktheid; voelde hij dat hij opnieuw alleen was met een vrouw. Hij verhief zich heel voorzichtig op een elleboog, en zij leek het ook te voelen, want ze draaide zich naar de kaars en zei: 'Als u u beter voelt, moet u u wassen. De honing zal kleverig zijn. Ik zal halen wat u nodig hebt.'

Ze bleef een poosje weg. Toen ze terugkeerde, droeg ze een kom met warm water en een badjas over haar arm. Ze zette de kom neer en legde de badjas bij zijn voeten.

'Er ligt een spons in de kom,' legde ze uit.

Toen ze zich omdraaide om weg te gaan, zei Yashim: 'Mijn arm is nog steeds erg stijf.'

Ze wierp hem een glimlach toe en voor het eerst zag hij haar ernstige donkere ogen twinkelen.

'Dan zult u u langzaam moeten wassen,' zei ze vriendelijk. En weg was ze.

Yashim zuchtte en tilde zijn benen van het bed in een ruisende waterval van doeken.

Hij waste zich langzaam, zoals het meisje had gezegd.

Hij wist dat hij weinig tijd had.

Hij vroeg zich af wat er van Murad Eslek was geworden.

Hij vroeg zich af wat Marta betekende voor zijn vriend Palevski – en hij voor haar.

98

'Hoe laat is het?'

Toen Yashim zijn ogen opendeed ontdekte hij dat Palevski met zijn ellebogen op zijn knieën aan de voet van zijn bed zat, en geduldig naar hem keek.

'Na middernacht. Marta is naar bed gegaan.'

Yashim glimlachte flauwtjes naar hem, terwijl hem een losse gedachte te binnen schoot: voor Palevski ben ik maar een halve man – maar de helft die hij aardig vindt. De helft die hij kan vertrouwen. En hij besloot nooit aan zijn vriend te vertellen wat er op de Russische ambassade tussen Eugenia en hem was voorgevallen.

'Ik moet je bedanken, Palevski, want je hebt mijn leven gered.'

'En ik jou, mijn oude vriend, want je hebt ervoor gezorgd dat ik een uur lang met de sultan heb gekletst.' Hij klapte in zijn handen. 'Het was een geweldig feest!'

Yashim keek hem niet-begrijpend aan. Palevski vertelde hem over de uitdaging van Derentsov en het intieme gesprek dat hij had gevoerd met sultan Mahmut ii.

'Ik heb de indruk, Yash, dat de sultan slapeloze nachten heeft over dat edict. Hij zal daardoor heel eenzaam worden. Hij maakt een heleboel vijanden.'

Yashim knikte. 'Ik begin te geloven dat moord nog het minste is. En vanavond zouden ze mij ook hebben vermoord, als jij er niet was geweest.'

'Je was in een openbare ruimte.'

Maar Yashim zei: 'Ik was iets vergeten wat ik had gehoord. Het werk als stoker in de badhuizen was een van de baantjes die de janitsaren ter hand namen, toen ze de zuivering overleefden. Zeg eens: zag je mijn noodsignaal?'

Palevski deed vérslag van de gebeurtenissen waardoor de seraskier en hij voor de deuren van het badhuis waren beland.

'De seraskier?' riep Yashim uit. 'Ik wou dat ik niet halfdood was – hij is de man die ik moet spreken. Ik moet hem zoeken.'

Palevski stak zijn hand uit om hem te weerhouden. 'Marta heeft mij uitdrukkelijke instructies gegeven, Yashim. Zij verwacht je morgenochtend hier te vinden. Jij bent haar patiënt. Misschien wil je een kopje thee? Of iets sterkers?'

Yashim deed zijn ogen dicht. 'Ik heb ontdekt waar de vierde man gaat verschijnen.'

Palevski keek bezorgd. 'Goed, goed,' mompelde hij. Hij ging rechtop zitten. 'Neem me niet kwalijk, Yashim, maar weet je wat ik denk? Wij zijn geen van beiden spelers in deze intrige. We zijn getuigen, op z'n hoogst – zelfs jij. Het is te...' Hij dacht na. 'Je zei dat je de indruk had dat het geheel een toebereid feestmaal was, met meze en een hoofdgerecht, weet je nog? Nou, ik geloof dat je gelijk had. Wij zijn gasten. En het is een gevaarlijk feest.'

Hij stond voorzichtig op, liep naar Yashim toe en ging bij zijn kussen op zijn hurken zitten.

'Je zult geen levende ziel aantreffen. Geen van de andere cadetten is gedood op de plaats waar jij hem hebt gevonden. Je zult deze ook niet vinden terwijl hij voor je ogen wordt gebraden. Neem deze rustpauze. Als je je goed genoeg voelt, mag je er morgenochtend vroeg vandoor gaan, nadat Marta je weer heeft verzorgd.'

Yashim staarde naar het plafond. Het was een goede raad. Hij had de tijd verloren die hij nodig had, en niets kon die tijd weer terugdraaien. Hij verlangde er ontzettend naar te doen wat zijn vriend voorstelde: slapen – en vertrouwen op Eslek. Bij het krieken van de dag kon hij bij de Kerkoporta zijn.

Het was een goede raad. Maar in één opzicht had de Poolse ambassadeur zich niet erger kunnen vergissen.

99

De voedselvoorziening van een grote stad, zei de kadi altijd, is het kenmerk van een voorspoedige beschaving. In Istanbul was deze bedrijvigheid tot het uiterste vervolmaakt door een ervaring van bijna tweeduizend jaar, en men kon met recht over de markten van Istanbul zeggen dat er geen bloem, vrucht, soort vlees of vis bestond die daar niet in het gepaste seizoen verscheen.

Een keizerlijke stad heeft een keizerlijke eetlust, en de stad had eeuwenlang een dagelijkse schatting opgeëist vanuit een enorm achterland. De Turken verbouwden groenten langs dezelfde toegangswegen vanuit Thracië en Klein-Azië waar de Byzantijnen vroeger hun groentekwekerijen hadden. Vanuit twee zeeën – de warme Middellandse Zee en de donkere, ijskoude wateren van de Zwarte Zee – werd de markt overvloedig voorzien van vis, en de zoetste forellen uit de meren van Macedonië werden in tanks opgeslagen naar de stad vervoerd. Uit de bergen van Bulgarije kwamen vele soorten honing, om door de meester-zoetwarenmakers van Istanbul in zoetigheden te worden omgezet.

Al met al was het een goed georganiseerde handel, van de weidegronden in de Balkan tot het marktstalletje, in een lange voortglijdende beweging van bestellingen, inspecties, aankopen en eisen. Zoals elke activiteit die voortdurend gecontroleerd moet worden, stond de markthandel bloot aan misbruik.

De kadi van de Kerkoporta-markt was twintig jaar geleden met dit werk begonnen en had de reputatie een strenge man te zijn. Een slager die valse gewichten gebruikte werd opgehangen aan de deurpost van zijn eigen winkel. Bij een groenteman die had gelogen over de herkomst van zijn vruchten waren de handen afgehakt. Anderen, die misschien een klant hadden geweigerd te helpen, of buiten de officiële kanalen om waren geglipt om een goedkope voorraad in te slaan, werden plotseling gedwongen een paar weken lang rond te lopen met een brede houten kraag, of een hoge boete te betalen, of ze werden met hun oor aan de deur van hun eigen winkel vastgespijkerd. De Kerkoporta-markt stond bekend om zijn eerlijke handel, en de kadi veronderstelde dat hij alles zo goed mogelijk deed.

De kooplieden vonden hem bemoeiziek, maar ze verschilden van mening over de beste methode om hem aan te pakken. Een minderheid wilde een complot smeden om een aanklacht tegen hem te verzinnen die hij waarschijnlijk niet zou overleven; de meerderheid haalde zijn schouders op en drong aan op geduld. De kadi was louter bezig zijn prijs vast te stellen, zeiden sommigen. Zal een ambitieuze tapijtenkoopman als een inleiding op de onderhandeling niet lyrisch uitweiden over de kleuren, de kwaliteit en de zeldzaamheid van zijn tapijt? Zal een jonge worstelaar niet al zijn kracht in de strijd werpen, terwijl een oudere man niet meer kracht gebruikt dan hij feitelijk nodig heeft? De tijd zou aanbreken, betoogden zij, dat de kadi begon te barsten.

De actiebrigade beweerde dat deze man anders was dan anderen. De realisten zeiden dat hij een mens was. En de meest scherpzinnige geesten merkten kalm op dat de kadi twee dochters had. De oudste, die de huwbare leeftijd had bereikt, stond bekend als een heel mooi meisje.

De val van de kadi, toen die uiteindelijk kwam, was geruisloos en definitief. De geruchten over de schoonheid van zijn dochter waren volkomen waar; daarbij was zij gedwee, vroom, gehoorzaam en handig. Juist deze eigenschappen bezorgden de kadi vele geestelijke kwellingen, terwijl hij een echtgenoot voor haar trachtte te kiezen. Hij hield van zijn dochter en wilde het beste voor haar; omdat zij zo goed was, was hij erg kieskeurig. Omdat hij zo kieskeurig was, liet hij zijn keus uiteindelijk vallen op een gerenommeerde leraar van de belangrijkste theologenschool, een vrijgezel uit een keurige rijke familie.

Het fortuin van de kadi was bij lange na niet groot genoeg om zijn dochter te voorzien van de royale bruidsschat en de onvergetelijke bruiloftsfeesten die de familie van de bruidegom altijd gaven voor hun eigen dochters. Natuurlijk vonden ze dat niet erg, maar het was een kwelling voor de kadi. De oorzaak van zijn verdriet werd geraden door de koppelaarster, een sluwe oude vrouw die betel kauwde en een gouden armband droeg voor elke verbintenis die ze met succes tot stand had gebracht: onder het lopen klaterde ze als een fontein. En ze liep veel – dat is te zeggen, ze bracht regelmatig bezoeken aan bijna alle huizen in de buurt, en door een van deze bezoeken kwamen de kooplieden van de Kerkoporta erachter wat de kadi dwarszat.

De zaak werd met fijnzinnigheid en tact geregeld.

De kooplieden organiseerden een schitterende bruiloft en maakten een pot om het meisje van een voorname bruidsschat te voorzien; in ruil daarvoor vroegen ze niets aan de kadi. Er waren maar weinig markten die zo goed beheerd werden als de Kerkoporta door de kadi. Hij had een dusdanige orde, regelmaat en eerlijkheid in de markthandel aangebracht dat zelfs een buitenlander daar, dat was algemeen bekend, in het volste vertrouwen zijn boodschappen kon doen. Bijna niemand hoefde te weten dat de bruidsschat en het feestmaal een particulier initiatief waren, een eerbetoon van de markt aan de rechter.

Er werd niets gezegd. Er werden geen overeenkomsten gesloten – de gedachte alleen al! De kadi bleef zijn beroep met strengheid uitoefenen, net als daarvoor. Hij was niet eens uitgesproken dankbaar.

Hij was gewoon moe. Het was vermoeiend om eerlijk te

zijn, maar niets was zo uitputtend als voort te moeten gaan in de wetenschap dat hij het op een akkoordje had gegooid met de kooplieden die hij onder de duim moest houden.

Hij bleef op zijn post in het marktgebouw, hoorde kwesties aan, deed onderzoek naar misstanden, fronste zijn wenkbrauwen tegen smekelingen en ging op zijn eigen oordeel af. Maar hij deelde niet meer zulke strenge straffen uit voor overtredingen. Het kon hem niet meer werkelijk schelen of de kooplieden hun klanten bedrogen of niet. Als hij een goudstuk in zijn beurs vond, of er werd een pasgeslacht schaap bij zijn deur afgeleverd, wekte dat in hem geen dankbaarheid of verontwaardiging op.

Hij had tenslotte nog een dochter.

100

De ezels trommelden met hun hoefjes op de keien. De tweewielige ezelkarretjes schokten en slingerden achter ze aan met een geluid van glijdende stenen. De dunne stralen lamplicht schoten om de blinde muren heen.

Veertien. Vijftien. Zestien.

Murad Eslek stak zijn hand op. De nachtportier knikte en liet de slagboom voorzichtig terugzwaaien in het houten blok aan de andere kant van de poort, waarmee hij de weg afsloot.

Eslek riep hem een kort bedankje toe en liep achter zijn karren aan het plein op.

Zestig of zeventig ezelkarretjes drongen door de nauwe

openingen, twistend over de doorgang met een tiental grotere muilezelkarren, een kudde blatende schapen en aankomende kooplieden. De ruimte was beperkt door de lege kramen die Eslek en zijn mannen in de afgelopen uren hadden opgebouwd; elke kraam was bekroond met een lantaarn. Ezelkar nummer 8 was zijn kraam voorbijgeschoten, zag Eslek. Het had geen zin om te proberen achteruit te rijden; hij zou opnieuw rondgeleid moeten worden om een tweede poging te wagen wanneer de andere karren waren weggewerkt. Een van de kooplieden, gewikkeld in een paardendeken die hij met een touw had vastgebonden, wilde weten waar zijn vracht was: ezelkar nummer 5 was opzij geduwd door een uitbarsting van muilezelkarren uit de stad. Eslek kon de kar in de verte nog net onderscheiden, met een hoge stapel kippenkooien erbovenop, die gevaarlijk heen en weer wiebelden. Maar voor het grootste deel stond alles nu op zijn plaats.

Hij ging aan het werk om de eerste ezelkar te helpen uitladen. Manden met aubergines, jutezakken met aardappelen en bossen spinazie vielen met een bons op de kraam. Toen het werk klaar was draaide Eslek zich op zijn hakken om en begon aan hetzelfde ritueel met de kar daarachter. De kunst was om te zorgen dat iedereen tegelijkertijd klaar was met lossen, de stoet bij elkaar te houden, en in de goede volgorde weg te laten rijden. Anders moest hij steeds heen en weer rennen en had hij tot zonsopgang geen rust.

Hij snelde het plein over naar de kar met kippen. Zoals hij had gevreesd, zat de kar klem achter een muilezelkar die met zakken rijst was beladen. Niemand schonk enige aandacht aan de kreten van de voerman. Eslek greep de halster van de muilezel en wuifde met zijn arm naar de muilezelvoerman, die rechtop in de kar stond en de zware zakken met een zwaai naar beneden gooide, in de armen van een man op de grond.

'Hé! Hé! Wacht even!'

De voerman keek hem even aan, keerde hem de rug toe en tilde een nieuwe zak op. Eslek duwde de halster van de muilezel achteruit; de muilezel probeerde zijn hoofd op te heffen, maar besloot toen een stap naar achteren te doen. De kar schokte en de voerman, die zijn evenwicht verloor, wankelde terug met een zak in zijn armen en ging met een bons zitten.

De marktkoopman grijnsde en krabde op zijn hoofd. De voerman sprong woedend van de kar.

'Wat in godsnaam – o, ben jij het?'

'Kom op! Djengis, zorg dat die rammelkast een eindje achteruitrijdt, we zitten vast. Hier, kom naar voren.' Hij gebaarde naar de voerman van de ezelkar, die op de bok zat met zijn lange aandrijfstok in de aanslag. De voerman van de rijstkar dreef zijn muilezel achteruit; de ezeldrijver sloeg het stof van de flanken van zijn ezel en het beestje draafde naar voren.

'Bedankt!' Eslek wuifde en rende toen mee met de ezelkar met zijn hand op de bok. 'Tweede keer deze week, Abdul. Je houdt ons allemaal op.'

Hij bracht de kar naar het achterste uiteinde van zijn eigen stoet, zei tegen de voerman dat hij een kist moest grijpen, en met behulp van de koopman laadden ze de kar uit, heen en weer rennend langs de rij. De meeste marktkooplieden waren al bezig hun waren uit te stallen; de geur van houtskool hing in de lucht terwijl de straatventers van etenswaren hun vuur aanstaken. Eslek had honger, maar hij moest de ezelkarren nog wegwerken; het duurde nog een uur voor hij ze allemaal veilig door de poort had geloodst, waar hij de voerlieden betaalde.

'Abdul,' zei hij, 'je moet gewoon je ogen openhouden, begrepen? Die muilezelkerels zien er gevaarlijk uit, maar ze kunnen je niks maken. Niet als je ze de kans niet geeft. Sluit gewoon aan achter de voerman voor je en hou je ogen daarop gericht. Het is allemaal opschepperij.'

Hij liep terug naar de markt. Nu en dan moest hij zichzelf

plat tegen de muur drukken om andere ezelkarretjes voorbij te laten ratelen, maar tegen de tijd dat hij bij het plein was aangekomen was het eerste tumult van de nacht al bedaard. De kooplieden waren druk bezig hun vruchten en groenten uit te stallen; ze staken elkaar de loef af bij de bouw van piramides, amfitheaters en akropolissen van okra's, aubergines en glazige gele aardappelen, of van dadels en abrikozen, in blokken en strepen en fantasievolle kleurpatronen. Anderen, die hun komforen hadden aangestoken, wachtten tot er op de kolen een witte huid van as verscheen en gebruikten die tijd om met een mes kastanjes in te kepen of een dikke vleespen vol te rijgen met plakken schapenvlees. Straks, dacht Eslek met een knagend gevoel van honger en verwachting, zouden de gehaktballetjes pruttelen, de visjes worden gebakken en het wild en gevogelte aan het spit worden geroosterd.

Hij moest nog een ander werkje doen voor hij kon eten. Toen hij eenmaal alle kooplieden had gecontroleerd en de rekening had opgemaakt, liep hij een rondje om de hele markt heen. Hij besteedde bijzondere aandacht aan donkere hoekjes, beschaduwde poorten en de ruimte onder de kramen van kooplieden die geen vaste klanten van hem waren. Hij keek de kooplieden in het gezicht en herkende ze direct; nu en dan hief hij zijn hoofd op om een blik te werpen op de markt als geheel, om te zien wie eraan kwam en uit te kijken naar ezelkarren die hij niet kende.

Nu en dan vroeg hij zich af waar Yashim bleef.

Een groep jongleurs en acrobaten, zes mannen en twee vrouwen, installeerde zich in de buurt van de cipres. Ze gingen op hun hurken zitten, in afwachting van het daglicht en de mensenmenigtes. Tussen hen in hadden ze een grote mand met een deksel neergezet, en Murad Eslek bleef vanaf de hoek van de steeg onder de stadsmuren een tijdje naar hen staan kijken, tot hij vaststelde dat de mand werkelijk knuppels, ballen en andere parafernalia van hun beroep bevatte. Daarna liep hij door, met een oogje op de andere kwakzalvers en straatartiesten die naar de vrijdagmarkt waren gekomen: de Koerdische verhalenverteller in een doorgestikte jas; de Bulgaarse vuurvreter, zo kaal als een biljartbal; een paar orkestjes – fluitspelers uit de Balkan, Anatolische strijkmuzikanten; een paar lenige, zwijgzame Afrikanen die zorgvuldig amuletten en medicijnen uitstalden op een uitgespreide deken op de grond; een rij zigeunerzilversmeden met piepkleine aambeeldjes en een voorraad muntjes die ze in stukken zacht leer hadden gewikkeld, die al aan het werk waren; ze knipten de munten door en pletten ze tot ringetjes en armbandjes.

Hij wierp met een knorrende maag nog een blik over de markt, hoewel hij wist dat het nog enkele minuten zou duren voor hij kon eten. De lucht rook al pittig door de geur van geroosterde kruiden; hij hoorde het hete vet sissen dat op de houtskool droop. Hij pakte een stukje gezouten witbrood van een kraampje waar hij langs liep; en toen, omdat niemand hem op zijn donder gaf, bleef hij even staan om de constructie van het spit te bewonderen, dat werd gedraaid door een hondje dat vrolijk rondjes rende in de binnenkant van een houten wiel. Vlakbij zag hij vanuit zijn ooghoek een man die gehaktballetjes omkeerde met een plat mes. Hij schoof een paar gehaktballetjes naar de rand van de pan, en Eslek liep naar hem toe.

'Is het al klaar?'

De man glimlachte en knikte. 'De eerste klant op vrijdag is altijd gratis.'

Murad grijnsde. Hij keek toe hoe de man een paar pitabroodjes op de hete bodem van de pan gooide, ze platdrukte met het lemmet van zijn mes, en ze omkeerde. Hij trok een broodje naar zich toe en sneed het open met een vlugge beweging van zijn mespunt en een glijdende beweging van de platte kant.

'Chilisaus?'

Het water liep Murad Eslek in de mond. Hij knikte.

De man nam een klodder saus op de punt van zijn mes, besmeerde het broodje, pakte twee gehaktballen en propte ze erin met een royale handvol sla en een paar druppels citroensap.

Met het broodje kebab in beide handen slenterde Eslek tevreden langs de kramen, gulzig etend.

Hij zag niets bijzonders. Ten slotte liep hij door de steeg langs de stadsmuren en ontdekte de donkere doorgang waar Yashim het over had gehad. Hij liep voorzichtig de trap op en baande zich een weg naar de toren. De deur zat nog steeds dicht met de ketting zoals Yashim hem had achtergelaten. Hij ging op de balustrade zitten, bungelde met zijn benen, likte zijn vingers schoon en keek omlaag door de cipres naar de markt beneden.

De lucht was lichter geworden en de dageraad brak bijna aan.

101

Toen Yashim zijn ogen weer opendeed, was het nog steeds donker. Het vuur in de haard was uitgegaan. Licht ineenkrimpend van de pijn ging hij voorzichtig rechtop zitten en liet zijn benen over de rand van het bed glijden. Zijn voeten voelden pijnlijk en gezwollen aan, maar hij dwong zichzelf te gaan staan. Nadat hij een paar minuten op en neer door de kamer had gehobbeld, concludeerde hij dat de pijn draaglijk was. Toen hij in het donker een hand uitstak om zijn evenwicht te

bewaren vond hij bij toeval zijn kleren. Ze lagen netjes opge-
stapeld op een tafel, waar Marta ze waarschijnlijk had neergelegd.

Hij pakte zijn cape in de hal en liep naar buiten, de vroege
ochtendlucht in. Zijn huid deed pijn, maar zijn hoofd was helder.

Hij liep snel heuvelafwaarts naar de Gouden Hoorn. Op de
maat van zijn voetstappen speelden de regels van het karagozi-gedicht door zijn hoofd.

> Onwetend
> En niets wetend van hun onwetendheid,
> Slapen zij.
> *Wek hen.*

Hij versnelde zijn pas op weg naar de waterkant. Op de kade
vond hij een veerman die wakker was, met zijn boernoes om
zich heen gewikkeld tegen de kilte van de dageraad, en aan de
overkant nam hij een gesloten draagstoel en droeg de dragers
op hem naar de Kerkoporta-markt te brengen.

102

'Ik zag u aankomen,' legde Murad Eslek uit. Hij had Yashim
onmiddellijk herkend en had zich gehaast om hem te begroe-
ten voor hij in de mensenmenigte verdween. Nu de dag was
aangebroken liepen er veel mensen langs de kramen, die hun
manden vulden met verse groenten en vruchten. 'Ik heb rond-

gekeken, zoals u had gezegd. Niets bijzonders. Een paar straat-artiesten die ik niet ken, dat is het wel zo'n beetje. Rustig, alles is normaal.'

'De toren?'

'Ja. Ik heb hem gecontroleerd. De deur waarover u me ver-telde zit nog steeds aan de ketting. Ik ben een uur lang daar bo-ven geweest.'

'Hmm. Maar er is nog een deur, aan de andere kant. Op een lagere verdieping. Daar moet ik maar even een kijkje nemen. Jij blijft hier en houdt je ogen open, maar als ik over een half-uur niet terug ben, moet je een van je mannen meenemen en achter me aan komen.'

'Zo gevaarlijk is het, hè? Wacht even, ik ga iemand halen die nu met u meegaat.'

'Ja,' zei Yashim. 'Waarom niet?'

Het kostte hen slechts een paar minuten om de balustrade te bereiken. De kruier die Eslek had opgeduikeld stampte on-geïnteresseerd achter Yashim aan, die blij was met zijn gezel-schap: de herinnering aan de donkere trap naar die schone ka-mer bezorgde hem nog steeds de rillingen. Hij maakte de ketting los en zette voor de tweede maal zijn schouder tegen de deur.

De kruier protesteerde.

'Ik vind dat we hier niet naar binnen moesten gaan. Het is verboden.'

'Niet voor mij,' zei Yashim kortaf. 'En jij hoort bij mij. Kom mee.'

Dit keer was het donkerder, maar Yashim wist de weg. Bo-ven aan de trap legde hij zijn vinger tegen zijn lippen en hij liep voorop naar beneden. De tekke was net zoals hij hem de vorige dag had achtergelaten. Hij probeerde de deur: die zat nog steeds op slot. De kruier stond zenuwachtig aan de voet van de trap, verwonderd om zich heen kijkend. Yashim liep naar de kist en lichtte het deksel op. Dezelfde verzameling borden en glazen. Nog geen cadet.

Yashim rechtte zijn rug.

'Kom mee, we gaan nu terug,' zei hij.

Dat liet de kruier zich geen twee keer zeggen.

103

De efendi had tegen hem gezegd dat hij zijn ogen moest openhouden, en dat had Eslek een paar uur lang gedaan. Hij wist niet precies waar hij naar uitkeek, of hoe hij het zou herkennen als hij het vond. Iets ongewoons, had Yashim geopperd. Of iets wat zo gewoon was dat niemand erop zou letten – behalve, had hij gezegd, Eslek zelf. Eslek wist wat waar hoorde en wie je kon verwachten op een vrijdagmarkt.

Hij krabde zich op zijn hoofd. Het was allemaal erg gewoon. De kramen, de mensenmenigtes, de jongleurs, de muzikanten – zo was het altijd. De markt was drukker omdat het vrijdag was. Wat was er gebeurd wat niet elke dag van de week gebeurde? De gehaktballenman had hem een gratis ontbijt gegeven, dat gebeurde hem niet elke dag!

De herinnering aan de gehaktballen deed hem ergens aan denken.

Hij probeerde het zich te herinneren. Hij had honger gehad, ja. En hij had als eerste gezien dat de gehaktballen gaar waren. Uit zijn ooghoek terwijl hij een stukje brood pikte...

Eslek hief met een ruk zijn hoofd op. Dat kleine stukje brood. Niemand had het gemerkt. Niemand hield toezicht op die kraam, en dat hondje dat rondjes rende om het spit te laten draaien. Dat had hij eigenlijk vóór vandaag nog nooit eerder gezien – niet op de markt, tenminste. Maar wat dan nog?

Hij besloot nog eens te gaan kijken. Terwijl hij zich door de mensenmenigte heen worstelde, viel zijn blik op de gehaktballenverkoper die bezig was een klant te helpen, met zijn platte mes in de ene hand en een pitabroodje in de andere. Maar hij keek de andere kant op. Toen Eslek bij hem kwam, stond hij nog steeds stil, als aan de grond genageld, en de klant begon te mopperen: 'Ik zei dat ik saus wilde.'

De verkoper draaide zich met een verbluft gezicht om. Toen keek hij omlaag naar zijn mes en het broodje in zijn handen, alsof hij niet begreep wat die daar deden.

Zijn klant liep met een minachtend gesnuif weg. 'Vergeet het maar. Het leven is te kort.'

De gehaktballenverkoper scheen het niet gehoord te hebben. Hij draaide zijn hoofd om en keek opnieuw over zijn schouder.

Eslek volgde zijn blik. Het hondje draafde nog steeds rond in het wiel, met zijn tong uit zijn bek. Maar het was niet zozeer het verlaten hondje dat zijn aandacht trok als wel het vlees dat aan het spit hing. Het was stevig vastgebonden om gebraden te worden zodra de hitte het bereikte; maar het begon te krimpen, aangezien er niemand was die het bedroop. Het pak vlees viel geleidelijk uit elkaar, het verstijfde, en daarmee onthulde het aan Eslek de vorm van het beest dat het ooit was geweest. Twee van zijn poten, weggesneden van het verrassend slanke lichaam, waren dik; de andere twee waren kleiner, verschrompeld, in een gebedshouding. Het zou een haas kunnen zijn, behalve dat het tien keer zo groot was als alle hazen die Eslek ooit had gezien.

De gehaktballenverkoper had hem waarschijnlijk opgemerkt, want hij zei plotseling: 'Ik begrijp niet wat daar aan de hand is. Er is al de hele ochtend niemand bij die kraam, al sinds ik hier ben niet. Die hond moet afgepeigerd zijn.' Hij slikte, en Eslek zag zijn adamsappel op- en neergaan. 'En wat zit daar verdomme aan het spit?'

Eslek voelde dat zijn nekharen recht overeind gingen staan.

'Ik zeg je één ding, maat,' bromde hij. 'Zo waar als ik hier sta is het niet halal.'

Hij reikte naar zijn amulet en greep het krampachtig vast. De gehaktballenverkoper begon iets te mompelen: hij bad, realiseerde Eslek zich, hij draaide de negenennegentig namen van God af terwijl hij in afgrijzen staarde naar de romp en ledematen van een mens, die openbarstten en verbrandden boven de gloeiende kolen.

104

Yashim hoorde de kreten pas toen hij de toren bijna uit was. De kruier en hij stonden op de balustrade en probeerden om de oude cipres heen te kijken. Na één seconde was de open ruimte beneden hen volgestroomd met mensen die trachtten weg te komen en zich schreeuwend verdrongen in de steeg. Hij hoorde verschillende mensen roepen: 'De kadi! Haal de kadi!', en een vrouw gilde. Een van de houten knuppels van de jongleur zeilde omhoog de cipres in en kletterde naar beneden, tegen de takken aan, omdat de mensen tegen hem aan botsten.

Yashim keek uit over het plein. Het had geen zin om te proberen aan die kant naar beneden te komen, realiseerde hij zich, terwijl de menigte voortdurend door de steeg stroomde. Iemand beneden hem struikelde en er vloog een mand met groenten door de lucht. 'Weg! Weg!' De kruier sprong van de ene voet op de andere.

Nu zag hij de kadi, die uit zijn kantoortje stapte in een drom mannen die gesticuleerden en wezen. Verder naar links zag hij dat zich een kring had gevormd tussen de marktkramen, waardoor zich één geïsoleerd in het midden overbleef. Hij keek omlaag. De rennende mensenmenigte was tot stilstand gekomen. Er stonden mensen in kleine groepjes; degenen die het dichtst bij het begin van de steeg stonden hadden zich omgedraaid en staken onrustig hun nek uit om naar het plein te kijken.

Yashim zette het op een lopen over de balustrade, sprong de trap af en schoot de doorgang door. Er trok iemand aan zijn arm, maar hij schudde hem af. Hij wrong zich door de groepjes omstanders heen naar het plein. Terwijl hij op de kring mannen af rende zag hij Murad Eslek die de kadi naar voren leidde. De mannen schuifelden opzij om hen erdoor te laten en Yashim volgde ze op de hielen.

Met één blik overzag hij het hele tafereel.

De kadi was sprakeloos. Het spit draaide nog steeds; bij iedere draai flapte een van de verschrompelde armen naar beneden. Yashim deed een stap naar voren en zette het wiel stil, en het hondje zakte hijgend door zijn poten.

'We moeten het vuur uit elkaar harken,' zei Yashim tegen Eslek. 'Haal een paar kruiers, en een handkar. Een ezelkar is ook goed. We moeten dit... dit ding hier weghalen.'

Eslek deed zijn ogen even dicht en knikte. 'Ik... Ik had nooit gedacht...' Hij maakte zijn zin niet af, maar liep weg om de kruiers te ronselen.

Ondertussen begon de kadi te schreeuwen tegen de menigte, zwaaiend met zijn vuisten.

'Ga weg! Ga weer aan het werk! Jullie denken dat het met

mij gedaan is, nietwaar? Ik zal jullie eens wat laten zien! Een of andere grap, nietwaar?' Hij sloeg met zijn vuisten tegen zijn slapen en staarde hen aan, wankelend op zijn benen. Op zijn markt! Schande! Schande en schaamte! Wie had hem dit aangedaan?

Hij rende naar voren, en de mannen liepen struikelend naar achteren om hem uit de weg te gaan. Hij beende met grote passen naar zijn kantoortje en ging naar binnen, waarna hij de deur achter zich dichtsloeg.

In de verbijsterde stilte die hierop volgde schenen een paar mannen, evenals Yashim, de geur voor het eerst te ruiken. Prettig, vet zonder zwaar te zijn, zoals kalfsvlees. Zij draaiden zich ook om.

De gehaktballenkoopman ging luid en hevig over zijn nek.

Yashim zag Eslek terugkeren met de kruiers, die bezems en harken droegen.

Hij praatte een paar minuten met Eslek. Hij stelde vragen aan de gehaktballenkoopman, die zijn geril niet kon bedwingen.

Niemand had iets gezien. Wat de gehaktballenkoopman betrof, het spit draaide al vóór hij begon te werken. Hij had het vreemd gevonden, ja, maar hij had werk te doen en had er verder niet over nagedacht tot na het aanbreken van de dageraad. Hij had zich eigenlijk zorgen gemaakt over de hond.

De hond had zijn aandacht getrokken, in eerste instantie.

105

De juwelen van de valide glinsterden in het gele licht. In dat vettige vertrek waren ze de enige blikvangers.

Ze bezaten toverkracht. De toverkracht die macht verleende. Niemand kon zijn ogen van deze juwelen afhouden, evenmin als een konijn kon wegkijken van een slang.

De zachte vingers gleden naar voren en streelden ze.

Ferenghi-toverkracht, misschien. Zou dat verschil maken? De vingers verstijfden. Misschien moesten er woorden worden uitgesproken. Aanroepingen. Toverspreuken. Dat was een onvoorziene mogelijkheid. Het zigzaggende figuurtje op elk sieraad zou een woord kunnen zijn, of een geluid.

Nee. Bezit was het belangrijkst. Wie de juwelen bezat, beschikte over de macht die ze verleenden. Napoleon, die zelfs de legers der gelovigen uit elkaar had geslagen – iedereen wist dat hij meer geluk had dan een gewoon mens. Stommeling! Hij had de juwelen weggegeven en zijn geluk verloren. Het gold ook voor de valide; ze had veel bereikt sinds ze de juwelen had gekregen. Zich een weg geklauwd naar de top, over een slagveld dat veel gevaarlijker was dan de slagvelden die de Franse keizer ooit had gezien, waar gefluisterde woorden lansen waren en kennis bataljons soldaten, en waar schoonheid in de gelederen marcheerde.

Dat wist iedereen toch? Iedereen wist hoe moeilijk het was om uit het strijdgewoel te voorschijn te komen, om niet teruggeschopt te worden, neergehaald te worden, weg te kwijnen in de anonimiteit. En dan je doel bereiken: aan de top staan, absolute macht hebben over wezens die zich vernederden en bij één enkel woord door het stof kropen!

Niets kon dat vernietigen. Niemand kon dat wegnemen.

Niet met deze dingen in je bezit.

En twee lippen tuitten zich en kwamen naar voren om de juwelen te kussen.

106

Yashim krulde zijn vingers om het kopje en staarde dankbaar omlaag naar de zwarte vloeistof die daarin was bezonken. Geen specerijen en een snufje suiker. Terwijl hij het naar zijn neus bracht, viel er een schaduw over de tafel en hij keek verbaasd op.

'Gaat u zitten,' zei hij, en hij wees naar een kruk.

De soepmeester legde zijn enorme handen op de tafel en liet zijn gewicht op de kruk zakken. Zijn ogen gleden door het café en namen de andere klanten op, de twee fornuizen, de glinsterende muur vol koffiepotten. Hij snoof.

'De koffie ruikt goed.'

'Het is verse arabica,' antwoordde Yashim. 'Ze branden de koffiebonen hier elke ochtend. Jammer dat de meeste mensen die koffie uit Peru kopen, vindt u niet? Die is goedkoop, maar ik vind altijd dat hij muf smaakt.'

De soepmeester knikte. Zonder zijn hand van de tafel op te lichten stak hij zijn vingers omhoog en knikte plechtig tegen de eigenaar, die buigend naderbij kwam.

'Koffie, heel zoet, met kardemom. Geen kaneel.' De café-eigenaar liep terug naar zijn fornuis. 'Ik hou niet van kaneel,' voegde de soepmeester eraan toe.

Ze voerden een beleefd gesprek over deze kwestie tot de koffie werd gebracht. Yashim was het met de soepmeester eens dat kaneel in het brood een gruwel was.

'Waar komen die ideeën vandaan?' De wenkbrauwen van de soepmeester schoten verwonderd omhoog. 'Waarvoor?'

Yashim haalde zijn schouders op en zweeg.

De soepmeester zette zijn kopje neer en boog naar voren.

'U vraagt u af waarom ik hier ben. Gisteravond kwamen de nachtwakers niet opdagen voor hun werk. Dat is voor het eerst. Ik dacht dat dat u misschien zou interesseren.'

Yashim keek op. Hij vroeg zich af waarom de dikke man was gekomen. Hij zei: 'Ik zou liever over het verleden praten. Twintig, vijfentwintig jaar geleden. De janitsaren schopten rellen, nietwaar? Wat deden ze precies?'

De soepmeester streek over zijn snor.

'Branden, beste vriend. Wij hadden mannen in het korps die een brand net zo gemakkelijk konden leiden als een zigeuner een beer. Ik zei "wij" – ik bedoelde zij. Ik was daar niet bij betrokken. Maar op die manier gaven ze hun gevoelens te kennen.'

'Waar waren de branden meestal?'

De soepmeester haalde zijn schouders op. 'In de haven, in Galata, hier in de buurt van de Gouden Hoorn. Soms leek het alsof de hele stad smeulde, ondergronds als het ware. Ze hoefden alleen maar ergens een putdeksel op te lichten en – *whoesj!* Iedereen voelde het. Gevaar alom.'

Net zoals nu, dacht Yashim. De hele stad wist van de moorden. De mensen begrepen wat er gebeurde. De stad zinderde van de verwachting. Over drie dagen zou de sultan zijn edict uitvaardigen.

'Dank u, soepmeester. Hebt u gemerkt uit welke richting de wind vandaag waait?'

De soepmeester kneep plotseling zijn ogen tot spleetjes.

'Vanuit Marmara. De wind waait al een week lang uit het westen.'

107

De seraskier tuitte zijn lippen.

'Ik betwijfel of dat uitvoerbaar is. O, in operationele zin wel misschien. We zouden de stad kunnen overspoelen met de Nieuwe Garde, op elke hoek een soldaat, kanonnen – als we die erdoorheen kunnen krijgen – op de open plekken. Voorzover die er zijn.'

Hij krabbelde overeind en liep naar het raam.

'Kijk, Yashim efendi. Kijk eens naar die daken! Wat een zootje, nietwaar? Heuvels, dalen, huizen, winkels – allemaal lukraak verspreid langs kleine straatjes en steegjes. Hoeveel hoeken zou ik daar buiten kunnen vinden? Tienduizend? Vijftigduizend? En hoeveel pleinen? Vijf? Tien? Dit is Wenen niet.'

'Nee,' stemde Yashim rustig in. 'Maar niettemin...'

De seraskier stak zijn hand op om hem het zwijgen op te leggen. 'Denkt u niet dat ik u verkeerd begrijp. En ja, ik denk dat er iets gedaan zou kunnen worden. Maar die beslissing berust niet bij mij. Alleen de sultan kan de troepen bevel geven de kazerne te verlaten. Gewapende troepen, bedoel ik. Denkt u dat hij deze beslissing zo snel kan nemen?'

'Dat heeft hij tien jaar geleden ook gedaan.'

De seraskier gromde. 'Tien jaar,' herhaalde hij. 'Tien jaar geleden was het volk één met de wil van de sultan. De dreiging van de janitsaren had het hele volk overweldigd. Maar vandaag – wat weten we? Denkt u dat de Stamboulioten mijn soldaten met open armen zullen ontvangen?

Er is nog iets waarop ik u met een zekere aarzeling wil wijzen. Wat zich tien jaar geleden afspeelde was niet het werk van één dag. Het kostte ons maanden, je zou kunnen zeggen jaren om ons voor te bereiden op de overwinning van het janitsarengespuis. Wij hebben vierentwintig uur. En de sultan is... op leeftijd. Zijn gezondheid is niet zo goed.'

Hij drinkt, bedoel je, dacht Yashim. Dat was algemeen bekend. Iedereen wist dat monsieur Lebrun, de Belgische wijnhandelaar in Pera, veel meer drank verhandelde dan nodig was voor de buitenlandse gemeenschap. Om maar te zwijgen van de ontdekking, vorig jaar, van een hele berg flessen met lange halzen, in de bossen vlak bij de plaats waar de sultan altijd met zijn familie ging picknicken.

'Er komt een janitsarenopstand,' zei Yashim kordaat. 'Ik denk dat het de vorm zal aannemen van een brand, of vele branden, ik weet het niet. Vroeg of laat moet de sultan de Nieuwe Garde laten uitrukken om orde te houden en de vuurzee te bestrijden, en ik voor mij zou er de voorkeur aan geven dat het vroeg gebeurt.' Hij liep weg van het raam en wendde zich tot de seraskier.

'Als u het niet doet, zal ik zelf trachten de sultan te overreden,' zei hij.

'U.' Het was geen vraag. Yashim zag dat de seraskier de situatie overwoog. Hij stond met zijn rug naar het licht, zijn handen ineengeslagen op zijn rug. De stilte verdiepte zich.

'We gaan samen, u en ik,' verklaarde de seraskier ten slotte. 'Maar u, Yashim efendi, maakt de sultan duidelijk dat het uw idee was, niet het mijne.'

Yashim staarde hem kil aan. Ooit zou hij een dienaar van de sultan ontmoeten die standvastig zou opkomen voor zijn eigen overtuigingen. Maar niet vandaag.

'Ik neem de verantwoordelijkheid op me,' zei hij rustig.

Ik ben tenslotte maar een eunuch.

108

Hun voetstappen weergalmden tegen de hoge muren van het serail terwijl ze over de Eerste Hof liepen. Gewoonlijk was het vrijdag druk op het plein, maar de grijze hemel, in combinatie met de onderdrukte spanning die in de lucht hing maakte dat de schitterende hof bijna geheel verlaten was. Officiële paleiswachten stonden in de houding langs de buitenmuren, even zwijgzaam en roerloos als de paleiswachten van de janitsaren wier onbeweeglijkheid de buitenlandse gezanten vroeger de stuipen op het lijf jaagde. Yashim vroeg zich af of de wachters van de Nieuwe Garde op hun manier niet griezeliger waren: ze leken meer op die mannetjes in Duitse klokken dan op echte mannen. De janitsaren bezaten in elk geval hun eigen opschepperige zwier, zoals zijn vriend Palevski had betoogd.

Hij pakte een stuk papier dat hij onder zijn riem had gestoken. Toen hij de hippodroom overstak, was hij impulsief afgeslagen bij de Slangenzuil. Hij was door de modder naar de janitsarenboom gelopen, wetend dat hij dit zou vinden: het mystieke gedicht dat hem al een week bezighield.

Het zat aan de bladderende schors vastgeprikt. Op die manier maakten de Grieken hun doden bekend, dacht Yashim: met een stuk papier aan een paal of een boom vastgespijkerd. Hij had het stuk papier van de stam getrokken en opnieuw bestudeerd.

Onwetend
En niets wetend van hun onwetendheid,
Slapen zij.
Wek hen.

Een brand in de nacht, dacht Yashim. Een oproep tot de wapenen. Maar wat betekende dit?

Wetend,
En wetend onwetend,
Worden de zwijgende uitverkorenen één met de kern.
Treed nader.

Hij vouwde het papier op en stak het onder zijn riem.

109

De sultan liet hen een uur wachten, en hij ontving hen niet in zijn particuliere vertrekken, zoals Yashim had verwacht, maar in de troonzaal, een zaal die Yashim maar één keer eerder had gezien, vijftien jaar geleden.

Hij had de sultan zelf ook jarenlang niet gezien. Mahmuts baard, die vroeger gitzwart was geweest, was roodgeverfd met henna, en zijn oplettende donkere ogen waren waterig geworden en diep weggezonken tussen de vetplooien. Zijn mondhoeken waren omlaaggetrokken tot een pruilende uitdrukking van eeuwige teleurstelling, alsof hij, na alles geproefd te hebben wat in de wereld te koop was, had besloten dat alles wrang smaakte. Met een mollige hand, versierd met ringen, gebaarde hij dat ze binnen moesten komen, maar hij deed geen moeite om van zijn troon op te staan.

De zaal zag er nog precies zo uit als Yashim zich herinnerde: een juwelenkist in de koelste blauwtinten, van de vloer tot boven in de koepel betegeld met prachtige Iznik-tegels; een bevroren droomtuin die ineengestrengeld, hangend en slingerend in guirlandes rond de muren hing.

Yashim en de seraskier traden buigend vanaf hun middel binnen; nadat ze vijf passen hadden gelopen wierpen ze zich languit ter aarde.

'Sta op, sta op,' snauwde de sultan kregelig. 'Het werd tijd dat je kwam,' zei hij, naar Yashim wijzend.

De seraskier fronste zijn wenkbrauwen. 'Uwe keizerlijke majesteit,' begon hij. 'Er is in de stad een situatie ontstaan die ons doet geloven – Yashim efendi, en ikzelf – dat het uiterst ernstige gevolgen zal hebben voor het geluk en de veiligheid van het volk.'

'Waar heb je het over? Yashim?'

Yashim boog en begon aan zijn uitleg. Hij sprak over het edict en de moord op de cadetten. Hij beschreef de profetie die eeuwen geleden was verkondigd door de stichter van de karagozi-orde van derwisjen – en ving een waarschuwende frons van de sultan op.

'Wees voorzichtig, lala. Wees heel voorzichtig in je woordkeus. Er zijn bepaalde dingen waar men niet over kan spreken.'

Yashim keek hem strak aan. 'Dan zal het niet nodig zijn, sultan.'

Er viel een stilte.

'Nee,' antwoordde Mahmut. 'Ik heb het begrepen. Treed nader tot de troon, jullie twee. Het is beter dat we onze stem niet verheffen.'

Yashim aarzelde een seconde. De woorden van de sultan deden hem denken aan de laatste regel van het gedicht: de zwijgende uitverkorenen worden één met de kern. *Treed nader.* Wat zou dat kunnen betekenen? Hij deed een stap in de richting van de sultan. De seraskier stond stijfjes naast hem.

'Wat zeg jij ervan, seraskier?'

'Er zijn waarschijnlijk meer dan vijftigduizend mannen die voorbereidingen treffen om de straat op te gaan.'

'En ze zouden Istanbul kunnen platbranden, bedoel je dat? Ik snap het. Nou, daar moeten we iets aan doen. Wat ben je van plan?'

'Ik geloof, sire, dat u de Nieuwe Garde bevel moet geven de stad tijdelijk te bezetten,' legde Yashim uit. 'De seraskier voelt er weinig voor, maar ik kan geen betere manier bedenken om de openbare veiligheid te garanderen.'

De sultan fronste zijn wenkbrauwen en trok aan zijn baard. 'Seraskier, jij kent de stemming van je soldaten. Zijn ze in staat deze stap te zetten?'

'Hun discipline is goed, sultan. En ze hebben een aantal koelbloedige, doortastende commandanten. Met uw toestemming zouden ze hun posities in één nacht kunnen betrekken. Alleen al hun aanwezigheid zou de samenzweerders ontzag kunnen inboezemen.'

Yashim merkte dat de seraskier nu minder weifelend klonk.

'Dat neemt niet weg,' merkte de sultan op, 'dat er straatgevechten kunnen ontstaan.'

'Dat risico bestaat. In dat geval moeten we gewoon ons best doen. De leiders identificeren, de schade beperken. Bovenal, sultan, het paleis beschermen.'

'Hmm. Het geval wil, seraskier, dat ik niet van plan ben in de stad te blijven.'

'Met alle respect, sultan. Ik kan instaan voor uw veiligheid, en ik denk dat uw aanwezigheid zal helpen het volk gerust te stellen.'

De sultan antwoordde met een zucht.

'Ik ben niet bang, seraskier.' Hij wreef met zijn handen over zijn gezicht. 'Breng de soldaten in paraatheid. Ik zal overleggen met mijn viziers. Binnen enkele uren kun je een bevel verwachten.'

Hij wendde zich tot Yashim.

'Wat jou betreft, het wordt hoog tijd dat je vooruitgang boekt in ons onderzoek. Wees zo goed om je te melden in de harem.'

Hij stuurde hen met een armzwaai weg. Beide mannen bogen diep en liepen achteruit naar de deur. Terwijl de deur van de troonzaal dichtviel, zag Yashim dat de sultan hen op zijn troon gezeten nakeek, met zijn vuist tegen zijn wang gebald.

110

Buiten de deur bleef de seraskier staan om zijn voorhoofd af te wissen met een zakdoek.

'Óns onderzoek? U had tegen me moeten zeggen dat u aan een zaak in het paleis werkte,' mompelde hij verwijtend.

'U hebt er niet naar gevraagd. Hoe dan ook, zoals u hebt gehoord heb ik uw zaak de prioriteit gegeven.'

De seraskier gromde. 'Mag ik vragen waar dat onderzoek over gaat?'

De seraskier was te autoritair. Op de paradeplaats kon dat misschien: de soldaten zwoeren onvoorwaardelijke gehoorzaamheid. Maar Yashim was geen soldaat.

'Dat zou u niet interesseren,' zei Yashim.

De seraskier trok zijn mond strak.

'Misschien niet.' Hij keek Yashim doordringend aan. 'Dan stel ik voor dat u doet wat de sultan zegt. Net als ik.'

Hij keek de seraskier na terwijl deze met kwieke tred naar de Ortakapi, de Middelpoort liep, die naar de Eerste Hof leidde.

Yashim zou niet graag in zijn schoenen staan. Aan de andere kant: als de seraskier dit goed aanpakte, zouden hij en de Nieuwe Garde hier met roem overladen uit te voorschijn komen. Het was een goede gelegenheid om de reputatie van de Nieuwe Garde te herstellen, die enigszins had geleden onder hun mislukkingen op het slagveld.

Het was ook hun plicht. Niet alleen aan de sultan, maar ook aan het volk van Istanbul. Zonder de Garde verkeerde de hele stad in gevaar door de rebellerende janitsaren.

Yashim twijfelde er niet aan dat het toneel na de vierde moord was ingericht; de voorbereidingen waren getroffen. De oude altaren waren opnieuw gewijd, met bloed. Het tweede bedrijf was in aantocht, daar was Yashim zeker van.

Wek hen. Treed nader.

Wat betekende het eigenlijk?

In de komende tweeënzeventig uur, besefte hij, zouden ze daarachter komen.

Hij zag de seraskier verdwijnen in de schaduw van de Ortakapi. Toen draaide hij zich om en liep naar de haremvertrekken.

111

'Hallo, vreemdeling!'

Het werd bijna gefluisterd. Ibou de bibliothecaris vouwde zijn lange arm dubbel en wapperde met zijn vingers in een groet.

Yashim grijnsde en stak zijn hand op.

'Naar je werk?' fluisterde hij. Volgens een lang geleden gevestigd gebruik verhief niemand ooit zijn stem in de Tweede Hof van het paleis.

Ibou keek op. 'Ik ben net klaar. Ik ging op weg om een hapje te eten.'

Yashim had de indruk dat dit een uitnodiging was.

'Nou, ik wou dat ik met je mee kon gaan,' zei hij. En daarna: 'Je komt uit de verkeerde deur.'

Ibou keek hem ernstig aan en draaide toen zijn hoofd om. 'Ik vind dat hij er prima uitziet.'

'Nee, ik bedoel vanuit de archieven. Ik... Ik wist niet dat je er aan deze kant uit kon.' Yashim voelde dat hij bloosde. 'Het doet er niet toe. Bedankt voor je hulp laatst.'

'Ik zou willen dat ik meer had kunnen doen, efendi,' antwoordde Ibou. 'U kunt me nog eens komen opzoeken, als u wilt. De rest van deze week werk ik iedere avond.'

Hij salaamde, en Yashim salaamde ook.

Yashim betrad de harem door de Paradijsvogelpoort. Hij kon nooit door deze poort lopen zonder te denken aan de valide Kosem, die twee eeuwen geleden naakt aan haar hielen vanuit de harem door deze poort was gesleurd en in de gang was gewurgd. Dat was de finale geweest van vijftig verschrikkelijke jaren, waarin het keizerrijk werd geregeerd door een serie gekken, dronkaards en losbollen – onder wie Kosems eigen zoon Ibrahim, die zijn vertrekken had laten behangen en bekleed met Russische pelzen, en zijn meisjes bereed als merries... tot de beul op hem af kwam met de boogpees.

Gevaarlijk terrein, de harem.

Hij stapte de zaal van de gepluimde hellebaardiers binnen. Zes hellebaardiers stonden op wacht, in paren naast de deuren die leidden naar het binnenplein van de valide sultan en de Gouden Weg, een smal, open steegje dat de harem verbond met de *selamlik*, de vertrekken van de hellebaardiers. De hellebaardiers waren ongewapend, afgezien van een korte dolk die ze onder de sjerp van hun pofbroek hadden gestoken; ze droegen alleen hellebaarden als ze beschermingsdienst hadden, bij de zeldzame gelegenheden dat ze de vrouwen van de sultan escorteerden buiten het paleis. Als ze op wacht stonden, hadden ze één onderscheidend kenmerk: de lange zwarte pluimen die van de punten van hun hoge hoeden hingen ten teken dat zij de harem mochten betreden. Yashim herinnerde zich een Fransman die had moeten lachen toen hem de functie van het haar werd uitgelegd.

'Denkt u dat een bos haar een man ervan zal weerhouden naar de vrouwen van de sultan te kijken? In Frankrijk,' had hij gezegd, 'hebben de vrouwen lang haar. Denkt u dat ze daarom geen steelse blikken werpen op een knappe man?'

En Yashim had stijfjes geantwoord dat de gepluimde hellebaardiers alleen de openbare gedeelten van de harem mochten betreden, om het hout naar binnen te dragen.

Hij legde zijn vuist tegen zijn borst en boog licht. 'In opdracht van de sultan,' mompelde hij.

De hellebaardiers herkenden hem en deden een stap opzij om hem te laten passeren.

Hij bevond zich in de zuilengang langs de westkant van het binnenplein van de valide. Het had geregend en de flagstones van het binnenplein glommen. Er stonden plassen; de muren waren groenachtig van het vocht. De deur naar de suite van de valide sultan stond open, maar Yashim bleef staan waar hij was, terwijl hij over de situatie nadacht.

Wat veroorzaakte het gevaar in de harem? vroeg hij zich af.

Hij dacht aan de hellebaardiers die hij daarnet was tegengekomen, met hun lange haar bij wijze van oogkleppen.

Hij dacht aan de vertrekken en suites die voorbij die deur lagen, even oud en krap als Istanbul zelf, met al die kronkelige bochten, onverwachte poorten en piepkleine juweeltjes van kamertjes die waren vervaardigd uit overgeschoten hoekjes en afgescheiden ruimtes. Evenals de stad waren die kamers in de loop der eeuwen ontstaan. Sommige kamers waren gladgeslepen door het zand der doelmatigheid, andere waren in een opwelling uitgehakt uit het grotere geheel, de poorten waren vrijgemaakt onder druk van duizend blikken en een miljoen zuchten. Niets was gepland. En in dit gebied, nauwelijks zeventig meter in het vierkant, bevonden zich baden en slaapkamers, zitkamers en gangen, wc's en slaapzalen, wenteltrappen, vergeten balkons: zelfs Yashim, die de weg wist, kon in de harem verdwalen, of tot de ontdekking komen dat hij uit een raam keek naar een binnenplein dat hij ver weg had gewaand. Sommige kamers waren niet groter dan een cel, wist Yashim.

Hoeveel mensen liepen elke dag door dit labyrint, de uren van hun bestaan tussen de muren vullend, de uitgesleten paden betredend van de ene taak naar de andere: slapen, eten, baden, dienen? Honderden, zeker; wellicht duizenden, zich mengend onder de geesten van de duizenden die hun waren voorgegaan: de vrouwen die logen en stierven, de eunuchen die om hen heen trippelden, en het geroddel dat als stoom opsteeg in de vrouwenbaden, en de blikken vol jaloezie, liefde en wanhoop die hij zelf had gezien.

Zijn ogen dwaalden over het binnenplein. Dat was slechts vijftien meter in het vierkant, maar het was de grootste open ruimte in de harem: de enige plaats waar een vrouw omhoog kon kijken naar de lucht, de regen op haar wangen kon voelen, de wolken langs de zon kon zien jagen. En er kwamen – hij telde ze – zeven deuren op het binnenplein uit; zeven deuren en vijftien ramen.

Tweeëntwintig manieren waarop je niet alleen was.

Tweeëntwintig manieren waarop je bespied kon worden.

Terwijl hij in de zuilengang naar de regen staarde, hoorde

hij vrouwen lachen. En hij zei onmiddellijk tegen zichzelf: het gevaar is: niets wat je hier doet is ooit geheim.

Alles kan worden gezien, of afgeluisterd.

Een diefstal kan worden gezien.

Een ring kan worden gevonden.

Behalve...

Hij wierp een blik op de open deur naar de vertrekken van de valide.

Maar de valide zou haar eigen juwelen niet stelen.

Achter zich hoorde hij een deur opengaan, en hij draaide zich om. Daar, puffend van inspanning, de hele deuropening vullend met zijn enorme omvang, stond de kislar aga.

Hij keek Yashim aan met zijn gele ogen.

'U bent terug,' piepte hij met zijn eigenaardige hoge stemmetje.

Yashim boog. 'De sultan vindt dat ik niet hard genoeg heb gewerkt.'

'De sultan,' herhaalde de zwarte man. Zijn gezicht was uitdrukkingsloos.

Hij waggelde langzaam naar voren; de deur naar de zaal van de wachters ging achter hem dicht. Hij bleef staan bij een pilaar en stak zijn hand uit om de regen te voelen.

'De sultan,' herhaalde hij zachtjes. 'Ik heb hem gekend toen hij nog een kleine jongen was. Stel je voor!'

Plotseling ontblootte hij zijn tanden, en Yashim – die de kislar nog nooit had zien glimlachen – vroeg zich af of het een grijns was of een grimas.

'Ik heb Selim zien sterven. Dat was hier, op dit binnenplein. Wist u dat?'

Terwijl de regen gestaag neerspatte op het binnenplein, door de flagstones sijpelde en vlekken maakte op de muren, dacht Yashim: ook hij voelt het gewicht van de geschiedenis.

Hij schudde zijn hoofd.

De kislar aga stak twee vingers op en trok aan zijn bungelende oorlel. Toen draaide hij zich om en keek naar de regen.

'Veel mensen wensten zijn dood. Hij wilde dat alles veranderde. Nu is het net zo, nietwaar?'

De kislar aga staarde nog steeds naar de regen, terwijl hij aan zijn oorlel trok. Als een kind, dacht Yashim afwezig.

'Ze willen dat wij modern zijn,' zei hij met minachting in zijn stem. 'Hoe kan ik modern zijn? Ik ben verdomme een eunuch.'

Yashim boog zijn hoofd. 'Zelfs eunuchen kunnen leren op een stoel te zitten. Met mes en vork te eten.'

De zwarte eunuch wierp hem een hooghartige blik toe. 'Ik niet. Hoe dan ook, moderne mensen worden verondersteld dingen te weten. Die lezen allemaal. Eten die kleine miertjes op het papier met hun ogen en later spugen ze de hele rotzooi in de gezichten van mensen die er niet op verdacht zijn. Hoe noemen ze het? *Tanzimat*. Hervormingen. Nou, u zit wel goed. U weet veel.'

De kislar aga hief zijn hoofd op en keek Yashim aan.

'Misschien niet nu, misschien niet dit jaar of volgend jaar,' zei hij langzaam, met zijn geaffecteerde hoge falsetstemmetje, 'maar er komt een tijd dat ze ons allemaal op straat gooien om te creperen.'

Hij maakte een wapperend gebaar met zijn vingers, alsof hij Yashim wegsloeg. Daarna liep hij moeizaam het binnenplein op en wandelde langzaam door de regen naar een deur aan de overkant.

Yashim keek hem even na, liep toen naar de deur van de vertrekken van de valide, en klopte zachtjes op het hout.

Een van de slavinnen van de valide die op een geborduurd kussen in het halletje met een schaartje haar teennagels zat te knippen, keek op en glimlachte opgewekt.

'Ik zou de valide graag willen zien, als het mag,' zei Yashim.

112

Tegen de tijd dat Yashim die vrijdagmiddag het paleis verliet was het bijna donker, en op de markt bij de Kara Davut begonnen de marktkooplieden bij het licht van toortsen in te pakken.

Even vroeg Yashim zich af of hij had moeten gaan lunchen met Ibou, de elegante archivaris, want hij had de hele dag niets gegeten en was bijna duizelig van de honger. Bijna werktuiglijk wuifde hij de gedachte weg. Hij hield zich zelden bezig met spijt of bedenkingen; dat waren nutteloze gevoelens waartegen hij zich altijd verzette, uit angst dat hij de sluisdeuren zou openzetten. Hij had te veel mannen zoals hij verteerd zien worden door bitterheid; te veel mannen – en ook vrouwen – die verlamd waren door bedenkingen en bleven tobben over veranderingen die ze niet meer ongedaan konden maken.

George de Griek kwam achter zijn kraam tevoorschijn terwijl Yashim aan de restjes van een mand met slablaadjes stond te plukken. Deze aanblik maakte hem kennelijk razend.

'Wat doet jij hier zo laat op de dag, hè? Die ouwe rotzooi kopen! Bent jij een oude dame? Hou jij tegenwoordig konijnen? Ik haal alles weg.'

Hij zette zijn handen op zijn heupen. 'Wat wilt jij, eigenlijk?'

Yashim probeerde na te denken. Als Palevski kwam eten, zoals hij had beloofd, moest hij iets behoorlijk substantieels hebben. Soep dan maar, en mantipasteitjes – de mantikoopvrouw zou nog wel iets over hebben, dat wist hij zeker. Hij kon een saus maken met olijven en pepers uit het glas. Knoflook had hij.

'Ik neem die wel,' zei hij, wijzend op een oranje pompoen. 'Een paar preien, als je die hebt. Het liefst dunne.'

'Een paar heel dunne preien, goed. Jij maak *balkabagi*? Dan heeft jij nodig een paar uien. Goed. Voor de bouillon: een wortel, uien, peterselie, laurier. Is vijfentwintig piasters.'

'Plus wat ik je nog schuldig ben van laatst.'

'Ik vergeten de andere dagen. Dit is vandaag.'

Hij gaf Yashim een boodschappennet voor zijn groenten.

De mantikoopvrouw was nog steeds aan het werk, zoals Yashim had gehoopt. Hij kocht een pond mantipasteitjes met vlees en pompoen, een kwart liter zure room in de melkwinkel ernaast, en twee ronde borekbroden, nog warm uit de oven. Toen ging hij voor het eerst in dagen naar huis – althans, zo voelde het.

In zijn kamer stak hij de olielampen aan, schopte zijn straatschoenen uit en hing zijn cape aan een haak. Hij knipte de lampenkousen bij en zette het raam op een kier om de kamer te laten doorwaaien. Met een in olie gedrenkte reep stof en een handvol droge twijgjes maakte hij een vuur in het fornuis en strooide er een paar brokken houtskool bovenop. Toen begon hij te koken.

Hij gooide de groenten voor de bouillon in een pot, voegde er water uit de kan aan toe en zette de pot achter op het fornuis om de bouillon aan de kook te brengen. Hij goot een straal olijfolie op de bodem van een zware pan, hakte de uien, het merendeel van de preien en een paar teentjes knoflook, en zette ze op het vuur om te fruiten. Ondertussen sneed hij met een scherp mes een kapje van de pompoen, schepte de zaden eruit en legde ze apart. Voorzichtig, zonder de schil te beschadigen, schraapte hij met een lepel het oranje vruchtvlees uit de pompoen en roerde het door de uien. Hij gooide er een royale snuf piment en kaneel bij, en een lepel heldere honing. Na een paar minuten zette hij de pan opzij en trok de bouillonpot op de kolen.

Hij legde een handdoek en een stuk zeep in de lege waskom

330

en liep de trap af naar de pomp op het achterplaatsje, waar hij zijn tulband loswikkelde en zijn bovenlijf ontblootte, huiverend in de koude motregen. Hijgend stak hij zijn hoofd onder de tuit. Toen hij zich had gewassen wreef hij zich energiek droog met de handdoek, zonder acht te slaan op zijn pijnlijke huid, en vulde de waterkan. Boven droogde hij zich zorgvuldiger af en trok een schone bloes aan.

Pas toen installeerde hij zich op de bank en sloeg het boek van de valide open, *Les liaisons dangereuses*. Hij hoorde de bouillon zachtjes borrelen op het fornuis; een keer sprong het deksel omhoog en een sissende straal geurige stoom parfumeerde de kamer. Hij las dezelfde zin voor de twaalfde keer en liet zijn ogen dichtvallen.

Toen hij ze weer opendeed wist hij niet zeker of hij had geslapen; er klopte iemand op de deur. Met een schuldbewuste schok krabbelde hij overeind en gooide de deur open.

'Stanislav!'

Maar het was Stanislav niet.

De man was jonger. Hij schopte zijn schoenen uit en hij hield een zijden boogpees in zijn hand, om zijn vuist gewonden.

113

De seraskier stak vlug de Eerste Hof van het paleis over, en stapte naar buiten door de Bab-i-Hümayün, de poort van de door paradijsvogels beschaduwde keizer, naar het plein dat het paleis scheidde van de grote kerk Hagia Sofia, die nu een moskee was. Na de onnatuurlijke stilte van het paleis werd hij getroffen door de terugkerende geluiden van een grote stad: het geratel van de met ijzeren hoepels beslagen karrenwielen op de keien, honden die grommend op restjes afval knaagden, een zweepslag, en de kreten van muilezeldrijvers en straatventers.

Twee bereden dragonders gaven hun paard de sporen, reden naar hem toe en brachten hem zijn eigen grijze paard. De seraskier sprong sierlijk in het zadel, plooide zijn cape om zich heen en wendde zijn paard naar de kazerne. De dragonders reden achter hem aan.

Terwijl ze onder de zuilengang van de moskee door reden, wierp de seraskier een blik omhoog. De piek van de grootse koepel van Justinianus, de grootste ter wereld, op de basiliek van de Sint-Pieter in Rome na, torende hoog boven hem uit: het hoogste punt van heel Istanbul, zoals de seraskier goed wist. Al dravend keek hij voor de honderdste keer naar de natuurlijke ligging van het terrein, terwijl hij in gedachten de batterijen van de artillerie opzette en zijn troepen opstelde.

Toen ze de kazerne hadden bereikt, had hij een paar besluiten genomen. Het was zinloos om zijn troepen door de hele stad te verspreiden, vond hij; dat zou het gevaar voor zijn soldaten juist vergroten. Het was beter om twee of drie stellingen te kiezen, die goed te verdedigen, en alle uitvallen te doen die nodig waren om zijn doel te bereiken. De Hagia Sofia was een verzamelpunt; de Sultan Ahmet-moskee in het zuidwesten was er nog een. Het liefst zou hij soldaten opstellen in de stallen van het oude paleis van de grootvizier, net buiten de paleismuren, maar hij betwijfelde of hij daar toestemming voor zou krijgen. Er was een heuvel, verder naar het westen, die hem een duidelijke toegang naar het paleis verschafte.

Hij moest hoofdzakelijk aan het paleis denken.

Toen hij bij zijn vertrekken was aangekomen, ontbood hij twaalf hooggeplaatste officieren voor een krijgsraad.

Na de krijgsraad hield hij een korte aanmoedigende toespraak. Alles hing af van de manier waarop zij en hun soldaten zich de komende achtenveertig uur zouden gedragen, zei hij. Gehoorzaamheid was het wachtwoord. Hij had het volste vertrouwen dat ze de uitdaging die zich had aangediend met vereende krachten het hoofd konden bieden.

Dat was alles.

114

Yashim greep naar de deur. De man op de drempel sprong naar voren en ze vochten enige ogenblikken om houvast, alleen gescheiden door de dunne deur die tussen hen in stond. Maar Yashim was uit zijn evenwicht gebracht, en hij was degene die het eerst meegaf: hij sprong weg van de deur en zijn aanvaller schoot de kamer in, struikelde bijna, maar draaide zich bliksemsnel om en bleef met gebogen knieën in elkaar gedoken voor Yashim staan.

Een worstelaar, dacht Yashim. De man was volkomen kaalgeschoren. Zijn nek liep schuin over in zijn brede schouders, die uit de armsgaten van een mouwloos leren wambuis puilden. Het leer was zwart en glansde alsof het met olie was ingewreven. Hij had korte benen, zag Yashim; zijn blote voeten had hij een meter uit elkaar op het vloerkleed neergeplant, zijn knieën waren gebogen, hij had een smal middel. Er was geen spoor van een wapen, behalve de boogpees in zijn rechtervuist.

Deze man kan me zonder enige moeite doormidden breken, dacht Yashim. Hij deed een stap naar achteren, met zijn voeten glijdend over de gladde planken.

De man gromde en sprong naar voren; met zijn hoofd als een ram gebogen kwam hij met een verrassende snelheid op Yashim af. Yashim zwiepte zijn arm naar achteren terwijl hij achteruitsprong en veegde met zijn hand over het keukenblok. Zijn vingers voelden het mes, maar ze raakten het alleen; het moest hebben rondgetold, want toen hij het heft probeerde te grijpen raakten zijn vingers elkaar in de lucht. Toen de enorme schouder van de worstelaar tegen zijn middenrif aan beukte, werd hij achteruit tegen het keukenblok aan geramd met een kracht die zijn hoofd in een zweepslag achterover deed slaan. Hij hapte naar adem en voelde de armen van de worstelaar omhoogschieten om zijn eigen armen vast te pinnen.

Yashim wist dat hij verloren was als de worstelaar hem in zijn greep kreeg. Hij zwenkte naar rechts, terwijl hij het volle gewicht van zijn bovenlichaam tegen de omhoogkomende arm van de worstelaar wierp, en strekte zijn armen tegelijkertijd uit om het handvat van de bouillonpot te grijpen. Met een ruk griste hij de pot van het vuur en zwaaide hem over de schouder van de man, maar het deksel zat vast en hij kon niet meer doen dan de pot om de man heen zwaaien en hem stevig tegen zijn rug klemmen, voordat zijn arm door de man werd vastgegrepen.

Om de kraag van het wambuis van de man zat een leren band, en toen de pot omhoogschoof bleef het deksel eraan haken. De man sloeg achterover terwijl de kokende bouillon over zijn nek gutste, en liet Yashim los.

De verrassing op het gezicht van de moordenaar toen hij met zijn geklauwde hand in Yashims kruis greep om hard te knijpen was duidelijk zichtbaar. In elk geval duidelijker zichtbaar dan het kruis van Yashim.

De moordenaar trok zijn arm met een ruk terug, als door een wesp gestoken. Yashim liet zijn rechterhand zo hard hij kon omhoogglijden langs de linkerarm van de moordenaar, bracht toen zijn linkerhand hard naar beneden en greep de pols van de man terwijl hij diens arm om zijn eigen hand heen draaide. Er klonk een krak en de arm van de man werd slap. De moordenaar greep ernaar met zijn rechterhand. Een seconde later had Yashim zijn rechterpols weg van zijn lichaam gerukt en liet de moordenaar in een boog door de lucht vliegen, waardoor hij omdraaide, dubbelgevouwen, met zijn rechterarm in een stevige greep. De moordenaar had noch geschreeuwd, noch een woord gezegd.

Vijf minuten later had de man nog steeds niets gezegd. Hij had nauwelijks gegromd. Yashim begreep er niets van.

Toen zag Yashim waarom de man niets zei: hij had geen tong.

Yashim vroeg zich af of de stomme kon schrijven. 'Kun je schrijven?' siste hij in het oor van de man. Die keek hem niet-begrijpend aan. Een doofstomme? Lang geleden, in het tijdperk van Suleiman de Geweldige, was er een decreet uitgevaardigd dat alleen doofstomme mensen de sultan in hoogsteigen persoon mochten bedienen. Zo garandeerde men dat er niets werd afgeluisterd; niets wat zij zagen konden ze doorgeven aan de buitenwereld. In plaats daarvan gebaarden ze naar elkaar: ixarette, de geheime taal van het Ottomaanse hof, was een verfijnde gebarentaal die iedereen in dienst van het paleis, horend of doof, sprekend of stom werd verondersteld te leren.

In dienst van het paleis.

Een doofstomme.

Yashim begon verwoed te gebaren.

115

Aan de andere kant van de stad lag Preen de köçek-danser op de bank naar het donkere raam te staren.

Een gitzwarte pruik van echt haar, opgevuld met haren uit de staart van een paard, was over een standaard gedrapeerd. Haar potten met make-up, borstels en pincetten stonden ongebruikt op de toilettafel.

Preen probeerde haar stijve schouder te bewegen. De zwachtels die de paardendokter had aangebracht kraakten. Voor de behandeling van breuken en kneuzingen wendden de meisjes zich altijd tot de paardendokter: in één maand tijd deed hij meer oefening en ervaring op dan gewone pillendraaiers in een heel leven, zoals Mina zei, want de Turken zorgden veel beter voor hun paarden dan voor zichzelf. Hij had de verrekte schouder van Preen zorgvuldig onderzocht, en een verstuiking geconstateerd.

'Niets gebroken, God zij geloofd,' zei hij. 'Wanneer mijn patiënten iets breken, schieten we ze dood.'

Preen had voor het eerst sinds haar aanslag gelachen. Grappen waren niet het enige medicijn dat de dokter gebruikte: hij had haar schouder en nek ingezalfd met een preparaat van paardenkastanje. Daarna had hij zwachtels aangebracht en het hele verband gepenseeld met hete gomhars.

'Het smaakt afschuwelijk,' zei hij. 'En het zorgt ervoor dat de zwachtels niet slap gaan hangen en losraken. Ik weet niet of het medisch noodzakelijk is, wie zal het zeggen? Maar ik ben te oud om mijn behandelingen te veranderen.'

De gomhars was opgedroogd en stijf geworden. Nu kraakte het elke keer wanneer Preen haar schouder bewoog. Gelukkig kon ze haar vingers bewegen: twee dagen geleden waren ze gezwollen en onbeweeglijk geweest. Mina kwam om haar te helpen met eten, en bracht de penssoep die ze lekker vond voor haar mee in een aardenwerken kom. Afgezien van de paardendokter en haar vriendin Mina had Preen geen bezoekers: ze had besloten zelfs Yashim weg te sturen als hij zou komen. Ze was ervan overtuigd dat ze er zonder haar oorlogskleuren uitzag als een vogelverschrikker.

Ze zag er zeker anders uit. Haar eigen haar was gemillimeterd tot een donzig pluis en haar huid was erg bleek; toch kon Mina in de vorm van haar hoofd en haar gezicht met de hoge jukbeenderen meer dan een spoor herkennen van de jongen die ze ooit was geweest, kwetsbaar en onstuimig tegelijk. Met haar grote bruine ogen had ze Mina gesmeekt om 's nachts te blijven slapen, en Mina had zich naast haar vriendin geïnstalleerd en naar haar gekeken terwijl ze sliep.

Op de derde ochtend moest Preen haar huisbazin vertellen dat ze niet van plan was extra te betalen voor haar zogenaamde gast. Het gesprek was gevoerd door een dichte deur, want Preen weigerde de oude vrouw binnen te laten.

'Misschien moet ik er huur aftrekken voor de nachten dat ik niet thuis ben?' riep ze. 'Hoe dan ook, het is jouw schuld dat ik een verpleegster nodig heb. Ik ging ervan uit dat jij een oogje hield op de mensen die kwamen en gingen. En je liet een moordenaar binnen!'

Er viel een diep verontwaardigde stilte, en Preen grinnikte. Niets was een grotere belediging voor de huisbazin dan de beschuldiging dat ze niet goed door haar traliewerk had gekeken. Je kon evengoed je twijfels uitspreken over haar geloof.

Dat was eerder op de dag. Nu kwam Mina binnen met brood en soep voor het avondeten.

Ze hielp Preen rechtop en reikte haar een kom aan.

'Je mist iets heel opwindends, lieverd,' zei ze, zittend op de rand van de bank. 'Een complete invasie van knappe jonge mannen.'

Ze trok haar wenkbrauwen op. 'Soldaten in strakke broeken! De Nieuwe Garde!'

Preen rolde met haar ogen.

'Wat doen ze precies?'

'Dat heb ik ook aan ze gevraagd. Posities innemen, zeiden ze. Nou, daar kon ik geen weerstand aan bieden, of wel soms? Ik zei dat ik ze wel een paar posities kon laten zien die ze nog niet kenden.'

Ze giechelden.

'Maar wat heeft het te betekenen?' vroeg Preen.

'Het is voor bescherming, kennelijk. Al die complotten en moorden, het nadert een ontknoping. O, Preen, het spijt me – je ziet zo wit als een doek. Ik bedoelde niet... Ik bedoel, ik weet zeker dat het niets te maken heeft met wat er laatst is gebeurd. Moet je horen, waarom vraag je het niet aan die vriend van je, die heer?'

'Yashim?'

'Die bedoel ik, lieverd. Yashim. Kom, eet je soep op en maak je op. Ik zal je helpen. Je kunt toch lopen? We nemen een draagstoel en gaan hem nu meteen zoeken.'

De waarheid was natuurlijk dat Mina haar taak als verpleegster een heel klein beetje saai begon te vinden. Ze had zin in een uitje, vooral nu er buiten iets opwindends aan de gang was. Dus was ze zo overtuigend mogelijk en wuifde alle twijfels van Preen weg.

'Maar... ik voel me niet veilig,' bekende Preen.

'Onzin, lieverd. Ik ben bij je, en we gaan je vriend zoeken. Het is vast leuk, wie weet? Je bent volkomen veilig op straat. Net zo veilig als hier. Veiliger nog.'

Later dacht Preen nog weleens terug aan die opmerking.

116

Toevallig hield Yashim zich inmiddels bezig met zijn tweede bezoeker van die avond.

Palevski was de trap op gelopen. Hij rook de geur op de overloop van Yashim, maar hij was voor deze ene keer teleurgesteld. Er hing een flauwe geur van uien, verbeeldde hij zich, en misschien gekookte wortel, maar deze onbevredigende aanwijzingen kregen geen vaste vorm: alle gerechten konden zo ruiken. Toen zag hij de schoenen, een paar stevige leren sandalen.

Bezoek, veronderstelde hij. Hij klopte op de deur.

Er was een klein oponthoud; toen ging de deur op een kier open.

'Godzijdank ben jij het,' zei Yashim, die de deur opendeed en Palevski snel de kamer in trok.

Palevski liet zijn valies bijna vallen van verbazing. Yashim had een groot keukenmes in zijn hand – niet dat hij dat vreemd vond. Maar zijn aandacht werd getrokken door het lichaam van een enorme man, die met zijn gezicht naar beneden op het vloerkleed lag, en grotendeels in een dichtgeknoopt laken was gewikkeld.

'Ik moet een oplossing verzinnen voor die maniak,' zei Yashim kortaf. 'Ik heb zijn polsen vastgebonden met een stuk laken, maar nu weet ik het niet meer.'

Palevski knipperde met zijn ogen. Hij keek van Yashim naar het lichaam op de grond. Hij realiseerde zich dat de man hijgde.

'Misschien kun je dit gebruiken,' zei hij zachtjes, terwijl hij aan zijn middel frunnikte.

Hij gaf hem een lang koord, gemaakt van gedraaide zijde en gouddraad.

'Dat zat bij mijn kimono. Mijn Sarmatische feestpak, zou ik moeten zeggen.'

Samen bonden ze de polsen van de man stevig achter zijn rug vast. Yashim maakte het laken los en wikkelde het om zijn benen: de man was zo gedwee dat Palevski haast niet kon geloven wat Yashim zei.

'Een worstelaar?' Daarna vormde hij zwijgend met zijn mond het woord: 'Janitsaar?'

'Maak je geen zorgen, hij is doof, die arme klootzak. Nee, geen janitsaar. Het is vreemder dan dat. Erger dan ik dacht. Hoor eens, ik moet onmiddellijk naar het paleis. Ik weet niet wat ik met die vent had moeten doen als jij niet was gekomen. Wil jij hier blijven? Een oogje op hem houden? Prik hem als hij probeert te bewegen.'

Palevski staarde hem vol afgrijzen aan.

'In godsnaam, Yash. Kunnen we hem niet naar de nachtwacht brengen?'

'Ik heb geen tijd. Geef me een uur. Hier zijn brood en olijven. Daarna kun je hem hier achterlaten. Als hij loskomt, is er niets aan te doen – hoewel, je zou kunnen proberen hem met een steelpan op zijn hoofd te slaan voor je weggaat. Doe het voor mij.'

'Goed, goed, ik blijf hier,' mopperde Palevski. 'Maar hiervoor ben ik niet bij je op bezoek gekomen, weet je. Eerste dag: vertrouwelijk gesprek met de sultan. Tweede dag: rustige avond met vrienden. Derde dag: zwijgend de wacht houden bij een moorddadige doofstomme worstelaar van honderdvijftig kilo. Ik denk dat ik een glaasje neem,' voegde hij eraan toe, terwijl hij zijn valies naar zich toe trok.

Maar Yashim luisterde nauwelijks.

'Ik ben je er twee schuldig,' riep hij over zijn schouder, terwijl hij met één sprong de bovenste trap nam.

117

De Kara Davut was altijd druk op vrijdagavond. De winkeliers en caféhouders hingen hun lantaarns boven hun poorten, en na de moskee paradeerden er hele families op straat heen en weer, stopten ergens om een koude vruchtensorbet of een ijsje te eten, stonden in de rij om warme hapjes te kopen, en verdrongen zich in de koffiehuizen. Kinderen speelden tikkertje en renden schreeuwend en lachend kriskras door de menigte, slechts nu en dan tot de orde geroepen door hun toegeeflijke ouders. Jonge mannen verzamelden zich rond de cafétafeltjes; degenen die het zich konden veroorloven zaten achter een kop koffie, de anderen stonden naast hen te kletsen en probeerden een glimp op te vangen van de plaatselijke meisjes, die betamelijk gehuld in hun *chador* en *yashmak* onder begeleiding van hun ouders langsliepen, maar voortdurend signalen uitzonden met hun manier van lopen en de bewegingen van hun hoofd en handen.

Yashim dacht dat hij zich niet verbeeldde dat de sfeer vanavond anders was. De straat was even vol als altijd, zelfs drukker dan gewoonlijk; maar de kinderen leken rustiger, alsof de teugels strakker waren aangehaald, en de groepjes jonge mensen in de cafés leken groter en ingetogener dan gewoonlijk.

De sfeer van een ingetogen verwachting verdween niet toen Yashim zich naar het paleis haastte. Hij was er niet in geslaagd een draagstoel te krijgen, en vermoedde dat de draagstoeldragers hun steentje zouden bijdragen aan de ophanden zijnde chaos in de stad: als ze geen voormalige janitsaren waren, waren ze in elk geval een ruige onbehouwen bende, het soort kerels dat zich zou aansluiten bij de meute of dat de muiters zou dienen als dat gunstig leek.

Terwijl hij half liep, half rende door de straten en stegen, verbaasde het hem dat hij onderweg geen soldaten tegenkwam. De pelotons die de seraskier op elke straathoek zou neerzetten stonden er niet. Wanneer zouden ze de stad beveiligen?

Hij kreeg een soort antwoord op deze vraag toen hij het netwerk van straten en stegen achter de Hagia Sofia achter zich liet en naar het open plein rende tussen de moskee en de muren van het serail. Twee wachters in uniform renden schreeuwend op hem af: hij zag dat het hele veld achter hen in beslag was genomen door soldaten. Sommigen zaten te paard, een paar pelotons stonden in een exercitieopstelling, en andere soldaten zaten rustig met gekruiste benen op de grond op instructies te wachten. Achter hen zag hij de silhouetten van in stelling gebrachte kanonnen en mortieren.

Hier zijn alle ingrediënten aanwezig voor een volslagen ramp, dacht hij woedend – een mening die ter plekke werd bevestigd toen er twee soldaten kwamen aanrennen om hem de doorgang te versperren.

'De doorgang is afgesloten! U moet teruggaan!' Ze hielden hun geweer voor hun borst.

'Ik moet voor een dringende kwestie naar het paleis,' snauwde Yashim. 'Laat me erdoor.'

'Het spijt ons. Dit zijn onze orders. Niemand mag hierdoor.'

'De seraskier, waar is hij?'

De dichtstbijzijnde soldaat keek ongerust. 'Dat zou ik niet kunnen zeggen. In elk geval heeft hij het druk.'

De tweede soldaat fronste zijn wenkbrauwen. 'Wie bent u?'

Yashim zag zijn kans schoon. Hij priemde met zijn vinger.

'Nee! Wie ben jíj? Ik wil je rang, en je nummer.' Hij wist niet veel over de militaire hiërarchie, maar hij hoopte dat dit beter klonk dan hij zich voelde. 'De seraskier zal niet blij zijn als hij dit hoort.'

De soldaten keken elkaar aan.

'Nou, ik weet niet,' mompelde de een.

'Je weet wie ik ben,' stelde Yashim. Hij betwijfelde dat ten zeerste, maar de woedende klank van zijn stem was ongeveinsd. 'Yashim Togalu. De hoogste officier van de inlichtingendienst van de seraskier. Ik heb een dringende missie.'

De soldaten schuifelden met hun voeten.

'Of je neemt me nu dadelijk mee naar de keizerlijke poort, of ik ga met jullie commandant praten.'

Een van de soldaten keek om zich heen. De keizerlijke poort doemde zwart en massief op in het donker, op slechts honderd meter afstand. De commandant van het korps – die zou overal kunnen zijn.

'Loop maar door,' zei de soldaat snel, met een hoofdgebaar. Yashim liep langs hen heen.

Toen hij weg was, slaakte een van de soldaten een zucht van verlichting.

'We hebben tenminste niet onze naam gegeven,' merkte hij op.

118

Yashim voelde zijn nekharen overeind staan terwijl hij zich voorzichtig een weg baande door de soldaten die geduldig op de grond zaten te wachten. Elk moment verwachtte hij weer staande gehouden te worden, gehinderd te worden. Iemand hoefde maar een kreet te slaken.

Het was zover. Een kreet, en nog een. Hij zag de soldaten om hem heen over hun schouder kijken.

Maar ze keken niet naar hem.

Weer een kreet: 'Brand!'

Yashim draaide zich bliksemsnel om en volgde de blik van de soldaten. Boven hun hoofd, voorbij het silhouet van de grote moskee, lichtte de lucht op als een vroege dageraad. Een dageraad die opkwam in het westen. Een dageraad die tegen de wind in opkwam boven de stad Istanbul. Terwijl hij keek zag hij het licht geel worden en flikkeren.

Een paar seconden stond hij als aan de grond genageld.

Om hem heen reikhalsden de mannen onrustig en pakten hun geweren op, in afwachting van het bevel overeind te komen.

Yashim zette het op een lopen.

119

De klep van het traliewerk viel met een klik open toen Preen en Mina de gang aan de voet van de trap bereikten, maar ze zeilden erlangs zonder een woord te zeggen, met hun neus in de lucht. Op straat wisselden ze een blik van verstandhouding en giechelden.

Tien minuten lang liepen ze naar het oosten, op zoek naar een draagstoel om Preen te vervoeren. Preen scheen haar zelfvertrouwen te hebben teruggevonden toen ze het huis verliet; ze leunde maar een klein beetje op Mina's arm en keek gretig om zich heen alsof ze een maand in bed had gelegen in plaats van een paar dagen. Een paar mannen keken hen nieuwsgierig aan, en ten slotte kon ze het niet langer uithouden.

'Waar zijn die knappe soldaten nou?' vroeg ze.

Mina barstte in lachen uit. 'En ik dacht nog wel dat je naar buiten wilde om gerustgesteld te worden door je vriend! Preen toch!' Toen keek ze om zich heen en haalde haar schouders op. 'Eerst waren er tientallen, eerlijk waar. Ik ben zelf eigenlijk ook een beetje teleurgesteld. O, waar zijn alle draagstoelen?'

'Maakt niet uit,' zei Preen glimlachend, en ze klopte haar vriendin op de arm. 'Het gaat best.'

Er klonk een opgewonden geroezemoes in de straat achter hen, alsof een zwerm duiven plotseling begon te koeren, vond Preen. Toen ze achteromkeek, zag ze een man door de steeg rennen, met zwaaiende armen en een vooruitgestoken borst: hij had een baard en een rode hoge hoed met een wit vaantje dat van de hoedenbol wapperde. In elke vuist droeg hij een vlammende toorts.

'Brand! Brand!' brulde hij plotseling. Hij week uit naar de muur. Er klonk het geluid van brekend glas en de man deed een uitval, kwam weer te voorschijn en rende naar de overkant van de steeg.

'Brand!'

Hij hield nu nog maar één toorts in zijn hand, maar hij had een fles in zijn andere hand en daaruit goot hij gutsende golven vloeistof over de drempel van een poort. 'Brand!'

'Wat doe je?' gilde Preen, en ze maakte zich los van Mina, die een hand voor haar mond had geslagen.

Zonder erbij na te denken strekte ze haar armen uit en voelde de kneuzing van haar schouder schrijnen.

De man hield de toorts tegen de poort: toen Preen hem had bereikt, sprong er een schitterende massa blauwachtige vlammen omhoog en de man draaide zich snel om, wild grijnzend.

'Brand!' brulde hij.

Preen sloeg hem met haar goede hand hard in zijn gezicht. De man trok zijn hoofd met een ruk terug. Even kneep hij zijn ogen tot spleetjes; daarna dook hij weg en rende langs haar heen, door de straat omhoog, voordat ze kon bedenken wat ze moest doen.

Preen keek geschrokken naar de poort: de blauwe vlammen begonnen plotseling te knetteren. Sommige werden geel terwijl ze omhooglekten en in het oude hout beten.

'Mina!'

Mina had zich niet verroerd, maar ze keek van Preen naar de overkant van de straat, waar een verbrijzeld raam in en uit het zicht sloeg terwijl de vlammen sputterden en naar binnen kropen.

'Kom, we gaan naar huis,' jammerde Mina.

Preen handelde in een impuls. Er renden allerlei mensen door de straat, in beide richtingen. Enkelen waren stil blijven staan en probeerden de vlammen te doven die omhoogkropen rond de poort. Maar terwijl ze bezig waren de vlammen met hun capes uit te slaan, schoten er nieuwe vlammen uit het raam aan de overkant van de straat.

'Nee! We gaan verder, naar het huis van Yashim!' schreeuwde ze. Ze keek om: er zweefde een licht bij de hoek van de steeg, en toen stroomde er een horde mannen met tulbanden en flakkerende toortsen de hoek om, die de steeg afsloot. 'Rennen!'

De pijn in haar schouder verdween toen ze de heuvel op rende. Even later stak ze haar hand uit en legde die op Mina's schouder. Beide dansers bleven staan en schopten hun schoenen uit, die hooggehakte slippers waarop ze zich altijd wiebelend in het gezelschap van mannen begaven; en allebei, zoals vrouwen nu eenmaal doen, gristen ze de slippers van de straat en klemden ze tegen zich aan terwijl ze op blote voeten door de steegjes naar de Kara Davut renden.

Zo ver kwamen ze niet. Toen ze de hoek omsloegen naar de steeg die uitkwam op het plein bij de keizerlijke poort, belandden ze in een dicht opeengepakte menigte mannen, die elkaar verdrongen en zich met hun ellebogen een weg baanden. Bijna onmiddellijk werden ze ingesloten door andere mensen die achter hen aan kwamen rennen: Preen greep Mina bij de arm en liet haar rechtsomkeert maken. Samen vochten ze zich een weg terug naar de straathoek, en ze sloegen de bocht om naar rechts.

'We lopen achter de moskee om,' fluisterde Preen in Mina's oor.

Ze vertraagden hun pas, gedeeltelijk om de mensen te ontwijken die door de steeg op hen af kwamen, gedeeltelijk omdat Preen zich niet onwaardig wilde gedragen tussen zoveel mensen. Ze wilde niet toegeven aan de paniek die overal om hen heen uitbrak.

Maar bij het volgende kruispunt moesten ze zich een weg banen en dringen door de menigte, en toen ze achteromkeek naar links, naar het westen, zag Preen het geflikker van branden boven op de heuvel.

Achter de mensenmassa was de zijstraat ook boordevol mannen, en ook vrouwen. Sommige vrouwen voerden kinderen met zich mee, die ze probeerden te beschermen tegen de voortdurende botsingen met heen en weer rennende mensen. Iedereen schreeuwde; ze gilden dat ze erdoor wilden en ze riepen over de brand.

Twee mannen, die frontaal tegen elkaar aanbotsten, staakten plotseling hun geschreeuw en gingen met elkaar op de vuist.

Een man die Ertogul Aslan heette, die zojuist zijn hoofd naar buiten had gestoken door de poort, kreeg een klap in zijn gezicht van een houten kist die werd gedragen door een man die dicht langs de muur door de straat rende.

Een drukker die de straat op rende werd weggevoerd door een vloedgolf van mensen die naar de volgende hoek snelden.

Het handje van een kleine jongen in een nachthemd, die later ooit als gedeputeerde zitting zou hebben in de nationale assemblee van Kemal Atatürk, en een avond lang raki zou drinken met een luchtgevechtkampioen die baron Von Richthofen heette, werd losgerukt uit de greep van zijn moeder; hij werd opgetild en minutenlang door volslagen vreemden boven hun hoofd doorgegeven voordat hij weer aan de boezem van zijn moeder werd gedrukt, een belevenis die hij zich later dankzij het geheugen van anderen van a tot z kon herinneren.

Alexandra Stanopoulis, een Grieks meisje van huwbare leeftijd, werd zestien keer in haar billen geknepen en bewaarde dat geheim tot aan haar dood in Trebizonde, drieënvijftig jaar later, waar ze het eindelijk verklapte aan haar schoondochter, die op haar beurt stierf in New York City.

Een beruchte vrek die bekendstond onder de naam Yilderim de Bliksemflits, raakte de houten geldkist die hij droeg kwijt aan een vrolijke dief, die later ontdekte dat de kist niets bevatte behalve een zijden sjaal met een heel stevige knoop erin; de vrek stierf later in een gekkenhuis en de dief in Sebastopol aan dysenterie, met de geknoopte sjaal nog steeds om zijn nek.

Enkele honderden gelovigen in de grote moskee, die vroeger de kerk van Hagia Sofia was geweest, ontdekten dat ze in het gebouw zaten opgesloten, en moesten in groepjes worden geëvacueerd door gewapende soldaten die hen naar een steegje achter de paleismuur brachten en zeiden dat ze zelf de weg naar huis moesten vinden. Twee van de gelovigen, gehuld in de capes van hun stalknechten, die hun verschrikte gezichten onder hun kappen verborgen hielden, schrokken terug bij de aanblik van de soldaten en maakten rechtsomkeert in de chaos bij de grote deuren; ze liepen achter een beruchte deserteur aan naar een vroegere zijkapel van de kathedraal, waar ze zich achter een pilaar op hun knieën lieten zakken en zenuwachtige blikken wisselden. Ze heetten Ben Fizerly en Frank Compston – ongebruikelijke namen voor moslims.

En al die tijd woedden er aan de westkant van de stad branden die naar elkaar toe snelden als soldaten van een uiteengeslagen regiment, die zich op de obstakels stortten die tussen hen in lagen, en ze platbrandden. Zodat Stanislav Palevski, Poolse ambassadeur bij de Hoge Poort, met een keukenmes in zijn hand en één oog op het raam, het gouden gedraaide koord van zijn kimono losmaakte en zonder een woord tegen de kronkelende man op het kleed haastig de aftocht blies naar Pera, aan de overkant van de Gouden Hoorn.

In tijden van crisis, zei hij tegen zichzelf, moeten buitenlandse afgevaardigden beschikbaar zijn op hun eigen ambassade.

120

Toen Yashim over de Eerste Hof van het serail rende, ontdekte hij dat die bijna geheel verlaten was: aangezien de Nieuwe Garde op het plein was gelegerd en iedereen tegenhield die wilde oversteken, had hij dat kunnen verwachten. De weinige mannen die er nog waren leken zich te hebben verzameld onder de grote plataan. De janitsarenboom. Yashim wierp hun haastig een zenuwachtige blik toe terwijl hij over het keistenen pad holde, met zijn bruine cape als een vlag achter hem aan.

Bij de Ortakapi-poort traden vijf hellebaardiers van de selamlik, dit keer zonder pluimen, als één man naar voren om hem staande te houden. Twee van hen droegen pieken; de anderen waren slechts gewapend met een dolk, maar hun capes waren naar achteren vastgepind en ze stonden met gespreide benen en hun rechterhand op het heft dat tussen hun broekband was gestoken.

'Laat de moed niet zakken, mannen!' riep Yashim terwijl hij in het licht stapte. 'Yashim Togalu, in dienst van de sultan!'

Ze deden wantrouwig een stap opzij om hem door te laten.

De wind die daarvoor zijn cape tegen zijn benen had geslagen was gaan liggen. Even bewonderde hij het prachtige terrein dat zich voor hem uitstrekte, voordat hij de cipressenlaan af rende, getroffen door het onbeweeglijke zwart van de bomen, door het donker dat hem omringde, in het centrum van de Ottomaanse macht. Alleen het piepkleine lichtje van een lamp aan het uiteinde van de tunnel weerhield hem ervan overweldigd te worden door de griezelige sfeer van een nachtelijk bos. Hij liet de cipressenlaan achter zich en stak snel over naar het voorportaal van de laatste, meest ontzagwekkende poort van alle poorten die de macht van de Hoge Poort symboliseerden: de Porte del'Felicita, de Poort der Gelukzaligheid, die leidde van de werkruimte in de Tweede Hof waar viziers, schrijvers, archivarissen en ambassadeurs hun tijd verbeidden of bevelen gaven die over het leven beschikten van alle mensen van de Rode Zee tot de Donau, naar de heilige ommuurde ruimten van de Derde Hof, waar een enorme familie woonde die zijn bestaansrecht ontleende aan de aanwezigheid van de sultan, de sjah-in-sjah, Gods afgevaardigde op aarde in eigen persoon.

Maar de deuren van de afgevaardigde zaten stevig dicht.

Zijn vuist deed de met ijzer beslagen poorten niet weergalmen; hij zou evengoed op een steen hebben kunnen slaan. Getergd liep hij een paar stappen achteruit en keek omhoog. De enorme overhangende dakrand sprong meer dan tien meter naar voren, in de klassieke Ottomaanse stijl. Hij liet zijn ogen

over de muren dwalen. Tegen de buitenste muren lagen de keizerlijke keukens, een lange rij koepels, als kommen die ondersteboven op een plank liggen; aan die kant kon hij er niet door.
Hij sloeg links af en liep snel naar de archieven.

Niemand hield hem tegen toen hij zijn hand op de ingelegde deuren legde en duwde. De deur ging krakend open en hij
stapte de vestibule binnen. De deur voor hem stond een klein
eindje open en in een mum van tijd was Yashim weer in de vertrouwde donkere archiefzaal.

Hij riep zachtjes. 'Ibou?'

Geen antwoord. Hij riep weer, iets luider: 'Ibou? Ben je
daar? Ik ben het, Yashim.'

Het kaarsje aan het andere eind van de zaal werd een ogenblik gedoofd; toen verscheen het weer. In het donker kwam iemand in beweging.

'Wees niet bang. Ik heb je hulp nodig.'

Hij hoorde het kletsen van sandalen over de stenen vloer en
Ibou trad te voorschijn in het licht. Zijn ogen waren wijd
opengesperd.

'Wat kunt u doen?' fluisterde hij bijna.

'Ik moet door de achterdeur, Ibou. Kun je me erdoor laten?'

'Ik heb een sleutel. Maar... ik wil er niet heen.'

'Nee, jij blijft hier. Weet je wat er aan de hand is?'

'Ik ben nieuw. Ik ben niet gevraagd – maar het is een soort
bijeenkomst. Gevaarlijk, ook.'

'Kom mee.'

Het poortje leidde naar de gang waardoor de valide Kosem
naar haar executie was gesleurd. Yashim drukte Ibou de hand.

'Veel geluk,' fluisterde de jongeman.

De deur naar de zaal van de hellebaardiers was dicht. Met
een snelle polsbeweging drukte Yashim de deurkruk omlaag
en stapte naar binnen.

'Ik ben ontboden,' maakte hij bekend.

Treed nader.

De hellebaardiers bleven stokstijf staan.

Ze deden geen poging Yashim te weerhouden de deur open te doen. Het leek alsof ze mechanische soldaatjes waren die iemand was vergeten op te winden.

Een moment lang stond ook hij als aan de grond genageld te kijken naar het binnenplein van de valide sultan.

Toen deed hij een stap achteruit en trok de deur heel zachtjes achter zich dicht.

121

De slaapvertrekken van de haremslavinnen lagen boven de zuilengang die langs één kant van het binnenplein van de valide liep: toen hij zachtjes tegen een deur duwde, bevond Yashim zich plotseling in een klein, kaal vertrek, bezaaid met kleden en matrassen, en spaarzaam verlicht door een paar kaarsjes die op borden op de grond stonden. De bedden waren leeg: aan de donkere schaduwen bij het getraliede raam zag hij dat de haremslavinnen zich verdrongen om beter te kunnen kijken.

Een van de slavinnen hield haar adem in toen Yashim achter haar ging staan. Hij legde een vinger op zijn lippen en keek naar beneden.

Nooit in zijn hele leven zou Yashim dit schouwspel vergeten. Aan de linkerkant stond de valide sultan voor de poort die naar haar vertrekken leidde, aan het hoofd van een menigte haremvrouwen die uit de poort stroomde en drie rijen dik langs de muren ging staan; honderd vrouwen of meer, dacht

Yashim, in alle staten van kleding en ontkleding. Sommigen, net wakker geschud uit hun bed, waren nog steeds in hun pyjama's.

Aan de overkant van het binnenplein, in hun mooiste kleren, stonden de eunuchen van het paleis en masse gegroepeerd, zwart en wit. Hun tulbanden schitterden van de kostbare edelstenen en de knikkende pluimen van de zilverreiger. Er stonden waarschijnlijk driehonderd mannen, dacht Yashim, ritselend en fluisterend als duiven die in een boom waren neergestreken.

Er viel een stilte over de eunuchen. Ze keerden hun gezichten naar de poort onder het raam waar Yashim stond en gingen langzaam opzij, zodat ze een gang vormden. Yashim kon hen nu beter zien, hij herkende zelfs een paar gezichten: hij zag sabelbont, kaftans van kasjmier, en een keizerlijk losgeld aan broches en edelstenen. Ze leken meer op eksters dan op duiven, dacht Yashim; ze voelden zich aangetrokken tot alles wat glinsterde en stouwden hun nest vol met goud en diamanten.

Hij ging op zijn tenen staan om te zien wie zich een weg door de menigte baande, hoewel hij het al wist. De kislar aga zag er schitterend uit in een enorme lange donkere bontcape die zo bezaaid was met druppeltjes uit de vochtige lucht dat hij glinsterde. Hij schreed langzaam, maar zijn tred was verrassend licht. Zijn hand, die de staf omklemde, was bezaaid met ringen. Zijn gezicht ging schuil onder een grote tulband van de witste mousseline, gewikkeld om de kegelvormige rode hoed van zijn ambt, dus Yashim kon zijn gezichtsuitdrukking niet doorgronden. Maar hij zag dat de andere eunuchen hun ogen neersloegen, alsof ze hem niet vol in het gezicht durfden kijken. Yashim kende dat gezicht, gerimpeld als dat van een oude aap: de bloeddoorlopen ogen, de dikke, kwabbige wangen, een gezicht dat was getekend door de zonde, en die zonde liet zien met een air van absolute onverschilligheid.

De eunuchen hadden nu twee wiggen gevormd, zodat de kislar aga alleen tussen hen in stond, oog in oog met de valide aan de overkant van het binnenplein. Hij hief zijn handen niet op; dat was niet nodig. Niemand verroerde een vin.

'Het uur is gekomen.'

Hij sprak langzaam met zijn hoge, overslaande stem.

'Wij, de slaven van de sultan, verkondigen het uur.'

'Wij, de slaven van de sultan, verzamelen ons om hem te beschermen.'

'Wij die knielen naast de troon, houden het heilige vaandel van de macht hoog.'

'Wij willen spreken met uw zoon, onze heer en meester, de sjah-in-sjah!'

De stem van de hoogste eunuch werd schril toen hij uitriep: 'Het uur is gekomen!'

En een weifelende kreet rees op uit de gelederen van de eunuchen: 'Het uur! Het uur!'

De valide sultan verroerde zich niet, behalve dat ze met haar elegante voetje op de stenen drempel tikte.

De hoogste eunuch hief zijn armen op. Hij had zijn vingers als klauwen gekromd.

'Het vaandel van de Profeet moet worden ontplooid. De toorn van God en het volk moet tot bedaren worden gebracht. Hij moet zich terugtrekken van de afgrond van het ongeloof en het zwaard van Osman ter hand nemen om het ware geloof te verdedigen! Dat is de weg.

Er staat geschreven dat de wetenden zullen naderen en één zullen worden met de kern. Kalief en sultan, Heer der Horizonten, dit is zijn bestemming. Het volk is in opstand gekomen, de altaren zijn voorbereid. God heeft ons gewekt, ter elfder ure, het uur van de restauratie.'

'Breng hem hier!' brulde hij, met een verschrikkelijke stem. Hij vouwde zijn vingers tot losse vuisten en liet ze langs zijn zijden omlaagzakken. Zijn stem daalde tot een hees gefluister. 'Toon ons de kern.'

Yashim had de indruk dat de valide sultan het optreden van de hoogste eunuch enigszins overdreven vond, net als hijzelf. Ze draaide haar hoofd om iets tegen een dienares te fluisteren, en Yashim zag haar volmaakte profiel, nog altijd zuiver en mooi, en herkende de lome blik in haar ogen terwijl ze terugdraaide en haar blik op de hoogste eunuch richtte. Loom betekende gevaarlijk. Hij vroeg zich af of de kislar aga dat wist.

'Kislar,' zei ze, met een stem vol spottende minachting, 'sommige van de hier aanwezige dames zijn bepaald niet netjes gekleed. Ik zou je erop willen wijzen dat de nacht kil is. Wat jou betreft, je uitdossing is ongepast.'

Ze hief haar kin een beetje omhoog, alsof ze hem inspecteerde. De ogen van de eunuch vernauwden zich tot spleetjes van razernij.

'Nee, kislar, je tulband zit zo te zien goed. Maar ik heb de indruk dat je míjn juwelen draagt.'

Goed werk, dacht Yashim, terwijl hij zijn vuist balde. De valide wist precies hoe ze informatie moest gebruiken.

De hoogste zwarte eunuch sperde zijn neusgaten open, maar hij sloeg zijn ogen snel neer. Of het nu die beweging was – gemaakt, als het ware, onder invloed van een vrouw die machtiger was dan hij – waardoor hij van zijn apropos werd gebracht, of louter het verrassingselement in de woorden van de valide, zou Yashim niet kunnen zeggen. Maar hij deed zijn mond open en dicht, alsof hij de woorden op zijn lippen niet kon uitspreken.

De stem van de valide leek op strakgespannen zijde. 'En je hebt gemoord om ze te krijgen, nietwaar, kislar?'

De eunuch stak zijn wijsvinger op en wees naar de valide. Yashim zag dat hij beefde.

'Ze zijn... voor mijn macht!' Hij krijste. Hij improviseerde nu, meegesleept in een discussie die hij niet had voorzien, en niet kon winnen. Zijn macht taande met elk woord dat hij uitsprak.

Uit zijn ooghoek zag Yashim een witte gedaante in beweging komen, dicht bij de muur. Een meisjesachtig figuurtje sprong naar voren, als een kat, en rende naar de eunuch.

De eunuch zag haar niet onmiddellijk: ze werd aan het zicht onttrokken door zijn uitgestrekte arm.

'Toon ons de sultan, of u zult boeten voor de gevolgen!' schreeuwde de kislar aga. Toen draaide hij zijn hoofd een fractie, en op hetzelfde moment herkende Yashim het meisje.

Het meisje dat de ring van de gözde had gestolen.

Yashim deed zijn ogen dicht. In die ene seconde zag hij haar mooie, onverzettelijke gezicht weer voor zich toen ze haar ziel voor hem had afgesloten.

Nu pas wist hij wat die blik betekende: een masker van rouw.

Een slavin naast hem snakte naar adem, en Yashim deed zijn ogen open. Het meisje had zich op de enorme eunuch geworpen; hij sloeg haar als een vlieg opzij. Maar ze stond in één seconde weer op haar benen, en nu pas zag Yashim dat ze een dolk vasthield, een lang gebogen mes als de angel van een schorpioen. Ze sprong weer op hem af, en dit keer was het alsof de twee elkaar als geliefden omhelsden: het slanke blanke meisje en de gigantische zwarte man, die wankelde terwijl ze zich aan hem vastklemde.

Maar ze kon niet tegen de kislar op. Zijn handen sloten zich om haar hals en met een geweldige stoot duwde hij haar van zich af. Zijn lange vingers sloten zich als een vlek om haar hals. Haar voeten schopten wild, maar gleden uit op de natte stenen. Haar handen vlogen omhoog, naar de zijne, en klauwden; maar de kislar aga was veel sterker. Met een grom slingerde hij haar opzij. Ze stortte achterover op de vloer en bleef liggen.

Niemand verroerde zich. Zelfs de voet van de valide was opgehouden met tikken.

Een van de vrouwen gilde plotseling en sloeg haar hand voor haar mond. De kislar aga draaide zich om; zijn hoofd bewoog van links naar rechts, alsof hij een nieuwe aanval verwachtte. Yashim zag de vrouwen achteruitdeinzen.

De kislar aga deed zijn mond open om iets te zeggen.

Hij rochelde.

Zijn handen gingen naar zijn buik.

Achter hem bewogen de eunuchen onrustig. Hun baas draaide zich naar hen om, en terwijl hij bewoog zag Yashim haarscherp waarom de vrouw had gegild.

Het met edelstenen bezette heft van een Tsjerkessisch mes.

De kislar sputterde terwijl hij zich omdraaide, en toen wankelde hij omlaag; zijn enorme torso zakte langzaam in elkaar terwijl hij draaide. Zijn benen begaven het en hij zonk op zijn knieën, terwijl hij het heft van de dolk in zijn buik vasthield, met de blik vol afgrijzen en schrik die hij zou meenemen in zijn graf.

Yashim hoorde de dreun toen het lichaam van de kislar aga met het hoofd voorover op de grond stortte.

122

Er was een korte stilte voordat er een hels spektakel losbarstte op het binnenplein. De eunuchen zwermden naar de deuren in een wanhopige drang om te ontsnappen, teneinde hoe dan ook enige afstand te scheppen tussen hen en hun gevallen leider. Mannen gleden uit en klauterden over elkaar heen om de deuren te bereiken. Sommigen renden de Gouden Weg in, anderen stroomden naar de zuilengang onder Yashim, waar hij ze niet langer kon zien. Ongetwijfeld zouden de mechanische hellebaardiers onbeweeglijk blijven staan terwijl tientallen mannen langs hen heen naar de veilige haven van hun eigen verblijven vluchtten. Morgen zou er niet één zijn die zou toegeven dat hij daar die nacht was geweest.

Ze zouden elkaar beschuldigen, dat wel.

In elk geval was er één voor wie hij persoonlijk kon instaan. Hij was blij dat Ibou de juiste weg had gekozen en zich had gehouden bij zijn vertrouwde wereld van muffe boeken en gerafelde documenten.

De eunuchen hadden bijna allemaal het binnenplein verlaten, en juwelen, slippers en zelfs staven over de flagstones uitgestrooid achtergelaten. Toen de eerste paniek uitbrak hadden een paar mannen geprobeerd de aftocht tegen te houden door aan anderen te trekken en aanmoedigingen te schreeuwen. 'Het uur is nog steeds gekomen!' Maar de eunuchen waren weggerend als kippen op een boerenerf en de kreten waren weggestorven. Iedereen was verdwenen.

De vrouwen hadden zich nog steeds niet verroerd, in afwachting van een teken van hun meesteres. De hoogste eunuch en het dode meisje lagen nog steeds op de glimmende flagstones, als stukken van een gigantisch schaakspel die waren geslagen – witte pion opgeofferd voor de zwarte toren. Maar het was een zelfopoffering. Het was haar eigen ring geweest, al die tijd. Ze had haar minnares gevraagd die als een talisman te dragen, veronderstelde Yashim. Er waren andere vormen van liefde binnen deze muren behalve de liefde van een vrouw voor een man – als je de verrichting van de daad kon beschouwen als liefde. Wat had de kleder hun gezegd? Dat deze ring hier en daar opdook, met zijn esoterische symbool, zijn verborgen betekenis. Die was nu duidelijk genoeg. Een eindeloze kringloop, slang verzwelgt slang. Frustratie, opwinding en genot in gelijke delen – en zonder nakomelingen.

De valide was afgedaald naar het binnenplein. De vrouwen verdrongen zich rond het lichaam van het meisje, tilden haar op en droegen haar de zuilengang in.

Zelfs nu voelde Yashim een steek van medelijden met de man die haar had vermoord, en haar minnares ook. Nog maar een paar uur geleden hadden ze met elkaar gepraat, precies op de plek waar hij nu lag, en hij had Yashim herinnerd aan de moord op de vader van de sultan, Selim, die fluit speelde voor zijn paleisslavinnen. Zijn eigen voorganger had de moord gepleegd. Was dat een van de tradities die hij in ere wilde houden: sultans laten vermoorden door hun kislar aga?

Maar waarom had hij de juwelen van de valide gestolen? Misschien, op een of andere gekke manier, had hij die diefstal voor zichzelf gerechtvaardigd: in zijn bekrompen, berekenende, bijgelovige oude geest was hij de juwelen gaan associëren met macht, en hij had ze gestolen als een talisman, een amulet die hem door de grootste crisis uit zijn hele carrière zou slepen.

De slavinnen waren al naar buiten geslopen. Yashim liep achter hen aan, baande zich een weg over de trap naar beneden, door de zaal van de wachters naar de gang.

Hij bleef staan met zijn hand op de kruk van de deur naar de archiefzaal. Wat moest hij tegen de jongeman zeggen?

Hij duwde tegen de deur, en die zwaaide open. Ibou stond er vlak achter, met een lamp in zijn hand.

'Wat is er gebeurd? Ik hoorde kreten.'

Hij hield de lamp hoger, om het licht achter Yashim de gang in te laten schijnen.

'Wat is er?' vroeg Yashim.

Ibou tuurde over Yashims schouder. Hij leek te aarzelen.

'Bent u alleen? O. Ik... Ik dacht dat ik iemand hoorde.' Hij bracht zijn arm omhoog en wuifde zijn gezicht koelte toe met zijn hand. 'Poeh. Heet.'

Yashim glimlachte.

'Dat zal het gauw worden,' zei hij, 'als we de branden niet blussen.'

'Zo is het,' zei Ibou met een flauwe glimlach.

Yashim legde zijn hand tegen de deurpost, leunde er met zijn volle gewicht tegenaan en staarde naar de vloer. Hij dacht aan Ibou die hier helemaal alleen doorwerkte terwijl de eunuchen blaften om hun sultan op het binnenplein van de valide. Hij dacht aan het handige achterdeurtje waar hij net doorheen was gekomen, en aan het kluitje mannen dat hij buiten onder de janitsarenboom had zien staan. Het was een strakke tijdsplanning, nietwaar? De opstand in de stad, het overmeesteren van de sultan. De samenzweerders moesten op een bepaalde manier kunnen communiceren – om het nieuws van de mystieke apotheose van de sultan door te geven aan de opstandelingen buiten.

Een boodschapper. Iemand die het nieuws uit de besloten wereld van de harem doorgaf aan de mannen buiten het paleis die de stad bedreigden.

Hij voelde een zware brok in zijn keel.

'Welke branden, Ibou?' vroeg hij zacht.

Yashim wilde het gezicht van Ibou niet zien. Hij wilde niet weten dat hij gelijk had, dat Ibou het scharnier was waar het hele complot om draaide. Maar hij maakte het op uit Ibous stotterende poging om zijn vraag te beantwoorden. Uit het simpele feit dat geen enkele archivaris, opgesloten binnen de hoge muren van zijn archiefzaal, de branden had kunnen zien of horen die Yashim een paar minuten voordat hij het paleis binnenkwam had zien oplaaien.

Ibou had geweten wat er zou gebeuren.

Met tegenzin gleden zijn ogen omhoog naar het gezicht van de jongeman.

'Het is niet gelukt, Ibou. De hoogste eunuch is dood. Je hoeft niet te wachten tot er iemand komt.'

Hij keek langs de archivaris, langs de donkere boekenplanken naar de deur. De lamp voor hem schitterde en glinsterde. Yashim kneep zijn ogen dicht en deed ze weer open. Het licht brandde helder.

Ibou draaide zich om en zette de lamp voorzichtig op tafel. Hij hield zijn vingers om de voet van de lamp, alsof het een offergave was, alsof hij bad, dacht Yashim. Ibou staarde in het kringetje van vlammen, en iets in zijn bedroefde gezichtsuitdrukking deed Yashim denken aan de man wiens lijk nu verlaten op het door de regen gestriemde binnenplein lag. Jaren geleden had de kislar aga er net zo uitgezien als Ibou. Zacht en slank. Charmant. De tijd en de ervaring hadden hem vulgair gemaakt, maar ooit was hij ook mooi geweest.

'Het is nog niet voorbij, Ibou,' zei hij langzaam. 'Jij moet het ze gaan zeggen. Tegenhouden wat er gebeurt. Het uur is niet gekomen.'

Ibou haalde snel adem. Zijn neusvleugels stonden wijd uit elkaar.

Heel voorzichtig haalde hij zijn vingers van de lamp vandaan. Toen bracht hij zijn hand omhoog en trok aan zijn oorlel.

Yashim sperde zijn ogen wijd open.

'Darfur?' vroeg hij.

De jonge man wierp hem een blik toe, en schudde zijn hoofd. 'Daar is niets. Hutten. Krokodillen in de rivier. Kleine penseelzwijntjes op de weg, honden. Hij zei tegen mij dat ik moest komen. Ik wilde het ook.'

Yashim beet op zijn lip.

'Ik heb vier broers en zes zusters,' ging Ibou verder. 'Wat

moest ik anders? Hij stuurde ons soms een klein beetje geld. Toen hij hoofd werd, liet hij me komen.'

'Ik begrijp het.'

'Hij is de oom van mijn moeder,' zei Ibou. Yashim knikte. 'De broer van mijn grootvader. En ik wilde komen. Zelfs toen met het mes was ik blij. Ik was niet bang.'

Nee, dacht Yashim, je hebt het overleefd. Of het nu woede of wanhoop was, een van de twee heeft je geholpen te overleven. In zijn eigen geval woede. Voor Ibou? Een dorpje van leem en krokodillen, het mes dat gehanteerd werd in de woestijn, de belofte van een ontsnapping.

'Luister naar me, Ibou. Wat gebeurd is, is gebeurd. Je hebt geen beschermheer meer, maar ik zal je dekken. Je moet nu met me meegaan, en tegen de mannen buiten zeggen dat het spel uit is. Het uur is voorbijgegaan. Doe dit, Ibou, voordat er vele mensen sterven.'

Ibou huiverde en wreef over zijn gezicht.

'U... U zult me beschermen?'

'Als je nu met me meekomt. Jij moet het zeggen. Waar wachten ze – onder de boom?'

'Bij de janitsarenboom, ja,' fluisterde Ibou bijna.

We moeten nu gaan, dacht Yashim, voor hij de tijd krijgt om bang te worden. Voor we te laat zijn.

Hij nam de arm van Ibou. 'Kom,' zei hij.

123

Toen ze bij de Ortakapi-poort kwamen, hield Yashim zijn vaart in.

'Ibou,' zei hij zachtjes. 'Verder dan dit kan ik niet gaan. Mijn aanwezigheid zal absoluut geen goeddoen. Je moet zeggen dat de kislar aga dood is en dat het rustig is in het paleis. Alleen maar dat. Begrepen?'

Ibou greep zijn arm beet. 'Bent u hier straks nog?'

Yashim aarzelde.

'Ik moet de seraskier zoeken,' zei hij. 'Je loopt geen gevaar: ze verwachten de boodschapper. Ga nu!'

Hij klopte Ibou op zijn schouder en keek de jonge man na toen hij door de poort slenterde en koers zette naar de groep mannen in de donkere schaduw van de platanen. Hij zag de mannen bewegen en zich omdraaien. Hij was er zeker van dat ze Ibou hadden gezien; hij glipte door de poort en liep langs de tegenoverliggende muur van de Eerste Hof, terwijl hij ervoor zorgde in het donker te blijven.

124

Kanonnier Djengis Yalmuk liet een vinger onder zijn kinband glijden en schoof die van oor tot oor, om de druk te verlichten. Hij had tien jaar lang in de Nieuwe Garde gediend en was vijf jaar geleden bevorderd van gewoon soldaat tot het artilleriekorps. In die tien jaar gold zijn enige klacht het hoofddeksel dat de soldaten werden verondersteld te dragen: een ferenghi-sjako, met een harde leren kinband. Nu was hij aanvoerder van een bataljon van tien kanonnen en de soldaten die hen bedienden: veertig man, in totaal.

Hij wierp een blik over de hippodroom en gromde. Hij had door het zand en de hitte van Syrië gesjokt. Hij was in Armenië geweest toen de kozakken door de linies van de infanterie braken en zijn redoute aanvielen, met sabels die schitterden in het zonlicht en paarden met schuimende neusgaten, en zijn commandant dreigde iedereen dood te schieten die zijn post verliet. Een veldslag, had hij geleerd, betekende uren- en dagenlang wachten, terwijl je trachtte niet na te denken, afgewisseld door korte, wrede gevechten waarin je helemaal geen tijd had om na te denken. Laat het denken over aan de bevelhebbers, hadden ze keer op keer tegen hem gezegd.

Nou, hij was er nu zelf een, en het verbod om na te denken gold nog steeds, voorzover hij wist. Hij had zijn orders direct van de seraskier gekregen, die als een gek door de linies had gerend, terwijl hij de opstelling van de kanonnen voorschreef, de troepen instrueerde, de elevatiehoeken bepaalde en alle soldaten aanspoorde tot gehoorzaamheid. Djengis had daar natuurlijk geen moeite mee, maar hij was zelf een inwoner van Stamboul, niet een van die Anatolische rekruten, en hij vond het naar om in zijn eigen stad te zijn, tot de tanden gewapend, en werkeloos toe te zien terwijl de hele stad in vlammen opging.

Hij wilde dat hij bij de Sultan Ahmet-moskee was gedetacheerd, of die andere, niet nader genoemde locatie in de binnenstad, waar de soldaten de branden ongetwijfeld op volle kracht te lijf gingen, in plaats van de opdracht te krijgen hun geweren naar alle windrichtingen te richten om het volk ervan te weerhouden dicht bij het paleis te komen. Maar de seraskier had zeer gedetailleerde instructies gegeven. Ze hadden ook hun uurwerken gelijkgezet, zodat ze paraat stonden voor het spervuur dat over bijna precies een uur geopend moest worden. Djengis Yalmuk had de bedoeling van dat spervuur niet betwist, maar hij had het ook niet begrepen. De seraskier had het spervuur hoogstpersoonlijk voorbereid. Hij liep van kanon naar kanon met een bundel coördinaten alsof hij het niet aan zijn kanonnier kon overlaten die zelf vast te stellen.

En ondertussen, dacht hij diepongelukkig, zaten ze weer te wachten. Te wachten terwijl de stad brandde.

Zijn blik viel op een man in een eenvoudige bruine cape die met twee schildwachten buiten de serail-poort sprak, en hij fronste zijn wenkbrauwen. Zijn bevelen waren heel duidelijk: burgers moesten buiten de gevechtsklare zone worden gehouden. Deze man moest door de poort vanuit het paleis naar buiten zijn geglipt. Djengis Yalmuk gooide zijn schouders naar achteren en beende op hen af. Die vent deed er goed aan rechtsomkeert te maken, en vlug wat, paleis of geen paleis, of hij zou te weten komen waarom.

Maar voor hij vijf meter had afgelegd had de man in de bruine cape zich omgedraaid. Hij keek over het terrein; een van de schildwachten wees, en de man kwam op hem af, met een opgestoken hand.

'Luister eens,' begon Djengis, maar de burger sneed hem de pas af.

'Yashim Togalu, in dienst van de sultan,' zei hij. 'Ik moet de seraskier spreken, en vlug. Nodig voor de militaire actie,' voegde hij eraan toe. 'Nieuwe geheime inlichtingen van levensbelang.'

Djengis Yalmuk knipperde met zijn ogen. De gewoonte te gehoorzamen was zeer diep in hem verankerd en zijn oor was afgestemd op een commandotoon.

Yashim van zijn kant hield zijn vingers gekruist.

Even keken de beide mannen elkaar aan.

Toen wees Djengis Yalmuk omhoog. 'Daar boven,' zei hij kortaf.

Yashim volgde de richting van zijn vinger. Over de muren en bomen die de grote moskee omringden. Voorbij de minaretten. Hoger, en verder weg.

Hij wees naar de koepel van de Hagia Sofia.

'Dan ben ik te laat,' zei Yashim kordaat. 'Ik ben bang dat ik u moet vragen uw orders te laten zien.'

125

De seraskier leunde tegen de loden bekisting van de steunbeer en legde zijn wang tegen het gladde metaal. Hij had zich niet gerealiseerd hoe opgewonden hij was. Zijn gezicht leek te branden, net als de stad die aan zijn voeten lag.

Hier boven, op de loden platen, had hij een volmaakt uitzicht. Beneden hem leek de Hagia Sofia omhoog te rijzen in één enkele uitbarsting; de massieve middelste koepel werd gedragen door een ring met steunberen die in de lucht zweefde boven twee halve koepels die aan weerskanten stonden. Zo hadden kunstenaars haar sinds onheuglijke tijden afgebeeld, met ronde schouders zoals vele moskeeën – maar hierin vergisten ze zich. De grootse kerk van de Byzantijnse keizer Justinianus, gebouwd in de zesde eeuw, was een verzoening van twee tegengestelde vormen. De grote cirkel waarop de koepel rustte, die verrees boven een ronde galerij van bogen, drong hemelwaarts vanuit een met lood bedekt vierkant. Op de vier hoeken waar de dakhelling gering was, op z'n hoogst, was ruimte over; en hier stond de seraskier, zestig meter boven de grond, en keek uit over de zeven heuvels, over het serail naar het donkere water daarachter, dat hier en daar werd opgelicht door een dobberende lantaarn. Verder naar het westen zag hij voor zijn geestesoog het water dat de vlammen weerspiegelde die nu hemelwaarts schoten en schitterende vonkenregens omlaag deden spatten, en zich van dak naar dak verspringend een weg baanden, de houten muren van de oude huizen aan de waterkant in de haven in de as leggend, door poorten heen brekend, door steegjes loeiend. Een onstuitbare louterende vuurzee, van brandstof voorzien door tweeduizend jaar list en bedrog.

De vlammen hoorden bij de stad. Al die eeuwen hadden ze gesmeuld, nu en dan uitbrekend, zich voedend met het dicht opeengepakte kruit dat zich in de krochten en schaduwen van Istanbul had opgehoopt; die bochtige hoekjes waren aangekoekt met het stof, puin en vuil van een miljoen onwetende zielen. Een stad van vuur en water. Vuil en ziekte. Een stad die aan de waterkant stond te stinken als een wegterend lijk, te verrot om te verslepen, glimmend van het olieachtige waas van verval.

Hij draaide zich naar het zuiden. Wat zag het serail er donker uit! Met luiken afgesloten achter de oeroude muren, broedend over zijn eigen grootsheid! Maar de seraskier wist beter: het was een aasgierennest, bestrooid met de vuiligheid en de uitwerpselen van generaties, opgebouwd op de beenderen van de doden, gevuld met het onophoudelijke geschreeuw uit wijdopen snavels van jonge vogels die werden verwarmd door hun eigen uitwerpselen en werden gevoed met het vuil dat was geroofd uit de omringende mesthoop van de stad waarin het was gebouwd.

De seraskier deed een stap naar voren in de goot en keek

omlaag naar het plein waar zijn soldaten naast hun kanonnen stonden. Orde en discipline, dacht hij: goede soldaten, die de afgelopen jaren waren gedrild tot de juiste houding van eerbied en gehoorzaamheid. Ze wisten hoe een overtreding werd bestraft. Orde en gehoorzaamheid maakten een leger, en een leger was een stuk gereedschap in de handen van een man die dat wist te gebruiken. Zonder orde had je alleen een bende die gromde en beet als een dolle hond zonder doel, toegankelijk voor elke suggestie, ten prooi aan iedere gril.

Nou, vannacht zou hij het volk laten zien wie sterker was: de blinde bende en het aasgierennest, of de kogels, de kanonnen en de macht der discipline.

En wanneer de rook optrok, een nieuw begin. Een grandioos nieuw begin.

Hij glimlachte en zijn ogen schitterden in het licht van de vlammen.

Toen verstijfde hij. Hij schoof behoedzaam weg van de muur en liet zijn pistool uit zijn riem glijden.

Hij spande de haan en richtte zijn pistool recht vooruit, terugwijzend naar de boog.

Er kwam iemand de trap op.

De schaduw werd langer, en de seraskier zag de eunuch die met knipperende ogen van links naar rechts keek.

'Goed gedaan, Yashim,' zei de seraskier glimlachend. 'Ik vroeg me al af of je zou komen.'

126

De seraskier tikte met zijn voet op het hellende dak.

'Weet je wat dit is? Zie je waar we zijn?'

Yashim staarde hem aan.

'Natuurlijk weet je dat. Het dak van de grote moskee. Zie je die koepel boven je hoofd? De Grieken noemden haar Hagia Sofia, de kerk van de heilige wijsheid. Vierenzestig meter hoog. De inhoud is tweehonderdvijftigduizend kubieke meter. Weet je hoe oud ze is?'

'Ze is gebouwd in de tijd vóór de Profeet,' zei Yashim voorzichtig.

'Ongelooflijk, nietwaar?' de seraskier grinnikte. Hij scheen in een opperbeste stemming te zijn. 'En de bouw heeft maar vijf jaar geduurd. Kun je je voorstellen wat een moeite dat heeft gekost? Of wat we tegenwoordig zouden kunnen bereiken als we die energie zouden aanwenden voor iets wat werkelijk de moeite waard was?'

Hij lachte weer, en stampte met zijn voet.

'Hoe kan zo iets ouds zo lang blijven bestaan? Nou, dat zal ik je zeggen. Het is omdat niemand, zelfs Mehmet de Veroveraar niet, het benul of de moed had het te slopen. Ben je verbaasd?'

Yashim fronste zijn wenkbrauwen. 'Niet echt,' antwoordde hij zacht.

De seraskier keek op.

'Duizenden platen platgeslagen lood,' zei hij. 'Hectaren lood. En de pilaren. En de koepel. Stel je eens voor, Yashim! Dat gewicht rust al veertien eeuwen boven op ons. We kunnen niet om of over haar heen kijken. We kunnen ons de wereld niet voorstellen zonder haar. Of wel? Weet je, het is net als met stank: na een tijdje merkt niemand het meer. Zelfs niet als hij erdoor vergiftigd wordt.' Hij boog voorover. Yashim zag dat hij het pistool nog steeds stevig vasthield. 'En het vergiftigt ons. Dit allemaal.' Hij zwaaide met zijn hand. 'Jaar in jaar uit, gewoonte gestapeld op vooroordeel, onwetendheid op hebzucht. Kom op, Yashim, dat weet je net zo goed als ik. We zijn erdoor verstikt, nietwaar? Traditie! Het is niet meer dan vuil dat zich ophoopt. Kijk, het heeft jou zelfs je ballen gekost!'

Yashim kon het gezicht van de seraskier niet langer onderscheiden in het tegenlicht van de branden achter zijn rug, maar hij hoorde hem hinniken om zijn eigen rotopmerking.

'Ik kom net uit het paleis,' zei Yashim. 'De sultan is veilig. Er is een soort coup gepleegd...'

'Een coup?' De seraskier likte met zijn tong over zijn lippen.

'Ja. De paleiseunuchen, aangevoerd door de kislar aga. Ze hadden zich voorgenomen de klok terug te draaien. De janitsaren in hun vroegere waardigheid te herstellen. Het stond allemaal in dat karagozi-gedicht – weet u nog?'

De seraskier blies zijn wangen op. 'Kom, Yashim. Dat is niet belangrijk. Dat weet je toch wel? Eunuchen. Sultans. De sultan is verloren. Het edict? Dacht je nou echt dat het edict iets zou uitmaken? Je hebt hem vandaag toch gezien, die ouwe dronkelap? Waarom denk je dat een van die mensen iets kan uitrichten? Zij zijn het halve probleem. Dat edict is gewoon weer een nieuw waardeloos stuk papier. Gelijkheid, blabla. Er bestaat maar één gelijkheid onder deze blote hemel, en dat is wanneer je marcheert in de linies, schouder aan schouder met de soldaten naast je, terwijl je bevelen opvolgt. Dat hadden we jaren geleden kunnen bedenken, maar we zijn misvormd geraakt.'

'De janitsaren?'

De seraskier gromde geamuseerd.

'De janitsaren – en hun Russische vrienden. Sommige janitsaren woonden op Russisch grondgebied, heb ik begrepen. En de rebellen wilden hulp van de Russen.'

'Wie heeft u gewaarschuwd?' vroeg Yashim. 'Derentsov?'

De seraskier grinnikte. 'Derentsov heeft geen geld nodig. Het was die vriend van je in het rijtuig. Die lelijkerd.'

Yashim fronste zijn wenkbrauwen. 'Potemkin... hield u op de hoogte?'

'Potemkin hield me aanvankelijk op de hoogte. Maar hij was te duur. En te gevaarlijk.'

Yashim keek de seraskier zwijgend aan. 'Dus u vond iemand anders om u het laatste nieuws te vertellen over het complot der janitsaren. Een betrouwbaar iemand, die niet zo erg zou opvallen.'

'Dat klopt. Een goedkoop en onbelangrijk iemand.' De seraskier grijnsde en zijn ogen werden groter van spot. 'Ik vond jou.'

'Ik gaf u het tijdstip van de opstand.'

'O, meer, veel meer. Je hield het complot in leven. Je hielp de sfeer te scheppen die ik nodig had. Daar beneden, een stad in paniek. Ze zijn nu al verslagen. De janitsaren. Het volk. En nu ook het paleis.'

Hij wreef over zijn borst – een uiting van plezier.

'Voor jou, ben ik bang, heb ik een keus tussen leven en dood. Of zou ik moeten zeggen: tussen toewijding aan de staat en – wat, een romantische gehechtheid aan een achterhaalde verzameling tradities.' Hij zweeg. 'Voor het keizerrijk? Nou, de keus is gemaakt. Of zal worden gemaakt over' – hij trok een fonkelende cirkel uit zijn zak – 'ongeveer achttien minuten. De keus tussen dit alles, dit gewicht en de geschiedenis en de traditie, dit zware gewicht dat over ons heen is gebogen als de koepel van de kathedraal van Justinianus – en een nieuw begin.'

'Maar de mensen...' interrumpeerde Yashim.

'O, de mensen.' De seraskier draaide zijn hoofd een halve

slag, alsof hij wilde spugen. 'De wereld is vol mensen.

We zitten hier boven op de eerste rang, nietwaar?' ging de seraskier verder. 'Om het paleis te zien branden. En als de dageraad aanbreekt, een nieuw tijdperk. Efficiënt. Schoon. Het Huis Osman heeft ons vroeger goed gediend, ja. Hervormingen? Een edict? Geschreven in water. Het systeem is te krankzinnig en te wankel om zichzelf te hervormen. We moeten opnieuw beginnen. Al die rotzooi wegvegen, die pofbroeken, sultans, eunuchen, gefluisterde woorden in het donker. We hebben geleden onder een autocratie die niet eens de macht heeft om te doen wat hij wil. Dit keizerrijk heeft een krachtige regering nodig. Het moet gerund worden door mensen die weten hoe ze moeten commanderen. Denk aan Rusland.'

'Rusland?'

'Rusland is onneembaar. Zonder de tsaar zou Rusland de hele wereld kunnen verslaan. Zonder al die prinsen en aristocraten en hoven. Stel je voor: gerund door experts, ingenieurs, soldaten. Het staat op het punt te gebeuren – maar niet in Rusland. Hier. We moeten het Russische systeem hebben – de macht over de arbeid, de macht over de informatie. Dat is een gebied voor jou, als je wilt. Ik heb gezegd dat je goed bent. De moderne staat heeft ogen en oren nodig. We hebben ze morgen nodig, wanneer de eerste dag aanbreekt van de Ottomaanse republiek.'

Yashim staarde. Ineens had hij een visioen van de seraskier toen ze elkaar voor het eerst ontmoetten, terwijl hij heel onbeholpen op de bank lag met een broek en een jasje aan, en niet aan tafel durfde te zitten met zijn rug naar de kamer. Dat was nog eens een mooie westerse meneer! Ging het dáár allemaal om?

'Republiek?' Hij herhaalde het onbekende woord van de seraskier. Hij dacht aan de sultan en de valide, en al die vrouwen op het binnenplein: en hij herinnerde zich het glinsterende fanatieke licht in de ogen van de leiders van de eunuchen en de onverwachte dood van hun baas.

De seraskier had geweten dat ze zich daar zouden verzamelen. En hij, Yashim zelf, had de sultan overreed de stad te laten bezetten door de artillerie.

'Dat klopt,' zei de seraskier kortaf. 'We hebben die gammele oude idioten voor het laatst gezien. Ze zwetsen over traditie! Trippelen rond in hun eigen nest, als domme kippen. Tarten de geschiedenis.'

Hij rechtte zijn rug.

'Beschouw het als... een operatie. Dat doet natuurlijk pijn. Het mes van de chirurg is meedogenloos, maar het snijdt de ziekte weg.'

Yashim voelde dat zijn hart stilstond. Tegelijkertijd werd zijn geest helder.

De seraskier praatte maar door. 'De pijn brengt verlichting voor de patiënt,' zei hij. 'We kunnen modern zijn, Yashim, we moeten modern zijn. Maar je denkt toch niet dat je moderniteit kunt kopen? Moderniteit is geen handelswaar. Het is een geestesgesteldheid.'

Er kwam iets tot leven in het geheugen van Yashim. Hij greep het vast, iets vluchtigs, een uitdrukking die hij eerder had gehoord. De man was nog steeds aan het woord; hij voelde zijn herinnering wegglippen.

'Het is een organisatie van de macht. De oude macht is voorbij. Wij moeten ons nu bezinnen op de nieuwe.'

'Wij?'

'De heersende klassen. Goed opgeleide mensen. Mensen zoals jij en ik.'

Niemand is zoals ik, dacht Yashim.

'De mensen hebben leiding nodig. Dat is niet veranderd. Wat verandert is de manier waarop ze leiding moeten krijgen.'

Niemand van ons lijkt op iemand anders. Ik ben anders dan iedereen.

Ik blijf vrij.

127

'Ik ga nu naar beneden,' zei de seraskier zacht. 'En jij – jij moet hier boven blijven, ben ik bang. Ik dacht dat je met me mee kon gaan, maar het maakt niet uit.'

Hij gebaarde met zijn pistool, en Yashim stapte uit de poort van de steunbeer op het hellende dak.

'Zullen we gewoon langzaam van plaats wisselen?' stelde de seraskier voor. Ze cirkelden een paar seconden om elkaar heen, en toen stond de seraskier in de poort van de steunbeer.

'Kijk, ik zal je niet doodschieten. Ik denk nog steeds dat je misschien van gedachten zult veranderen. Wanneer de troepen zich terugtrekken. Wanneer dit gebouw begint te branden.'

Maar Yashim luisterde niet echt. De seraskier had gezien dat Yashims ogen afdwaalden en zich bijna onwillekeurig wijd opensperden. Maar hij bedwong de neiging om achterom te kijken. Hij was verdacht op afleidingsmanoeuvres.

De verbazing van Yashim was zeer zeker niet gespeeld. Achter de seraskier, op de trap, waren stilletjes twee opmerkelijke figuren verschenen. De een was donker, de ander blond, en ze waren gekleed als gelovigen, maar Yashim zou gezworen hebben dat die twee, de laatste keer dat hij ze had gezien, op de Britse ambassade rondliepen in een geklede jas en een halsdoek.

'*Excusez-moi*,' zei de blonde. '*Mais – parleevou français?*'

De seraskier draaide zich bliksemsnel om, alsof er iemand op hem had geschoten.

'Wat is dat?' siste hij, terwijl hij wantrouwig naar Yashim keek.

Yashim glimlachte. De blonde jongeman keek om de seraskier heen, en zwaaide.

'*Je vous connais, m'sieur* – ik ken u toch? Ik ben Compston, dit is Fizerly. U bent toch die historicus?'

Er klonk wanhoop in zijn stem, die in de ogen van Yashim niet misplaatst was.

'Ze zijn ondergeschikten bij de Britse ambassade,' zei hij tegen de seraskier. 'Veel moderner dan ze eruitzien, denk ik. En efficiënt, zoals u het noemt.'

'Ik maak ze af,' snauwde de seraskier. Hij richtte zijn pistool op hen, en ze deinsden achteruit.

'Dat zou ik niet doen als ik u was,' zei Yashim. 'De dageraad van uw republiek zou snel in een schemering kunnen veranderen als we Britse oorlogsschepen op bezoek krijgen.'

'Maakt niet uit,' zei de seraskier. Hij had zijn zelfbeheersing teruggevonden. 'Zeg tegen ze dat ze oprotten.'

Yashim deed zijn mond open om iets te zeggen, maar zijn woorden werden overstemd door een doffe dreun die klonk als een donderslag. De grond beefde onder hun voeten.

Terwijl het geluid van de explosie wegstierf rukte de seraskier zijn horloge uit zijn zak en beet op zijn lip.

Te vroeg, dacht hij. En daarna: het maakt niet uit. Laat ze aan het spervuur beginnen.

Hij wachtte, starend naar zijn horloge.

Vijftien seconden. Twintig seconden. Laat de kanonnen vuren.

Het zweet was uitgebroken op zijn voorhoofd.

Er klonk een nieuwe dreun, iets zwakker dan de eerste.

De seraskier keek op en wierp een snelle, triomfantelijke blik op Yashim.

Maar Yashim had zich omgedraaid. Hij stond op het dak, met zijn handen omhoog, en staarde over de stad terwijl zijn cape opbolde in de wind.

Achter hem zag de seraskier een uitbarsting van licht. Het schampte langs de pilaren van de koepel en hulde Yashim in een schitterend tegenlicht, zodat hij scherp afgetekend stond tegen de horizon. De seraskier hoorde het gerommel van de kanonnen dat erop volgde. Er was een nieuwe uitbarsting van licht, als van een exploderende granaat, en weer een diep gerommel, en de seraskier fronste zijn wenkbrauwen. Hij begreep wat hem dwarszat. Het geluid en het licht waren in de verkeerde volgorde.

Eerst zou hij de kanonnen moeten horen donderen en daarna moest hij het licht zien flitsen op het moment dat de granaat doel trof.

De seraskier sprong van de bogengalerij en zette het op een lopen; zijn voeten maakten geen geluid op de dikke loden platen.

Yashim probeerde hem vast te grijpen, maar de seraskier was hem te vlug af. In één seconde had hij iets gezien wat hij niet verwachtte, en met een briljante militaire intuïtie had hij precies begrepen wat dat voor hem betekende: de kanonnen vuurden naar de verkeerde kant van de stad, de granaten explodeerden ver weg. Hij hield zijn vaart niet in. Hij kromp enigszins in elkaar toen Yashim naar hem greep, maar een seconde later sprong hij over de dakgoten en bewoog zich half rennend, half glijdend naar beneden over het loden dak van de ondersteunende halfkoepel.

Het was verschrikkelijk om te zien hoe hard hij rende. Yashim sprong naar de rand en liet zich naar beneden zakken op het kegelvormige dak, maar de seraskier was al uit het zicht verdwenen. Toen verscheen hij plotseling weer, veel lager; hij rende met lange, soepele passen naar het zuiden over een schuin dak.

Even lag de hele stad aan zijn voeten uitgespreid. Hij zag opnieuw de donkere massa van het serail. Hij zag de lichtjes twinkelen op de Bosporus. Hij zag mannen en vrouwen over het plein onder hem rennen, en in de verte zag hij de watervallen van vlammen die wegsloegen van de plotseling ontstane gapende gaten die het geschut maakte om hen tot staan te brengen.

Wat hem betrof, hij kon maar één kant op.

Jaren later vertelde een Armenische legerleverancier die met een rijke weduwe was getrouwd die hem zes zonen had gebaard, altijd hetzelfde verhaal: hoe hij bijna was verpletterd door een officier die vanuit de hemel op hem neerviel.

'Geen gewone soldaat, denk erom,' besloot hij zijn verhaal met een glimlach. 'God, in zijn genade, stuurde mij een generaal: en sindsdien heb ik altijd zaken met hen gedaan.'

128

'Ik heb een begeleider nodig, Palevski,' verduidelijkte Yashim. 'Je kent het wel, iemand met een wit voetje bij de sultan. Dat zou hij verwachten. En jullie twee zijn de beste maatjes, nietwaar?'

Het was zaterdagochtend. De regen die Yashims ramen striemde viel gestaag sinds een uur voor de dageraad, wat zeer gunstig was voor de Nieuwe Garde, die worstelde om de branden in de stad te blussen. Dankzij de bressen die de kanonnen 's nachts hadden geslagen, was de brand beperkt gebleven tot het gebied rond de haven, en hoewel men zei dat de schade ernstig was, benaderde hij niet de omvang van 1817, of 1807, of een van de tien andere grote branden die in de eeuw daarvoor in dat stadsdeel waren uitgebroken. En de haven was hoe dan ook niet de meest geliefde buurt van Istanbul.

Palevski stak twee vingers omhoog en frunnikte aan zijn snor om een glimlach te verbergen.

'"Maatjes" is het goede woord, Yash. Ik ben van plan om de sultan een aardigheidje te geven dat ik kreeg vanmorgen, wat door de voorzienigheid gespaard is gebleven voor de brand in de haven.'

'O, de voorzienigheid,' herhaalde Yashim.

'Ja. Ik ontdekte toevallig dat de voorraden afgelopen donderdag aardig waren uitgedund, dus ik heb onmiddellijk een paar kisten uit het entrepot besteld. Wat vind je?'

'Ja, ik denk dat de sultan dat gebaar wel zou waarderen. Niet dat hij het zou drinken, natuurlijk.'

'Natuurlijk niet. Er zitten geen bubbels in, om iets te noemen.'

Ze keken elkaar glimlachend aan.

'Het spijt me van die misdadiger gisteravond,' zei Palevski.

Yashim geeuwde en schudde zijn hoofd.

'Ik weet niet waarmee je hem op zijn kop hebt geslagen. Hij was zo mak als een lammetje toen ik thuiskwam. Preen en haar vriendin zaten honderduit tegen hem te kletsen, niet te geloven. Niet dat hij veel terugzei, natuurlijk, maar hij leek hun gezelschap wel te waarderen. Preen bood aan hem naar een dokter te brengen. Ik geloof dat ze het over een paardendokter had, maar goed. Hij leek erg dankbaar toen ik het hem uitlegde.'

'Met mime?'

'In gebarentaal. Een taal die ik heb geleerd aan het hof.'

'Ik begrijp het.' Palevski fronste zijn wenkbrauwen. 'Ik heb hem niet geslagen, hoor.'

'Weet ik. Gelukkig maar. Kom je me om zes uur ophalen?'

129

Yashim was diep in slaap tot één uur en lag daarna nog een uur te dommelen, terwijl hij dromen in en uit gleed waarin hij stemmen hoorde, met een klank die hij kende, in een taal die hij niet verstond. In een droom zag hij de seraskier, die volmaakt Frans sprak met een licht creools accent, en toen werd hij met een schok wakker. Was het een droom dat de seraskier tegen hem had gepraat in de taal van zijn dromen? Een geestesgesteldheid. De zin tolde door zijn hoofd en hij ging duizelig rechtop zitten.

Hij stond op en liet zijn cape op de bank liggen. De kamer was warm, het fornuis brandde: zijn huisbazin was vermoedelijk naar boven geslopen om het aan te steken terwijl hij sliep. Hij pakte de ketel en zette hem op de kolen. Hij nam drie snuifjes zwarte thee en gooide ze in de pot. Hij vond een pan naast het fornuis met een paar mantipasteitjes erin. Preen had vermoedelijk zijn avondeten gekookt en het samen met haar vriendin opgegeten – misschien ook met de doofstomme. Ze hadden iets voor hem bewaard.

Hij zette de pan op het vuur en zag hoe de boter smolt; daarna roerde hij met een houten lepel in de manti's. Hij overwoog om een tomatensaus te maken met de pot puree, maar besloot dat de manti's klaar waren; hij had te veel honger, dus legde hij ze op een bord en maalde er wat zwarte peper overheen.

Ze waren niet voortreffelijk, moest hij toegeven; een beetje hard aan de randen, maar hij at ze met smaak. Hij schonk thee in en dronk die op met suiker en een sigaret, terwijl hij achteroverleunde op de bank en naar de glinsterende regendruppels op het traliewerk keek. De regen was opgehouden en er verscheen een bleek winterzonnetje voordat de avond viel.

Palevski had bijna gelijk gehad, dacht hij. Een gevaarlijk feestje: hij was altijd een gast, nooit een van de spelers. Hij was genoodzaakt om verward en hulpeloos aan de kant te staan, terwijl het oude, grootse gevecht woedde, een gevecht dat niemand ooit zou winnen, tussen oud en nieuw, de reactionaire krachten en de vernieuwing, herinneringen en hoop. Hij kwam te laat thuis, toen de manti van gisteravond al begon te krullen bij de randen. Behalve toen hij sprak met de kanonnier, die zijn kanonnen net op tijd de andere kant op had gezwaaid.

Na een tijdje keek hij rond in de kamer, zonder op te staan; zijn ogen dwaalden van het ene object naar het andere tot hij vond wat hij zocht. Hij strekte zijn arm uit en pakte het half glimlachend op: een kleine goudemaillen dolk zonder degenknop, met een prachtig geëmailleerd heft en een schede die samen met het mes een sikkel vormde, die uitliep in een scherpe punt. Hij liet de dolk half naar buiten glijden, en bewonderde de glans van het volmaakte staal, en duwde hem toen terug, luisterend naar het klikje toen hij weer goed in de schede terechtkwam.

Staal uit Damascus, koudgetrokken, het product van een duizendjarige ervaring – hoe fijner bewerkt, hoe minder je kon zien dat het bewerkt was. Zulke dingen maakten ze tegenwoordig niet meer. Hij vroeg zich af of ze het verschil zou zien – niet dat het veel uitmaakte. Het was een mooi, bevredigend ding. Gevaarlijk, maar ook beschermend. Ze zou er misschien nu en dan naar kijken, in haar witte noordelijke ijswereld; het zou een herinnering oproepen die haar deed glimlachen.

Een tijdlang woog hij de dolk op zijn handpalm, terwijl hij aan haar dacht. Toen fronste hij zijn wenkbrauwen. Hij legde de dolk voorzichtig opzij en waste zich zo goed hij kon in de waskom.

130

'We hebben orders niemand binnen te laten tot de onrust is bedaard,' galmde de butler, terwijl hij met zijn dikke lichaam de deuropening van de ambassade versperde.

'Er is geen onrust,' zei Yashim. De butler klemde zijn lippen op elkaar.

Yashim zuchtte en reikte hem een klein pakje aan. 'Zou u ervoor willen zorgen dat dit bij hare excellentie de prinses terechtkomt?'

De butler wierp een blik omlaag en snoof. 'En van wie zal ik zeggen dat het komt?'

'O, zeg maar gewoon "een Turk".'

'Yashim!'

Eugenia liep langzaam de trap af, een hand streek over de leuning, de andere hield ze tegen haar wang gedrukt.

'Kom binnen!'

De butler deed een stap naar achteren, Eugenia nam de handen van Yashim in de hare en leidde hem naar de sofa. De butler bleef in haar buurt rondhangen.

'Zo is het wel goed,' zei Eugenia. 'We zijn vrienden.'

'Van deze heer, hoogheid.'

De butler overhandigde haar Yashims pakje en deed een stap naar achteren.

'Thee voor onze gast, alsjeblieft,' zei Eugenia. Toen de butler weg was liet ze het pakje op haar schoot vallen, nam Yashims handen weer in de hare en keek hem vorsend aan.

'Ik geloof... We gaan naar huis.' Er verscheen een glimlach op haar gezicht en ze kneep in zijn handen. 'Derentsov – mijn man – is razend. En bang. Hij denkt dat iemand hem heeft verraden.'

Yashim knikte langzaam.

'Jij weet wie het gedaan heeft, nietwaar?' Eugenia liet haar hoofd achteroverkantelen en keek hem vorsend aan terwijl haar glimlach langzaam breder werd. 'Ze denken allemaal dat je niet belangrijk bent. Maar je bent slim.'

Yashim keek de andere kant op. 'Wil je het weten?' vroeg hij zacht.

Ze schudde haar hoofd. 'Dat zou alles bederven. Ik heb een plicht ten aanzien van mijn man, en sommige geheimen kan ik niet bewaren. Hij tierde vanmorgen en zei dat hij gedesavoueerd was. Geen keus behalve opstappen. Vastbesloten terug te keren naar Sint-Petersburg, en de tsaar onder ogen te komen.'

'En de bals, en de diners, en de dames met hun waaiers. Ik weet het.'

'Het zal moeilijk zijn.'

'Maar je hebt een plicht ten aanzien van je man.'

Ze lachten allebei zacht.

'Wat is dit?' vroeg ze, terwijl ze het pakje in haar hand omhooghield.

'Maak het open en kijk.'

Dat deed ze, en hij liet haar het piepkleine palletje zien dat de dolk uit de schede liet glijden.

'Het doet me aan iets denken,' zei ze ondeugend. 'Aan iemand.'

Ze keken elkaar aan, en de ondeugende blik verdween.

'Ik denk niet...'

'Dat wij elkaar zullen weerzien? Nee. Maar... ik zal altijd dromen. Van jou.'

'Als ik de dames uit Sint-Petersburg zou vertellen...'

'Zeg geen woord.'

Eugenia schudde haar mooie hoofd. 'Dat zal ik niet doen,' zei ze. 'Dat zou ik nooit doen.'

Ze leunde voorover en hield haar hoofd een beetje scheef zodat een lok van haar zwarte haar los bengelde.

'Kus me,' zei ze.

Ze kusten.

Russisch of niet, een butler is een butler. Hij is onverstoorbaar. Hij is discreet.

Yashim was al weg voor hij de thee had geserveerd.

131

'Dus het ziet ernaar uit dat de seraskier gelijk had,' zei Mahmut II. 'Het is goed dat we hem in de stad hadden. Maar wat een vreselijk ongeluk, net toen het zo goed ging.'

'Ja, sultan.'

'Ze zeggen dat hij is gevallen. Ik neem aan dat hij ergens bovenop was geklommen om een goed uitzicht te hebben. Branden bedwingen en die dingen, hè?'

'Ja, sultan.'

'We zullen hem een schitterende begrafenis geven, maak je geen zorgen. Jullie konden redelijk goed met elkaar opschieten, nietwaar?'

Yashim boog zijn hoofd.

'Iets nieuws, dat zou hij mooi hebben gevonden. Kanonnen op affuiten, en een paar bataljons van de Garde die kanonsalvo's afvuren boven zijn graf. Laten zien dat de sultan zijn vrienden niet vergeet. We zouden zelfs de brandweertoren bij Beyazit naar hem kunnen noemen. Lelijk ding. De toren van de seraskier. Hmm. Het keizerrijk eert zijn helden, weet je.'

De sultan peuterde in zijn neus.

'Ik heb hem nooit aardig gevonden. Dat is het slechtste wat ik van hem kan zeggen. In elk geval kende hij zijn plicht.'

Yashim hield zijn ogen strak op de grond gevestigd.

De sultan keek hem aan met halftoegeknepen ogen.

'Mijn moeder zegt dat je veel hebt gedaan om haar voor te bereiden op de beproeving die ze de afgelopen nacht heeft doorstaan. In mijn ogen heb je heel weinig gedaan.'

Hij snoof. Yashim hief zijn hoofd op en keek hem aan.

De sultan knipperde met zijn ogen en keek weg.

'Hmm. Ik neem aan dat het uiteindelijk genoeg was. En eerlijk gezegd zijn de eunuchen nu helemaal rustig. Je hebt er een nodig om een andere te vangen, denk ik.'

Hij pakte een kwastje en draaide het rond tussen zijn vingers.

'Het punt is, ik heb hier binnen iemand nodig, nu de kislar dood is. Iemand die het klappen van de zweep kent, maar iets jonger.'

Yashim verstijfde. Dit was de tweede keer in de afgelopen vierentwintig uur dat hem een baan werd aangeboden. De ogen en oren van de nieuwe republiek? Dit keer waren het macht en het vooruitzicht op rijkdom. Hij wilde die baan niet.

Hij maakte aanstalten om te zeggen dat hij niet jong was. Hij was blank. Een soort blank, in elk geval – maar de sultan luisterde niet.

'Er is een archivaris,' zei hij. 'Nieuwe vent. Slim, knap, dat zou een paar van die oude kerels bang maken, denk je niet? Ik kan ze niet allemaal vervangen. Ik zou hem ook in de gaten kunnen houden. Hij doet me denken aan de kislar toen hij jong was, voor hij begon die flauwekul op te lepelen over de traditie, en meisjes te vermoorden. Hij was ook niet op de hoogte van de hele poppenkast. Dat vind ik prettig. Geef hem een geklede jas en een staf. Voor mekaar. Prima vent.'

Yashim voelde een golf van opluchting. Hij twijfelde er niet aan dat Ibou een volmaakte kislar aga zou zijn; een beetje jong, misschien, maar de tijd zou daar een onvermijdelijke oplossing voor vinden. Hij zou tenminste in één sprong alle afschuwelijke compromissen en veten overslaan die de vorige ambtsdrager tot waanzin hadden gedreven, terwijl hij zich een weg klauterde naar de top. Hij zou snel begrijpen wat er van hem werd verwacht. Misschien zelfs waarachtig dankbaar zijn.

'De sultan is zeer wijs,' zei hij. Het was beter om het daarbij te laten.

'Wel, wel.' De sultan verhief zich uit zijn stoel. 'Dat was een heel interessant gesprek. Om je de waarheid te zeggen, Yashim, denk ik soms dat je meer weet dan je zegt. Wat misschien ook wijs is. Het is aan God om alles te weten, en aan ons om slechts dat te weten te komen wat we nodig hebben.'

Hij grabbelde bijziend op het kleine tafeltje en pakte een leren beurs.

'Hier. De seraskier zou je ongetwijfeld hebben beloond, en onder deze omstandigheden berust de taak bij mij.'

Yashim ving de beurs in de lucht op.

Hij boog. De sultan knikte even.

'De valide wil met je roddelen, heb ik begrepen. Er was een edict,' voegde hij eraan toe, 'maar dat zal bij nader inzien moeten wachten. Eerst moeten we het huishouden weer op orde krijgen. En de stad ook.'

Hij wuifde met zijn hand, en Yashim boog terwijl hij achteruitliep.

132

'Was er een vreemde wending?' De valide glimlachte. 'Ik hou wel van een vreemde wending.'

'Ja,' zei Yashim. Hij overwoog de onopgesmukte waarheid te vertellen, maar hij wist dat dat nooit een goed verhaal zou opleveren. 'De seraskier was door en door slecht. Hij zat achter het hele complot.'

De valide klapte in haar handen. 'Ik wist het!' riep ze uit. 'Hoe ben je daarachter gekomen?'

'Het zat hem in een paar kleine dingen.' Yashim vertelde hoezeer de seraskier erop gebrand was paniek te zaaien over de moorden, waarop de valide heftig knikte en zei dat hij Yashim duidelijk had gebruikt. Hoe waren die soldaten precies vermoord, wilde ze weten.

Yashim vertelde het haar.

Hij legde uit dat zijn vriend Palevski in een café Frans had gepraat met de seraskier.

'Terwijl hij beweerde dat hij geen woord Frans sprak! Ha ha!' De valide schudde met haar vinger.

Toen vertelde hij haar over de Rus, Potemkin.

'Wat een schoft!' De valide snoof verachtelijk. 'Geruïneerd door zijn litteken, geen twijfel mogelijk. Hij moet op zijn manier charmant zijn geweest, om die kerels mee te lokken in zijn rijtuig. Maar alles goed en wel,' voegde ze eraan toe, terwijl ze het beeld van de gewonde charmeur opzijzette en de praktische kant van de zaak bekeek, 'wat konden de Russen bereiken door erbij betrokken te raken?'

Yashim legde het uit.

'Ze staan klaar om Istanbul te veroveren,' zei hij. 'Al sinds de Byzantijnse tijd dromen ze van deze stad. Istanbul is het tweede Rome – en Moskou is het derde. Ze wilden dat er anarchie in Istanbul ontstond. Het kon ze niet schelen hoe die tot stand kwam – een coup van de janitsaren, de seraskier die krankzinnig werd en zichzelf tot heerser uitriep, het maakte niet uit. Als het Huis van Osman zou zijn vernietigd, stelt u zich de consequenties dan eens voor! Ze hebben hun tenten een week hiervandaan opgeslagen. Ze zouden beweren dat ze de orde herstelden, of dat ze de orthodoxe gelovigen beschermden, of dat ze in de maalstroom waren meegezogen, wat dan ook. Het maakte niet uit, zolang ze de stad konden bezetten en zichzelf achteraf een redelijk excuus konden verschaffen wanneer de Europese machten heibel zouden maken. De Engelsen, de Fransen, ze zijn als de dood om de Russen binnen te laten – maar als ze eenmaal binnen zijn, blijven ze ook. Kijk maar naar de Krim.'

'Wat een bruten!' hijgde de valide. De Krim was veroverd door de Russen, door een combinatie van dreigementen, sluwheid en bloedige oorlog. 'Ze hebben de Grieken ook al gesteund!'

'Iedereen heeft de Grieken gesteund,' bracht Yashim haar nuchter in herinnering, 'maar de Russen hebben zeker de lont in het kruitvat aangestoken.'

De valide zweeg.

'En dan te bedenken dat dit ons allemaal boven het hoofd hing, terwijl ik het in het paleis met de kislar aan de stok had,' zei ze na een korte stilte. 'Ik dacht dat dát een drama was, maar het was een voorprogramma.'

'Niet echt,' opperde Yashim. 'Als de plannen van de seraskier niet van de grond waren gekomen – en dat kwamen ze niet, is het wel? – zou er nog steeds een revolutie zijn ontketend, als u er niet was geweest. Een contrarevolutie, zoals ze dat noemen, waarin wordt teruggegrepen naar de goede oude tijd.'

'We zouden dat meisje dankbaar moeten zijn, Asoul,' betoogde de valide. 'Ik heb vroeger toneelstukken gezien, weet je. In mijn jonge jaren heb ik ze gezien in Dominique. Ik neem aan dat je kunt zeggen dat ik het toneel heb voorbereid, maar zij heeft de slotscène gespeeld. Dankzij jou, Yashim.'

Yashim boog zijn hoofd.

De valide pakte een tas bij de bank, en trok aan het sluitkoord.

'Dit is net iets voor jou,' zei ze.

Ze viste in de tas en haalde er een boek uit met een papieren omslag. Ze hield het omhoog tussen haar handen en liet Yashim de titel lezen, in opzichtige rode letters.

'*Père Goriot*,' las hij. 'Geschreven door Honoré de Balzac.'

'Alsjeblieft.' Ze stak het uit. 'Echt weerzinwekkend, ben ik bang.'

'Waarom geeft u het aan mij?'

'Ze zeggen dat het de nieuwste rage is in Parijs. Ik heb het al gelezen, en het gaat over corruptie, bedrog, hebzucht en leugens.'

Ze klopte op het omslag van het boek en gaf het aan Yashim.

'Weet je, soms ben ik zo blij dat ik nooit in Frankrijk ben aangekomen.'

DANKWOORD

Ik ben dank verschuldigd aan alle historici die hebben bijgedragen aan onze kennis over het Ottomaanse Rijk; ik heb ook steeds gebruikgemaakt van de waarnemingen van hedendaagse reizigers. Als er fouten of vertekeningen in het boek voorkomen, zijn die geheel voor mijn rekening.

Daisy Goodwin heeft me aangemoedigd om het Ottomaanse Rijk te benaderen als een detectiveverhaal. Yashim wachtte tot zijn leven op papier kon beginnen tot ik op een periode stuitte: Istanbul in de jaren dertig van de negentiende eeuw. Christine Edzard, die *Little Dorrit* heeft bewerkt voor de film, heeft mij laten meegenieten van haar passie voor negentiende-eeuwse kleren – en manieren. Richard Goodwin heeft het boek in Dickensachtige afleveringen gelezen toen het uit mijn pen kwam vloeien. Aangezien hij verschillende Agatha Christie-boeken had verfilmd, verkeerde hij in een goede positie om mij te adviseren, van de kneepjes voor de plot tot de dialogen. Jocasta Innes, een onverbeterlijke thrillerlezer, heeft me behoed voor eventuele fouten in de continuïteit. Ik ben hen allen dankbaar, evenals Sarah Wain en Clare Michell voor het lezen en becommentariëren van het boek.

Sarah Chalfant, mijn agent bij de Wylie Agency, heeft me in contact gebracht met Sarah Crichton in New York, en daarna met allerlei redacteuren over de hele wereld. Sarah Crichton was onvergelijkelijk in haar aanmoedigingen – en wie zegt dat redacteuren tegenwoordig niet redigeren? Julian Loose, bij Faber, heeft het geheel voor me losgemaakt: alles dankzij hem.

In Istanbul zou ik in het bijzonder professor Norman Stone van de Koc-universiteit willen bedanken, en John Scott, de redacteur van *Cornucopia*, het mooie, intelligente tijdschrift gewijd aan alles wat met Turkije te maken heeft.

Mijn oudste zonen vochten met meedogenloze sluwheid met mij om de heerschappij over de computer; zij bleken codes te kunnen kraken op het niveau van een Turing, maar ze hebben nooit de harde schijf gewist, en daar ben ik ze dankbaar voor. De jongste twee hadden minder belangstelling voor de werkvloer, maar ze vrolijkten me op door dikwijls naar binnen te wandelen om nieuw papier te halen en te kletsen.

Toch zou dit boek niet zijn geschreven zonder de aanmoediging en het enthousiasme van Kate. Het is al een tijd geleden sinds we samen van Polen naar Turkije zijn gezworven, waar we de ooievaars naar het noorden zagen vliegen boven de Zee van Marmara, en onze laatste stappen zetten naar de koepels van Istanbul en de grote Bosporus daaronder. We liepen de stad in die onze verbeelding een halfjaar lang had gevoed. We waren niet teleurgesteld.

Dit boek is aan haar opgedragen.

VERKLARENDE WOORDENLIJST

acem yahnise	Perzische stoofschotel met vlees
bey	titel voor hoge functionarissen in het Ottomaanse Rijk
beylic	het gebied dat door de bey bestuurd wordt
boernoes	Arabische ruime lange mantel van witte wollen stof met een kap
derwisj	benaming voor de leden van sommige mystieke orden in de islam, zoals het soefisme
evet	ja
ferenghi	Arabische term voor vreemdeling of buitenlander
gözde	concubine van de sultan
houri	mooie, maagdelijke jonge vrouw uit de harem
kadi	titel van een alleensprekend rechter die theoloog is en volgens de godsdienstwetten oordeelt; of: officiële toezichthouder op de markt
kaïk	roeiboot
karavanserai	openbaar gebouw in steden of langs de grote wegen, tot huisvesting van karavanen
kislar aga	de leider van de zwarte eunuchs aan het hof en tevens opzichter van de harem
köçek	mooie, jonge mannelijke danser gekleed in vrouwenkleren (gecastreerd)
lala	beschermheer

muezzin	moskeebeambte die van boven uit de minaret de gelovigen oproept tot het gebed
Nasreddin	Turkse variant op Tijl Uilenspiegel
padisjah	Turks heerser
seraskier	Turkse generaal
yashmak	soort hoofddoek

LEES OOK

De kaart van Bellini van Jason Goodwin

Nu met € 2,50 korting!

Jason Goodwins derde boek over de Ottomaanse detective Yashim Togalu neemt de lezer mee van de kleine steegjes van Istanbul naar de vervallen schoonheid van Venetië.

Yashim gaat in opdracht van de sultan op zoek naar een verdwenen schilderij van Bellini. Hij roept daarbij de hulp in van zijn vriend Palevski, de Poolse ambassadeur, die voor hem op reis gaat naar Venetië. Venetië is in 1840 een stad vol verlaten *palazzi* en duistere *canali*, waar Palevski zijn weg zoekt tussen zelfbenoemde kunsthandelaars, verlopen aristocraten en een hedonistische *contessa*. Als er echter twee lijken opduiken in een *canale* wordt het Palevski duidelijk dat de kunsthandel in Venetië niet zonder risico is. En waar is Yashim?

✂ ··· BON ··· ✂